W0388455

Upamanyu Chatterjee

Né en Inde en 1959, Upamanyu Chatterjee a étudié la littérature anglaise à l'université de Delhi avant de devenir, en 1983, haut fonctionnaire au sein de l'I A S (Indian Administrative Service). Il s'est nourri de cette expérience pour écrire son très corrosif et remarqué premier roman, *Les Après-midi d'un fonctionnaire très déjanté* (collection « Pavillons », 2002), à propos duquel André Clavel a pu dire dans *L'Express* : « De l'Inde bureaucratisée, Chatterjee brosse un tableau effrayant dans cette comédie fielleuse, glauque et cocasse à la fois. » Il est depuis lors considéré comme l'un des plus brillants jeunes romanciers indiens, l'un des plus novateurs de la « nouvelle génération ». En dépit de son succès considérable en Inde, il aura fallu quinze ans avant sa parution en France. En 1998, il a été nommé directeur du département des langues au ministère du Développement et des Ressources humaines par le gouvernement indien. Il a écrit depuis trois romans, dont *Nirvana mode d'emploi*.
Les *Après-midi d'un fonctionnaire très déjanté* ont fait l'objet d'une adaptation cinématographique récompensée notamment par le prix Gilberto-Solares du meilleur premier film au Festival des 3 continents à Nantes, en 1994. Upamanyu Chatterjee est marié à une Française et père de deux enfants. Il partage sa vie entre Mumbai et New Delhi.

les après-midi
d'un fonctionnaire
très déjanté

upamanyu
chatterjee

les après-midi d'un fonctionnaire très déjanté

traduit de l'anglais (Inde)
par carisse busquet

pavillons poche
robert laffont

Titre original : ENGLISH AUGUST
© Upamanyu Chatterjee, 1988
Traduction française : Éditions Robert Laffont, S.A., Paris, 2002, 2007

ISBN 978-2-221-10920-5

(édition originale : ISBN 0-571-15319-4 Faber and Faber, Londres)

À mes parents

Ils regardaient à travers le pare-brise la large avenue silencieuse, parfaitement éclairée et morte. New Delhi, une heure du matin. Un chien errant traversa la rue en courant, à la recherche d'une proie. « Quand est-ce qu'on se revoit ? » demanda Dhrubo pour la huitième fois en une heure. Ce n'était pas tant la séparation ni d'avoir à sortir de la voiture qui lui était pénible mais plutôt l'extrême léthargie due à la marijuana.

« Euh… », fit Agastya qui s'interrompit aussitôt, sous l'effet de la même torpeur. Dhrubo porta la quarante-troisième cigarette de la journée à ses lèvres et mit un temps infini à trouver ses allumettes. Ses mouvements lents et maladroits pour en gratter une se firent de plus en plus rapides, sans qu'il parvienne pour autant à l'allumer. Agastya le regardait en riant silencieusement.

Dhrubo exhala longuement la fumée par la fenêtre ouverte. « J'ai l'impression, August, que tu vas te faire chier à mille *hazaar* de l'heure à Madna[1]. » Agastya

1. Association du mot urdu *hazaar* qui signifie « mille » et de l'anglais *to get fucked* qui signifie ici : « chier ». (Toutes les notes sont de la traductrice.)

venait juste de rentrer dans l'Indian Administrative Service[1] et s'apprêtait à effectuer un stage de formation d'un an dans l'obscure préfecture de Madna.

« Notre anglais est étonnant. Un curieux mélange d'urdu et d'américain. » Agastya rit : « Te faire chier à mille *hazaar* de l'heure : je suis sûr que nulle part ailleurs on ne peut mélanger *et* parler les langues avec autant de facilité. » La douillette fatigue causée par la défonce rendait leur élocution difficile. « T'as l'air drôlement parti, mon cher Marmaduke. — Oui, Dorothea, je crois que je suis pas mal défoncé… Tu vois, ça ne marche pas. On a l'accent indien, mais on préfère dire August plutôt qu'Agastya. Quand je dis "on", je ne parle pas de ton foutu accent qui est unique dans sa sacrée bâtardise. Tu dis bonne journée quand tu passes avec ton attaché-case devant tes standardistes en chaleur. Et quand tu es d'accord avec ton abominable patron, et tu l'es tout le temps, tu dis : "Ouais, super, ah, ah."

— Arrête tes conneries », lança Dhrubo. Il ajouta en bengali : « Ta langue maternelle est un sujet sensible. » Puis il partit d'un irrépressible éclat de rire. C'était une vieille plaisanterie entre eux qui datait de leurs années de pensionnat à Darjeeling. Ils enviaient alors les Anglo-Indiens : ils obtenaient des résultats

1. IAS : haute administration indienne, analogue à notre ENA.

lamentables aux examens et semblaient s'en moquer totalement, ils sortaient avec des Tibétaines[1] et prétendaient tout savoir sur la sexualité. Par un après-midi d'été, sur le petit terrain de football entouré de collines dominées par le Kanchenjunga dont les tons blanc et bistre évoquaient un gâteau, Agastya et Prashant assistaient à la traditionnelle partie d'esbroufe sous un ciel immaculé. Agastya n'aimait pas le football et Prashant détestait les jeux. Dans l'air, les cris d'encouragement des Anglo-Indiens (clameurs qui s'accroissaient chaque fois qu'un groupe de Tibétaines passait près du terrain) résonnaient comme un souvenir lointain. « Eh, envoyez-le ici, les gars ! » « Par là, les gars ! » (Agastya n'avait jamais entendu un Anglo-Indien dire : « mon pote ».) « Tu sais pas shooter ! Ton pied, c'est de la merde ou quoi ! » Agastya et Prashant avaient toujours eu une attitude légèrement cynique à l'égard de ceux qui criaient le plus fort et dont les visages se contractaient sous l'emprise d'une secrète panique les rares fois où le ballon les atteignait. Parfois, les Tibétaines se rassemblaient pour jouer de la guitare. « Les Tibétaines et les Anglo-Indiens ont toujours une guitare », avait dit

1. Parmi les jeunes Indiens étudiant dans les pensionnats huppés du piémont himalayen, les Tibétaines ont la réputation d'être non seulement belles mais plus accessibles que les Indiennes.

Prashant. Ils ne jouaient plus au football. C'était le moment des rires et des accords. « Ces résonances ont la couleur des cuisses des Anglo-Indiens et des Tibétaines. Une teinte différente de la nôtre », avait ajouté Prashant. Agastya avait alors laissé libre cours à sa jalousie : il aurait voulu être anglo-indien, s'appeler Keith ou Alan, et parler anglais avec leur accent. Depuis ce jour, ses amis lui avaient donné d'autres surnoms. C'est ainsi qu'il devint « le dernier Anglais ». Parfois, ils l'apostrophaient plus simplement : « Eh, l'Anglais » (ils voulaient en fait dire « l'Anglo-Indien », mais ils n'osaient pas), ou encore : « Salut, Langue maternelle ! » Choix illogiques et capricieux, néanmoins séduisants, comme la plupart des surnoms donnés par les copains. Et comme presque tous les sobriquets, ils s'étaient effacés avec le temps et les déménagements, à l'exception d'August. Mais ils avaient gardé le chic de réapparaître inopinément de quelque abysse, faisant resurgir des pans de son passé.

Un camion passa près d'eux, ébranlant l'obscurité. « Là-bas, à Madna, pas mal de gens vont te demander ce que tu fais dans l'administration, parce que t'as pas le physique de l'emploi. T'as l'air d'un acteur de film porno mince et vicelard. Le genre à porter un soutien-gorge. Un bureaucrate doit avoir l'air doux et bien rasé et des lunettes sur le nez. Et si c'est un brahmane tamoul, il doit être capable de citer de mémoire toutes les règles administratives. Tu vas te faire baiser là-bas, c'est sûr.

— Je préférerais jouer dans un film porno qu'être fonctionnaire. Mais il faut bien vivre.

— On en fume un dernier, d'accord ? dit Dhrubo en attrapant le petit sac de plastique posé sur la banquette de la voiture. À Yale, avoir un doctorat, c'était pas de la blague. Ça signifiait quelque chose. Ça avait du poids. Les étudiants y réfléchissaient à deux fois avant de s'engager dans leurs études. Mais ici à Delhi, en fait, dans toute l'Inde... – Dhrubo s'interrompit pour cracher des morceaux de tabac par la fenêtre – ... l'éducation est une façon de passer le temps, une ridicule accumulation de diplômes : licence, maîtrise, doctorat. On tente sa chance, comme plein d'autres, en se présentant aux concours administratifs. Il y a tellement de gens, chaque année, qui ont l'air de se passionner pour l'administration. » Il s'arrêta, le temps de se gratter le coude. « Je me demande combien de jeunes pensent réellement aux débouchés que leur offrent les études.

— Mais toi, tu reviens de Yale, bâilla Agastya.

— Mon parcours n'est pas typiquement indien. Ça me mènera à vivre, confortablement ou non d'ailleurs, dans un pays nanti. Ou peut-être, si j'ai de la chance, à intégrer l'Indian Administrative Service.

— Tu as tort au sujet de l'éducation. La plupart des jeunes doivent être comme moi : sans aptitude particulière pour quoi que ce soit. Ils ne se demandent même pas comment réussir ni quel métier exercer. Leur mot d'ordre, c'est plutôt : tente ta chance un peu partout, il y aura bien quelque chose qui marchera. Dans la vie, les possibilités ne sont pas illimitées. »

Ils fumaient. Dhrubo se pencha en avant pour se débarrasser de quelques morceaux de tabac qui étaient tombés sur sa chemise. « L'an dernier, Madna a battu tous les records de chaleur en Inde, non ? Ça va être un autre monde. Ça risque d'être très édifiant. » Dhrubo tendit le joint à Agastya.

« Excellente qualité. Comment tu vas faire à Madna pour le sexe et la marijuana ? »

Le train le plus rapide mettait dix-huit heures pour rallier Delhi à Madna, mais, bien sûr, il se contentait de traverser la gare de Madna dans un sifflement aigu. Au moment où celui qui s'y arrêtait quitta Delhi, Agastya fit un signe d'adieu à son oncle avant de s'enfermer dans les toilettes pour fumer un nouveau joint. Dans son compartiment était assis un autre voyageur pour Madna, un ingénieur affecté à une obscure centrale thermique. La sempiternelle conversation ferroviaire s'engagea et Agastya dut bientôt décliner son identité.

« Agastya ? Qu'est-ce que c'est que ce nom ? » demanda l'ingénieur d'un ton presque agressif. C'était un homme grand et désagréable. En outre, sa malle ne s'encastrait pas sous la couchette inférieure mais il n'autorisait personne à poser les pieds dessus.

« Dans le Ramayana, c'est un ermite qui vit dans la forêt, un grand ascète. C'est lui qui donne à Rama l'arc et la flèche. C'est aussi un personnage du Mahabharata. Il traverse les monts Vindhya et les empêche de s'étendre. »

L'ingénieur parut mécontent, presque suspicieux, comme si Agastya venait de lui vendre un aphrodisiaque. Il interrompit le jeune homme en glapissant de surprise : « Excusez-moi, vous êtes de l'I A S ? Vous n'en avez pas l'air. » Il lui jeta un regard dubitatif. « Vous ne ressemblez même pas à un Bengali. » Il prononça *Bungâli.*

Agastya était à moitié bengali. Sa mère était une Goanaise catholique. Il n'avait d'elle que de vagues souvenirs : elle était morte alors qu'il n'avait pas trois ans. Agastya était barbu et mince comme un athlète. Il ne nourrissait pas de passions dévorantes et, du moins avant qu'il n'aille à Madna, fort peu d'ambition.

Dehors, la campagne indienne défilait. Des centaines de kilomètres d'un paysage familier et cependant inconnu, seulement entrevu par la fenêtre des trains. Jusqu'à présent, Agastya avait toujours vécu dans les villes. Petites gares miteuses des bourgades où le train ne s'arrêtait pas, villes qui semblaient jolies derrière la vitre du compartiment, regards patients et sans curiosité des passants, bicyclettes déglinguées arrêtées devant un passage à niveau, enfants couverts de boue, buffles au bord d'un étang. Au mieux, ces endroits n'avaient été pour lui que des noms dans les journaux cités à l'occasion d'une inondation, d'un conflit de castes au cours duquel des familles entières de *harijan*[1]

1. Tous les termes hindis en italique sont expliqués dans le glossaire.

avaient trouvé la mort, ou mentionnés lors de la visite en hélicoptère d'un Premier ministre après une catastrophe ou avant une élection. En contemplant ce monde lointain, il éprouva un sentiment d'insécurité : il allait vivre pendant des mois dans l'un de ces petits points de ce vaste arrière-pays.

Le train avait quatre heures de retard. Il faisait nuit quand il arriva à Madna. Petite gare éclairée par un néon, chiens errants, coolies, vendeur de biscuits et de thé, famille de mendiants en train de se disputer autour d'un robinet dans une langue inconnue. Un homme au teint basané s'approcha de lui et marmonna quelque chose. Agastya sourit et lui dit en hindi :

« Pouvez-vous parler hindi ? Il me faudra un certain temps avant de comprendre cette langue. »

Embarrassé, l'homme sourit à son tour et demanda dans un hindi rauque et accentué :

« Vous êtes M. Sen, I A S ? »

À Madna, le sigle I A S allait être attaché à son nom au point de devenir son surnom.

Dans la jeep, il comprit combien l'air était étouffant.

« Où est-ce que je loge ?

— Dans la *rest house* du gouvernement, monsieur », répondit l'homme au teint basané assis à l'arrière – d'après ce qu'il venait d'annoncer, c'était un *naib tehsildar*. « Qu'est-ce que c'est que ça ? » s'interrogea

Agastya. « À Madna, l'hébergement des fonctionnaires de l'État est un problème, monsieur », avait ajouté l'homme. Pendant un an, Agastya allait passer d'une chambre de *rest house* (pièce que pour une obscure raison on appelait « suite », en prononçant « suie ») à une autre. Du nomadisme, en quelque sorte.

Aperçus de Madna *en route*[1] : *dhaba* vendant bétel et cigarettes, étals de nourriture douteuse éclairés par d'aveuglantes lampes à kérosène, bétail, *rickshaw* roulant dans un grincement métallique, chuintement des camions passant sur une canalisation éclatée. Agastya avait l'impression d'être dans la peau de quelqu'un d'autre.

Son apprentissage commença le soir même de son arrivée. La chambre qu'il occupait à la *rest house* était grande et meublée comme une maison. Un lit, une coiffeuse, une table de salle à manger et quatre chaises, un sofa, deux fauteuils, un bureau et sa chaise, deux petites tables et une belle étagère. Elle ressemblait au débarras d'un receleur de mobilier. « Pourquoi tous ces meubles ? Je n'ai pas besoin de tout ça.

— Comment ? »

À côté du *naib tehsildar* se tenait le cuisinier de la *rest house*, un homme morose avec une barbe grise de trois jours. Il parlait hindi à contrecœur. Des enfants

1. En français dans le texte.

de différents âges se tenaient debout sur le pas porte. Ils respiraient la bouche grande ouverte.

« Pourquoi un sofa ?

— Pour les invités, monsieur.

— Je n'en veux pas. Enlevez-moi ça. Il y a beaucoup trop de choses. Vous ne pouvez pas en emporter ?

— En emporter ? »

Ils finirent par le faire, le visage décontenancé et les bras tendus par l'effort. Ils appelèrent d'autres serviteurs à la rescousse et tirèrent le lit sous le ventilateur. En sueur, Agastya donnait des directives en hindi. Il commença à sentir les piqûres de moustiques. « Y a-t-il de l'insecticide ici ? Un produit qu'on vaporise ? »

Vasant, le gardien-cuisinier, lui jeta un regard assassin par-dessus le dossier du divan.

« Ah oui, monsieur. Moustiques épouvantables, ici », dit le *naib tehsildar* en souriant. Ils passèrent la pièce au Flit.

Puis Vasant apporta le dîner sur un plateau. Le *naib tehsildar* restait planté sur le seuil, ne loupant jamais une occasion de se montrer à Agastya : une épaule, une chaussure, une jambe, chaque morceau de son anatomie paraissant dire : « J'espère que vous allez continuer à vous sentir mal à l'aise et bien dépaysé ici. » Le dîner était épouvantable. Le *dal* avait un goût de shampooing tiède parfumé aux épices.

L'odeur du Flit dans les narines, Agastya était terrorisé à l'idée d'absorber pendant plusieurs mois ce type de repas. « Vous cuisinez toujours comme ça ? » demanda-t-il à Vasant par l'intermédiaire du *naib tehsildar.* Vasant répondit que oui. Puis le *naib tehsildar* déclara que le préfet avait donné l'ordre au cuisinier de faire bouillir l'eau potable d'Agastya, car l'hépatite et le choléra étaient endémiques à Madna. Et maintenant que le *naib tehsildar* s'était acquitté de cette tâche, il allait prendre congé, avec la permission de monsieur.

Dix heures. Agastya était sur la véranda, devant sa chambre. Des centaines d'insectes différents tournaient autour du néon. Des lézards imprudents tombaient sur le sol en faisant un bruit mou. Ce type de cottage comportait deux pièces. Agastya en occupait une. La seconde était fermée et silencieuse. Il y avait d'autres cottages semblables au sien et, à environ soixante mètres, la grande *circuit house.* Quelques lumières étaient allumées dans l'enceinte du bâtiment où deux jeeps étaient garées. Agastya se trouvait à mille quatre cents kilomètres de Delhi et à plus de mille kilomètres de Calcutta, les deux villes de son passé.

Avant de se coucher, il alluma sous la table un bâtonnet d'encens pour chasser les insectes et s'enduisit tout le corps de crème antimoustique. Il dormit sous une moustiquaire, mais les moustiques eurent raison de lui. Trois fois au cours de la nuit, il émergea de la moustiquaire en se débattant contre leurs nuées. Dans la lueur de la véranda, d'autres vrombissaient.

Le premier réveil à Madna fut atroce (« J'étais baisé, comme Adam déchu », écrivit-il plus tard à son amie Neera, de Calcutta). Il ouvrit les yeux avec difficulté avant de comprendre que les moustiques s'en étaient même pris à ses paupières. Il regarda le plafond de bois tout en se disant qu'une journée qui commençait par un sentiment de dégoût s'annonçait plutôt mal. Il se regarda dans la glace : deux points rouges et gonflés s'étalaient sur sa joue droite, à la naissance de la barbe, et un autre au-dessus de l'oreille gauche. « Les moustiques de Calcutta sont plus civilisés, ils ne piquent jamais au visage » pensa-t-il. Madna avait prélevé sur lui sa première dîme de sang. « L'éléphantiasis est une maladie incurable. non ? »

Il sortit pour demander du thé à Vasant. Au-delà de la véranda, l'éclat du soleil blanchissait les autres bâtiments. Il avait l'impression que le soleil lui calcinait la tête et le cou. Il était huit heures et quart du matin et il sentait les rougeurs s'étendre sur toute la surface de sa peau. On était pourtant à la fin de l'été.

L'année précédente, Madna avait battu tous les records de chaleur – l'endroit le plus torride de l'Inde. Elle avait bien quelques rivales traditionnelles dans le

Deccan, mais chaque année ses habitants étaient presque sûrs que la température de leur ville et de leur district serait plus élevée que celle de ses concurrentes. En hommage à cette canicule (mais en réalité pour éviter les coups de soleil), dès huit heures du matin, les habitants s'enroulaient la tête et les oreilles d'une serviette de bain ou de table qu'ils retiraient après le coucher du soleil. Plus tard, Agastya prit grand plaisir à en porter une et alla même jusqu'à se faire photographier avec. Il en vint également à penser que ceux qui voyaient venir l'été avec crainte et qualifiaient le soleil de dur, d'impitoyable ou de débilitant, en faisaient au mieux un misérable mastodonte anthropomorphe[1]. Bien sûr, la chaleur alourdissait les mollets et déshydratait la tête, mais le soleil, comme tant d'autres choses à Madna, eut pour Agastya une fonction pédagogique. Il lui enseigna les aphorismes du sens commun : « ne va pas à l'encontre des processus naturels », semblait dire l'astre brûlant ; « ici, reste à l'intérieur autant que possible, et essaie de mener une vie nocturne » ; « ce n'est pas la peine d'explorer le monde car toute beauté ne se révèle que dans l'obscurité ou dans le demi-jour de l'aube ».

1. Dans le panthéon hindou, Surya, le dieu-soleil, est représenté sous la forme d'un homme debout conduisant le char céleste.

Si Madna avait été Delhi et son climat moins chaud, et si Agastya s'était réveillé plus tôt, il serait allé faire son jogging quotidien. Au lycée, il était un bon coureur de fond. Courir lui paraissait un excellent moyen de commencer la journée et de se remettre les idées en place. Mais ce matin-là, il revint dans sa chambre et se demanda s'il n'allait pas fumer un joint. Après tout, la jeep ne viendrait pas le chercher avant onze heures. Tout en délibérant, il en roula un, qu'il fuma. Puis il mit la cassette de *Shyama*, un opéra de Tagore, et s'allongea pour contempler la pièce.

Il fallait qu'il s'organise, qu'il défasse correctement ses bagages et réfléchisse un peu à la situation. Il devrait sans doute fumer moins : se défoncer seul dans un lieu inconnu avait quelque chose de risqué. Au moins, la chambre était grande, c'était déjà ça.

Accrochées sur le mur, au milieu des lézards, lui faisaient face ce qu'il allait plus tard appeler les « incontournables croûtes des *rest houses* ». Celle de sa chambre représentait un soleil couchant se reflétant dans l'eau – ce qui faisait deux soleils –, un bateau mené par un batelier portant un chapeau conique japonais et, sur la berge, deux arbres semblables à des champignons géants. Plus il était défoncé, et donc détendu, plus il s'étonnait, en toute objectivité, de l'absence d'imagination de cette toile. Il essaya sans succès de visualiser le peintre. Qu'est-ce qu'il avait essayé de faire : se brosser les dents ou se mettre la queue dans la bouche ? Chaque coup de pinceau manquait totalement d'inspiration. Irrité, Agastya se leva, monta sur une chaise et décrocha le tableau.

Au dos, entre les toiles d'araignées et la poussière des années, il lut, inscrit dans une encre brunie par le temps : « Donné à la *circuit house* de Madna, ma seconde résidence exécrée, par R. Tamse, ingénieur en chef adjoint des Travaux publics, 4 juillet 1962. » Sous cette dédicace on pouvait lire un étonnant poème écrit dans la même encre brune :

Loin de ma vie d'antan et de mon épouse
Tant de jours passés dans cette circuit house.
Loin de Goa, ma terre bien-aimée
Sur ce travail de bureau, je dois trimer.

Le tableau prenait une signification différente et un peu moins ridicule. Il représentait une Goa vue par une imagination désespérée, née de l'isolement et peu encline à la création artistique. Tout à coup, Agastya eut l'impression de mieux voir Tamse. Il devait être petit, rondelet et totalement indifférent à son poids, donc satisfait de lui-même ; gentil et légèrement mal à l'aise en compagnie de gens comme Agastya. Tamse ne s'adonnait certainement pas à la marijuana ni à une masturbation très inventive, pas plus qu'il ne courait les femmes. Qu'avait-il bien pu faire dans une chambre et un endroit pareils ? Peut-être l'avait-on convaincu qu'il était doué pour la peinture et la littérature. Ou son père lui avait-il dit – une de ces formules typiques des paternels fiers de leur descendance : « Tu dois cultiver ces talents comme une seconde corde à ton arc. » Tamse, solitaire, ne s'était pas laissé aller à la solitude ; dans son désert affectif, il avait recréé une image de sa terre natale. Après tout, peut-être que ces arbres-champignons et ces deux couchers de soleil étaient bien ceux qu'il voyait de sa fenêtre, et que les bateliers de Goa portaient des chapeaux coniques japonais.

Agastya tournait et retournait le tableau, essayant d'associer les coups de pinceau au poème. Il aimait ce vers : « Loin de ma vie d'antan et de mon épouse ». Au moins, Tamse admettait que sa femme lui manquait. D'autres auraient eu honte de l'avouer. Tamse était également sentimental, sinon, il n'aurait pas fait don de cette peinture. Malgré son absence totale de talent, la toile était une tentative pour partager un état d'esprit et une expérience. Agastya sourit aux murs bleus et pensa qu'il finirait bien par s'y habituer lui aussi.

On frappa à sa porte un coup bref et timide comme un rongeur qui détale. Apparut un homme noir vêtu du *khadi* blanc des plantons de l'administration. C'était Digambar, le serviteur attaché à son service pendant la durée de son séjour.

« Nettoie ce tableau et remets-le à sa place », ordonna Agastya.

À onze heures, encore défoncé, il se rendit à la préfecture pour rencontrer R. N. Srivastav, IAS, préfet et magistrat du district de Madna, l'homme qui allait être son patron et son mentor pendant ses mois de formation

Le découpage administratif de l'Inde en districts est en grande partie la création de la colonisation britannique, tout comme le réseau ferroviaire et la langue anglaise, qui sont autant de legs complexes et pesants du Raj. Mais l'indianisation (d'un processus administratif ou linguistique) fait partie intégrante de l'histoire indienne. Avant 1947, le préfet était un être inaccessible au commun des mortels. De nos jours, ses portes sont grandes ouvertes, essentiellement parce qu'il effectue un travail différent et plus difficile qu'autrefois. Il est tout aussi humain et faillible qu'avant, mais maintenant on peut le lui reprocher. Il n'en continue pas moins à exhiber toute la vieille panoplie du pouvoir (désormais indianisée) : le gyrophare orange sur le toit de la voiture officielle, la place réservée au premier rang lors d'un récital de sitar qui ne débutera pas avant son arrivée – et auquel il ne se rendra pas avant de s'être assuré par téléphone que tous les invités sont déjà installés. À Madna comme dans toute l'Inde, on mesure l'importance d'un haut fonctionnaire au temps qu'il se fait attendre avant un concert. Les organisateurs de ces spectacles ne leur en tiennent jamais rigueur. Sans doute s'attendent-ils à une telle attitude de leur part, ce qui est déplorable, ou peut-être essaient-ils de leur plaire, ce qui est encore pire.

L'administration est une affaire compliquée. Et un jeune bureaucrate dénué d'esprit d'initiative ne peut s'initier à ses méandres. Il a fort peu de chances d'apprendre quelque chose en observant le savoir-faire d'un collègue. Agastya n'apprit rien. Au début, son ignorance l'inquiéta ; ensuite, il décida de ne s'en soucier vraiment que lorsque les autres s'en apercevraient.

La préfecture de Madna était un bâtiment parmi d'autres situé sur un vaste terrain (que l'on ne pouvait pas appeler enceinte parce qu'il n'y avait ni mur ni porte) près de la gare. Dans l'obscurité de la nuit précédente, ces édifices avaient échappé à Agastya. Sur la route non goudronnée, la jeep avançait tout doucement au milieu des gens et du bétail. Il vit plusieurs drapeaux flotter contre la dure chaleur du ciel. Il supposa que le drapeau national était celui planté sur le toit de la préfecture. « Qu'y a-t-il dans les autres bâtiments ? demanda-t-il.

— Le bureau du préfet de police, monsieur, et là-bas, les habitations des fonctionnaires de la police », répondit le *naib tehsildar* assis à l'arrière de la voiture. « Après tout, qu'est-ce que ça peut bien faire ? »

pensa Agastya. « Voilà le tribunal du district et derrière, ce grand bâtiment que vous voyez, c'est le conseil du district, poursuivit l'homme.

— Vous voulez dire le bâtiment sur lequel il y a aussi le drapeau national ?

— Oui, monsieur. Et de ce côté-là se trouvent les bureaux du sous-préfet, du *tehsildar*, etc. » Tandis que le fonctionnaire montrait les différents édifices, le chauffeur faillit écraser une gamine en train de déféquer sur le bord de la chaussée. Il l'insulta dans la langue locale.

À gauche s'étendait une sorte d'étang constitué d'une eau épaisse et verte d'où émergeaient des buffles béats. Des tas de gens étaient assis sur leurs talons, en train de fumer, le regard vague ou résolument fixé sur tout ce qui bougeait. La plupart portaient un *dhoti* blanc, une *kurta* et la calotte de Gandhi. (« Ou bien la calotte de Nehru ? » se demanda Agastya.) Certains avaient une serviette nouée autour de la tête. La jeep fendait la foule en pétaradant, klaxonnant avec irritation. Les gens assis sur la chaussée se levaient et s'écartaient au dernier moment, à contrecœur ; d'autres leur jetaient des regards noirs. La route était le seul endroit que les pluies de Madna ne transformaient pas immédiatement en torrent de boue ; c'était donc leur lieu de rencontre privilégié.

« Ils se couvrent la tête à cause de la chaleur, non ?

— Oui, monsieur. »

Mieux valait ne pas faire de remarques sur l'apparence des habitants, mais plutôt s'enquérir de leurs problèmes de santé. Il essaya de nouer son mouchoir sur sa tête, mais celui-ci se révéla trop petit. Le *naib tehsildar* gloussa de satisfaction :

« Trop petit, monsieur. Serviettes faciles à trouver dans le bazar. Si monsieur désire, j'achèterai.

— Oui, merci. Ce serait très bien. Combien ça coûte ?

— Pas vous soucier du prix, monsieur.

— Bien sûr que si ! » dit Agastya en lui tendant un billet de vingt roupies.

Le *naib tehsildar* éleva les mains comme pour chasser avec horreur la réponse d'Agastya : « Non, monsieur, pas s'inquiéter. Faut pas à peine, monsieur. » Agastya s'arrêta un moment sur le « faut pas à peine ». Qu'est-ce qu'il voulait dire par là ? Ignorant les petits rires gênés et les gloussements du *naib tehsildar*, il fourra le billet dans la poche de la chemise du fonctionnaire, entre l'étui à lunettes, les papiers et les stylos.

Pendant toute sa période de formation, Agastya ne put jamais s'habituer à la foule massée à l'extérieur des bureaux de la préfecture.

« *Tous* ces gens travaillent ici ?

— Oui, monsieur », répondit le *naib tehsildar*, sans doute légèrement surpris par la stupidité de la question. Les hommes avaient l'expression résignée de ceux qui attendent l'ouverture d'une réunion politique présidée par un démagogue chevronné, Nehru, ou l'un de ses successeurs. Ils lui paraissaient défoncés. Leurs yeux vitreux, sans doute à force d'attendre, suivaient mécaniquement et sans curiosité tous les mouvements qui se produisaient autour d'eux.

Tout près de la préfecture, il vit du cannabis qui poussait à l'état sauvage. C'était sympa et, d'une certaine manière, symbolique. Il faudrait qu'il y revienne seul, un soir.

La préfecture était un bâtiment en pierre d'un étage. Des bancs et plus de gens encore qu'à l'extérieur encombraient les couloirs. Le *naib tehsildar* conduisit Agastya jusqu'à une salle assez grande remplie de bureaux inoccupés. Ils passèrent par une autre porte. Un gros homme plein de zèle les apostropha : « Oui ? » Le *naib tehsildar* lui murmura quelque chose à l'oreille et le bonhomme ventru adopta immédiatement une attitude obséquieuse : « Bonjour, monsieur. Préfet pas encore arrivé. Moi, Chidambaram, adjoint du préfet. Suivez-moi, s'il vous plaît, dans le bureau de l'adjoint préfectoral, monsieur. »

Ils poussèrent une autre porte, traversèrent un couloir central lui aussi fourmillant de gens, encombré de bancs et d'énormes climatiseurs. Ils parvinrent devant une troisième porte au-dessus de laquelle était inscrit : « C. K. Joshi, Adjoint préfectoral ». Trois hommes se tenaient à l'intérieur. Chidambaram marmonna quelque chose. Ils se levèrent, serrèrent la main d'Agastya et se présentèrent. Agastya ne retint pas un seul nom et d'ailleurs il s'en moquait éperdument. « Grâce à la marijuana. »

Une agréable conversation formelle s'engagea. On apporta un épais thé sucré qu'ils burent dans les soucoupes pour le faire refroidir. Après quelques lentes et incertaines supputations, Agastya déduisit que l'homme à sa droite devait être Ahmed, le type jovial derrière le bureau répondait sans doute au nom de Joshi, et, selon toute probabilité, Agarwal était le fonctionnaire debout à droite du bureau. D'emblée, Ahmed, regard vide et sourire faux, lui parut antipathique. Quand quelqu'un d'autre que lui prenait la parole, il n'écoutait pas mais gardait les yeux baissés sur ses gros avant-bras, qu'il pliait et dépliait. Ahmed et Agarwal étaient tous deux adjoints au préfet, recrutés locaux. « De toute façon, pour moi, c'est de l'hébreu », pensa Agastya en faisant néanmoins un signe de tête approbateur qu'il espéra porteur du respect requis.

Il apprit enfin, et par hasard, ce qu'était un adjoint préfectoral – une personne recrutée au niveau des États et non pas sélectionnée comme les IAS par le gouvernement fédéral –, et quelle place occupait un *naib tehsildar* dans la hiérarchie du département des impôts fonciers. Il ne fit aucun effort pour connaître ce monde nouveau qui lui semblait de moins en moins intéressant au fur et à mesure qu'il se révélait à lui. Au fil des mois, il mit même un point d'honneur obscur et pervers à étendre les limites de son ignorance.

Assis au milieu des trois hommes, Agastya fut à nouveau assailli par un sentiment d'irréalité. « Je n'ai pas l'air d'un bureaucrate. Qu'est-ce que je fais là ? J'aurais dû être photographe, réalisateur de films publicitaires, ou quelque chose dans ce genre. Un boulot superficiel, dans une ville. »

« Quel âge avez-vous, monsieur ?

— Vingt-huit ans », répondit Agastya, qui en avait vingt-quatre. Il se sentait d'humeur à mentir et, en plus, il n'aimait pas leurs têtes.

« Êtes-vous marié ? »

Encore une question qui exigeait qu'il se définisse. À chaque interrogation, Ahmed se penchait en avant, le cou tendu, la tête inclinée dans une attitude de déférence.

« Oui. » Il se demanda pendant quelques secondes s'il devait ajouter : pour la seconde fois. « Et votre femme, monsieur ? » En prononçant le mot « femme », la voix d'Agarwal baissa d'un ton. Pendant son séjour, toute allusion aux épouses fut murmurée d'une voix basse et teintée d'embarras. Agastya ne sut jamais pourquoi. Il supposa qu'avoir une femme signifiait baiser, chose obscène.

« Elle est en Grande-Bretagne. Elle est anglaise. Mais elle est allée là-bas pour se faire opérer d'un cancer du sein. » Il fut alors saisi d'une envie irrépressible de montrer avec ses doigts la taille de la tumeur et, par la même occasion, celle du sein. Il décida cependant de garder cette démonstration pour l'avenir. Quelques mois plus tard, il déclara à l'inspecteur du cadastre que sa femme était une Norvégienne musulmane.

Il continua sur ce mode, peu soucieux des détails. Ses parents étaient dans l'Antarctique, membres de la première expédition indienne là-bas. Oui, même sa mère, qui avait soutenu un doctorat d'océanographie à la Sorbonne. Puis, au bout d'un moment, les questions se tarirent. Plus tard, il se sentit coupable, un bref instant.

Chidambaram passa la tête dans l'entrebâillement de la porte pour dire que le préfet était arrivé. Joshi accompagna Agastya. Srivastav, le préfet, était petit et gros. Au moment où ils pénétrèrent dans son bureau, il était en train d'engueuler un individu debout devant lui. Il leur demanda de s'asseoir et continua sa diatribe. « Quand on est capable de rembarrer un subordonné dans sa langue natale, c'est qu'on la possède vraiment », pensa Agastya. À l'autre extrémité du bureau se tenait un solliciteur au teint foncé, tremblant et pleurant à chaudes larmes comme s'il venait d'être battu. Le vieil homme que le préfet engueulait se révéla être le fonctionnaire chargé de l'approvisionnement du district. Plus tard, Agastya constata que ces fonctionnaires vieillissants de la préfecture se ressemblaient tous, qu'ils avaient le même visage mou des gens qui ne voient presque jamais le soleil. Ils portaient des chemises aux couleurs pâles sur des pantalons amples, les poches de leurs chemises déformées par les stylos et les étuis à lunettes. Il se dégageait d'eux une douce odeur typiquement indienne d'huile capillaire parfumée ou de *paan*. Ils étaient capables de supporter, avec la placidité des buffles, les hurlements de leurs supérieurs zélés. Le visage du responsable de l'approvisionnement luisait doucement sous les salves rageuses du préfet.

Ennui grégaire. Agastya se souvint brutalement d'avoir déjà éprouvé cette impression, mais où ? Il se retrouva brusquement trois ans en arrière, au collège, pendant un cours d'anglais, un livre intitulé *Absalon et Achitophel*[1] ouvert devant lui. Il était défoncé et regardait évoluer la nouvelle enseignante. La nervosité la rendait agressive. À côté de lui, son copain Narasimhan, lui aussi défoncé, avait posé une question idiote. « Votre question n'a pas de sens », avait-elle rétorqué en cambrant les seins. Les ricaneurs avaient ricané. Narasimhan avait péniblement gribouillé une

1. Livre de John Dryden, auteur dramatique et essayiste anglais (1631-1700).

longue note sur le livre de Dryden et le lui avait passé. « August, dis-lui ça : Oui, ma belle salope, je saisis à pleine main tes fesses plates, ma bouche baise tes seins, et je te mords de désir entre ton absalon et ton architophel. » Le rire d'Agastya avait réussi à réveiller les derniers rangs. Il s'était retrouvé à la porte.

Le responsable de l'approvisionnement s'essuyait le front avec un mouchoir multicolore. Oui, c'était bien ça : un ennui grégaire. Il sourit à la pensée du rapport qui s'était établi entre une phrase d'un poète anglais du XVIIe siècle et un petit fonctionnaire en sueur dans le bureau du préfet de Madna.

Le préfet s'arrêta pour reprendre son souffle avant de s'adresser à Agastya : « Bonjour. Il va falloir vous habituer à ça. Le travail d'un administrateur n'est pas facile. » Puis il reprit sa diatribe contre son subordonné qui transpirait à grosses gouttes. Au bout d'un moment les hurlements cessèrent et le fonctionnaire se dirigea vers la porte. Sur le seuil, il se tamponna à nouveau le visage avec son mouchoir multicolore. L'homme qui pleurait partit à son tour, après de nombreux *namasté* et deux demi-prosternations, son front venant toucher le bureau du préfet.

Srivastav sourit à Agastya. Ses favoris dessinaient deux triangles à angle droit, le creux de ses pommettes formant l'hypoténuse.

« Alors, Agastya ? D'où ça vient ce nom, Agastya, *bhai* ? »

« Espèce d'ignare, quand tu étais dans le ventre de ta mère, en train de baver et de pisser, elle ne t'a jamais bercé en te récitant des vers d'une épopée hindoue ? » Agastya eut envie de dire : « Agastya est un nom sanskrit pour tout hindou orthodoxe qui chie une seule crotte tous les matins. » Mais le préfet n'attendait pas vraiment de réponse. Conversation hachée tandis qu'il parcourait les dossiers :

« Quelqu'un est venu vous prendre à la gare hier ?

— Oui, monsieur.

— Comment est la chambre de la *rest house* ?

— Pleine de moustiques, monsieur. »

Le préfet jetait sur le sol tous les dossiers qu'il venait de classer. Selon leur épaisseur, ils atterrissaient dans un bruit sourd ou un claquement sec. C'est ainsi que le haut fonctionnaire érodait les montagnes de papiers qui trônaient sur son bureau. Les chemises gisaient sur le sol comme des cadavres sur un champ de bataille, lui donnant peut-être l'illusion qu'il était le vainqueur.

« Ah, les moustiques, oui, je vois ça sur votre visage. »

Un bref regard de biais avant de poursuivre :

« Je vous le dis, Madna est sans aucun doute l'un des lieux les plus insalubres de l'Inde. La chaleur, l'humidité, les maladies, tout y est. Est-ce que vous faites bouillir votre eau ? J'ai demandé au *naib tehsildar* de vous le dire.

— Merci beaucoup, monsieur, mais je crains que le cuisinier de la *rest house* n'ait pas tout à fait compris ce que signifie le mot bouillir.

— Eh oui, vous allez avoir un problème de langue à Madna. Ici, ils ne savent même pas parler hindi correctement. » Il appuya sur la sonnette et commanda du thé. Il se rejeta en arrière et poursuivit d'un air menaçant :

« Vous savez, dans le nord de l'Inde, au Bengale et même ailleurs, tout le monde se débrouille en hindi. »

Agastya était un peu décontenancé par les airs renfrognés du préfet. Plus tard, il comprit que c'était son visage officiel. Chez lui aussi, il lui arrivait d'arborer cette mine sombre, mais seulement lorsqu'il parlait du bureau, ou lorsque sa femme et ses enfants se comportaient comme ses subalternes.

« Maintenant tout ce qui émane du gouvernement central est écrit en langue vernaculaire. Ils pensent que ça va accroître l'efficacité administrative. » Il s'essuya le visage avec une serviette jaune.

« Des abrutis, ces types ! »

Il jeta un regard menaçant à Joshi :

« Monsieur Joshi, trouvez un répétiteur pour monsieur Sen. Plus tard, vous devrez vous abonner à un journal local. Ça vous aidera. Mais ne prenez pas le *Dainik*, il ne publie que des sottises ! »

Joshi prenait note, le stylo pointé, prêt à enregistrer tout ce que le préfet allait dégorger. Le calepin de

Joshi semblait irriter Srivastav, car cela l'obligeait à faire des phrases intelligentes. Il appuya à nouveau sur la sonnette : « Chidambaram, apportez le *District Gazetteer*[1] à monsieur Sen.

— Vous permettez que je jette un coup d'œil sur la carte ?

— Je vous en prie. Pendant ce temps, je termine mes affaires. »

Agastya se leva et se dirigea vers l'immense carte du district accrochée au mur, derrière Srivastav. Au premier regard, il ne put rien localiser. Il finit par trouver Madna. Mon Dieu, ce district était immense. La frontière méridionale semblait très boisée : « Ça fera une belle région à visiter », se dit-il. La voix de Srivastav lui parvenait par intermittence : « Je vais suspendre ce parasite de fonctionnaire de l'approvisionnement. Le marchand de ciment corrompu du *taluka* de Pinchri nous a encore vendu son foutu sable pour du ciment. Et mon subordonné n'arrive pas à l'épingler parce qu'il touche sa commission... » Agastya contemplait l'improbable, c'est-à-dire que bientôt, d'ici à quelques mois, il proférerait ces mêmes invectives pour l'heure incompréhensibles, et agirait en conséquence. Chidambaram, chargé d'un épais livre

1. Manuel de type encyclopédique établi initialement par les fonctionnaires britanniques et concernant chaque district indien.

noir, lui toucha le coude. Agastya alla se rasseoir avec le *Madna District Gazetteer.*

« Ne le lisez pas maintenant. Emportez-le avec vous. C'est une lecture passionnante. »

Agastya ouvrit le livre.

« Il date, monsieur. Il n'a pas été remis à jour depuis 1935. »

Srivastav prit son air renfrogné.

« Qui a le temps de le faire ? Ou vous travaillez, ou vous écrivez. Ces fonctionnaires britanniques n'avaient rien d'autre à faire. »

Il prit sa tasse de thé. « Vous n'allez pas tarder à découvrir comment les gens d'ici boivent leur thé. Toujours dans la soucoupe. Regardez. »

Ils observèrent Joshi qui, souriant, versait le thé dans sa soucoupe. « C'est meilleur comme ça », dit-il.

Srivastav, qui semblait avoir beaucoup de choses à dire à son *protégé*[1], ne savait pas par quoi commencer. Il sautait du coq à l'âne. « Vous avez un exemplaire de votre programme de formation. Pendant les deux derniers mois, vous serez chargé des problèmes de développement, mais avant vous serez affecté à différents bureaux de district. Pendant les trois premières semaines vous resterez à la préfecture. Pour cette première semaine, vous serez à mes côtés afin de comprendre en quoi consiste le travail d'un préfet. Après

1. En français dans le texte.

tout, d'ici à quelques mois vous serez adjoint préfectoral dans un petit sous-district. Vous ferez ce que je fais au niveau du district.

— Oui, monsieur.

— Il y a une réunion d'intégration au Gandhi Hall à midi et quart. Nous devons y aller.

— Intégration ? Vous voulez dire intégration nationale ?

— Oui, mais ici, on appelle ça autrement. » Srivastav appuya sur la sonnette et dit quelque chose à l'huissier de service. Joshi quitta la pièce. « Regardez bien le nombre de gens qui viennent voir un préfet chaque jour. Ils viendront vous voir aussi quand vous serez chargé du développement », déclara-t-il en jetant un regard renfrogné à Agastya, puis aux villageois que l'huissier venait d'introduire dans le bureau.

Avec déférence, ceux-ci ouvrirent une feuille de papier qu'ils remirent à Srivastav. Les nombreuses pliures noires du document témoignaient de son tortueux périple des mains d'un fonctionnaire indifférent à un autre. Une conversation s'amorça. Le regard menaçant de Srivastav s'adoucit au fur et à mesure qu'il comprenait le motif de la requête. Les voix des paysans se faisaient plus assurées. Pendant que le préfet griffonnait quelque chose, les villageois attendaient, patients et passifs, leurs puissantes mains jointes en un geste de supplication. Il se dégageait d'eux une odeur de sueur et de terre, mais ils n'avaient rien d'excitant, pensa Agastya dans un demi-sourire absent. Non, ils étaient simplement tristes. Agastya se sentit vaguement coupable d'avoir eu une telle pensée. De temps à autre, deux d'entre eux le regardaient. Décidément, il détonnait dans cette préfecture.

Il y eut des visiteurs toute la journée. Il essaya de les situer. Vu que les conversations lui échappaient totalement, c'est tout ce qu'il pouvait faire. Les solliciteurs restaient toujours debout. Srivastav ne les faisait asseoir que s'il semblait que l'affaire prendrait du temps. Ils ne s'asseyaient que sur le bord de la chaise. D'après le peu qu'Agastya pouvait saisir, soit par intuition, soit grâce aux gestes ou aux quelques rares phrases en hindi ou en anglais, la diversité des doléances était ahurissante – et l'autorité du préfet couvrait un district de dix-sept mille kilomètres carrés, selon le premier paragraphe du *Gazetteer.* Quelqu'un avait empiété sur la terre d'un plaignant et celui-ci n'avait reçu aucune aide du *tehsildar* ; l'auxiliaire de police d'un petit village était complice d'un meurtre et toute la hiérarchie policière semblait le soutenir ; des journaliers qui travaillaient à la réfection d'une route se plaignaient que l'entrepreneur les payait irrégulièrement ; ailleurs, un *naib tehsildar* harcelait une autochtone ; dans un autre village, un marchand frelatait son kérosène. Au début, Agastya fut impressionné par l'assurance et l'aplomb des réactions de Srivastav : il semblait savoir exactement ce qu'il convenait de faire dans chacun des cas. Quelques solliciteurs plus tard, Agastya changea d'avis et pensa, tout en s'émerveillant des favoris du préfet, qu'il ne *pouvait* pas en être autrement depuis le temps qu'il traitait ces affaires.

Ces solliciteurs expliquaient en partie la foule devant la préfecture. Mais il y avait d'autres visiteurs, fonctionnaires subalternes affectés à différents bureaux qui avaient été convoqués ou venaient rendre compte d'une affaire. Ils ne s'asseyaient pas avant d'en avoir été priés. Puis venaient les professionnels du potin, les plus gourmands en temps, mais que Srivastav ne pouvait s'aliéner parce que ces groupies des politiciens locaux lui permettaient de prendre le pouls de Madna. Sycophantes chevronnés, ils flattaient le préfet jusqu'à la caricature. D'autres apportaient des invitations, ils seraient très heureux si M. le préfet et Mme Srivastav (au cours de l'année ils allaient inclure « M. Sen, I A S », rajouté après coup à l'encre sur le carton) les honoraient de leur présence à l'occasion de la fête sportive de leur école ou pour célébrer le quatre-vingtième anniversaire de quelque obscur vétéran local de la lutte pour l'Indépendance qui avait peut-être eu la chance extraordinaire d'être incarcéré une fois avec Gandhi.

Seuls quelques rares visiteurs entraient en coup de vent avant que leur nom, inscrit sur un bout de papier, ne les ait précédés : le député de Madna et deux hommes aux yeux rouges, membres de l'Assemblée de l'État. Agastya prenait un grand plaisir à cette longue classification spéculative. Au sommet de la hiérarchie, il plaça les très rares personnes dont Srivastav serrait la main en se penchant en avant et auxquelles il offrait une tasse de thé. Ce matin-là, il n'y en eut que deux, le député et le directeur général d'une fabrique locale de papier.

Une grande plaque en teck portant les noms de tous les préfets du district de Madna depuis 1902 était accrochée au mur derrière Srivastav. Les premiers étaient anglais ; un certain Avery avait administré la région pendant six ans, de 1917 à 1923.

Agastya eut faim. Pour apaiser les tiraillements de son estomac, il imagina les horreurs que Vasant lui réservait pour le déjeuner.

À midi moins le quart, le préfet dit à l'huissier : « Je recevrai les autres à mon retour. Va chercher le chauffeur. » Dès que Srivastav sortit dans le couloir, les plantons, les solliciteurs, les groupies des politiciens se raidirent et arrêtèrent net leur bavardage. Ils avaient l'air solennels et fautifs. « Comme s'ils avaient comploté de déshabiller le préfet », pensa Agastya.

La chaleur était accablante. La voiture se fraya lentement un passage dans la foule. « En plus du gyrophare, ce véhicule a une sirène. Je mets toujours les deux pour aller au bureau », déclara Srivastav. Ils dépassèrent le champ de cannabis sauvage et l'étang. Les enfants sautaient d'un buffle à l'autre. « Quand il pleut, le bétail campe dans les couloirs de la préfecture. C'était la même chose à Azamganj, où je suis né. Au début, je me disais qu'une préfecture remplie de vaches et de chiens errants ne pouvait exister qu'à Azamganj. Maintenant, je me dis que c'est banal. » Un homme passa la tête par la vitre avant et les fixa d'un air vide. Le chauffeur le repoussa d'un ton hargneux. « Vous êtes un citadin, poursuivit le préfet, cet endroit va vous sembler très différent. Mais vous finirez par vous y habituer. » Quelqu'un frappa du poing sur l'arrière de la voiture, dans un geste d'ennui et d'affection. Srivastav regarda la sueur perler sur la peau d'Agastya : « Vous trouvez qu'il fait chaud ? Vous verrez en mai. Les habitants disent qu'à ce moment-là les oiseaux tombent du ciel, raides morts. »

Dès qu'il eut quitté le terrain où s'élevaient les bureaux, le chauffeur devint plus téméraire.

« Qu'est-ce que c'est que cette réunion pour l'intégration ? demanda Agastya.

— Oh, il y a quelques mois, de graves émeutes ont eu lieu entre hindous et musulmans. Tout le monde a été surpris parce que Madna n'avait jamais connu de problèmes intercommunautaires. Je crois qu'Antony, le dernier préfet, a été transféré à cause de ces heurts. On dit qu'il s'y est mal pris, mais il est plus vraisemblable que les politiciens qui étaient derrière ces émeutes avaient besoin d'un bouc émissaire. Ces salauds de politiciens... Ce n'est que lorsqu'on est chargé du développement que l'on apprend vraiment à les connaître. À la suite de ces affrontements, on a créé un comité d'intégration qui se réunit une fois par mois. Des *goonda* hindous et musulmans se retrouvent, mangent et perdent leur temps ensemble. Quant à vous, mangez le moins possible : la nourriture est infecte. »

Les rideaux bruns de la voiture ne parvenaient pas à dissimuler la ville. Des rues étroites, de vétustes baraques de deux étages, des gens et des animaux apparemment insensibles à la chaleur. Srivastav perçut sans doute l'état d'esprit d'Agastya car il lui dit : « La ville compte deux cent mille habitants. Parfois, je pense que le développement de Madna est une histoire typiquement indienne. Autrefois, c'était un district comme un autre avec des forêts riches et des traditions tribales qui faisaient sa fierté, ce qui était une manière de faire oublier son retard économique. Et puis on a trouvé du charbon, du mica, du calcaire. C'est devenu l'une des zones industrielles les plus riches du pays. Et maintenant on a du pétrole. Les usines ont entouré la ville, il s'en construit presque une par jour. » Le véhicule crissa de rage devant un cycliste qui lui coupa la route et s'engouffra à toute allure dans une petite allée latérale pas plus large qu'un bureau. « Le développement est une affaire délicate. Ce n'est pas forcément une chose positive si ça crée des lieux comme Madna. Mais le vrai problème, ce sont les priorités : à quoi va-t-on utiliser l'argent ? Exploiter le charbon, le pétrole, planifier la ville ou s'occuper des forêts ? Et puis il y a la pression du temps. On n'en a jamais assez. Mais vous découvrirez un autre aspect des problèmes de développement quand vous en aurez la charge : la course folle pour remplir les objectifs fixés. » Srivastav continuait à parler, les yeux mi-clos, sans jamais regarder Agastya, comme s'il s'enregistrait sur un magnétophone.

Cette transmission de sagesse était étonnante, surtout lors d'une première rencontre. Pourtant cette situation devait se répéter souvent avec Srivastav et le préfet de police. Lorsque des fonctionnaires supérieurs partageaient la banquette arrière d'une voiture avec un jeune bureaucrate, ils avaient l'habitude de théoriser, d'essayer d'expliquer, d'impressionner, de faire la leçon, de justifier.

Le véhicule était sans cesse coincé par des bicyclettes ou des *rickshaw* qui se comportaient comme une escorte qui aurait soudain décidé de jouer avec la limousine. Agastya entrevit des bribes de vie : mains veinées sur le guidon d'un vélo, homme vidant un seau dans l'égout, mollets tendus d'un conducteur de *rickshaw*, chemises collées de sueur faisant cercle autour d'un marchand de jus de fruits. Mais, les mois suivants, il ne découvrit quasiment rien de la véritable Madna : la vie des modestes vendeurs de bois et de produits forestiers, celle des mineurs, des ouvriers des fabriques de papier, des boutiquiers, des propriétaires de cinémas et de restaurants. La réalité du district qu'il vécut et dont il fut témoin était son versant officiel, mortellement ennuyeux, commun à toutes les circonscriptions. Ce monde comprenait les préfets, les fonctionnaires chargés des projets de développement, les préfets de police, et leurs cohortes de subordonnés, tous détenteurs d'une parcelle d'autorité, maussades ou résignés s'ils avaient été envoyés loin de chez eux. Ils en profitaient pour acheter du mobilier bon marché en attendant d'être affectés dans une région plus agréable.

Le Gandhi Hall était un immeuble de trois étages qui s'élevait derrière le commissariat de police. Une fraction de seconde, Agastya se dit que le bâtiment venait d'être bombardé. Avec ses vitres brisées, ses vieux murs décrépis, le bâtiment avait l'air de surgir d'un flash d'actualités sur Beyrouth, tout étonné d'avoir survécu. Au-dessus de la porte, une bannière rouge, et à l'extérieur la statue d'un homme petit et gros, des lunettes sur le nez, une tige de fer dépassant de son cul.

« C'est la statue de Gandhi ? » demanda Agastya, étonné.

Srivastav eut un rire aigu.

« Évidemment. De qui pensiez-vous qu'il s'agissait ?

— Bof... Et cette tige métallique, monsieur ? »

Le rire du préfet redoubla. « C'est pour soutenir la statue. Elle est tombée juste quelques jours après avoir été installée. Madna vous réserve bien d'autres surprises, Sen. »

En un instant les *goonda* se jetèrent sur eux. Ils entourèrent Srivastav avec effusion. Mêlée de *khadi* blancs et de dents rouges[1], parfum de l'huile capillaire couvrant l'odeur d'urine, regards noirs jetés sur Agastya – il ne cadrait pas dans le décor. Srivastav le présenta à quelqu'un. Les autres n'entendirent que I A S et se mirent immédiatement à plat ventre devant lui.

Larges escaliers, murs barbouillés de crachats de bétel rougeâtres évoquant un massacre sanglant, pression de la foule, sons d'une langue étrangère. Tout à coup, il se rappela Prashant qui un jour au collège – la vie était alors plus simple – lui avait désigné un crottin de cheval sur une petite route de montagne : « Eh, l'Anglais, je parie que tu peux pas lécher ça, j' parie ! – Oh, pas de problème, si tu me donnes quelque chose qui en vaille la peine. Une rente mensuelle jusqu'à la fin de mes jours, par exemple. »

Au deuxième étage se trouvaient une grande salle de réunion et une seconde bannière rouge sous laquelle trônait un gros policier débonnaire. « S'il

1. Mâcher du bétel pendant des années rougit les dents et les gencives.

portait des lunettes, il ressemblerait à cette statue de travelo à l'extérieur, le Mahatma en pierre », pensa Agastya.

« Sen, je vous présente M. Kumar, le préfet de police de Madna. »

Ils pénétrèrent tous trois dans la grande pièce. Kumar posait à Agastya des questions dont il ne pouvait entendre les réponses. Dans la salle, des décorations de papiers de couleurs, des matelas recouverts de draps blancs et de coussins, et des ventilateurs qui augmentaient l'humidité. Les genoux de Kumar craquèrent bruyamment quand il s'assit. Un *goonda* se joignit à eux et s'adressa à Agastya en hindi.

« Vous faites aussi partie de l'IAS ?

— Oui, je suis en stage de formation. »

Et encore des questions. Bien que la présence de Kumar tempérât ses mensonges, Agastya ne put s'empêcher de raconter qu'il avait gravi l'Everest l'été précédent. Les *goonda* sortirent préparer leur bouffe. Kumar s'affala sur son coussin tout en se tapotant la cuisse et dit tout à coup :

« Agastya, c'est un nom très bengali, n'est-ce pas, *yaar* ?

— Oui, monsieur.

— Pourquoi est-ce que les Bengalis se choisissent toujours des noms si compliqués ? »

Agastya sourit.

« Le préfet m'a dit que ces réunions avaient lieu tous les mois, monsieur. Qu'est-ce qui se passe ici ? »

Kumar fronça les sourcils et regarda autour de lui pour voir ce que faisait la foule et s'ils étaient nombreux à le regarder. Une clique de groupies entourait le préfet.

« En apparence, rien d'intéressant. On mange juste quelques cochonneries ensemble et on passe la semaine suivante à soigner notre estomac. Mais ça nous aide à comprendre bien des choses. Ces gens nous renseignent sur ce qui se passe dans le district : les ragots et les informations que notre police et les agents du fisc ne nous transmettent pas parce qu'ils sont impliqués dans ces affaires. »

La voix de Kumar se fit dictatoriale.

« Une administration efficace rencontre les habitants de son district et leur montre que le préfet et le chef de la police ne sont pas des bêcheurs tyranniques, mais qu'ils aiment leurs concitoyens. C'est l'Inde, *bhai*, un pays indépendant, pas celle des Britanniques. Nous sommes les serviteurs du peuple. »

Un *goonda* offrit un *paan* à Kumar qui le fourra dans sa bouche.

« Vous avez un côté anglais.

— Comment ça, un côté anglais ?

— Un Indien qui parle anglais mieux qu'aucune langue vernaculaire du pays, je dis qu'il a un côté anglais. C'est pas mal, non ?

— Oui, monsieur.

— Bon, alors, l'Anglais, vous voulez regarder des films anglais sur une vidéo ?

— Oui, monsieur.

— Venez quand vous voulez. J'ai les dernières sorties : *La Malle des Indes*, *Amadeus*, *Les Joyaux de la Couronne* et des tas d'autres. Venez. »

Kumar fit un signe de la main à quelqu'un à l'autre bout de la pièce. L'homme lui rendit son salut.

« Mais dites-moi, pourquoi tous ces films anglais sur l'Inde comportent-ils des scènes de viol ? Il y a toujours un Indien qui viole une Blanche. Sathe – vous connaissez Sathe, le clown de Madna ? – dit qu'être violée par un homme à la peau sombre est un fantasme de femme blanche. »

L'homme qui avait salué Kumar le rejoignit. Tous deux se mirent à bavarder. Un groupie vint tenir compagnie à Agastya.

« À quoi sert cette salle de réunion, d'habitude ? »

La question laissa son interlocuteur perplexe.

« Oh… à tout, répondit-il en haussant les épaules, les vasectomies ou les ligatures des trompes organisées par le planning familial, les championnats de ping-pong de l'école, les tournois de bridge, les réunions du club des jeunes, les réceptions de mariage… vraiment tout. »

« Et tout ça en même temps, j'espère », pensa Agastya, qui ne put s'empêcher de poser une autre question. « Qui a construit la statue de Gandhi dehors ?

— Un ingénieur des Travaux publics qui s'appelait Tamse. Il était ici il y a quelque temps. Il a été en poste à Madna deux ou trois fois. » Un mauvais souvenir plissa le visage du groupie.

« Il est plein d'enthousiasme, mais pas doué. En plus il peint, et très mal. J'étais là quand ils ont installé la statue. Tout le monde était furieux, mais c'était trop tard. »

Un gamin tendit à Agastya une assiette qui contenait des *laddu*, des *samosa* et des *chutney*. Agastya pouvait presque entendre les condiments lui susurrer : « Salut, je m'appelle choléra, et toi ? »

« Non merci, je n'en prends pas.

— Quoi ? » aboya le gamin.

Agastya se tourna vers le groupie qui se trouvait à côté de lui.

« Je ne peux rien manger. Ma mère est morte aujourd'hui.[1]» L'homme lui jeta un nouveau regard perplexe.

« Je veux dire que c'est l'anniversaire du décès de ma mère. Donc je jeûne. » Pendant un moment, il fut sur le point d'ajouter : « C'est une pénitence, parce que je l'ai tuée. »

1. En Inde, lors du décès d'un parent, la famille observe un jeûne allant de dix à treize jours.

La perplexité plissa à nouveau le visage de son voisin.

« C'est succulent, pourtant. Prenez-en un petit peu.

— D'accord », acquiesça Agastya. Il mangea à toute vitesse. En fait, il avait très faim. Il avala même une seconde assiette tout en imaginant la crasse sous les ongles du chenapan qui travaillait aux cuisines.

La conversation se poursuivit. Agastya faisait tout pour entretenir l'étonnement de son interlocuteur. Le préfet et le chef de la police discutaient avec animation. Comme ce matin dans le bureau de Srivastav, Agastya fut à nouveau assailli par le sentiment qu'il vivait la vie de quelqu'un d'autre. Il regarda sa montre. Treize heures quarante-cinq. Avant Madna, à cette heure-ci, il était chez son oncle en train de bavarder de choses et d'autres autour d'un brunch. Il se souvint du professeur Upadhyay, le directeur de son département d'anglais à l'université, et plus particulièrement de ses mots lors de leur dernière rencontre. Le professeur était un petit homme amer. « Je suis heureux pour vous, Agastya, vous partez pour un endroit qui a plus de sens que celui-ci, avait-il dit en désignant d'une main les livres qui les entouraient et de l'autre les travaux pratiques empilés sur son bureau, car cet établissement est une parodie, une vaste rigolade. Ils essaient de faire un second Cambridge ici. Dans mon ancienne université, j'enseignais *Macbeth* en hindi à mes étudiants en maîtrise de littérature anglaise. En Inde, l'anglais est une chose absurde. Maintenant, vous allez vous trouver dans une situation plus réelle. Plus jeune, j'ai voulu passer le concours de l'Indian Administrative Service. J'aurais dû le faire. Maintenant, je passe mon temps à écrire des articles sur I. H. Myers et Wyndham Lewis et à enseigner Conrad à une bande d'imbéciles. »

La dérive : telle allait être l'une des préoccupations chaotiques d'Agastya dans l'incertitude de l'année à venir. Combattre un sentiment de gâchis allait en être une seconde. Et d'autres ruminations dans le fatras de son esprit : apitoiement sur lui-même sous des cieux défavorables, imprévisibilité de ses réactions face à Madna, son travail ou plutôt son incapacité à s'y adapter. Et des cogitations plus abstraites : sa place dans le monde, son avenir, la nature insaisissable et narquoise du bonheur, l'éventualité de sa réalisation.

En revenant de la réunion pour l'intégration nationale, Srivastav demanda à Agastya : « Alors, que pensez-vous de notre préfet de police ? » Agastya sourit bêtement. « Vous devez lui rendre une visite officielle à son bureau cette semaine ainsi qu'au juge de district et au fonctionnaire chargé du développement. À personne d'autre. D'habitude, ce genre de réunion dure bien plus longtemps. Il y a toujours des imbéciles pour faire un discours. Mais je l'ai écourtée parce que j'ai beaucoup de travail au bureau. Vous prenez combien de repas par jour ? » Srivastav sautait à nouveau du coq à l'âne.

Agastya s'étonna de cette question.

« Trois », répondit-il. Peut-être Srivastav connaissait-il des gens qui en prenaient quinze.

« Puisque vous commencez à travailler je vous conseille d'en prendre deux par jour, un avant le bureau et un autre après. Suivez mon exemple. Les bureaux de la préfecture ouvrent à dix heures et demie et j'arrive à onze heures pile. » Il dit cela comme s'il s'agissait d'une grande vertu. « Pas question de rentrer déjeuner chez soi. Avant, notre préfet de police avait d'autres habitudes, mais je les ai rectifiées. Il arrivait au bureau à dix heures et demie, repartait chez lui à une heure et dormait jusqu'à quatre heures ! Il ne revenait pas avant cinq heures. J'ai rectifié tout ça ! » Srivastav sourit au souvenir de son triomphe. « Pendant toute une semaine, j'ai téléphoné à son bureau vers trois heures sous un prétexte ou un autre. On me répondait toujours qu'il était chez lui. On ne pouvait pas me mentir, à moi le préfet, et dire qu'il était sorti. Alors je l'appelais chez lui. Son planton de service ne pouvait décemment pas me dire, à moi, qu'il dormait, donc on le réveillait. Quand il me parlait, il ne pouvait pas laisser paraître qu'il avait dormi. Toute une semaine comme ça. Il faut mettre au pas tous ces gens qui pensent qu'ils sont payés pour dormir l'après-midi. Kumar est un drôle de type. Il tient de grands discours sur l'obligation de servir le peuple, vous n'allez pas tarder à vous en rendre compte, mais comme policier, il est nul. Vous rentrez déjeuner à la *rest house* ?

— Euh… oui, je crois. » Décision malheureuse, parce que sa chambre était beaucoup plus chaude que le bureau de la préfecture. Mais Agastya voulait échapper au préfet et à son travail pour retrouver son autre vie. Une existence secrète qu'il allait mener toute l'année dans la chaleur et l'obscurité de la chambre de la *rest house* ou dans celles, analogues, d'autres établissements. Cette vie privée devint beaucoup plus passionnante et plus réelle que celle du monde extérieur. L'après-midi, il fermait les volets pour se protéger d'un monde incandescent. Les vitres étaient recouvertes d'un rose opaque. « Contre la luminosité », avait expliqué un ingénieur subalterne. « Pour l'intimité », avait dit quelqu'un d'autre. C'était l'univers de la marijuana et de la nudité, d'une musique désespérément déplacée (Tagore ou Chopin), et des pensées qui fermentent dans l'isolement. La chaleur, la contemplation de la sueur perlant sur la peau nue avaient quelque chose de vaguement érotique.

« D'accord, détendez-vous après le déjeuner. Pas la peine de précipiter les choses. Il vous faudra quelques jours pour vous habituer à la chaleur. Mais demain soir vous viendrez dîner chez moi », reprit Srivastav.

À la préfecture, Agastya changea de voiture : il troqua l'Ambassador[1] blanche pour une jeep. Le *naib tehsildar*, en nage, leva vers lui un visage épanoui. Parvenu à la *rest house*, il dit : « Moi, prendre votre congé, monsieur ?

— D'accord, merci. Revenez demain. »

En lui remettant une grande serviette blanche bordée de bleu, le *naib tehsildar* lui rappela la conversation qu'ils avaient eue sur le moyen de se protéger de la chaleur : « Nous en parler ce matin, monsieur.

— Ah oui, c'est vrai ! » s'exclama Agastya qui noua le tissu autour de sa tête. Le chauffeur et le *naib tehsildar* poussèrent un petit gloussement appréciateur. Agastya demanda au chauffeur d'appeler Vasant. Le haut plafond et la peinture de Tamse rendaient la chambre accueillante. Il n'avait pas faim mais il voulait du lait pour se persuader qu'il prenait bien soin de sa santé.

« Vasant, est-ce qu'il y a du lait ?

— Du lait ? » répéta le cuisinier comme si Agastya lui avait demandé de baiser sa femme. Avec sa serviette verte nouée autour de la tête, Vasant avait l'air encore plus fou, mais il était en parfait accord avec Madna. Agastya lui commanda une tasse de thé pour cinq heures et demie et le renvoya. Il avait trois heures devant lui et les attendait avec impatience. Il ferma la

1. Marque de voiture la plus répandue en Inde.

porte et se roula un joint tout en se demandant au son de quelle musique il allait changer de vêtements. Il fuma très lentement, jusqu'à ce que le temps et la plupart de ses problèmes perdent toute importance. À Madna, le temps vous réservait des surprises. À l'extérieur de la chambre, il passait avec lenteur, il était fastidieux, tandis que dans sa vie secrète, Agastya en savourait chaque seconde. Aucun acte n'était automatique : se changer, se brosser les dents devenaient des gestes sensuels. Il décida de mettre Keith Jarrett, un cadeau d'adieu de Dhrubo.

Il s'approcha du miroir de sa coiffeuse, se pencha jusqu'à ce que son nez touche la glace et se demanda en silence ce qui lui arrivait. Vingt-quatre heures s'étaient à peine écoulées qu'il se sentait déjà déséquilibré, sans avoir acquis en contrepartie une plus grande perspicacité ou un peu de sagesse. Allongé sur son lit, il regardait le plafond en bois. S'il se masturbait ce serait sans grand plaisir. « Qu'est-ce qui se passe ? se demanda-t-il à nouveau. Est-ce parce que c'est un endroit inconnu ? Oui. Est-ce que la vie citadine me manque ? Oui. Est-ce à cause de mon nouveau job ? Oui. Ce boulot est déroutant et ennuyeux. » Il attendait les moustiques. La lucarne de ventilation était ouverte. Quand le vent soufflait de son côté, sa chambre se remplissait de la puanteur des excréments. « Ma propre merde ne pue pas comme ça », pensa-t-il vaguement. Il commença à caresser son pénis distraitement puis écarta vivement sa main. « Pas de masturbation », décida-t-il brusquement. Il tenta de réfléchir à cette décision mais constata qu'il lui était impossible – et d'ailleurs inutile – de soutenir une pensée logique sur un sujet particulier. « Non, je ne gaspillerai pas mon sperme à Madna. » Ce n'était qu'une impulsion, mais il fallait qu'il la note. Il écrivit dans son journal : « À partir d'aujourd'hui, plus de masturbation. Un peu de volonté, espèce de connard. » Puis il réfléchit à son geste de bravade. Plus de masturbation du tout ? C'était impossible. Soudain, l'effet de la marijuana le terrassa et même cette question cessa de le tracasser. Il s'allongea de nouveau.

S'il s'endormait, il se réveillerait déprimé et lourd, la bouche pâteuse. Ce serait de toute façon du temps perdu.

Jarrett jouait, des notes douces et étrangères. Il comprit alors que la musique allait occuper une place importante à Madna. En faisant ses bagages, il s'était dit qu'il aurait beaucoup trop de quarante-deux cassettes. Soudain un coup violent fut frappé à la porte. Il sursauta. La chambre lui parut plus que jamais un lieu de refuge, précieux et secret, menacé par le monde incandescent du dehors.

Un gros homme pas rasé, les yeux injectés de sang sous l'effet de l'alcool, lui sourit.

« Moi, c'est Shankar, articula-t-il péniblement en hindi. Ma chambre… », ajouta-t-il en levant une main dolente vers le mur où était exposée la peinture de Tamse. Il désignait la pièce voisine qui avait une véranda commune avec celle d'Agastya. Celui-ci regarda sa montre. L'homme était soûl à trois heures de l'après-midi. D'emblée, il éprouva une profonde sympathie pour lui.

« Salut, je m'appelle Agastya Sen.

— Agastya ? Un beau nom. Très rare. Ça veut dire né d'une jarre. Elle est la matrice et donc la déesse-mère. Mais elle aurait aussi pu contenir du whisky védique. Un genre de *soma.* Une bonne qualité de scotch, douze ans d'âge. » Shankar s'appuyait contre la porte. Il bâilla en exhalant des effluves de whisky et de tabac à priser.

« Vous avez écouté Tagore ce matin. J'aime bien. Alors je suis venu pour qu'on fasse connaissance.

— Il fait très chaud ici. Pourquoi ne pas aller dans votre chambre pour bavarder ? » Agastya aimait l'idée de boire du whisky à trois heures de l'après-midi avec un étranger dans un lieu étrange.

Bien qu'identique à la sienne, la chambre de Shankar sentait terriblement mauvais : la chaleur, la gnole et le renfermé. Il avait gardé tous les meubles. Un homme ratatiné, vautré sur un divan, fit un signe de la main à Agastya.

« Mon frère cadet. Pas de problème. Il est fou mais très sympa. »

Agastya songea un instant à fumer encore un peu de haschich pour corser le whisky, mais il y renonça. D'abord, c'était au-dessus de ses forces. Ensuite, il ne savait pas comment Shankar et son frère prendraient la chose. Il se souvint en souriant des derniers mots de son oncle Pultu à la gare de Delhi : « Si tu dois fumer de l'herbe, fais-le en cachette. Ce n'est pas un penchant à afficher. » Il avait détourné les yeux. « Écris-moi dès que tu es installé. » Pultu s'était montré d'un cynisme cinglant lorsqu'il avait découvert Madan et Agastya en train de fumer lors de leur première année universitaire. Un dimanche d'hiver, les deux garçons étaient montés sur le toit. Madan tassait le joint. « Vous n'êtes qu'une génération de singes ! » Son mépris ne venait pas d'un sentiment de moralité outragée ni du souci de leur circulation sanguine. Mais Madan avait argumenté et poussé la conversation jusqu'à l'absurde : « Tout le monde fume en Inde, dans tous les villages au coucher du soleil, partout. » À l'observer en train d'essayer de les défendre – visage ingrat au-dessus de sa main qui ramassait haschich et poussières –, Agastya avait senti son estomac se contracter d'un rire silencieux. « Tous les ans, mon domestique en rapporte des tas de son village. Et August en fume depuis l'école. En tout cas, c'est ce qu'il m'a dit. » Là-dessus, le cynisme de son oncle s'était comme d'habitude transformé en fureur : « Le plus grand éloge qu'on puisse vous faire, bande de singes, c'est de vous traiter de camés occidentaux ! Et qui est August ? En ma présence, appelle-le Ogu. »

« Un verre ? » demanda Shankar qui lui versa une large rasade en partant d'un rire aigu. Agastya ne tarda pas à s'apercevoir qu'il riait tout le temps.

« Qu'est-ce que vous faites à Madna, monsieur Sen ?

— Je suis fonctionnaire au département des impôts fonciers. En stage de formation.

— Oh, oh, vous êtes de l'I A S. J'espère que vous ne recherchez pas une fonctionnaire du développement. » Shankar riait tellement qu'il lâcha sur son pantalon une généreuse bordée de postillons.

« Non, répondit Agastya.

— M. Sen n'a pas compris tes remarques idiotes et décousues, lança l'homme assis sur le sofa. Quand êtes-vous arrivé ? »

— Hier soir.

— Il y a quelques jours une fonctionnaire responsable du développement de Nurana s'est suicidée. Hier, le *Dainik*, une feuille de chou locale, a révélé qu'elle avait une liaison avec le préfet et qu'elle s'était tuée parce qu'il refusait de divorcer pour l'épouser.

— Vous voulez dire Srivastav ?

— Oui. » L'homme bâilla bruyamment.

« Je vais demander de l'eau fraîche », annonça Shankar qui n'avait manifestement pas apprécié la dernière remarque de son frère. Il se dirigea vers la porte d'un pas chancelant et appuya sur la sonnette qui ne marchait pas. Il donna un grand coup sec dans le tableau de distribution qui se décolla immédiatement du mur et se mit à se balancer, suspendu à un unique clou. Les débris se répandirent sur le sol et la poussière dans l'air. Une énorme et furieuse araignée déguerpit vers le plafond. Shankar quitta la pièce.

« Le *Dainik* a dit que M. Srivastav avait une liaison avec une fonctionnaire du développement ?

— Je ne mens jamais. »

« Hum, c'est *Dallas* », pensa Agastya. Il sourit à l'idée de son oncle qui pouvait disserter sur un sujet en adoptant autant de degrés de mépris, de mimiques et de tonalités qu'il évoquait de situations. Un jour, ils regardaient une série télévisée d'une profondeur métaphysique abyssale dont l'hôte, très attendu, n'arrivait pas avant les spots publicitaires qui clôturaient le programme. « C'est Godot », avait dit Agastya, mais son oncle Pultu n'avait pas ri. Quelques jours plus tard, alors qu'ils étaient allés voir tous les deux le nouveau stade de Delhi construit pour les Jeux asiatiques, Pultu lui avait demandé : « Pourquoi est-ce que la *première chose* qui te vient spontanément à l'esprit est toujours une obscure référence étrangère totalement coupée de la réalité qui t'entoure ? » Et juste à ce moment-là, il avait mis le pied dans une merde, ce qui l'avait rendu furieux.

« Mon jeune frère est gentil, mais un peu bête, dit l'homme allongé sur le divan qui se prénommait Shiv.

— Mais il m'a dit que vous étiez le cadet.

— Eh bien, il *est* bête. » Shiv se leva pour se verser un autre verre. Il était petit, mal habillé, émacié, les yeux délavés par l'âge.

« Shankar est ingénieur adjoint des Travaux publics, il travaille sur de petits projets d'irrigation. Il se fait environ trente mille roupies supplémentaires par an parce qu'il est moyennement corrompu. J'ai un accord avec lui : il me donne tous les ans un tiers de cet argent noir. En échange, je passe pour son serviteur personnel chaque fois qu'il a besoin de moi, par exemple quand on est loin de chez nous. Ça lui donne plus d'importance et ça le fait même passer pour un meilleur fonctionnaire. S'il le faut, je lui fais la cuisine, je lave ses vêtements et je lui achète son whisky et son *paan*. Et quand il est pas là, je couche avec sa femme. »

« Il ment, bien entendu, pensa Agastya, ou il est vraiment cinglé. » Peut-être cette forme de folie préludait-elle à l'ennui extrême. Ou, plus simplement, Shiv aimait-il inventer des histoires plutôt que relater par le menu l'horreur bénigne et la lassitude de sa vie assommante. Agastya eut le même type de réaction lorsque quelques mois plus tard, de retour à Delhi, il essaya de répondre aux questions que lui posaient Dhrubo et Madan.

« On est arrivés il y a environ une semaine, poursuivit Shiv. Il faudra des mois pour trouver un appartement. Shankar a été transféré de Koltanga où vit notre famille. » Agastya se souvint que, sur la carte, Koltanga était le nom d'un district adjacent.

Shankar revint avec un pichet : « Oh ! là, là, cette eau ! » Il traînassait dans la chambre en chantonnant. Puis, confortablement assis, il sourit béatement vers le divan.

« Alors, Shiv, content ?

— Je ne suis jamais malheureux.

— Il est un peu fou, expliqua Shankar à Agastya en pointant son index contre sa tempe, mais en fin de compte heureux. Avez-vous rencontré Sathe ? le clown de Madna ? Il m'a dit qu'il avait vu un film japonais dans lequel les jeunes d'une famille emmènent les vieux au sommet d'une montagne pour les laisser mourir. Ça m'a choqué, je peux vous le dire. » Il s'arrêta brusquement, les yeux plissés par la concentration jusqu'à ce que retentisse un énorme rot qui fut suivi d'un nouveau sourire de béatitude. « En Inde, on traite si bien nos parents et les autres gens. Ils restent toujours avec nous, donnent un coup de main dans la maison, comme mon petit frère, là. On ne les envoie pas dans les montagnes. »

Agastya l'interrompit : « J'ai lu quelque part un article disant que certains pensionnaires de l'asile de Ranchi étaient parfaitement sains d'esprit. Ils sont de trop à la maison et ça coûte moins cher de les mettre à l'asile. Et les veuves de Bénarès[1]...

— L'asile de Ranchi ? » demanda Shankar. Son visage laissait transparaître l'irritation qui naît de l'ahurissement.

« Vous savez, Ranchi, au Bihar.

— Ahhh... le Bihar », fit Shiv comme si ce seul nom expliquait tout. Se tournant vers son frère, il répéta : « Le Bihar. » Il tendit son verre pour que Shankar le remplisse et poursuivit : « J'ai également lu cet article. Il y est aussi question d'un homme devenu fou de jalousie parce que son frère couchait avec sa sœur et qu'ils ne lui permettaient pas de dormir avec eux. »

C'était une remarque que personne ne semblait être en mesure de commenter. Shankar remplit les verres.

« Monsieur Shankar, demanda Agastya, connaissez-vous un certain Tamse ?

— Oh ! oh ! oh ! Tamse ! » hurla Shankar dans un mélange de triomphe et de colère. Il éleva la main, geste qui se voulait un mouvement de mépris, mais elle heurta la colonne du lit à laquelle était accrochée

1. Allusion au fait que les veuves indiennes sont l'objet d'un ostracisme de la part de leurs proches qui les envoient parfois dans des mouroirs, les traitent souvent comme des esclaves ou les contraignent à la mendicité.

la moustiquaire qui tomba en un froissement doux. « Ce clown qui se prenait pour un artiste ! Un bouffon ! Je peux vous dire qu'il a saccagé plus d'une chambre avec ses toiles. Il y en avait une ici, poursuivit-il en pointant le mur de son doigt, mais j'ai dit : c'est elle ou moi, que Vasant la mette ailleurs, cette horrible croûte, avec ses couchers de soleil et ses bateliers. Il écrivait des messages idiots au dos de chacun de ses tableaux. Tamse est un artiste du gouvernement. Vous savez ce que ça veut dire ? Quelqu'un qui travaille tranquillement au bureau pendant la semaine et peint de la merde le week-end, quelqu'un qui n'est apprécié que des gens capables d'accrocher ce genre de toile dans les *rest houses* et pour lesquels les critères de l'art avec un grand A coulent dans nos égouts. La plupart des gens pensent que l'art est une blague, qu'on peut écrire un grand poème en buvant du thé ou en pétant, une chose banale, vous voyez. Les toiles de Tamse, c'est de la camelote. » Shankar termina sa tirade avec virulence puis balaya la pièce d'un regard furieux : « J'espère qu'à vos yeux je ne ressemble pas à un artiste ? demanda-t-il à Agastya.

— Non. » Shankar avait l'air d'un vendeur de billets de cinéma au marché noir.

« Je suis souvent passé à la radio. Si j'avais eu plus de volonté, j'aurais pu devenir une star. » Son visage prit l'expression solennelle d'un artiste sur le point de jouer. Puis, à la grande surprise d'Agastya, il chanta merveilleusement bien quelques couplets d'un *thumri*.

« Il chante très bien, dit Shiv depuis son divan.

— Pourquoi est-ce que je bois ? poursuivit Shankar. Parce que en Inde tous les chanteurs sont supposés boire, ça fait partie de leur image. L'alcool légitime mon manque de volonté. C'est plus facile d'être soûl que de se plier à une discipline, non ? »

Après un autre verre, Shankar demanda à Agastya :

« Est-ce que vous croyez à la déesse Jagadamba ?

— Euh... »

— Il le faut, c'est elle qui nous a réunis ici. Ce n'est pas le hasard ni le Destin, c'est elle qui a fait que nous sommes dans des chambres contiguës et que nous nous rencontrons. Sinon, comment ça aurait pu arriver ? Nous sommes tous les deux gouvernés par Saturne, c'est la seule chose que nous ayons en commun. Nous venons d'horizons différents, nous avons eu une éducation différente dans des lieux différents. Alors pourquoi ? Il doit y avoir vingt ans de différence entre nous deux. Parfois, j'ai l'intuition de choses mystérieuses et profondes. La musique et l'astrologie coulent dans mes veines. » Shankar leva son gros avant-bras poilu et hennit de joie : « Ils disent que tous les ingénieurs sont corrompus, proféra-t-il en rapprochant sa chaise d'Agastya, l'enveloppant d'une haleine de tabac à priser, de sueur et de whisky, et qu'ils se font de l'argent. Mais pas moi. » Il s'adossa, secoua la tête et écarquilla les yeux : « Pas moi. J'ai la musique et l'astrologie. Quelle est votre date de naissance ?

— Le 4 août 1958, mentit Agastya.

— Quel jour ?

— Vendredi.

— Vous vous souvenez de l'heure ?

— Huit heures et quart du matin. Ma mère m'a dit que ç'avait été très douloureux. »

Shankar posa les mains sur ses genoux, songea à faire l'effort de se lever, soupira puis se dirigea en vacillant vers une petite table, à la recherche d'un crayon et d'un papier. « Je vous ai vu cet après-midi et je vous ai aimé parce que vous avez besoin de l'aide de Jagadamba. De beaucoup d'aide. »

« Ça oui, j'en ai besoin, pensa Agastya. Est-ce qu'il est pédé ? »

« Maintenant, qu'est-ce que vous désirez le plus ? demanda Shankar en regagnant péniblement son siège.

— Ce que je veux, décida Agastya dans un sourire silencieux et cynique, c'est baiser la mère de Dhrubo » (fantasme adolescent de tous les amis de classe de Dhrubo et de Dhrubo lui-même qui, en revanche, ne voulut jamais l'admettre. La mère de Dhrubo était mince, chaleureuse et inaccessible). « Ce que je veux change d'un moment à l'autre », dit-il.

Cette réponse déplut fortement à Shankar qui secoua sa tête d'ivrogne.

« Vous devez être sincère », intervint Shiv tout à coup.

« Oh, qu'est-ce que ça peut bien faire ? » pensa Agastya. Il répondit : « Là, maintenant, je voudrais savoir à quoi ressemblera mon avenir... précisément... ce que je *fais* à Madna. Est-ce que je vais aimer ce genre d'existence... ma vie passée me manque. Je pense que c'est parce que j'y étais attaché... bon, ça se comprend... Bien sûr, ça ne fait qu'un jour que je suis arrivé, mais il me semble que ça fait beaucoup plus longtemps et je me sens bizarre... » Agastya sourit, un peu honteux de lui-même.

« Oh, Madna ! On se sent tous paumés ici, glousse soudain Shiv tandis que Shankar griffonnait d'obscurs calculs sur son papier. Vous devriez aller à Koltanga, c'est un bel endroit. »

« Un autre trou perdu dans l'arrière-pays », pensa Agastya.

« Vous quitterez Madna après le mois d'août pour un lieu où vous voulez aller, jeta Shankar par-dessus son épaule.

— Vous voulez dire que j'irai à Delhi ou à Calcutta pour les grandes *pouja* ?

— Quoi qu'il en soit, vous serez heureux après août. »

Shankar leva les yeux sur Agastya dont l'expression dubitative lui déplut.

« Vous n'y croyez pas ? Vous devez avoir confiance en Jagadamba.

— Qu'est-ce que ça veut dire, heureux ? »

« Mon Dieu, pensa-t-il, ce plouc aurait-il des dons d'oracle ? »

Puis il osa demander, non sans honte :

« Jagadamba a dit ça ? » Il aurait voulu le croire à tout prix.

« Oui, oui, elle me l'a affirmé.

— De toute façon, il faut bien croire en quelque chose, que ce soit un avenir meilleur, l'argent, l'irrationnel ou même l'athéisme. »

Lors de leur dernière rencontre, trois semaines avant qu'il parte pour Madna, le père d'Agastya lui avait brusquement dit : « Ogu, si nous avons de la chance, nous vivons, du moins pour la plupart d'entre nous, avec un vague sentiment d'insatisfaction. Un rythme particulier nous est imposé : la naissance, l'éducation, le travail, le mariage, puis à nouveau la naissance. Mais nous avons tous un esprit, n'est-ce pas ? » Comme d'habitude, son père parlait avec la prudence d'un homme taciturne et dénué d'humour. « Pour la majorité des Indiens de ton âge, le seul fait d'avoir un travail est déjà amplement suffisant. Mais toi, tu as eu plus de chance puisque tu as pu choisir. » C'était le soir, à Calcutta, ils marchaient sur la pelouse. Au-delà des murs, ils entendaient le grondement de la circulation sur Dalhousie Square (maintenant bengalisé en Binoy Dinesh Bagh). « Ça ressemble à un sermon paternel, n'est-ce pas ? Mais tu as toujours été élevé par des tiers, tes tantes et ton oncle Pultu à Delhi : toi et moi nous n'avons pas vraiment passé beaucoup de temps ensemble. »

Ils avaient fini la bouteille. Shankar rota et dit . « Monsieur Sen, est-ce que vous pouvez me prêter de l'argent ?

— Combien ? »

— Environ cent roupies », répondit Shiv, vautré sur le divan.

Agastya et Shankar sortirent. Il était cinq heures passées. Il faisait encore très chaud sur la véranda, même si elle était toutefois plus fraîche que la chambre. Le léger vent chaud qui lui chatouilla la peau surprit Agastya. Shankar partit avec l'argent en murmurant : « Je crois qu'on devrait tous dormir, maintenant. »

Agastya sortit une chaise sur la véranda et s'assit dans la touffeur de la fin d'après-midi, encore assommé par l'atmosphère confinée de la chambre de Shankar. Il se demanda si les deux frères lui rendraient l'argent, s'il s'agissait du paiement indirect de la bouteille ou si l'après-midi n'avait été qu'une longue arnaque pour lui extorquer ces quelques roupies.

Il avait envie de dormir, mais l'inertie l'empêchait de se lever de sa chaise pour rejoindre sa chambre.

Au-delà du gravier, il observa la *circuit house*, rose et sans vie. Sous le *pipal* qui ombrageait le parking, un chien errant se mordait la queue. Il se souvint alors qu'au cours de sa dernière année scolaire le nouveau professeur d'anglais leur avait demandé de rédiger un essai personnel et « sincère » sur le thème : quelle est votre ambition ? L'enseignant était lui-même un objet de curiosité car il prétendait être diplômé d'une université européenne. C'était son premier jour de classe et il avait agacé tout le monde en essayant d'être différent et de se montrer jeune et amical. Il avait d'abord parlé de lui. Tout le monde l'avait écouté dans un silence complètement indifférent. Puis Dhrubo avait brisé ce silence : « Ce que je voudrais savoir… » Mais toute la classe l'avait hué : « Personne ne veut savoir », « Intellectuel puant ! », « Nique ta mère d'abord ! ». Dhrubo avait réussi à couvrir leurs voix : « Je voudrais savoir ce que vous essayez de nous prouver avec votre diplôme européen ? » Il avait été envoyé dans le bureau du proviseur. Mais en fait, toute la classe lui en avait voulu d'avoir été dispensé de rédaction. Agastya avait écrit dans cet essai que sa véritable ambition était d'être un chien des rues apprivoisé parce que c'était la plus belle vie qui soit. Non seulement ces animaux avaient la nourriture assurée, mais comme ils n'étaient pas domestiqués, ils n'avaient pas à garder une maison, donner la patte, aller chercher des broutilles, être propres ou se livrer à toutes ces simagrées idiotes pour avoir leur pâtée. Quand ils avaient faim, ils étaient serviles et lèche-bottes ; une fois nourris et avant de dormir, ils se contentaient de remuer négligemment la queue au passage de leurs bienfaiteurs, investissement modeste pour leurs futurs repas. Un chien des rues est libre, dort beaucoup, aboie à l'improviste et seulement quand ça lui plaît, et a une intense vie sexuelle. Mais à sa grande indignation, ce stupide professeur l'avait obligé à lire sa rédaction à haute voix devant la classe. Au lieu de l'écouter, les élèves avaient hurlé : « Il ment, sa seule ambition est d'être anglo-indien ! » Le professeur avait également demandé à Prashant de lire son texte, lequel avait déconcerté tout le monde, car il expliquait que, pour des raisons inconnues, il voulait être tibétain.

Une silhouette tourna au coin de la *rest house* : Vasant enturbanné dans sa serviette verte apportait le thé d'Agastya. Le refuser signifiait parler. Le cuisinier déposa le thé sur le sol à côté de la chaise. Agastya observa la peau qui se formait à la surface de la tasse. Il essaya de visualiser le contenu de son estomac. Douze tasses de thés différents, l'espèce de crêpe-omelette du matin dont ni ses dents ni sa salive n'avaient pu venir à bout, les *laddu*, *samosa* et *chutney* verts de la réunion pour l'intégration nationale, le whisky de l'après-midi, bref, toute une fermentation et un bouillonnement qui alimentaient un brassage interne continu. Chaque jour, tous les estomacs étaient assaillis de la même façon, sauf chez ceux qui n'avaient pas assez à manger. Et dans ces estomacs-là, l'acide attaquait la chaude et rouge paroi stomacale. Agastya s'émerveilla du fonctionnement du corps humain.

Lorsque Vasant revint chercher la tasse, il refusa de dîner et rejoignit son lit. Il dormit d'un sommeil agité jusqu'à deux heures du matin, moment où les moustiques le réveillèrent.

La lumière de la véranda qui pénétrait dans sa chambre par la lucarne de ventilation diffusait une romantique lueur bleue. Il était trempé de sueur. Une atmosphère douce enveloppait la pièce comme si elle allait être le théâtre d'une passion. Il se leva, enleva la moustiquaire qu'il jeta dans un coin et se recoucha. Le ventilateur pouvait maintenant sécher sa transpiration. L'activité de son esprit, une véritable mêlée d'images, l'empêcha de se rendormir. Il se releva, s'aspergea le visage, et sortit sur la véranda dont il éteignit la lumière. Deux heures du matin. Madna s'était enfin rafraîchie. La lune montante était lumineuse. Les bâtiments semblaient flous et irréels, énormes créations en carton-pâte. Il se promena sur la véranda sans s'approcher de la porte de Shankar. Le simple souvenir de l'atmosphère renfermée de cette pièce le faisait suffoquer. Il eut envie d'en enfoncer les portes et les fenêtres afin de laisser pénétrer un peu d'air frais à l'intérieur. Sous l'effet d'une impulsion incontrôlable, il mit un short et des chaussures et commença à faire des pompes. Puis, avant que la raison l'en dissuade, il partit au pas de course.

Au-delà de la *circuit house* s'étendait un large terrain sans fonction précise. D'un côté, les cabanes des sans-abri, timides empiétements, de l'autre, des bâtiments décrépis.

Courir était merveilleux . synchronisation du mouvement, coordination des jambes et des bras, rythme, équilibre, halètement sain, illusion d'un corps parfaitement maîtrisé. L'esprit vagabondait agréablement, bridé par l'effort physique qui l'empêchait de sombrer dans le désordre. Agastya rit à l'idée que si quelqu'un le voyait, s'il réveillait l'un des dormeurs à l'extérieur des cabanes, il lui serait impossible d'expliquer cette course à deux heures du matin. À la lumière de la lune, il lut sur l'un des bâtiments : « Club de Madna, fondé en 1903 ». Au retour de son jogging, il se sentit heureux.

En se séchant sur la véranda, il se dit : « Si tu ne fais pas d'exercice tous les jours, tu... – il réfléchit un moment, s'efforçant de trouver une raison extrême – ... tu attraperas l'éléphantiasis. » Mais ça paraissait encore trop vague. « Si tu ne fais pas d'exercice tous les jours, à moins d'être malade, tu ne quitteras jamais Madna. » C'était beaucoup plus convaincant et c'est ce qu'il écrivit dans son journal, au-dessous des notes rédigées quelques heures auparavant.

À onze heures, la foule semblait plus dense que la veille autour de la préfecture. Il y avait davantage de jeeps. « Réunion des fonctionnaires des impôts fonciers, monsieur. Les quatre sous-préfets et les dix *naib tehsildar* sont arrivés. M. le préfet a dit que vous deviez y assister, annonça Chidambaram à Agastya en lui remettant une feuille de papier.

— Je ne peux pas lire ça[1]. Vous n'avez pas un double en anglais ? » Chidambaram lui remit un autre feuillet.

En tête de la feuille polycopiée, il lut : « Ordre du jour de la réunion mensuelle des fonctionnaires des impôts fonciers de Madna. » Il parcourut les principaux thèmes : « Campagne pour l'accroissement des revenus, collecte des taxes dues au gouvernement, détournement des fonds publics par les Patwaris, litiges concernant les impôts fonciers, litiges concernant les pensions des fonctionnaires. »

1. L'Inde compte quinze langues officielles très différentes les unes des autres, appartenant à quatre familles linguistiques.

« Hum, passionnant.

— M. Menon veut vous rencontrer. Il vous attend dans le cabinet du préfet.

— Qui est-ce ? demanda Agastya avec un air de conspirateur.

— Mais c'est un I A S, monsieur ! » Chidambaram était visiblement outré par son ignorance. « Il est de deux ans votre aîné, et sous-préfet de Rameri. »

Menon était un gros homme au teint clair. Il parlait d'une voix forte et aiguë. Au fil des mois, Agastya en vint à conclure que la suffisance de Menon était un trait endémique chez tous les fonctionnaires de l'I A S du district. Srivastav incarnait la forme de suffisance la plus tolérable, mélange de confiance en soi et de plaisir sans ostentation pour son travail (attitude confusément irritante). Rajan, qu'Agastya devait rencontrer un soir de novembre chez le préfet, représentait, avec son insupportable emphase, le pire exemple du fonctionnaire. Agastya en déduisit que le statut d'I A S impliquait une telle attitude. Kumar, le préfet de police de Madna, confirma ce point de vue durant le week-end qu'ils passèrent tous les deux à Mariagarh. « J'ignore comment ça se passe dans les autres pays, lui dit-il, mais en Inde, qu'il se lave le cul ou qu'il meure, le citoyen ordinaire est confronté à la pesanteur du gouvernement. Ces salauds de hauts fonctionnaires gonflés de pouvoir font les pitres, surtout dans un district. Être un petit dieu sur, disons, dix-sept mille kilomètres carrés, ne vous… quel est le mot déjà… incite pas à la modestie. Vous voyez, Sen, l'Inde a eu une véritable *tradition* bureaucratique. »

« Ah, Sen, enchanté de faire votre connaissance. Quand êtes-vous arrivé ? » demanda Menon. Les deux hommes s'assirent. À nouveau, Agastya fut sommé de décliner son identité et à nouveau il mentit, mais avec prudence.

« Je vois, fit Menon, ainsi vous êtes de Calcutta. Bien. Et les études ?

— Oui, j'ai fait des études.

— Bien sûr que vous en avez fait ! Mais je veux dire : où ?

— Euh… à Cambridge.

— C'est pas possible ! J'y étais moi aussi. Trinity College. C'est là que j'ai passé ma licence. »

« Aïe, aïe, aïe », pensa Agastya. Il se reprit : « Non, Cambridge dans le Massachusetts.

— D'accord, je comprends. C'est vrai qu'il y en a un autre là-bas. »

Un planton se précipita dans la pièce : « On a vu la voiture du préfet, monsieur, près de l'étang. » Il commença à édifier des gratte-ciel de dossiers.

Menon ramassa ses propres papiers posés sur la table.

« Vous avez lu ça ? » Il tendit un gros livre vert à Agastya : « *Chaleur et Poussière*, de Ruth Prawer Jhabvala. Je l'ai emprunté à la bibliothèque de la préfecture parce qu'on m'a dit qu'il s'agissait de la vie d'un adjoint préfectoral dans l'Inde britannique. Mais il ne s'agit pas que de ça. » Agastya feuilleta le livre au hasard. De nombreux passages soulignés avaient trait à un adjoint préfectoral qui faisait sa tournée tôt le matin afin d'éviter les deux inconvénients majeurs que mentionnait le titre. Des commentaires étaient inscrits au feutre rouge dans la marge : « Inutile aujourd'hui de porter le *sola topi*. Vestige du Raj. Nécessité d'indianiser la bureaucratie. » Et plus loin : « Question épineuse : l'épouse d'un haut fonctionnaire peut-elle avoir une vie sociale sans nuire à la dignité de la fonction ? »

« Quelqu'un a gribouillé sur le livre, dit Agastya.

— Oui, c'est moi. Je pense que je dois consigner mes convictions personnelles afin que les autres lecteurs aient au moins le choix de leurs opinions. Sinon, ils pourraient croire que ça se passe encore comme ça dans un district indien. »

La salle de réunion de la préfecture était grande et délabrée. Des pigeons étaient perchés sur les vasistas et des portraits d'hommes politiques indiens accrochés aux murs, Gandhi, Nehru, Tagore, Tilak[1] ainsi qu'un portrait « tamsévien » massacré qui pouvait être

1. 1856-1920, écrivain nationaliste indien.

celui de S. Naidu[1] ou de C. V. Raman[2] sans son turban. Tous les sièges placés sous les ventilateurs étaient occupés par des hommes d'une cinquantaine d'années. On avait mis un ventilateur sur pied, flambant neuf et d'un orange agressif, juste derrière la chaise du préfet. « Au moins six heures à se dandiner d'une fesse sur l'autre sur une chaise en bois tout en envoyant de temps à autre une furtive goutte de sueur sur son voisin, histoire de chasser l'ennui et l'incompréhension », pensa Agastya.

Le préfet arriva, l'air renfrogné. Dès qu'il montait dans sa voiture, il arborait son visage officiel. Tout le monde se leva. Il s'assit et commença à hurler. Agastya ouvrit son dossier, arrangea certains papiers en prenant l'air compassé qui convenait à la situation et écrivit quelques lettres pendant environ une heure. La première, destinée à son père, était une longue missive descriptive, d'une drôlerie suffisamment prudente pour cacher son sentiment de profond désarroi. Son père l'aurait peut-être compris, mais il en aurait été attristé. À ses yeux, la vie était une affaire sérieuse, un mélange de Marc Aurèle et du *Reader's Digest*. À certains moments, Agastya se sentait très loin de lui.

---

1. 1879-1949, poétesse et politicienne indienne qui joua un rôle prépondérant au sein du mouvement d'indépendance de l'Inde.

2. 1888-1970, Prix Nobel de physique en 1930.

Davantage par curiosité que par un sentiment de manque, il se demandait parfois à quoi sa mère aurait ressemblé si elle avait vécu plus longtemps. Ses tantes de Calcutta l'avaient fort bien remplacée. Sur les photographies, elle avait l'air quelconque, mais heureuse et quelque peu irresponsable, prête à toutes les excentricités comme se marier avec un Bengali hindou ou mourir de méningite.

La deuxième lettre était pour Dhrubo : des anecdotes aussi abominables qu'amusantes sur Madna, la plupart inventées, les autres exagérées. Agastya n'osait pas dévoiler ses véritables sentiments à un ami aussi proche que Dhrubo. Sans doute était-il trop embarrassé, ses impressions trop confuses ou trop secrètes. Mais, comme une tache qui se diffuse, les mots qu'il employa révélèrent une part de son moi. La troisième lettre était destinée à Neera, à Calcutta, et la dernière, pour son oncle Pultu, de Delhi, ressemblait beaucoup à celle adressée à son père.

La réunion se poursuivait. Le préfet continuait à exhorter ses subordonnés du département des impôts fonciers à faire preuve de davantage d'efficacité et de compétence. Tous approuvaient d'un signe de tête, prenaient des notes et essuyaient leur sueur. Ils avaient mis au point une admirable stratégie pour affronter ces meetings. Ils faisaient passer le temps en feignant de prendre des notes. Ils gardaient la tête penchée, échappant pendant de brefs intervalles à l'attention coléreuse du préfet. Ils parvenaient ainsi à dissimuler le vide de leur esprit – certains, comme Agastya, réussissaient même à écrire plusieurs lettres.

Midi et quart : le préfet n'avait toujours pas abordé le thème suivant du programme. Tout en observant la mine renfrognée et les favoris de Srivastav, Agastya s'émerveilla à nouveau devant l'aisance avec laquelle il s'exprimait dans cette langue étrangère. « Je ne peux quand même pas perdre mon temps comme ça, à écouter dans une langue inconnue des sujets tout aussi inconnus. » Il sourit. Il ne faisait que ce pour quoi il était payé, donc l'expression « perdre son temps » était inadéquate. Derrière lui, Ahmed, l'adjoint du préfet, lui dit : « Monsieur, le préfet vous regarde. » Agastya cessa de sourire. Il quitta la réunion peu de temps après, se leva, l'air résolu, comme s'il avait un travail urgent à faire. Depuis le petit cagibi qui servait de bureau à Chidambaram, il téléphona au préfet de police : « Monsieur, j'aimerais vous rendre une première visite officielle à votre bureau.

— Hé ! J'en serais très honoré, *bhai*, honoré.

— Puis-je venir maintenant, monsieur ?

— Mais quand vous voulez. Oui, maintenant. »

Sur un bout de papier, Agastya écrivit : « Monsieur, j'ai voulu rendre visite au préfet de police qui m'a convoqué à midi et demi précis. Je reviendrai ici après mon rendez-vous. » Il donna le mot à Chidambaram : « Remettez ça au préfet un peu plus tard. »

La route qui menait au bureau du préfet de police passait devant les champs de cannabis sauvage. D'un geste désinvolte, il en cueillit quelques feuilles qu'il mit dans ses poches. En chemin, il fit attention aux trous et à la variété d'excréments qui pavaient la route. Un buffle qui passait par là balança négligemment sa queue et déposa un peu de sa bouse sur son avant-bras. « Espèce de salaud », l'insulta Agastya. Il gratta la bouse contre un arbre et renifla son bras. L'odeur persistait. Puis il se mit à rire : « Comme si ma vie n'était pas assez dingue ! Il faut même que j'enlève de la merde de mon bras. »

Devant la porte du préfet de police se tenait un vieux planton mesquin et malicieux. « J'ai rendez-vous avec le préfet de police à midi et demi. » Même à ses propres oreilles cette phrase paraissait peu crédible. « J'aurais peut-être dû me raser la barbe et les cheveux, avoir une grosse bedaine, et porter une perruque de cheveux plats et gominés. »

« Ah, Sen, entrez », dit Kumar en lui désignant une chaise de son gros bras. Il y avait un autre homme dans le bureau. Fort et mou, comme s'il avait été autrefois un champion de poids et haltères et qu'un beau jour il avait tout à coup compris l'inutilité de tout effort physique. Visage rougeaud, joyeux et couperosé par l'alcool. Sur ses genoux, un exemplaire de la série télévisée de la BBC intitulée *Yes, Minister*.

« Sen, je vous présente M. Govind Sathe. »

Agastya lui serra la main.

« Vous êtes l'IAS en stage de formation ?

— Vous êtes le clown de Madna ? » Tous éclatèrent de rire.

« Qui vous a dit ça ? »

La pièce était entièrement recouverte de panneaux de bois. L'un des murs était tapissé de bouts de papier. Liste des préfets de police et des commissariats, nombre d'actes de banditisme, vols et meurtres commis l'année précédente.

« Sathe est un journaliste pourri. D'ailleurs, ça se voit », dit Kumar. Sathe rit. Il riait pleinement, de tout son corps.

« M. Sen ignore encore tout de la presse locale. Certains journaux n'ont qu'une page, à peine plus large que la paume de ma main. Les quotidiens sortent le jour où ils ont pu concocter un scandale ou une histoire sanglante et les hebdomadaires le dimanche, quand il y a des ragots savoureux à raconter », expliqua-t-il.

Kumar commanda du café.

« Ces journalistes vivent de chantage. Chaque petit fonctionnaire a, comment dire, son petit cadavre. Ici, lorsque les *goonda* ne sont pas occupés à fomenter des émeutes, ils vont voir les directeurs des plus grands journaux pour leur demander de les nommer correspondants à Madna. Ils ne leur réclament pas de salaire, juste une lettre d'accréditation. Ces corbeaux gagnent suffisamment avec les chantages qu'ils exercent, dit-il.

— Bien sûr, certains ont suffisamment de cran pour s'attaquer aux hauts fonctionnaires... Notre préfet par exemple..., ajouta Sathe en éclatant d'un rire tonitruant.

— Sen, vous connaissez l'histoire, demanda Kumar, le torse tressautant de joie, ce qu'a raconté le *Dainik* à propos de cette fonctionnaire chargée du développement rural ? Vous devriez essayer de le lire, c'est la meilleure façon d'apprendre la langue locale. » Kumar se tourna vers Sathe : « Le préfet a écrit au gouvernement pour lui demander la permission de poursuivre le journal en justice. Une bonne initiative. Le cas sera considéré comme diffamatoire envers le statut de préfet, et le gouvernement paiera les frais du procès, si jamais il se donne la peine de répondre à sa lettre. Si le préfet poursuivait le journal personnellement, ça lui coûterait cher.

— Sans compter qu'il risquerait de perdre. » Les rires redoublèrent.

« Aujourd'hui, le *Dainik* a sorti quelques bonnes histoires sur le ministre.

— Oui, j'ai vu ça. Rien de nouveau. De toute façon, c'est un journal dégoûtant, déclara Kumar, soudain virulent. Ils disent que les actes de banditisme sur les routes nationales ont augmenté parce que la police ne patrouille pas. Qu'est-ce que ça signifie ?

Qu'est-ce qu'ils en *savent*, le derrière assis dans leurs petits bureaux puants, occupés à faire chanter les gens ? Ces salauds, ils mettent toujours notre responsabilité en cause. Et la leur, alors ?

— Mais c'est vrai qu'il y a une recrudescence de vols et de crimes. Vous vous rappelez le meurtre qui a eu lieu il y a cinq semaines, juste dans la petite ruelle près de l'hôtel, intervint Sathe. Quatre *dacoit* ont tué trois personnes, les parents et un enfant. Ils ont défoncé la tête du petit avec l'une des pendules de la maison. Vers midi, oui. Le genre de drame qu'on ne lit que dans les journaux, qui n'arrive qu'aux autres, ailleurs… »

Agastya éprouva un léger malaise, comme si quelqu'un avait effleuré ses testicules. Ces bandits pourraient très bien lui rendre visite, à lui aussi, lui donner un bon coup dans les couilles et lui écraser le visage avec son magnétophone avant de l'emporter. Il pensa à sa chambre sans musique.

On frappa à la porte. Apparut un autre planton dont les brodequins résonnèrent sur le sol lorsqu'il salua les trois hommes. Il remit un dossier à Kumar qui le lut pendant une minute ou deux. Puis, le coude posé sur la table, il fit pivoter sa main et son avant-bras en signe de profonde incompréhension. Le planton murmura quelque chose. Kumar se leva : « Excusez-moi, hein, juste une minute », dit-il en ajustant sa chemise sur sa graisse. Il sortit.

« Il est allé s'occuper d'une affaire louche, dit Sathe, ou toucher un pot-de-vin.

— Pour quel journal travaillez-vous ? »

Sathe se mit à rire.

« Je ne suis pas un journaliste pourri. J'appartiens à une espèce rare et irrévérencieuse que vous n'avez sans doute jamais rencontrée. Je suis caricaturiste. » Sathe avait de grands yeux un peu tristes. « Je sors des blagues minables tous les matins dans quatre quotidiens du Maharashtra[1] publiés à Bombay et Poona.

— Alors, qu'est-ce que vous faites à Madna ?

— *J'aime* cet endroit. » Sathe partit d'un éclat de rire tel qu'il dut poser sa tasse de café sur la table. « En me demandant cela, vous vous dévoilez totalement, monsieur Sen : votre passé, votre étonnement et votre ennui. Vous êtes surpris de voir un type comme moi à Madna, n'est-ce pas ? Je porte un Levi's et je lis *Yes, Minister* », fit Sathe en touchant le livre du doigt. Il ajouta : « Je puise dedans pour essayer de voler quelques plaisanteries, mais ces bureaucrates et politiciens anglais sont tellement civilisés et ennuyeux !

— Non... euh... c'est que je viens juste d'arriver à Madna, c'est tout.

— C'est un monde en soi. Êtes-vous très pris ? Sinon, venez donc déjeuner chez moi. »

1. État de l'ouest de l'Inde, dont la capitale est Bombay.

Agastya pensa à la réunion des fonctionnaires des impôts fonciers : « Bien sûr, merci. »

Sathe finissait son café. « Il y a ici un fonctionnaire du département des forêts qui vous connaît. Paraît que vous étiez au même étage dans le foyer d'étudiants quand vous faisiez vos études supérieures. Mahendra Bhatia.

— Oh oui, je vois. » Bhatia n'était qu'un étudiant qu'il connaissait de vue et qu'il saluait dans les escaliers du collège ou au réfectoire. Mais il savait qu'à Madna ils allaient se retrouver avec effusion, feignant au nom du passé une amitié qui n'avait jamais existé. Dans un lieu aussi insolite que Madna, retrouver une vague connaissance était en fait pis que de rencontrer un inconnu. Parce qu'elle n'était ni un ami ni un étranger, il fallait faire des compromis. Bhatia était à la fois inconnu et familier, comme l'arrière-pays. Avec lui revenaient les réminiscences du passé, mais aucune des consolations du souvenir.

« Il m'a parlé de vous. Au fait, méfiez-vous des ragots d'une petite ville. Ici, ne faites rien que vous n'oseriez faire devant votre mère. »

Le préfet de police revint en bredouillant des excuses incohérentes.

« Il faut que j'y aille, *yaar*. Une affaire importante. On dîne tous les trois ensemble demain, vers huit heures ? »

« Très bien. Ça fera un repas de moins à la *rest house* », pensa Agastya.

« Une affaire plus louche qu'importante, monsieur Kumar, glissa Sathe.

— Eh, le clown, ne dis pas ça en face de jeunes innocents, rétorqua Kumar en tapotant d'un geste paternel l'épaule d'Agastya. Un de ces jours, tu risques de recevoir une visite désagréable en pleine nuit. » Il hennit de rire et quitta la pièce.

Sathe avait une Maruti[1] rouge.

« Les caricaturistes gagnent beaucoup d'argent ? demanda Agastya.

— Non, ce n'est pas la mienne. C'est l'une des voitures de ma famille », répondit-il en riant.

Le véhicule sortit lentement de la préfecture de police. « Un de ces quatre, ils vont peut-être améliorer cette route. Tellement de bureaux ici et seulement deux voies d'accès. Ils vont construire un émetteur de télévision… Oui, la télé va venir à Madna… d'ici trois mois, à ce qu'ils disent. Mais c'est sans doute pas demain la veille. La télé est une bonne combine pour les candidats électoraux.. faisons plaisir à cette pauvre population rurale et montrons-nous à eux quatre heures par jour… Avant les élections générales, il va y avoir des élections partielles à Madna… En tant

1. Voiture de marque Suzuki fabriquée sous licence indienne.

que stagiaire, vous allez observer tous ces trucs-là, n'est-ce pas ? Regardez bien votre mafia des impôts fonciers à ce moment-là… le chic qu'ils ont pour se mettre en avant. »

« Ce n'est pas possible que ce Sathe parle si ouvertement de tout ça », pensa Agastya. C'était comme s'il se faisait un devoir d'être anticonformiste.

La voiture longea la voie de chemin de fer, se prenant peu à peu dans la cohue des piétons et des *rickshaw*. Un camion surchargé se fraya un chemin, sa lenteur contredisant le vrombissement assourdissant du moteur. Sathe s'arrêta au milieu du pont. Un mendiant allongé contre la rambarde scrutait ses orteils. Sa tignasse ressemblait à celle d'une star de rock occidental.

« J'aime la vue qu'on a d'ici », dit Sathe alors qu'Agastya se demandait précisément pourquoi il avait arrêté le véhicule à cet endroit.

Les rails de chemin de fer fonçaient droit vers la brume de chaleur de l'horizon, attrayant passage vers un autre monde. À cinq cents mètres de là, on apercevait la triste cour de la gare entourée par les collines de charbon. À gauche, les vieux bâtiments administratifs décrépis qui avaient traversé toutes les décennies d'une histoire sans histoires. Les drapeaux, inertes dans la chaleur, l'étang, les enfants, petits points sur le dos des buffles, les gens, vêtus de *dhoti* blancs, de *kurta* et enturbannés de serviettes, attendant la bienveillance du gouvernement. Sur la droite, au-delà de la cour de la gare, la ville s'étendait tout autour des ruines d'un fort du XVIIIe siècle, fief d'un obscur roi tribal qui avait donné son nom à Madna. L'ensemble de la ville donnait l'impression d'avoir été délaissé par l'histoire et les informations, d'être resté insensible à l'invasion moghole, épargné par la révolte des Cipayes de 1857 et le mouvement nationaliste de Bande Mataram, intouché par l'enfantement douloureux des mégalopoles de l'Inde contemporaine. Au loin, tranchant la ligne de la forêt qui, vue du pont, semblait ne faire que deux centimètres de hauteur, s'élevait la structure futuriste de la nouvelle centrale thermique, l'acier menaçant le ciel, près du fleuve presque asséché qui attendait les pluies pour inonder le district et rappeler à ses habitants les drames tapis au-delà de leur vie quotidienne. « Pour tous ceux qui ont toujours voulu voir ce pays et qui restent assis dans les hôtels de Bombay, à râler contre le temps perdu en vacances, et pour tous ceux dont la vision a été jusqu'à présent limitée par le smog de Calcutta », lança Sathe gaiement avant de débrayer.

Sathe vivait dans la partie la plus récente de la ville. Les routes y étaient tout aussi mauvaises, mais il y avait moins de monde. Des maisons neuves, quelque peu incongrues pour Madna, tristes imitations des grandes cités. « Ils essaient de faire une métropole de Madna. Les imbéciles ! Comme si les grandes villes étaient une bonne chose. » Certains habitants avaient tenté de faire pousser un peu de verdure autour de leur maison, mais l'omniprésence du bétail avait eu raison des jeunes pousses. Sathe ralentit devant une bâtisse d'un étage peinte en rose. « C'est là qu'ils ont tué l'enfant. » Il s'arrêta devant une maison à côté d'un hôtel baptisé Madna International.

« Un nom absurde, n'est-ce pas ? Et dire que nous sommes propriétaires de ce foutu truc. Mon père était entrepreneur forestier à Madna. Vous ne savez pas ce que ça veut dire ici, n'est-ce pas ? Il servait d'intermédiaire dans la vente du bois de construction et des produits forestiers. Un boulot abrutissant, mais qui lui a rapporté plein d'argent. J'ai donc pu faire mes études à Bombay et mon frère aîné a fait l'École hôtelière de Genève. Il dirige cet hôtel qui a été construit grâce à l'argent que mon père nous a laissé... Ça rapporte pas mal de fric aussi... Venez, asseyons-nous ici, le salon est bien trop laid pour être montré à un goût aussi raffiné que le vôtre... Eh oui, je vis dans ce coin de la maison... Je suis célibataire... trop vieux pour le sexe... ha, ha... Mon frère a le même sens des affaires que mon père. Il y a plusieurs années qu'il a prévu le développement de Madna. Il a eu la bonne idée de construire un hôtel ici pour attirer tous les cadres qui visitent les usines et les fabriques... Quant à moi, je n'ai pas besoin d'argent. Vous comprenez pourquoi je suis caricaturiste ? »

La pièce était grande et dans un désordre effroyable. Des livres et des dossiers sur le sol, un chevalet près de la fenêtre, des crayons et des pinceaux sur le lit.

« Asseyez-vous où vous pouvez... Vous prendrez bien un whisky ? proposa Sathe en mettant la climatisation.

— Est-ce que vous lisez tant que ça, ou bien est-ce que vous aimez être entouré de livres quand vous travaillez ? » demanda Agastya. Sathe s'arrêta sur le seuil, rit à nouveau et disparut.

Sur le chevalet était posé un croquis inachevé représentant un homme devant une machine à écrire, à côté d'une fenêtre d'où l'on apercevait la statue de la Liberté. Sathe avait un bon coup de crayon. Agastya essaya de deviner la légende. Sathe revint suivi d'un serveur en tenue.

« Ça va être un déjeuner en grande pompe. Aujourd'hui, au menu de l'hôtel, il y a du poisson *tandoori* et du poulet *shashlik*. En principe, c'est très bon. Je dis que tout ce qui ne rend pas malade fait l'affaire. »

Le serveur remplit leurs verres.

« Je bois pas mal depuis que je suis ici, dit Agastya. Hier, c'était mon premier jour à Madna. J'ai bu avec Shankar, l'ingénieur des Travaux publics, qui semble bien vous connaître.

— Laxman Shankar », approuva Sathe en jetant sur le sol quelques objets qui se trouvaient sur le lit. Il s'installa sur les coussins en soupirant. « On s'amuse vraiment bien avec lui, pendant une heure ou deux. En plus, il chante très bien.

— Il nous a chanté quelques couplets d'un *thumri* excellent, j'ai trouvé.

— Vous aimez la musique ? Je veux dire à part le bruit du rock occidental ? Ça m'étonne, je pensais que vous faisiez partie de la génération Coca-Cola.

— Mon père l'appelle la génération qui ne se gomine pas les cheveux.

— C'est une belle expression. » Sathe se redressa, à la recherche d'une feuille de papier et d'un crayon. « Je vais vous la voler. Je me suis servi au moins une dizaine de fois de l'image génération Coca-Cola. » Il regarda Agastya de ses yeux tristes : « Je ne fais que ça : piller le talent des autres.

— Quelle va être la légende de ce croquis ? demanda Agastya en désignant le chevalet.

— Celui-là ne passera pas. Il est trop ambitieux. La meilleure caricature ne peut qu'évoquer la mesquinerie et l'absurdité, très rarement quelque chose de plus complexe. » Sathe se leva du lit et se planta devant son chevalet. Agastya n'avait pas envie de quitter son fauteuil, mais il se sentit obligé de suivre son nouvel ami. « Ce dessin est très ambitieux. Je voulais représenter un écrivain indien écrivant sur son pays après avoir passé de nombreuses années à l'étranger ou y vivant encore. Ils sont des centaines... bon, sinon des centaines, au moins vingt-cinq. Je les trouve absurdes. Pétris d'une culture étrangère, hybride, ils écrivent sur une autre civilisation. Quel public visent-ils ? C'est pour ça que leur Inde n'est pas réelle, c'est une terre de fantasmes, de métaphysique confuse, un sous-continent peuplé d'imbéciles. Les Indiens deviennent des caricatures. Pourquoi ? Parce qu'il n'y a pas d'histoire universelle, parce que chaque langue est une culture en soi. »

Sathe s'approcha de la table et enfourna un *kabab* dans sa bouche.

« C'est vraiment ambitieux pour une caricature », approuva Agastya.

Sathe éclata de rire en éclaboussant la fenêtre de petits postillons de *kabab*, ce qui redoubla son hilarité. Tout en pouffant, il alla dans la salle de bains chercher une serviette et un pot d'eau. « Je vis dans l'anarchie la plus totale. Si vous n'aviez pas été là quand j'ai craché ces bouts de *kabab*, je ne les aurais pas essuyés. Pendant quelques jours, j'aurais observé les changements de couleur et de texture de ces taches en méditant sur l'impermanence. » Tout en aspergeant distraitement la vitre d'eau, il poursuivit son exposé : « Et ce pays est un continent beaucoup trop hétérogène. La grande littérature doit avoir une saveur régionale. Par exemple, la grandeur d'un chef-d'œuvre tamoul devrait échapper à tous ceux qui n'appartiennent pas à cette culture. N'avez-vous pas perçu cette hétérogénéité à Madna ? Je suppose que vous parlez au moins trois langues indiennes : l'anglais, l'hindi et le bengali ? Et pourtant, vous avez des difficultés de communication ici. Avec trois langues, vous pourriez être le maître de l'Europe. »

Ils étaient fin soûls au moment du déjeuner qui était copieux et qu'ils dégustèrent lentement. Leur conversation devint complètement décousue. Tout en mangeant, Agastya échafaudait des plans pour prendre plus souvent ses repas chez Sathe.

« Est-ce que j'ai l'air très soûl ? demanda-t-il.

— Oui, très. Pourquoi ? lui répondit Sathe dont les yeux se mirent à larmoyer.

— Il faut que je retourne assister à la réunion des fonctionnaires des impôts fonciers présidée par le préfet. »

Ils furent pris d'un fou rire. La fourchette d'Agastya tomba sur le sol. Il comprit confusément qu'il allait vivre au moins trois vies à Madna : la vie officielle avec ses obligations sociales, la vie personnelle avec ses beuveries en compagnie de Shankar et de Sathe, et plus tard de Bhatia, et enfin la vie secrète, celle de l'univers de sa chambre qui incluait le jogging au clair de lune. Chaque monde allait se révéler édifiant. Par contre, les lettres, la radio et les souvenirs incontrôlables, tout ce qui était extérieur à Madna, en fait, allaient le déranger. Quand il était plongé dans l'un des trois univers de Madna, les deux autres lui apparaissaient totalement irréels. Il ne pouvait pas croire qu'à quelques minutes de voiture de la maison de Sathe se poursuivait le meeting des fonctionnaires des impôts fonciers d'où il était maintenant absent depuis quatre heures. La transition de l'un à l'autre monde n'était pas difficile à effectuer, pourvu qu'il en décide. Mais cette volonté allait rapidement décliner au cours des mois et des réunions à venir au point qu'il en vint à imaginer ce qui se passerait s'il laissait ces trois modes de vie s'interpénétrer. Tandis qu'il contemplerait l'air renfrogné de Srivastav, il se voyait interrompre une réunion des fonctionnaires des impôts fonciers en déclarant : « Permettez-moi d'exprimer un problème personnel urgent : j'ai le sentiment que chacun d'entre vous ici présent devrait m'inviter à dîner parce qu'à la *rest house* j'ai l'impression de manger la merde de Vasant. » Et, lorsqu'il écouterait Kumar lui exposer à quel point il était difficile d'être un bon policier, il lui demanderait si son sperme coulait comme un maigre filet d'eau d'un robinet tout mou. Tous ces fantasmes le faisaient rire intérieurement.

Sathe reprit la parole.

« Je pense que sortir par une chaleur pareille pour assister à ce genre de réunion est une très mauvaise idée. » Les deux hommes se tordaient de rire. Agastya finit par se lever. Il alla s'asperger le visage d'eau afin d'avoir l'air plus sobre.

Sathe le déposa à la préfecture.

« Merci pour ce bon après-midi.

— Vous avez encore l'air soûl », lui répondit Sathe.

Le préfet était toujours en train de hurler ; sa gorge se desséchait et il buvait beaucoup d'eau. La plupart des têtes étaient toujours penchées, certaines dodelinaient de sommeil. Chacun semblait avoir plus chaud et être plus fatigué. L'espace d'un instant, Agastya douta de la réalité de son après-midi : Sathe, le croquis ambitieux sur le chevalet, le poulet *shashlik*. Le meeting continuait de se dévider à ses oreilles. Cela aurait dû le convaincre que, s'il voulait vraiment se mettre au travail, il fallait qu'il apprenne cette langue, mais, au fil des semaines, il acquit le sentiment que sa situation était temporaire et qu'il n'avait qu'à laisser passer les quelques mois à venir. Dans moins d'un an, il serait nommé adjoint préfectoral, ailleurs, et donc obligé d'agir, comme Menon ou Srivastav. Mais tout cela lui paraissait trop lointain.

De temps à autre, il s'étonnait du peu d'attention qu'il portait à la réunion. Il ouvrit un dossier et s'efforça de prendre un air officiel pour dissimuler ses yeux rougis. Il songea qu'il allait y avoir d'innombrables réunions semblables à celle-ci. Il prit donc une feuille de papier à en-tête du gouvernement (épaisse et jaune avec une marge bleue), et dressa une liste précise des prétextes possibles pour éviter les prochaines. Aucun ne lui parut valable, sauf la maladie, qu'il se réservait pour des corvées plus importantes. Il songea en outre qu'à moins de convaincre Srivastav que son métabolisme, lui aussi, suivait un cycle lunaire et que ses douleurs menstruelles foudroyantes coïncidaient avec les réunions des fonctionnaires des impôts fonciers, l'excuse de la maladie ne marcherait qu'une fois. C'est à ce moment-là que Sri vastav le surprit une nouvelle fois en train de sourire.

Soudain, une agitation dans l'air, comme dans une classe quelques minutes avant que la cloche retentisse. Le préfet conclut par quelques derniers hurlements. Une fois dehors, les participants s'étirèrent, bavardèrent par petits groupes avant de s'éloigner vers leurs jeeps respectives. Menon et Agastya suivirent le préfet dans son bureau. Srivastav était imperturbable après sa quinzième tasse de thé. « Ah, ces gars-là ! On les engueule toute une journée et ils ne fichent quasiment rien. On ne les engueule pas, et ils en font encore moins. » Il avait l'air très fatigué.

« Menon, venez avec Sen ce soir. Pour dîner. »

Le district de Rameri se trouvant à sept heures de route de Madna, Menon passait la nuit dans la *circuit house* de la ville (ce qui, dans le jargon officiel, s'appelait « faire une halte de nuit »). Il déposa Agastya devant la *rest house* :

« Après vous être rafraîchi, pourquoi ne viendriez-vous pas me voir dans ma chambre, d'ici une heure ? » proposa-t-il en désignant du doigt la *circuit house*.

Agastya s'étonnait de la vie sociale trépidante de Madna. De Sathe à Srivastav, rien d'ennuyeux. La combinaison Menon-Srivastav, elle, s'annonçait mortelle. Plus tard, lorsqu'il réfléchissait à ces mois passés à Madna, le souvenir de la plupart des réunions où il avait croisé tant de gens nouveaux s'estompait pour se fondre en une seule et gigantesque rencontre : une mêlée de voix et d'opinions, de visages et d'attitudes, de mimiques, d'accents capricieux qui semblaient issus d'un colosse parlant une myriade de langues.

Il se rinça le visage. La fraîcheur de l'eau accrut la rougeur de ses yeux. Il se demanda si ses veines n'allaient pas éclater en larmes de sang comme cela se produit dans les anciennes prophéties ou les mythes (si cela devait arriver il décida d'aller trouver son père pour lui dire calmement : « Regarde le mal que me fait ce travail qui selon toi aurait dû me combler »). Puis il entendit de la musique qui venait de la chambre de Shankar : l'une de ses trois vies lui faisait signe.

Menon avait fait plus qu'un brin de toilette. Agastya le soupçonna de s'être rasé une seconde fois. À côté de lui, si rose et si frais, il se sentit sale, comme s'il n'avait pas changé le slip dans lequel il avait joui.

« Ah, Sen, asseyez-vous. Je viens juste de commander du thé. »

Agastya songea que si tous les jours il soumettait son estomac à l'épreuve du whisky suivi de thé, à la longue, il ne pourrait plus se passer de ce mélange. La chambre de Menon comportait autant de meubles qu'une maison.

« Qui choisit tous ces meubles pour les *rest houses* ? Les ingénieurs ?

— Ou leur femme. Comme pour le reste, ils se font plein d'argent avec, répondit Menon.

— Quel goût épouvantable », soupira Agastya. Les rideaux de la chambre étaient décorés de petits avions rouges sur fond vert.

« Oh, je ne crois pas que vous devriez vous montrer si critique », déclara Menon d'un air solennel. Agastya se demanda s'il n'allait pas lui assener une paire de gifles, l'attraper par les cheveux et lui arracher la tête en criant : « C'est pas parce qu'on est à Madna que tu dois la ramener avec tes critères esthétiques. »

Vasant entra avec le plateau de thé.

« Donc, vous étiez à Cambridge, dans le Massachusetts. Comment c'était ?

— Bien, répondit Agastya avec prudence.

— Entrer à l'Indian Administrative Service après avoir passé un certain temps à l'étranger est une bonne expérience, reprit Menon tout en mettant trois cuillerées de sucre dans sa tasse de thé. C'est le meilleur boulot que l'on puisse trouver dans un contexte indien. Vous ne tarderez pas à le comprendre. Avoir séjourné à l'étranger vous donne de plus larges perspectives.

— Sûrement. Même sur les meubles. »

Menon regarda Agastya avec une vive attention, mais ne releva pas la remarque dont le sens lui échappa. Il crut avoir mal entendu.

Agastya rit en lui-même en pensant que si quelqu'un lui avait parlé de Menon il aurait sans doute aimé le rencontrer.

La maison de fonction du préfet de Madna avait été construite en 1882, sur un terrain d'une vingtaine d'acres. Après 1947, certains préfets magnanimes avaient donné quelques acres, ici et là, qui furent utilisés pour construire les bureaux de l'Office de réhabilitation sociale, un bâtiment pour des fonctionnaires et une banque coopérative. La maison de Srivastav comptait vingt-deux pièces ; la plupart des préfets n'en utilisaient que sept. Le reste de la demeure était silencieux et servait à stocker les meubles de fonction laissés par les familles des fonctionnaires précédents. La plus petite pièce (qui servait de bureau et que l'on appelait pour d'obscures raisons le « bureau de camp ») avait la taille d'un appartement de fonction à Delhi, l'espace dont disposerait Srivastav s'il était nommé dans la capitale.

Depuis un siècle la végétation s'était épanouie dans le parc et sur les murs en pierre de la maison : des acres de vieux banians et de *pipal* en perpétuelle éclosion et avides d'espace, des bosquets de goyaviers et de manguiers, sans compter deux santals (trésors nationaux dont le préfet devait signaler l'existence au gouvernement central). Quelques familles avaient fait des tentatives de cultures, mais, bien évidemment, pas une seule goutte de leur propre sueur n'était tombée sur le sol. On avait recouru aux jardiniers de la municipalité pour planter du riz, des pommes de terre et des choux. Certains préfets qui n'avaient pas une conception très haute de la dignité de leur fonction allèrent même jusqu'à vendre ce riz, faisant ainsi des profits non négligeables. (« Dans un pays en voie de développement, il ne faut pas gâcher la nourriture », expliquaient-ils.)

Un préfet qui n'avait aucune idée de la difficulté qu'il y avait à entretenir un jardin dans un immense four avait ordonné que la maison soit délimitée par une pelouse d'une circonférence de cinquante mètres. En général, seuls les dix premiers mètres réussissaient à verdir, même en mai. Les quarante autres formaient une sorte de no man's land, entre pelouse et broussailles, rappel troublant de ce qu'était réellement Madna malgré les efforts de ses habitants et du gouvernement.

Le soir, Madame aimait se promener sur la pelouse avec ses enfants. Après le coucher du soleil, la température était presque agréable. En outre, Madame avait un peu peur de la maison après le crépuscule. Il y avait deux renards dans le parc, du moins le prétendait-elle, mais elle préférait encore leur éventuelle compagnie à celle des ombres. Elle jurait également qu'il y avait un fantôme et qu'elle avait entendu des bruits mystérieux. Personne ne la contredisait. Pour deux raisons : d'une part parce que la maison était suffisamment grande pour abriter à la fois des êtres de chair et de sang ainsi que des ectoplasmes, et d'autre part parce que dans une vie d'un indicible ennui un fantôme apportait une touche romantique.

Les enfants de Srivastav aimaient beaucoup leur demeure et avaient des accès de curiosité pour les pièces inoccupées. Mme Srivastav en goûtait la fraîcheur pendant la journée. Quant à Srivastav, il était complètement insensible à son charme dont il n'appréciait que le système de distribution d'eau : c'était un homme pratique. Kumar, le préfet de police, l'aimait beaucoup car sous son épaisse couenne se cachait un romantique refoulé ; toutefois, il ne montrait jamais son admiration trop ouvertement de peur que ses compliments, mal interprétés, ne trahissent la jalousie de la police à l'égard de la magistrature. Agastya appréciait la majesté de la maison. Menon l'admirait parce qu'elle représentait exactement l'estime qu'il convenait de porter à un préfet. Lorsqu'ils s'y rendirent ce soir-là, le vol des chauves-souris dessinait d'étranges motifs dans le crépuscule.

Mme Srivastav était grosse, amicale et étonnamment sexy. Pendant toute la soirée, Agastya ne quitta pas ses cuisses des yeux. Il s'amusa à reconstituer son mariage dans le moindre détail. Cela devait remonter à environ sept ans. À Azamganj, d'où elle était originaire, un fonctionnaire de l'I A S devait être révéré presque à l'égal du dieu Krishna. Srivastav avait dû conclure l'affaire en demandant cinq *lakh* de dot. Mais elle appelait son mari par son prénom, Ravi, et, sur deux photographies du salon, il la tenait enlacée : leur mariage avait donc été placé sous le signe d'une certaine modernité[1]. Toutefois, elle ne se permettait certainement pas ces libertés quand ils étaient en vacances chez ses beaux-parents. Au cours des mois suivants, lors de conversations fortuites, la plupart des hypothèses qu'Agastya avait formulées ce soir-là s'avérèrent, sauf le montant de la dot qui n'était pas de cinq, mais de sept *lakh*.

Srivastav avait une tare abominable : il ne buvait jamais une goutte d'alcool. Vêtu d'une *kurta pyjama*, il était en train de chatouiller ses deux enfants sur le divan. Ceux-ci poussaient des hurlements. Ils semblaient fous de bonheur, et fous à lier, même, car ils hurlaient (« manifestement un trait héréditaire », pensa Agastya), s'ébattaient, se battaient, braillaient sans raison tous les jours de l'année. Agastya aperçut

1. Selon la tradition indienne, une épouse n'appelle jamais son mari par son prénom ni ne manifeste de signes d'intimité, considérés comme indécents.

la culotte de la petite fille de six ans (assez jolie) et détourna pudiquement son regard vers les cuisses de la mère.

« Asseyez-vous. Malti, je te présente Sen, le nouvel IAS », dit Srivastav à sa femme avant d'arracher de nouveaux hurlements à ses garnements. Agastya eut le vague sentiment que Srivastav essayait de leur signifier : « Regardez, dans la journée, je suis le préfet, mais le soir je suis un simple père de famille. » Bien que Menon soit un familier, il se comporta toute la soirée comme si le fantôme de la maison l'avait enculé. Son désir de plaire autant que son incapacité à y parvenir le rendaient nerveux.

« Oui, j'ai entendu parler de vous. Mais je ne peux pas vous appeler Sen, c'est réservé à mon mari », dit-elle en adressant un demi-sourire à Srivastav. Agastya se souvint de la voix d'Agarwal qui s'étouffait en un silence gêné lorsqu'il prononçait le mot « madame ». Il semblait qu'admettre la conjugalité embarrassait tout le monde ici.

« Quel est votre prénom ? » demanda Mme Srivastav. Elle portait un soutien-gorge noir sous un corsage jaune. Agastya jeta un regard sarcastique à Menon qui tressaillit légèrement : « Cette façon de s'habiller serait grotesque à Trinity College, mais ça va pour Madna, non ? »

« Agastya », dit-il, prêt à répondre à la question suivante (« C'est un prénom sanskrit pour ceux qui tirent la chasse d'eau avant de pisser et qui se dépêchent de finir avant que la cuvette ne se vide. »).

« C'est encore pire que Sen. La plupart des Bengalis portent des noms si compliqués. Je suis sûre que vos parents et vos amis ne vous appellent pas comme ça. Quel surnom vous donnent-ils ? » Mme Srivastav avait un joli sourire.

« Ogu ou August. » Il eut envie de mentir, mais ne trouva que des obscénités.

« August ? C'est charmant, approuva-t-elle en riant.

— August ? » répéta Srivastav en délaissant ses enfants qui descendirent à toute vitesse du divan pour entourer Agastya. « Vous préféreriez peut-être un autre mois[1] ? ».

Un serviteur à l'air hagard entra en portant un plateau de Campa-Cola et de *nimboo pani*. Agastya avait envie de boire les deux mais s'en tint au dernier.

Shirpa, la petite fille, donna un coup de poing dans l'estomac du domestique et hurla : « Je veux un *sherbet* rose ! »

Srivastav brailla à son tour : « De la glace, Gopu, de la glace. Je t'ai dit mille fois de la servir avec les boissons. Est-ce qu'il y a de la glace dans la maison ?

— Oui, monsieur.

— Alors, pourquoi ne l'as-tu pas apportée ?

1. August signifie août en anglais.

— Oui, monsieur. » Gopu, l'air encore plus hagard, quitta la pièce pour aller chercher la glace.

« Et vous êtes de Calcutta ?

— Oui, madame. »

Le garçon, âgé de quatre ans, se focalisa tout à coup sur le visage de Menon. Il se mit à rire bruyamment, à battre des mains et à faire le tour de la pièce en courant à toute vitesse. Srivastav essaya de le faire taire.

« Que fait votre père ? » demanda Mme Srivastav. « Elle essaie d'être gentille et de me mettre à l'aise », pensa Agastya qui décida de se montrer charitable et de ne pas mentir.

« Il est fonctionnaire du gouvernement.

— Je vois. Dans quel département ? demanda Srivastav qui tentait d'empêcher son fils d'enlever sa culotte.

— Il était dans l'Indian Civil Service. Il est maintenant gouverneur du Bengale.

— Madhusudan Sen ? glapit Menon. Vous êtes le fils de Madhusudan Sen ? » Le fantôme venait de lui caresser amoureusement les couilles. Surprise et crainte révérencielle l'avaient repoussé sur le bord de sa chaise, bouche bée et yeux ronds. « Il a fait une carrière fantastique. Il a été ministre de l'Intérieur puis contrôleur général des élections. Certaines personnes ont contesté sa nomination au poste de gouverneur, mais il n'a jamais fait partie de l'administration du

Bengale. Il a fait toute sa carrière à la présidence de Bombay et dans l'ouest de l'Inde. »

« À qui parle-t-il ? » se demanda Agastya. Le seul énoncé du parcours d'un brillant bureaucrate suffisait à exciter Menon.

« Donc votre mère est goanaise. Elle s'est mariée tard. Elle était la fille de l'un des subordonnés de votre père. Ça a fait une petite histoire à l'époque, n'est-ce pas ? » reprit Menon.

« Maintenant, il va me dire quel jour de février 1935 mon père ne s'est pas brossé les dents deux fois. »

Toute la bureaucratie de Madna apprit très vite la position du père d'Agastya. « M. Sen est le fils du gouverneur du Bengale. » La petite phrase passa de bouche à oreille. L'attitude des bureaucrates vira à la flagornerie. Agastya était un fonctionnaire de l'I A S *et* le fils du gouverneur du Bengale. La ville semblait considérer qu'elle avait de la chance de l'avoir. Plus tard, lorsque Agastya rencontra à nouveau Sathe, même celui-ci lui dit en riant : « Au fait, la dernière fois qu'on s'est vus, vous ne m'avez pas révélé votre prestigieuse ascendance. »

Seuls les hurlements du préfet appelant les serviteurs réussirent à interrompre Menon : « Gopu, Ramsingh ! » Comme on dit dans le jargon officiel, Srivastav était revenu sur sa décision : il ôtait la culotte de son fils. « Ce gamin a fait pipi dedans. Tu n'as pas honte, Shekar, à ton âge ! »

Libéré de son vêtement, le garçon fit le tour de la pièce en courant à toute vitesse et en émettant de brefs cris de joie. Puis il s'arrêta soudain en face d'Agastya, lui montra son pénis et expliqua : « La pisse sort par là. »

« Gopu, Ramsingh ! Ces foutus serviteurs. Je vais les renvoyer au bureau », tonna Srivastav. Menon se leva à son tour, contraint de passer de l'évocation de la brillante carrière de son idole aux préoccupations immédiates de son patron.

« Les domestiques vont toujours fumer des *bidi* derrière la cuisine, et la maison est tellement grande qu'ils ne peuvent pas nous entendre d'ici », expliqua Mme Srivastav. Sa voix trahissait l'embarras devant la colère de son mari, l'orgueil d'avoir une grande maison et le soulagement à l'idée que les serviteurs ne fumaient pas de cigarettes *dans* sa cuisine.

Agastya était assis presque en face du couloir. Il vit les domestiques avant Srivastav. Ils s'avançaient tranquillement dans le couloir tout en se partageant une *bidi*. Ramsingh se grattait les couilles tandis que Srivastav et Menon continuaient à hurler le rappel. Gopu écrasa son mégot, puis tous deux entamèrent une course éperdue qui se termina par un sprint au finish dans le salon, Gopu et Ramsingh essoufflés comme des marathoniens vaincus. Srivastav les insulta dans le charabia local pendant quelques minutes. Menon se tenait debout près d'eux dans une attitude menaçante. On leur remit le gamin teigneux et bagarreur. Depuis sa chaise, la grande sœur lui fit un signe de la main en déclarant d'un ton pénétré : « Salut, sale pisseux. »

Arrivé près de la porte, le garçon mordit la joue de Ramsingh.

« Ces domestiques sont impossibles », dit Mme Srivastav.

Les serviteurs étaient en fait des plantons affectés aux bureaux de la préfecture. Nombre d'entre eux, qui étaient officiellement des fonctionnaires du gouvernement, travaillaient comme domestiques chez les préfets. La plupart convoitaient ce travail, préférant nettoyer les crottes de la progéniture préfectorale plutôt que de transbahuter des dossiers d'un bureau à l'autre. Cette inclination s'expliquait facilement. Au bureau, ses subalternes étaient à des millions d'années-lumière du préfet, alors que chez lui, tout en rampant à quatre pattes pour lui apporter ses chaussures ou lui enlever ses pantoufles, ils étaient suffisamment proches pour lui exprimer leurs désirs : un petit lopin de terre, un prêt du gouvernement, un poste d'huissier pour leur fils dans un bureau de la préfecture. Leur père et leur grand-père avaient fait la même chose, mais les préfets d'antan avaient la peau rouge[1] et leur accent anglais était incompréhensible. Ces domestiques essayaient bien sûr d'en faire le moins possible, à la maison comme au bureau. Cependant, très peu d'entre eux réintégraient ensuite les bureaux, car ils colportaient des commérages qui révélaient certains aspects de la vie personnelle du préfet : « Monsieur le préfet a chié trois fois hier. Problèmes d'estomac. » « Madame porte parfois des petites culottes noires (soupirs), eh oui ! »

Entre les deux parties, le contrat était implicite mais clairement défini. Les préfets et leurs épouses croyaient fermement en l'indignité du travail (la plupart des habitants de Madna partageaient cet avis, estimant que le statut social était inversement proportionnel à la somme de travail effectuée). Il était encore plus facile d'entretenir cette conviction quand les domestiques étaient payés par le gouvernement. Les plantons, de leur côté, croyaient également en l'indignité du travail, cela faisait partie de la tradition indienne. Mais ils savaient aussi que la bonne volonté et l'aide des supérieurs étaient beaucoup plus importantes que leurs opinions.

« Antony, mon prédécesseur, avait transféré l'un de ses plantons à Rameri parce qu'il refusait de travailler chez lui. Ce type est venu me voir il y a quelques jours

1. Les Indiens disaient que la peau des Européens rougissait sous le soleil.

en me suppliant de le ramener à Madna. Il m'a dit qu'il était prêt à travailler n'importe où. Vous voyez, maintenant il se sent idiot parce que tout le monde lui dit qu'il a été fou d'avoir raté l'occasion de travailler dans la maison d'un préfet.

— Ravi, s'il te plaît, ne parle pas des problèmes de bureau, intervint Mme Srivastav en souriant. Demande plutôt à Sen, non, pardon, à August, comment il a trouvé Kumar aujourd'hui. »

Agastya se demanda comment elle savait qu'ils s'étaient rencontrés et répondit précipitamment : « Oh, il est très sympathique. On a beaucoup discuté.

— Kumar est l'exemple type du policier indien. Ils sont tous jaloux des fonctionnaires de l'IAS, commenta Srivastav. Vous devriez également rendre visite à Mishra, le juge du district, et à Bajaj, chargé du développement du district. Bajaj est un autre spécimen, un drôle de promu ! » Un « promu » était quelqu'un qui n'avait pas, comme Srivastav ou Agastya, été intégré à l'IAS à l'issue du concours national de la haute administration, mais qui y avait été incorporé en passant un concours moins prestigieux, organisé au niveau régional, ou qui venait d'une école d'ingénieurs. Dans le vocabulaire de Srivastav, le terme « promu » était une terrible malédiction, une insulte située entre salaud et connard.

« Vous verrez que Bajaj se conduit comme un promu. L'Indian Administrative Service a une déontologie ; ces types-là n'en ont aucune. Si le pays bouge, c'est uniquement grâce à nous. » Srivastav venait de dire exactement ce qu'il pensait et Agastya se sentit très embarrassé.

« Mais monsieur, tous les cadres de l'IAS ne sont pas des gens bien, objecta Menon, rayonnant, M. Antony, par exemple… »

« Ah, ah, un règlement de comptes en perspective », pensa Agastya.

« Antony », fit Srivastav d'un air renfrogné en ébouriffant les cheveux de sa fille qui se dégagea avec un petit sifflement d'irritation. Il se tourna vers Agastya.

« Vous savez, cet Antony s'est comporté comme un promu. Quand il est parti, il a emmené les rideaux de cette maison avec lui. J'ai voulu porter plainte, parce que, enfin, un fonctionnaire de l'IAS ne devrait pas se conduire comme ça, sinon il n'y a plus de différence avec les autres. Mais je suis passé outre, car on doit faire preuve de solidarité entre nous. »

Agastya se demanda pourquoi Srivastav ne changeait pas la forme de ses favoris.

« Est-ce que je peux amener mes livres et faire mes devoirs ici ? » demanda gentiment la petite fille. Elle avait peut-être l'impression qu'on ne lui accordait pas suffisamment d'attention.

« Certainement pas, répondit Srivastav d'un ton brusque. Tu vas semer la pagaille partout et déranger tout le monde. Assieds-toi tranquillement ici. » La petite laissa échapper quelques larmes silencieuses. Quand elle comprit que ça ne prenait pas, elle courut en braillant vers sa mère qui lui demanda de se taire sous peine d'aller rejoindre son frère. C'est à cet instant que Ramsingh pénétra dans la pièce en portant le petit Shekar, changé et rayonnant.

« Le pisseux est revenu », annonça la petite fille en souriant. Mais, à leur grande déception, Mme Srivastav envoya les enfants dîner à la cuisine.

« Quelle était votre matière principale au collège, Sen ?

— L'anglais, monsieur », répondit Agastya en souhaitant avoir choisi une matière plus respectable comme la physique, l'économie, les mathématiques ou encore le droit – mais au moins une discipline qui *ait l'air* suffisamment ardue pour justifier l'étude et les examens. Très souvent, au cours des mois qui suivirent, Agastya se sentit embarrassé par son passé au point de le souhaiter différent. Assis dans le salon de Srivastav, il se rappela son oncle Pultu désapprouvant le choix de cette matière, tout comme il s'était auparavant – et pour les mêmes raisons – opposé à son éducation générale : « Chaucer et Swift, qu'est-ce que tu vas *faire* de ces divagations ? Ton père n'a pas l'air de penser que ton éducation devrait avoir un rapport avec la vie qui t'entoure. »

« Une matière inutile, commenta Srivastav. À moins que ça aide à maîtriser la langue, ce qui n'est généralement pas le cas. » Il jeta un mystérieux regard noir à Menon : « L'anglais que l'on parle n'a rien à voir avec l'anglais que l'on lit dans les livres ; ce sont deux choses différentes. Cette langue ne devrait être qu'un simple outil de communication. Certaines personnes trouvent cette idée saugrenue, mais pour ma part je soutiens que la façon dont nous parlons n'a pas d'importance pourvu que le message passe. Mon anglais est assez bizarre, mais j'ai dû l'apprendre par moi-même. » C'est à ce moment-là qu'Agastya commença vraiment à apprécier Srivastav. Il était honnête, intelligent, satisfait de la vie qu'il menait : c'était un cas unique. « À Azamganj, d'où je suis originaire, j'ai fait mes études dans une simple école hindie[1]. Aujourd'hui, les gens qui ne sont pas passés par ces établissements prétendent que c'est une bonne chose parce que l'Inde doit se débarrasser de l'anglais. Des sottises, tout ça ! Je dis qu'il y a beaucoup d'autres choses qui sont bien plus importantes que ça. Ça, je le sais, *bhai.* Dans les écoles de ces bourgades, il n'y a pas un seul professeur valable. Et comment pourrait-il y en avoir quand leurs conditions de travail sont exécrables et qu'eux-mêmes font toutes leurs études dans ces établissements ? Quand je suis rentré au collège à Lucknow, je me suis senti complètement stupide.

1. En Inde, l'enseignement le plus prestigieux est donné dans des écoles de langue anglaise.

Alors j'ai commencé à apprendre l'anglais par moi-même. Je ne pouvais pas faire autrement parce que l'anglais était obligatoire pour passer les examens de la fonction publique. J'ai lu Shakespeare et Wordsworth, des auteurs comme ça. C'était très difficile. Aujourd'hui encore, c'est important de parler anglais, ça donne de l'assurance », termina-t-il en fermant le poing.

Srivastav avait l'orgueil d'un self-made-man. Agastya en avait très rarement rencontré. Dans son milieu, la plupart des gens réussissaient grâce à leurs relations. Il imaginait Srivastav, obscur et médiocre étudiant, suant d'incompréhension sur *Le Prélude*, mais déterminé à en venir à bout parce qu'il voulait arriver… « On est ce que l'on est, tout comme l'anglais n'est ici que ce qu'il est, une survivance inévitable. Nous n'avons pas à avoir honte de notre passé, non, parce que cela reviendrait à avoir honte du présent. Les gens maudissent notre histoire parce que c'est toujours plus facile que de travailler. » Une chauve-souris voleta dans la pièce. Srivastav la regarda d'un air désapprobateur avant de poursuivre : « Qu'un jeune homme à Azamganj en vienne à estimer qu'il est essentiel d'étudier un texte aussi inutile que *Hamlet* est une chose à la fois absurde et inévitable. Mais si nous faisons notre devoir civique, dans trois générations, ce legs colonial disparaîtra. »

Ils abordèrent de nombreux sujets, ce soir-là, la plupart choisis par le préfet. C'était un homme bien informé. Mais pas plus chez lui qu'au bureau il n'avait l'occasion de montrer ses connaissances réelles. Il dissertait sur la Constitution indienne, la réorganisation des États, les élections, les programmes d'aide en cas de sécheresse, le fonctionnement de la politique régionale et le système démocratique.

Lorsque Mme Srivastav revint (l'air un peu fatigué après avoir couché les enfants), son mari leur faisait part de ses vues sur l'importance et les incohérences du système éducatif indien.

« Ah, l'éducation, lança Mme Srivastav en souriant. Parlez-m'en ! » Et comme personne ne le fit, elle s'adressa à Agastya : « J'enseigne au Janata College de Madna. J'ai passé mon *master*[1] ici.

Mme Srivastav appartenait à la catégorie des épouses de préfet dont les prétendues « études supérieures » dépendaient uniquement du poste de leurs maris. Tandis que l'époux travaillait, sa femme accumulait des diplômes obtenus dans les tristes lycées des petites villes. Il était en effet difficile de refuser un diplôme à la femme d'un préfet, même si le directeur de l'établissement n'était pas tout à fait certain

1. Le système d'enseignement supérieur indien est calqué sur le modèle britannique. Le CAPES français est le diplôme qui se rapproche le plus du *master of education* anglais.

de l'existence des bourgades où ses précédents diplômes avaient été délivrés. En fait, il ne s'embarrassait même pas de ces détails insignifiants, sachant pertinemment que les précédents établissements que Mme Srivastav avait honorés de sa présence n'étaient pas pires que celui qu'il dirigeait. Ainsi, lorsque Srivastav avait été nommé adjoint préfectoral à Lalchuck, Madame avait obtenu une maîtrise de lettres du Lalchuck National College. Puis, quand son mari avait occupé le poste de chargé de développement du district de Haveliganj, elle avait passé une licence d'enseignement au Haveliganj Gandhi Graduate College. Maintenant, elle était titulaire d'un *master of education* délivré par le Janata College de Madna.

Mais ces femmes de hauts fonctionnaires savaient utiliser leurs diplômes. Elles les brandissaient avec orgueil (à juste titre d'ailleurs, car ils étaient un indice de l'influence de leurs maris à défaut d'être celui de leur réel niveau de compétence) et retournaient dans ces établissements médiocres pour y enseigner les mêmes sottises qu'elles y avaient apprises. Il était encore plus difficile de les en empêcher car cela revenait à priver la famille du préfet d'une mensualité rondelette. On peut dire que ces jeunes fonctionnaires futés investissaient dans l'éducation de leurs épouses. Ces misérables établissements y gagnaient aussi. On disait : « C'est un bon lycée, l'épouse du préfet y enseigne. »

« Donc, vous voyez, j'ai été occupée partout où Ravi a été en poste », sourit Mme Srivastav. Puis elle ajouta : « Venez dîner. »

Une fois à table, elle demanda : « Comment est la nourriture à la *rest house* ?

— Très mauvaise.

— Venez manger chez nous quand vous voulez. En toute simplicité. Considérez cette maison comme la vôtre. D'accord ?

— Merci, madame. »

Agastya prit ses repas chez les Srivastav presque tous les jours. Il venait à pied vers sept heures, descendait la longue allée menacée par l'ampleur des banians, courait sur la pelouse avec les enfants qui, fascinés, découvraient avec lui le contenu des autres pièces de la maison et les mœurs vampiriques des chauves-souris. (« Elles aiment surtout les enfants qui font pipi dans leur culotte. C'est l'odeur qui les attire », expliqua-t-il à Shirpa qui rit aux éclats pendant toute la soirée.) Il écoutait patiemment Srivastav et bavardait de tout et de rien avec sa femme. Tous deux lui offrirent un accueil familial bienvenu à Madna. Il suivit les diatribes du préfet contre les méthodes de son prédécesseur : « Cet Antony offrait le thé à tous ceux qui venaient dans son bureau. Une mesure bêtement populiste, un mauvais précédent. La note de thé du bureau est montée en flèche. » Srivastav exaltait les vertus de leur profession. Agastya perçut aussi le plaisir qu'éprouvait Mme Srivastav à être la première dame du district. Il sortait avec eux, assistait à des concerts de *ghazal* (qui ne commençaient pas avant qu'ils aient pris place au premier rang), les accompagnait au Club de Madna, soirées à l'issue desquelles Madame se perdait en récriminations contre ceux qui ne s'étaient pas levés lors de leur entrée dans la salle. Srivastav lui répondait invariablement : « Que veux-tu, Malti, ce sont les mœurs de ces gens-là. »

Au moment du dessert (un délicieux *kheer* dont s'abstenait Madame parce que, disait-elle, elle grossissait trop, ce qui était vrai), Srivastav dit à Agastya : « Au cours de votre formation, vous passerez d'un bureau à l'autre pour apprendre ce qu'on fait dans chacun d'eux. La plupart des fonctionnaires ne vous expliqueront rien parce que ça ne les intéresse pas, et qu'ils sont trop paresseux, incompétents ou tout simplement surchargés de travail. Ouvrez vos yeux et vos oreilles, c'est la seule façon d'apprendre quelque chose. » Puis : « Vous jouez au badminton ? Ça aide à garder la forme. » Srivastav était presque aussi gros que Kumar. « Nous jouons tous les matins au Club à partir de six heures et demie. Venez si ça vous dit. »

Lorsque Menon et Agastya se levèrent de table, le préfet dit à ce dernier : « Je viendrai voir votre chambre demain pour vérifier ce qu'ils vous ont donné. »

Il vint en effet, et garda son air renfrogné pendant toute la visite – elle était officielle. Mais c'était un geste habile et judicieux pour s'assurer qu'Agastya était bien traité à la *rest house.*

« Où est passé le reste du mobilier ? Le sofa ?

— Je leur ai demandé de l'enlever, monsieur. Je n'en ai pas besoin.

— Mais comment allez-vous recevoir les gens, *bhai* ? Où vont-ils s'asseoir ? » demanda Srivastav en inspectant la chambre. Un moment Agastya se demanda s'il cherchait son haschich.

« Vous voulez prendre un appartement ? »

Agastya ne savait pas très bien. D'un côté, il ne disposerait plus du téléphone et du réfrigérateur de la *rest house* et il lui faudrait s'occuper du mobilier et de la cuisine – beaucoup trop d'efforts pour quelques mois ; mais de l'autre, il échapperait aux repas de Vasant.

Les enfants de Vasant se tenaient sur le seuil. Ils avaient été attirés par l'Ambassador blanche et le gyrophare orange, mais le chauffeur les avait empêchés de s'en approcher. Ils étaient si nombreux qu'Agastya se demanda si Vasant était vraiment le père de toute cette ribambelle. Pourtant il n'y avait pas de doute, ils se ressemblaient étonnamment : petits, minces, la peau très sombre, de grands yeux mobiles, la bouche ouverte. Leur vivacité transcendait leur malnutrition. Agastya les intéressait énormément. Chaque fois qu'il laissait sa porte ouverte, ils venaient jeter un coup d'œil furtif, riaient sous cape et détalaient comme des lapins.

Srivastav leur lança un regard furieux. Ils se regardèrent en pouffant.

« J'ai affecté un planton à votre service. Est-ce qu'il vient tous les jours ?

— Oui, monsieur. »

Et il ajouta en lui-même : « Il s'assied à l'extérieur, pète, fume des *bidi* et échafaude d'impossibles requêtes qu'il me prie de vous transmettre, tout ça parce que je ne trouve aucun travail à lui donner. »

Vasant arriva avec le thé. Srivastav le réprimanda violemment dans la langue locale : « Je suis juste en train de lui dire qu'il vous nourrisse bien, expliqua-t-il avant de poursuivre : Tannez mon adjoint pour qu'il vous trouve un répétiteur. Vous ne vous en sortirez jamais si vous ne maîtrisez pas cette langue. Et veillez à ce que ce soit fait, parce que mon adjoint, comme tous les autres types ici, préférerait crever plutôt que de faire un petit travail supplémentaire : pour eux, mourir, c'est davantage de repos. »

Il était inévitable que la vie quotidienne d'Agastya à Madna suive un certain ordre (aussi irrégulier soit-il) parce que le simple fait de vivre impose un cycle : ingérer, déféquer, dormir, se réveiller. Agastya finit par s'habituer, ou se résigner, à la routine de ses journées, à l'insomnie et au repos qui lui succédaient, mais moins facilement aux moustiques qui le tiraient de son sommeil. Il faisait souvent sa gymnastique sur la véranda dans la pâle lumière de l'aube. S'il éprouvait cette raideur due au manque de sommeil, il faisait des pompes et une petite course sur place dans la chaleur de sa chambre avant le petit déjeuner. Pendant ce temps, le serviteur Digambar, assis sur les talons derrière la porte fermée, s'émerveillait paresseusement de la folie d'Agastya qui selon lui s'éreintait bien plus que nécessaire. Mais celui-ci faisait de l'exercice régulièrement. C'était un vestige de sa vie passée, et cela semblait donner un certain sens à sa journée.

Vasant lui apportait son thé à un moment qui variait entre six et neuf heures. Cela dépendait de l'heure à laquelle il s'était extirpé de son lit pour aller chercher le lait. À Madna, on vivait sans se presser. Agastya ne fit jamais de reproches au serviteur, car deviner à quelle heure il lui servirait son thé faisait partie d'un grand jeu qui consistait à identifier les mouvements du monde extérieur d'après leurs sons. Ainsi, allongé sur son lit, les yeux fixés sur le plafond à travers la moustiquaire, sentant la brise venant de la fenêtre se réchauffer, il se disait : « Oui, ce babil insensé, ce sont les enfants de Vasant qui s'en vont à l'école. Ce bruit de bicyclette, c'est ce vieux connard qui vient nettoyer les toilettes. Ce choc sourd, c'est probablement Shankar ivre mort qui tombe de son lit. Ce tintement, c'est peut-être Vasant qui amène le thé. »

Certains matins, si la chaleur n'était pas trop forte, il sortait une chaise sur la véranda et regardait, hébété, les trains pour Delhi passer en grinçant. Il relevait les couleurs des wagons · orange et crème, moutarde, jaune et vert. Il en conclut que décider de la combinaison des couleurs des trains devait être un boulot agréable. Il s'étonnait de l'étendue du réseau ferroviaire indien : chaque jour des millions de gens parcouraient des milliers de kilomètres. Pourquoi ? se demandait-il déconcerté.

Les matins moins calmes, il réfléchissait à sa situation et à son travail, au fait qu'il n'était pas encore établi dans la vie, et se demandait si son profond désarroi était un phénomène temporaire ou un signal d'alarme. Mais il ne désirait rien de particulier, pas d'autre boulot. Alors, en souriant, il objectait en son for intérieur : « Si, il y a des choses, concevoir des combinaisons de couleurs pour les trains, être un chien errant, le vague désir d'être assassiné. » « D'un seul coup, c'est fini et sans qu'on ait fait quoi que ce soit », expliquait Madan avec une implacable logique.

Digambar, la tête emmaillotée dans une serviette rouge, arrivait entre sept et dix heures. Agastya ne voyait aucune raison de lui fixer une heure précise. Il lavait son linge, faisait son lit et sa chambre où il somnolait une bonne partie de la journée. Parfois, Agastya l'enviait.

Le petit déjeuner de Vasant était immuable. Pain, œuf à la coque, tranches de tomate, pommes de terre bouillies également en tranches, thé, le tout accompagné de la boîte de lait condensé qu'Agastya conservait dans le réfrigérateur de la *rest house*. À la fin de chacun de ces repas matinaux, il aspirait le lait par le trou de la boîte métallique pour se débarrasser du goût de tout ce qu'il venait d'ingurgiter. Son attitude à l'égard de la nourriture lui paraissait presque scientifique : il évitait au maximum la cuisine de Vasant – et il était affamé à onze heures du matin.

Son alimentation devint une préoccupation très importante. Il ne tarda pas à se concentrer sur les tiraillements de son estomac. Après tout, avoir faim est la preuve d'une bonne santé, et penser à ce qu'il allait manger occupait son esprit. Il se demandait sur quelle maison de Madna il allait jeter son dévolu pour déjeuner ou dîner et, s'il était obligé d'avaler les cochonneries de Vasant, il en composait mentalement le menu. Au bout de quelques jours passés dans le district, toute forme de pensée abstraite l'effrayait et même le dégoûtait : les problèmes de nourriture lui fournissaient matière à cogitation plus concrète. Étendu sur le lit en regardant fixement le plafond (position la plus fréquente au cours des mois), il se demandait d'où viendrait son prochain repas. Cette question éculée déclenchait en lui un fou rire irrépressible. Avant son arrivée à Madna, il avait toujours considéré la nourriture comme une chose aussi naturelle que l'air. Quand il était étudiant, il allait déjeuner dans un *dhaba*, si l'ordinaire de la cantine était immangeable (mais elle ne fut jamais aussi infecte que les créations de Vasant). Maintenant, il espérait qu'il y avait à Madna de petits restaurants bon marché, mais il n'avait pas le courage de se mettre à leur recherche. « Peut-être faut-il que je considère l'hétérogénéité du goût, et que je me dise que dans toute la ville les *chapati* ont la consistance du chewing-gum. »

Cette année-là, ce fut chez Mme Srivastav qu'il prit la plupart de ses repas. Quant au complément, en errant d'un bureau à un autre pour tenter de comprendre les complexités de l'administration, il surprit plus d'un fonctionnaire en acceptant sur-le-champ une invitation fortuite. Extorquer une invitation à dîner puis faire semblant de l'accepter à regret, mais avec élégance, en prétendant qu'il serait enchanté (mais en éprouvant à ce moment-là un sentiment de triomphe), et en suggérant que c'est l'hôte, en fait, qu'il honorait de sa présence, tout en respectant ce que Menon appelait la « dignité de la fonction », était un jeu qui l'amusait beaucoup. Quand Mme Srivastav lui demanda elle aussi pour quelle raison il ne prenait pas un appartement et n'apprenait pas à faire la cuisine, il lui fut difficile de répondre : « Parce que vivre aux crochets des autres est un défi beaucoup plus amusant. »

D'une façon plus perverse encore, la cuisine de Vasant avait quelque chose d'excitant. Concotée avec tous ses risques, elle rompait l'ennui. Tel était le cas de la prétendue eau bouillie. « Quand l'eau commence à bouillir, laisse-la sur le feu pendant environ dix minutes, puis éteins le gaz. Laisser bouillir l'eau dix minutes, ça veut dire compter dix minutes à partir du moment où l'ébullition a commencé, et pas laisser l'eau sur le feu dix minutes seulement. » Il répétait ce genre de phrase lentement et avec application à Vasant presque tous les jours, comme s'il s'adressait à un enfant à la fois têtu et fou. Mais au cours de ces mois passés à la *rest house*, il ne fut jamais sûr de boire de l'eau vraiment bouillie. Chaque fois que Vasant apportait la Thermos, il lui demandait : « Elle est bouillie ? » Le cuisinier acquiesçait d'un signe de tête, trempait son doigt dedans et répondait : « Elle est chaude. » Vaincu et amusé, Agastya résolvait ses doutes en buvant de l'eau potable partout où il allait. complimentant son estomac sain et bien plat en le tapotant devant son miroir.

Un jour, par pur ennui, il voulut aller dans la cui sine pour montrer à Vasant comment faire bouillir l'eau pour qu'elle devienne potable. Il n'y parvint pas Tout d'abord Vasant ne comprit pas ce qu'il voulait, puis il fit semblant de ne pas comprendre. Enfin, il fit vigoureusement non de la tête, fermant les yeux à chaque torsion de son cou, et s'en alla. Agastya le rattrapa, mais Vasant l'arrêta net, le bras tendu en avant, la paume de la main ouverte comme celle du Bouddha. « Enculé », lui lâcha Agastya dès qu'il eut le dos tourné. Vasant revint, muni d'un réchaud à kérosène qu'il posa sur le sol de la véranda. « Oui, oui », dit Agastya en le renvoyant. « Il ne veut sans doute pas que je voie sa cuisine, la fange d'où émergent mes repas. »

Le déjeuner, une simple version du petit déjeuner, en fait, comportait des périls particuliers qui étaient parfois aussi captivants que les parties d'échecs des magazines du dimanche. Une fois, alors qu'il apportait le plateau dans la chambre, Vasant trébucha et renversa le lait dans tous les plats. Il posa le plateau sur la table. Agastya récupéra une à une les tranches de tomates et de pommes de terre qui baignaient dans le liquide.

« Je vais vous chercher un autre verre de lait.

— Et remporte le plateau. »

Vasant saisit ce qui n'était plus qu'une assiette de lait nageant sur un plateau de lait. Il revint quelques minutes plus tard avec un verre de lait chaud dans lequel surnageaient de petits points noirs.

« Qu'est-ce que c'est ? demanda Agastya.

— Des feuilles de thé », répondit Vasant en les enlevant avec son index gauche[1]. Cela pouvait tout aussi bien être les grains de poivre du plat de pommes de terre. Agastya soupçonna Vasant d'avoir simplement rempli un autre verre avec le lait renversé. À sa place, il aurait fait la même chose. C'est à ce moment qu'il recommença à cogiter : « Oui, pourtant le lait est chaud. Mais, ça ne prouve rien, Vasant a tout aussi bien pu le faire réchauffer. Je devrais peut-être le lui demander. Seulement, si c'est vraiment du lait frais avec juste quelques feuilles de thé provenant de la casserole, mes soupçons risquent de le vexer. Et ça peut même lui donner des idées. Il te prépare à manger, il peut donc te faire ingurgiter *n'importe quoi.* Et n'oublie pas que de toute façon Vasant a l'air d'un fou avec sa barbe grise et sa grosse verrue sur la clavicule

1. La main gauche est en Inde considérée comme impure parce que réservée à la toilette intime.

droite. » Agastya laissa le plateau de côté pour discuter de ce sujet avec son miroir. « En fait, tu ne peux pas engueuler Vasant, parce qu'il peut tout aussi bien te faire manger sa crotte. » « On est toujours à la merci de son domestique », répétait sans cesse sa tante de Calcutta, celle-là même qui s'était le plus fortement opposée au mariage de son père avec une Goanaise. Peut-être devrait-il suivre furtivement Vasant jusque dans la cuisine… avec ses chaussures de course. Mais s'il était pris en flagrant délit d'espionnage, il lui serait très difficile de se justifier. Il revint près du plateau et trempa à son tour un doigt dans le lait pour le goûter.

La plupart du temps, la jeep du bureau venait le prendre entre onze heures et midi. Avant qu'elle n'arrive, il avait largement le temps de fumer un joint, souvent contre son gré. Certains matins, il ne voulait pas fumer. Ces matins-là, il allait vers son miroir, examinait distraitement sa barbe, se tournait de côté, et du coin de l'œil regardait son profil, une vieille habitude. Il demandait alors à son reflet pourquoi il fumait, et en tout cas pourquoi en si grande quantité. « Parce qu'il n'y a pas grand-chose d'autre à faire, sinon se masturber », répondait-il à son image. Parfois, il faisait les deux, en se moquant de la résolution inscrite dans son journal le jour de son arrivée et en pensant à l'opinion qu'il partageait avec Madan : « Baiser avec quelqu'un est moins satisfaisant et plus fatigant que de se branler. »

Il n'y avait pas grand-chose d'autre à faire. Lire était impossible – son esprit était dans un état de doux tumulte. En outre, la distance et l'éloignement rendaient les livres qui l'avaient accompagné de Calcutta à Delhi presque risibles : deux romans bengalis, *Pather Panchali* et *Gora*[1], mais aucun des deux ne l'intéressait parce que les problèmes des protagonistes lui étaient pour ainsi dire inaccessibles – il avait toujours préféré des thèmes plus concrets (comme il fallait s'y attendre, son oncle Pultu lui avait fait à ce propos des remarques acerbes : « Ce sont deux romans fondateurs, pour employer ton langage, et tu n'es même pas capable de les apprécier à leur juste mesure ») ; une curiosité littéraire, à savoir la traduction anglaise du Ramayana par un Américain qui, d'après ce qu'il avait compris en lisant l'introduction, avait souvent bavardé avec Hanuman dans l'Himalaya ; un exemplaire des *Pensées* de Marc Aurèle, cadeau de son père à l'occasion de son dernier anniversaire. Sur la page de garde, il avait écrit en bengali : « Pour Ogu qui entre dans sa vingt-quatrième année, en espérant qu'il s'assagisse. »

Parfois, avant que la jeep n'arrive, il parvenait à se concentrer sur quelques lignes, surtout s'il n'était que légèrement défoncé. Les *Pensées* devinrent sa seule lecture (non sans absurdité, remarqua-t-il). Elles

1. Célèbres romans du grand poète et écrivain bengali Rabindranath Tagore (1861-1941).

étaient généralement courtes, il n'avait donc pas à réfléchir sur plus de quelques lignes d'affilée. Au cours de ces mois, il se prit d'une profonde affection pour ce Romain triste et sage. D'emblée, grâce à Marc, il se sentit mieux, car ce penseur semblait avoir davantage de problèmes que quiconque : non pas les drames accablants des pauvres, mais les jubilatoires préoccupations abstraites d'un individu totalement plongé en lui-même. Auparavant, Agastya aurait peut-être dédaigné cet auteur : la vie est faite pour s'amuser et non pour être subie. Mais à Madna, il ne pouvait pas se permettre de soutenir un point de vue si facile. Parfois, au détour d'une page, il se surprenait à interpeller le philosophe : « Jouis du jour présent, mon garçon. » Puis il souriait à la simple idée d'appeler Marc Aurèle « mon garçon ». C'est alors que la sensation d'absurde, toujours à l'affût, l'assaillait à nouveau. Et si les pensées de Marc n'étaient pas sincères, s'il les avait rédigées hâtivement sur une écritoire en marbre, près de sa couche, tandis qu'un bel adolescent romain (dont les oreilles et les poignets exhalaient des parfums venus des ports du Deccan indien qui se trouvaient peut-être à quelques centaines de kilomètres de l'endroit où, mille six cents ans après Marc, un tribal fonda un royaume qu'il dénomma Madna) lui taillait une pipe ou qu'il éjaculait dans le gobelet à vin d'un invité, tout en murmurant « *quo vadis* » à l'esprit de Caligula ? Comme Marc, au cours de cette année-là, Agastya tint un journal irrégulier, car, comme lui, il méditait dans les situations les plus incongrues : en faisant sa gymnastique, par exemple. Après s'être obligé à cette discipline quotidienne, il éprouvait un réel plaisir à ces échauffements qui duraient environ vingt minutes. « Aucun de ces fonctionnaires n'a l'air d'avoir la forme, je ne veux pas leur ressembler », se disait-il en comptant ses pompes. Mais cette mode était occidentale : rester jeune, est-ce que ce n'était pas une lubie venue de là-bas ? Il s'arrêtait, haletant, puis se précipitait sur son journal où il notait : « Est-ce que vouloir rester jeune à tout prix est une toquade occidentale ? Neera n'arrête pas de le dire. » Neera, son amie de Calcutta, prétendait souvent que l'Occident vénérait la jeunesse, et que, lorsqu'elles commençaient à vieillir, les Occidentales se faisaient faire des liftings. Elle ajoutait qu'en Inde, où l'on vouait un véritable culte à la vieillesse, on était tout aussi bête. Neera était elle-même grosse et paresseuse. L'esprit totalement confus, Agastya retournait à ses pompes. Il s'arrêtait au bout de la dix-septième et regardait les gouttes de sueur tomber sur le tapis. Avait-il tort de faire de l'exercice pour essayer de garder la forme et de rester jeune ? Parfois une fourmi traversait à toute vitesse les cercles humides formés par les gouttes sur le sol. Est-ce qu'elle sentait l'humidité sous ses pattes ? Est-ce qu'une fourmi avait des pieds ? Par quoi se terminaient ses pattes, alors ? Par de petits points ? « Continue à faire tes pompes, mon garçon. » Mais la détermination lui manquait. Il écrivait dans son journal : « *N.B.* Neera est marxiste et raconte un tas de conneries. » Et quelques lignes plus bas : « As-tu pensé à quel point ce serait embarrassant si quelqu'un découvrait que tu tiens un *journal* ? »

Mais toutes les notes de son journal n'étaient pas aussi superficielles. Il comportait des passages plus sérieux qui embarrassaient davantage Agastya. Indirectement, Marc Aurèle lui apprit la magie de la catharsis : écrire aidait la pensée et clarifiait l'esprit, il fallait être rationnel. La plus petite chose acquit une signification. Qu'un stylo puisse se mouvoir sur une page et que son sillage soit porteur de sens lui parut tout à coup magique. Une courbe et un gribouillis prenaient une signification particulière. Il écrivit : « Quels problèmes as-tu ? » Il éclata de rire. Il y en avait tant, et ils étaient tous si vagues. Mais l'analyse l'aidait, du moins lui semblait-il. Qu'il était bon d'être rationnel.

Le chauffeur de la jeep qui venait le prendre chaque matin était généralement incapable de distinguer un bâtiment administratif d'un autre. Pendant environ une heure (les jours fastes), il faisait faire le tour de la ville à Agastya, essayant de repérer le bureau où il devait le conduire – le siège de l'inspection du cadastre ou de la direction régionale des forêts. Les bons jours, c'était une aventure assez étrange et délirante que de dévaler à toute allure les rues étroites d'une ville inconnue, de stopper brutalement pour demander son chemin aux *paan-wala* et aux cordonniers, tandis que le chauffeur cherchait sans conviction ledit bureau. La plupart des gens n'avaient jamais entendu parler de l'endroit où ils devaient aller, d'autres leur indiquaient une fausse direction, et certains soutenaient même avec véhémence qu'il n'existait pas. En observant ces passants que le chauffeur interrogeait, Agastya réalisa qu'hormis les locaux administratifs il ne connaissait pas du tout la véritable Madna.

Cette promenade en voiture avait quelque chose d'apaisant. Se laisser dériver, indifférent, succomber à la torpeur du haschich, à la chaleur, au rythme et au rugissement du moteur avaient un effet totalement soporifique.

Parfois, quand ils arrivaient enfin dans tel bureau et à l'heure prévue, c'était pour constater que le fonctionnaire censé les attendre était absent, parti en tournée d'inspection ou en vacances. Il arrivait cependant qu'il fût présent, mais il n'avait en général aucune idée précise de ce qu'il devait faire ou dire à Agastya. Son désintérêt dépassait de loin celui du jeune homme. Généralement, Agastya s'asseyait à ses côtés, regardait autour de lui les murs décrépis, le refroidisseur qui fuyait[1] dans un coin, la carte décolorée et le calendrier du gouvernement. Le fonctionnaire posait quelques questions et Agastya mentait sans retenue. Il devait à son tour le questionner sur son travail. Quand il estimait en savoir assez pour être capable de mentir au préfet le soir même, lorsque celui-ci lui demanderait ce qu'il avait appris dans la journée, il disait qu'il devait rentrer à la *rest house* pour le déjeuner, ajoutant dans un sourire qu'il ne reviendrait pas l'après-midi parce qu'il faisait trop chaud. Le visage du fonctionnaire rayonnait d'un assentiment total. Agastya fut parfois tenté de se plaindre auprès de Srivastav que personne ne lui apprenait rien mais il ne le fit jamais, de peur qu'on ne

1. Il s'agit d'un type de climatiseur très répandu en Inde.

lui reprochât son propre manque d'intérêt, accusation qu'il lui aurait été impossible de nier.

Il acquit toutefois quelques rudiments dans certains bureaux, non pas sur les complexités retorses de l'administration, mais, d'une façon plus large, sur l'Inde en général. Ainsi, l'inspecteur du cadastre lui révéla que chaque arpent du sol indien était répertorié sur des cartes ou des relevés.

« Chaque arpent ? » répéta Agastya. Il éprouvait un mélange de fierté et de contentement.

« Bien sûr, monsieur. Le gouvernement dépend tellement des relevés cadastraux. Il est indispensable de savoir qui possède telle parcelle, quand celle-ci a été transférée ou qui en a hérité. Si le gouvernement veut acquérir une terre pour une raison ou une autre, la construction d'un barrage ou d'une centrale thermique, il faut que nous ayons des plans cadastraux à jour afin de savoir qui dédommager, non ? Après tout, la terre est ce que nous possédons de plus précieux. »

L'inspecteur était un homme fatigué qui avait tout le temps l'air de s'excuser. Il travaillait dans une petite pièce bruyante au-dessus d'une quincaillerie qui vendait des seaux et des gobelets en plastique, dans une ruelle, et possédait une boutique de vidéocassettes. Il se déplaçait sur une vieille bicyclette.

« Au bureau, on a des cartes de tout le district. Je vais vous en montrer quelques-unes. »

Elles arrivèrent en même temps que le thé. L'inspecteur buvait dans sa soucoupe. C'étaient de vieux parchemins ou des papiers-calques qu'il déplia respectueusement par-dessus les livres qui jonchaient sa table de travail. (Les titres fascinèrent Agastya : *Manuel de relevé urbain*, *Manuel des règles et des instructions concernant l'établissement des relevés cadastraux*. Il y avait donc quelque part un individu qui avait écrit des choses pareilles et des gens en ce monde qui les lisaient !) Les plus anciennes, en anglais, restaient cependant indéchiffrables pour Agastya. Elles représentaient des zones découpées en une variété de formes géométriques qui portaient chacune un numéro. Des enfants pourraient inventer des jeux avec, essayer de s'emparer des carrés et des hexagones en se montrant rapides ou en trichant, ou les deux, et attribuer à leurs prises un nombre de points déterminé.

« La terre est importante partout. Toutes les terres, déclara l'inspecteur. Mais vous avez toujours vécu dans des villes. Vous ne pouvez pas comprendre l'importance de la terre agricole. C'est la seule vraie richesse. Chacun de ces lopins peut valoir des *lakh.* » Depuis des années, l'inspecteur s'asseyait sur cette chaise. Chaque jour il examinait des cartes et des documents, consultait ces livres volumineux, buvait son thé dans sa soucoupe, tandis que de la rue montait le bruit des voitures, des *rickshaw* et des altercations. Il descendait uriner dans un trou derrière la quincaillerie.

À l'exception des rares après-midi où Srivastav le convoquait à la préfecture pour assister à une réunion quelconque, la plupart du temps, Agastya restait dans sa chambre. Parfois il passait ces quelques heures avec Shankar à boire, à mentir, à l'écouter parler de Madna, de l'art ou de Tamse.

« Vous n'allez jamais au bureau, Shankar *saab* ?

— Et vous alors, Sen *saab* ! répondait Shankar en hennissant de joie. On se ressemble beaucoup, je vous assure ! Guidés par Shani et aimés de Jagadamba. On a les mêmes habitudes. » Il levait son verre en poussant un second hennissement. « On ne va pas au bureau après déjeuner, on a les mêmes opinions, les mêmes goûts musicaux, on déteste le travail de bureau et on préfère être dehors. On est dans la même situation, nous, les damnés de Madna. »

Les après-midi s'étendaient du déjeuner jusqu'au moment où il demandait à Vasant de lui apporter le thé. Ainsi il pouvait, d'une certaine manière, contrôler leur durée. Après le thé, il songeait à sa soirée. Mais avant, il somnolait un peu, contemplait la peinture de Tamse, observait les lézards qui couraient sur les murs pour aller copuler dans un coin, écoutait Vivaldi ou Nazrul Islam[1], rêvassait, fantasmait, évoquait le passé,

1. Grand poète bengali musulman.

tentait de le réorganiser selon un schéma directeur, ou se masturbait sans joie. Parfois, il fumait un peu de haschich, lisait un passage de Marc Aurèle, ou gisait allongé sur son lit en pensant au soleil qui, à l'extérieur, racornissait le monde. Il aimait ces moments passés dans la pénombre irréelle de la chambre, il se sentait à l'abri. Dehors, le monde brûlait. Quand il ouvrait la porte à Vasant, la chaleur avait diminué d'intensité. Quelques heures de moins à vivre à Madna.

Il passa de nombreuses soirées chez le préfet, mais certains jours il était trop abattu pour y aller, ses yeux étaient trop rouges et il se sentait trop seul pour entretenir une conversation sensée avec quiconque. Dans ces moments-là, il attendait que le soleil se couche pour faire une promenade. La ville était sale et surpeuplée, sans compter qu'il y avait toujours un risque de rencontrer un collègue de bureau et de devoir entamer d'assommants bavardages. Il sortait de Madna et longeait la voie ferrée.

Il écoutait parfois les nouvelles de neuf heures. Il ne lisait pas les journaux et évitait ce que l'on appelle l'actualité. Celle-ci ne l'avait jamais intéressé, à moins qu'il ne s'agisse de catastrophes, auquel cas il en entendait nécessairement parler. Mais à Madna, il se mit à écouter attentivement la radio, parfois avec le simple besoin d'entendre une autre voix dans sa chambre. Elle devint un lien essentiel avec le monde extérieur et le seul qui soit réellement objectif. Les journaux de Bombay et de Calcutta arrivaient en retard et les nouvelles dataient. C'est également à Madna qu'il prit conscience du pouvoir qu'avait la radio de répandre une information manipulée, car dans toutes les bourgades et dans tous les villages de l'Inde rurale, des millions de gens, dont la moitié étaient illettrés, écoutaient ces programmes, les variétés comme les informations. La radio prétendait que soixante-dix pour cent des habitants du pays allaient recevoir la télévision d'ici à la fin de l'année. Avant, Agastya n'aurait même pas *entendu* une telle nouvelle, mais, ici, elle était enregistrée et recevait un sens particulier. Madna va avoir la télé, avait dit Sathe qui se représentait parfaitement son impact sur cette ville : la télé était beaucoup plus puissante que la radio, car elle emprisonnait le regard. Il avait ajouté avec cynisme que c'était aussi une promesse électorale bidon, ce qui était tout à fait vrai.

Les soirs où il n'allait pas chez le préfet, Agastya dînait tôt, vers huit heures, simplement parce que Vasant aimait se coucher de bonne heure. Ensuite, de huit heures jusqu'à quatre heures du matin, insomnie. Il répétait les mêmes activités que l'après-midi en pensant que pendant plus de vingt ans il avait très bien dormi. À l'exception d'une ou deux nuits durant lesquelles l'excitation l'avait tenu éveillé, comme à sept ans, la veille de ce pique-nique organisé par l'école, où il avait erré la nuit entière autour de la maison, tout excité à l'idée de porter son nouveau jean. Mais à Madna, le sommeil semblait l'avoir déserté. Il finissait par s'assoupir d'épuisement mêlé de désespoir.

Ainsi traversait-il en une journée tous les registres de la solitude.

« Monsieur, téléphone pour vous », annonça l'un des domestiques de la *circuit house* vers six heures du soir. Agastya était tranquillement assis sur la véranda avec Marc Aurèle.

C'était Mahendra Bhatia, du département des forêts.

« Salut, Mandy ! Bien sûr que je me rappelle de toi… Ça doit bien faire trois ans qu'on s'est pas vus… Oui, Sathe m'a parlé de toi… J'avais l'intention de t'appeler, mais tu sais comment c'est : nouveau boulot, nouvelle ville, je suis pris toute la journée… Oui, on va se voir… Pourquoi pas ce soir ?…. D'accord, ce soir… Je suis libre maintenant… J'ai démarré tôt ce matin… Oui, tu viens parce que je ne connais pas encore bien cette ville… C'est la quatrième chambre de la *rest house* dans l'enceinte de la *circuit house*… Oh, je suis arrivé il y a à peu près trois semaines, je crois… Oui, ça fait une *sacrée* différence… » (De quoi allaient-ils parler en se voyant ? il fallait absolument de l'alcool, sinon, la soirée allait être intolérable.) « Dis-moi, Mandy, pourquoi on ne boirait pas un verre ce soir, sinon... Super, amène cette bouteille... D'accord, d'ici une demi-heure... salut ! »

Malgré la perspective du whisky, Agastya ne se sentait pas follement heureux de rencontrer Bhatia. Lors de leurs études universitaires, il faisait partie d'un département très différent du sien (physique ou chimie, il ne se rappelait plus très bien), et, dans le jargon de Dhrubo, c'était encore un de ces yuppies indiens bluffés par la promotion agressive de la culture américaine dans le tiers-monde. Bhatia aimait les T-shirts et les jeans Calvin Klein, les fast-foods de Delhi, les motos indiennes (parce qu'il ne pouvait pas se permettre d'acheter une marque étrangère), les petites amies « qu'on peut s'envoyer n'importe quand, mon pote » (elles s'avéraient néanmoins invisibles), le haschich, la cocaïne (un peu), les chanteurs gagnants du prix Grammy (des rockeurs qu'à sa plus grande extase la télévision indienne s'était résignée à présenter). Il appelait les roupies des *bucks*[1] et se faisait surnommer Mandy. Son ambition était d'aller à l'étranger (« aux États-Unis, bien sûr »), sans doute pour montrer à quel point ce continent cadrait avec son style de vie. Un jour où Dhrubo et Agastya étaient assis, défoncés, sur la pelouse devant l'université, Bhatia passa affublé d'un Walkman et accompagné de ses clones. Dhrubo

1. Dollars, en argot américain.

n'avait pas pu s'empêcher de lancer avec un profond mépris : « C'est le genre de type qui adorerait attraper le sida parce que ça fait fureur aux États-Unis. » Au lieu de ça, Bhatia avait décroché Madna. Agastya trouvait ça fabuleux.

Il fut encore plus content de constater que ces trois dernières années et le séjour à Madna avaient assagi Bhatia. Son style vestimentaire n'avait pas changé – Gloria Vanderbilt et un T-shirt sur lequel on pouvait lire « Pas de Guerre des Étoiles » (« Est-ce qu'il va voir l'inspecteur du cadastre dans cette tenue ? » se demanda Agastya en riant intérieurement) – mais il était devenu plus mince, plus net et un peu plus grave. Son boulot l'obligeait sans doute à se raser tous les jours. Malheureusement, sa bouteille de whisky ne faisait qu'un demi-litre.

« Salut. » Ils se serrèrent la main et ils s'assirent sur la véranda. Agastya ne voulait pas que les visiteurs pénètrent dans sa chambre où ils paraissaient incongrus. Cette pièce était exclusivement réservée à sa solitude.

Ils finirent par être un peu soûls, en tout cas suffisamment pour que Bhatia se répande en invectives. Il semblait oublier que tous deux n'avaient été que de simples connaissances à l'université ; ou peut-être s'en souvenait-il et qu'il s'en moquait, ou qu'il lui suffisait qu'Agastya, resurgi de son passé, comprenne son besoin de s'épancher. Bhatia fulminait contre son travail, la ville, les gens, l'ennui, la solitude et le désert sexuel. Ces misérables bégaiements de désespoir embarrassaient profondément Agastya. Il n'aurait jamais accepté que Bhatia et lui puissent avoir une chose en commun, mais maintenant ils en avaient une : leur sentiment de désagrégation.

« C'est écœurant ici. Il n'y a personne à qui parler, nulle part où aller, rien à faire sinon l'aller et retour entre le bureau et la chambre, se soûler, se masturber et être seul. »

Bhatia fit sentir à Agastya à quel point sa vie secrète était ridicule. Agastya eut envie de rire. Jusqu'à présent – et c'était sans doute sa seule consolation – elle lui était apparue comme une expérience profonde et exclusive ; maintenant, elle semblait aussi banale qu'une demi-bouteille de whisky, une chose qu'il partageait avec Bhatia. Il lui en voulut un peu d'avoir brisé l'une de ses dernières illusions consolatrices.

Il ne pouvait toutefois se résoudre à admettre leur similitude. Il sentait confusément que le sentiment de solitude était trop précieux pour être partagé, qu'il était en fin de compte incommunicable et que chaque homme *était* une île. Chacun possédait son propre univers, immense à ses seuls yeux, insaisissable et sans intérêt aux yeux des autres, pour qui l'insignifiance de cette épreuve ne valait même pas la peine d'être mentionnée et ne suscitait tout au plus qu'une vague sympathie. La vie de Bhatia n'intéressait pas vraiment Agastya, et celui-ci s'aperçut plus tard que la sienne n'avait que peu d'intérêt pour son ami Dhrubo, et que son père ne la comprenait carrément pas. Il était cependant agréable d'écouter Bhatia et de le contredire gentiment. Cela ne faisait que l'exaspérer davantage. Ainsi fit-il passer le temps.

« Mais, Mandy, tous les boulots sont ennuyeux, et en général les gens *sont* malheureux. Tu ne peux pas t'en prendre à Madna. Tu devrais peut-être te marier. Tu résoudrais au moins deux problèmes : le sexe et la solitude. »

Agastya ne tarda pas à se prendre au jeu de ces arguments faciles et creux parce que éculés : « Et je pense que chaque fois qu'on se trouve dans un endroit inconnu, au début, on se sent un peu bizarre. » Bhatia l'interrompit :

« Comment ça, au début ? Je suis ici depuis plus d'un an !

— Mais le monde *n'est pas* un endroit fantastique plein d'expériences passionnantes. C'est assommant et naze partout. Il n'y a qu'à se ranger ou se suicider. C'est ce que font des tas de gens, tu sais. » Agastya aimait sa nouvelle argumentation.

« L'Inde dispose de nombreuses méthodes de suicide. Tu peux changer de sexe[1], tuer ton mari s'il ne

1. Référence à une caste de pseudo-hermaphrodites appelée *hijra* et dont les membres originellement de sexe mâle adoptent une identité féminine.

meurt pas de sa belle mort, et t'immoler ensuite sur son bûcher funéraire. Seulement je crois que ce rite de la *sati* – toi, tu prononces *sutte* à l'américaine – est maintenant interdit. C'est dommage, ils ont mis fin à une grande tradition. Mais il y a un autre moyen : tu changes de sexe, tu te maries et tu demandes à ton époux de te brûler[1]. Le fin du fin ! »

Agastya finit son troisième whisky, sentit le liquide descendre dans son œsophage, obliquer à droite et attaquer son foie. Bhatia n'avait pas écouté et regardait fixement le fond de son verre.

« Qu'est-ce qu'il y a, Mandy ? Tu te sens comme un compositeur de *ghazal* devant son verre vide ?

— Non, il y a un truc noir au fond, ça ressemble à de la crotte de rat. Regarde.

— Oui, ça m'en a tout l'air, répondit Agastya en lui rendant vivement son verre. Vasant, cette espèce de fou que tu as croisé en venant, prend la vaisselle dans l'armoire de la salle à manger de la *circuit house*. Tu as vu l'armoire ? Un immense machin. On pourrait y mettre un tigre sans que personne s'en aperçoive. Je croyais que les verres étaient propres : comme ils sont teintés, on ne voit pas la crotte de rat à travers. »

---

1. Allusion à un phénomène récent en Inde du Nord. Dans certains cas, rares, les belles-familles, estimant la dot de leur bru insuffisante, exercent sur elle des pressions qui peuvent aller jusqu'au meurtre déguisé en accident.

Bhatia leva le récipient incriminé contre le néon de la véranda. Agastya se souvint d'un restaurant à Calcutta où des bouteilles verdâtres tenaient lieu d'abat-jour. Neera adorait les pizzas qu'on y servait.

« Qu'est-ce que je risque d'attraper avec de la crotte de rat dissoute dans du whisky ?

— La peste.

— Dis pas de bêtises, ça a disparu depuis longtemps.

— Disparu ? Est-ce qu'on peut dire ça des maladies ? C'est de la crotte de rat pourrie, non ?

— Comment je peux savoir ? demanda Bhatia d'un ton irrité.

— J'en sais rien. C'est toi qui l'as bu. »

Bhatia se tut, songeant aux catastrophes à venir.

Puis il y eut une panne de courant. Obscurité totale et hurlements de joie dans les logements des domestiques derrière la *circuit house*. «Ce sont sans doute les enfants de Vasant, ravis de ne pas avoir à faire leurs devoirs », expliqua Agastya. C'était agréable de ne rien voir, de sentir la légère brise et de parler de choses ordinaires dans le noir.

« L'alimentation en électricité est vraiment mauvaise ici. Ils ne vont pas tarder à faire des coupures régulières pendant les heures les plus chaudes de la journée. Tu peux apporter une bougie ou quelque chose ? Il reste de quoi boire un dernier verre. »

Agastya trouva une bougie qu'il plaça sur le *Madna District Gazeetter*. Il regarda le livre avec tendresse : « C'est un bon gros livre. On peut y poser une bougie et s'en servir comme presse-papiers.

— Tu devrais l'ouvrir de temps en temps. C'est très intéressant », dit Bhatia.

Agastya le regarda d'un air surpris. Il n'aurait jamais cru qu'il y avait plusieurs dimensions chez Bhatia. Ce dernier alluma une cigarette à la flamme de la bougie et palpa le *Gazeetter* : « Il vient du bureau ? Tout le monde se fiche de ce qui appartient au gouvernement. Il y a parfois des choses de valeur, des meubles, d'anciennes maisons, de vieux livres. Et voilà ce qu'on en fait : on met des bougies dessus.

— Je pense que tu as attrapé la peste. Est-ce que tes aisselles commencent à enfler ? » plaisanta Agastya. La lumière revint et avec elle les cris de joie des enfants. « Ils sont peut-être contents que la lumière revienne parce que ça leur donne une occasion de hurler », ajouta-t-il.

« Qu'est-ce qu'on fait pour dîner ? Je propose qu'on sorte acheter une autre demi-bouteille de whisky et qu'on se fasse inviter par Sathe », dit Bhatia.

Ce soir-là, Agastya vit Madna d'un peu plus près. Bhatia voulait prendre un *rickshaw*, Agastya voulait marcher : ils firent une partie du chemin en *rickshaw*. Ils tressautaient sur la banquette tout en observant les mollets du conducteur. L'homme sentait une décennie de sueur et de malnutrition. Ils dépassèrent des garages, des étals de jus de canne à sucre, des boutiques.

« Tu remarqueras le nombre de pharmacies. C'est dire à quel point Madna est malsaine, observa Bhatia avec amertume.

— Il est huit heures et cette ville est beaucoup plus animée que le sud de Delhi à six heures du soir », répondit Agastya.

Foule dans la rue, sonnette et voix rauque du *rickshaw-wala*, odeur de *dosa* et de poisson frit d'un *dhaba*, urine et boue près d'un commissariat de quartier, transistor assourdissant sur un étal de canne à sucre beuglant la musique disco d'un film hindi, mélodie plus douce de mauvais *ghazal* devant une boutique de disques, obscurité des ruelles.

« Ça doit être marrant de se promener en observant tout ça défoncé, dit Agastya.

— Impossible, Madna est trop petite. Tu es coincé par ton statut officiel. Tu risquerais de rencontrer un de ces abrutis du bureau. Ça ferait vite le tour de la ville et tous les services sauraient que ce jeune type occidentalisé de Delhi traîne dans les bazars. Ils désapprouveraient cette attitude. En tout cas, le préfet serait contre. »

Juste après cette discussion, alors qu'ils étaient en train de marchander le prix de la course avec le *rickshaw-wala*, ils rencontrèrent Joshi, l'adjoint du préfet.

« Bonjour, monsieur Sen. Qu'est-ce que vous faites ici ? » Il était accompagné d'une personne qui semblait être sa femme, mais qu'il ne leur présenta pas. « Sois charitable, se dit Agastya. C'est peut-être sa maîtresse, il a peut-être un harem de femmes tribales avec lesquelles il danse nu tous les soirs avant le dîner. »

« Bonjour Joshi *saab*, je vous présente mon ami Mahendra. Il est conservateur adjoint au département des forêts. M. Joshi, de la préfecture. » « Je ne sais toujours pas ce que ça veut dire », ajouta-t-il pour lui-même. Ils se séparèrent après avoir échangé quelques banalités.

« Maintenant tu vas voir, s'exclama Bhatia. Dans quelques jours, un individu qui n'a rien à voir avec Joshi va te sortir un truc idiot du style : alors, vous vous baladez dans le bazar le soir ? Tu vas voir… »

Trois jours plus tard, Mme Srivastav lui dit : « J'ai entendu dire, August, que vous vous promenez soûl tous les soirs au marché avec des amis du département des forêts. » Srivastav renchérit en ajoutant : « Sen, vous devez faire attention aux relations que vous entretenez ici. Madna est une petite ville et les gens parlent beaucoup, ils n'ont pas grand-chose d'autre à faire. Méfiez-vous d'individus comme Govind Sathe. Un scélérat, ce caricaturiste ! En tant que fonctionnaire de l'IAS, vous ne pouvez pas fréquenter n'importe qui. Votre statut, *bhai*, ne vous permet pas de faire ce que vous voulez en dehors des heures de bureau. Vous êtes aussi responsable devant le gouvernement après avoir quitté votre bureau. Et ce Govind Sathe, un type complètement irresponsable, croit que la vie est une vaste blague. »

Bhatia et Agastya descendirent une petite ruelle latérale. Juste à l'angle, sous un néon, Bhatia faillit mettre le pied dans une énorme bouse de vache fumante. « Attention ! » lui cria Agastya. Dans la lumière, la bouse, d'un vert noirâtre, d'où émergeaient de petites bulles, rappela à Agastya les épinards de Vasant. « Est-ce que les bouses de vache sont toujours comme ça, ou bien l'eau de Madna les a empoisonnées elles aussi ? Ou alors cette vache a mangé à la *rest house* ? » De chaque côté de la ruelle, de petites maisons très laides, vieilles et sans crépi – il semblait qu'ici personne ne revendiquait la beauté. Une fenêtre protégée par des barreaux et, dans une pièce aux murs bleus, un garçon en maillot de corps sur un lit, en train d'étudier sous un néon. Madna avait une vie bien à elle.

« Mandy, ce sont bien des sculptures, non ? » demanda Agastya en désignant une maison. Sur les rebords de l'escalier principal étaient assises deux chèvres blanches totalement immobiles.

« Les statues ne sentent pas comme ça. »

« Elles dorment ou elles sont défoncées. Les chèvres blanches ne sont-elles pas de bon augure quelque part, dans un mythe hindou ? » se demanda Agastya. Il se refusa à faire l'effort de sonder sa mémoire pour retrouver lequel. Mais le simple fait de regarder les deux bêtes, à la fois si incongrues et si attirantes, comme si elles attendaient placidement le moment d'accueillir des invités, dissipa son malaise. Torrent de lumière au coin de la ruelle. Un panneau représentant une danseuse de *bharatanatyam* complètement disproportionnée annonçait : « Bienvenue au bar-restaurant Dakshin ».

« Commande quelques *pakora* ici. On en aura besoin, avec l'alcool. Je vais en acheter dans une boutique un peu plus bas. Ça nous fera gagner du temps », dit Bathia.

Agastya pénétra dans le restaurant tout en se demandant pour quelle raison son ami voulait gagner du temps.

L'établissement était grand, bruyant et très éclairé. Agastya s'assit tout près de la porte, face à une cour encombrée de *rickshaw* et de scooters. Il ne voulait pas être reconnu, ce monde ne devait jamais être lié à la préfecture. Près du plafond, des baffles beuglaient des chansons disco en hindi. Il se sentit encore mieux. À la table voisine, un homme, le visage à moitié défiguré par un vitiligo, engloutissait des *idli* flottant dans un océan de *sambar*. Agastya lui sourit. Un Sikh[1]

1. Communauté indienne vivant surtout au Panjab et pratiquant une religion qui est un syncrétisme de l'hindouisme et de l'islam. Les Sikhs font souvent l'objet de plaisanteries qui les tournent en ridicule.

gros et musclé entra dans la salle. Il était étroitement moulé dans un jean, un T-shirt décalquant ses imposants pectoraux. Ses yeux mesquins et rougis balayèrent la salle d'un regard meurtrier. Un petit nez crochu, des lèvres minces, une barbe rare. « J'aimerais connaître ce type, pensa Agastya, c'est la personnification du vice. » Le Sikh se gratta distraitement les couilles et partit sur une moto pétaradante. Agastya imagina la réaction des Srivastav s'il venait dîner chez eux avec ce Sikh sur sa moto rugissante : « Monsieur, voici mon meilleur ami, ma seconde moitié. » Là-dessus, Bhatia arriva avec un air de conspirateur, un paquet à la main.

Devant l'hôtel du frère de Sathe, le *rickshaw-wala* demanda quatre roupies.

« Sûrement pas ! Deux », rétorqua Bhatia. Ils marchandèrent un moment, presque avec paresse et sans grande conviction. Après quelques arguments, Bhatia se tourna vers Agastya : « C'est pour le principe, mon vieux. On discute toujours avec les taxis, les scooters ou les *rickshaw-wala*, par principe. Sinon, le trajet ne vaut pas vraiment le coup.

— La prochaine fois que ton père pétera, fourre-lui un billet de deux roupies dans le cul », lança soudain le conducteur de *rickshaw*, mettant ainsi un terme aux négociations. Il partit, laissant Bhatia assez choqué : « En Inde, aucun chauffeur qui se respecte ne part sans empocher son argent. Qu'est-ce que c'est que ce salaud de *rickshaw-wala* qui cherche à se distinguer ?

— J'espère que Sathe est chez lui », dit Agastya. Il y était et parut sincèrement content de les voir. « Je crois qu'on est tous les trois un peu soûls, commença Agastya, alors on a pensé qu'on devrait boire un peu plus et s'inviter chez vous. »

Dans le couloir, derrière Sathe, se tenait une femme aux grands yeux légèrement protubérants, l'air défait : « Ma belle-sœur, Geeti. Je te présente deux jeunes inadaptés, l'un vient de la préfecture, l'autre du département des forêts. » Elle avait l'air gentille. « On s'apprêtait juste à dîner. Mais vous préférez peut-être manger un peu plus tard », proposa-t-elle.

Surmontant la pile de livres échafaudée sur le lit de Sathe se trouvait une traduction anglaise de la Bhagavad-gita. Un nouveau croquis inachevé était posé sur le chevalet. On reconnaissait le dieu Krishna sur le champ de bataille de Kurukshetra. Mais à la place d'Arjuna[1] figurait un gros politicien chauve en train de se gratter la tête, le visage plissé par l'incompréhension. « C'est le premier d'une série, sourit Sathe en sortant des verres qui pour une raison qui leur échappa étaient rangés sous le lit, un projet très ambi-

1. L'un des principaux héros de la Bhagavad-gita auquel le dieu Krishna expose le sens de l'action.

tieux. Il nous faudra plus de soda. Une minute. » Il sortit.

Bhatia s'empara du livre comme un illettré ou comme n'importe quel fonctionnaire pragmatique qui déteste tout texte imprimé ne servant pas immédiatement à son avancement – juste parce qu'il était fébrile et que le livre se trouvait près de lui. L'ouvrage aurait tout aussi bien pu être une balle de cricket ou des cubes d'un jeu de Lego. Sathe, qui avait remarqué la façon dont Bhatia le manipulait, lui lança depuis le seuil de la porte : « Ce n'est pas pour les béotiens. » Un serveur en uniforme se tenait derrière lui. Bhatia feuilletait le livre comme on bat un jeu de cartes. Il finit par le reposer.

« Un fabuleux trésor de plaisanteries, remarqua Sathe en débarrassant une chaise, un vrai régal. » Sathe blasphémait à nouveau, comme si les gens n'attendaient que ça de lui. « Mais je vois que vous ne me croyez pas ? dit-il en s'asseyant. Vous l'avez lu ?

— Certainement pas », répondit Agastya. La question ne s'adressait nullement à Bhatia.

Sathe se leva d'un mouvement solennel, fit deux pas, prit le livre et le déposa sur les genoux d'Agastya : « Lisez ça. Nous n'en parlerons pas avant que vous l'ayez lu. Je suis très choqué, je vous assure.

— Vous êtes aussi très soûl.

— Ça ne m'étonne pas du tout que Bhatia ne l'ait pas lu parce que c'est un Panjabi[1], ou un Américain né à Delhi. Et ça m'étonnerait fort qu'il existe une traduction de ce texte en panjabi. De toute façon, ce serait inutile, il ne lit pas. » Sathe se tourna légèrement vers Bathia.

« Ça se voit sur son visage qu'il ne lit pas. Mais vous, – il s'avança vers le chevalet et s'y accouda dans une pose théâtrale, tel un acteur qui s'appuierait sur le dessus d'une cheminée –, vous êtes bengali, le fils d'un gouverneur et d'une obscure mère goanaise chrétienne. Eh oui, la nouvelle a déjà fait le tour de la ville. Et en bon bengali, votre père a fait à votre pauvre mère ce que vous avez tous fait à l'Assam[2]. Mais nous n'avons commencé à nous plaindre que lorsque les Britanniques nous ont fait la même chose. » Sathe haussa la voix et déclara dans une mimique offensée : « Vous nous empêchez d'avoir une claire appréciation de notre identité. Bon, mais qu'est-ce que ça peut faire ? » Il rit de tout son corps. « Et donc c'est en ignorant la moitié goanaise de vous-même que vous êtes devenu

1. Les habitants de l'État du Panjab ont la réputation d'être plutôt des hommes d'affaires pragmatiques à la différence des Bengalis qui ont la réputation d'être des intellectuels et des artistes.

2. Les Assamais accusent les Bengalis, imbus de leur supériorité, de les avoir colonisés.

un parfait Bengali : le *dhoti*, les *roshogolla* et Tagore. » Il fut à nouveau pris d'un accès de rire qui faillit faire basculer le chevalet. « Vous n'avez peut-être pas lu la Bhagavad-gita parce que les Bengalis n'ont pas encore pu prouver qu'elle a été écrite par l'un des leurs.

— Arrête de dire des conneries et va nous chercher des *kabab* », lança Agastya.

C'est grâce à cet événement fortuit que la Bhagavad-gita se retrouva sur une étagère à côté de Marc Aurèle. Cela aurait déplu à oncle Pultu : « Tu sais, ce n'est pas écrit par Racine, tu n'es pas obligé de le lire en anglais. » Agastya avait toujours associé les livres comme la Gita à la vieillesse, moment où la vie future commence à prendre de l'importance, et plus particulièrement à l'un de ses oncles très orthodoxe qui lisait quotidiennement les anciens textes hindous, n'avait jamais pardonné à son père d'avoir épousé une chrétienne et d'être devenu gouverneur du Bengale, déplorait le délabrement de Calcutta et le départ des Anglais. (Oncle Pultu n'aimait pas cet « anglophile sénile à l'esprit confus » : si Calcutta avait été une belle ville à l'époque britannique, c'est parce qu'on empêchait les gens de s'y promener librement – Elliot Road serait propre si on en interdisait l'accès à la foule. Une ville est-elle faite pour ses habitants ou est-elle réservée à Hardinge[1] et à sa clique ?)

1. Gouverneur général des Indes britanniques (1785-1856).

Ce vieil oncle estimait aussi que le monde serait en paix si tous les hommes étaient des intellectuels hindous.

La plupart des passages de la Bhagavad-gita parurent obscurs à Agastya. Certains le surprirent :

« L'esprit est en perpétuelle agitation, Krishna, impétueux, rétif ; maîtriser l'esprit est aussi difficile que de lutter contre des vents violents.

L'esprit est en effet en perpétuelle agitation, Arjuna : il est difficile à maîtriser. En se libérant des passions et en exerçant une vigilance constante, on peut le dominer. »

« Puis-je parler à M. Bajaj, le responsable du développement du district, s'il vous plaît ?.... Oui... Je m'appelle Sen, je suis fonctionnaire de l'I A S, je... Oui, monsieur, je suis arrivé (« Mens, se dit Agastya, prends le risque ») il y a environ une semaine... Oui, j'ai été malade, monsieur, c'est pourquoi je n'ai pas pu vous rendre visite plus tôt... Oui, monsieur... euh... un épouvantable mal d'estomac... Puis-je vous rencontrer un de ces jours prochains ?.... Oh, maintenant ? Non, monsieur, c'est très bien, je viens tout de suite. »

Les bâtiments du conseil de district étaient beaucoup plus grands, plus récents et bien plus laids que ceux de la préfecture, mais la même foule traînait autour des édifices. Agastya fut intrigué par une grande jeep garée devant une entrée latérale. Elle était peinte comme un drapeau européen en bleu, jaune et blanc, et portait des slogans en anglais et en langue locale : « Utilisez l'I U D », « Les contraceptifs Nirodh, c'est ce qu'il vous faut », « Grâce à Copper Ts, votre famille est heureuse », « Vous n'êtes pas stérilisé ? Adhérez au programme de Stérilisation nationale ». À l'arrière du véhicule, on lisait en lettres rouges : « Véhicule officiel du Directeur de la santé publique, Conseil du district de Madna ». Agastya songea que peut-être ce fonctionnaire de la santé publique participait au Rallye automobile himalayen des handicapés mentaux. Sur la porte arrière de la jeep, on avait peint deux lutteurs difformes, le visage entouré de gribouillis censés représenter des gouttelettes dont chacune avait la taille d'une balle de tennis. Avec un sentiment d'émerveillement, Agastya les identifia comme de la sueur. En y regardant de plus près, il comprit que ces lutteurs aux têtes rondes comme un ballon de football et aux cuisses plus larges que leur tronc n'étaient pas volontairement contrefaits mais qu'il s'agissait de l'œuvre authentique d'un abominable artiste (Tamse !). Par le truchement des lutteurs, le département de la santé signifiait que la stérilisation n'engendrait pas l'impuissance. Il était évident qu'à l'arrière d'une jeep officielle on ne pouvait pas représenter un type en train de baiser gaiement – l'image des lutteurs était la plus appropriée. Elle semblait vouloir dire : « Regardez, regardez, même après qu'on a farfouillé dans votre bite vous restez aussi fort qu'avant (et peu importe si votre tête et vos cuisses enflent de manière alarmante), vous pourrez toujours vous battre avec un autre type qui vous ressemble. Vous transpirerez un peu trop, mais la sueur a toujours été un signe de virilité, non ? »

Gens errant dans les couloirs, avachis sur des bancs, les yeux vitrifiés par l'attente. Un planton à la porte, mesquin, dur et soupçonneux, assez semblable à celui qui gardait l'entrée du bureau du préfet de police.

« Je suis fonctionnaire de l'I A S », dit Agastya. Ça marchait.

Le bureau de Bajaj était meublé avec goût, dans un camaïeu de bruns. Deux hommes étaient assis à ses côtés. En face de lui, une femme, presque folle de nervosité.

« Ah, Sen, entrez, entrez. »

Bajaj était très grand et extrêmement maigre, avec de grands yeux tristes et un menton fuyant comme s'il était issu de l'accouplement d'une femelle épagneule et de don Quichotte. Agastya avait imaginé un gros Panjabi suffisant.

« Asseyez-vous et regardez ce cirque. Nous sommes en train de recruter sur entretien des professeurs pour les écoles du district. » La pauvre créature qui gloussait en face de Bajaj était précisément une candidate. « Vingt-six personnes ont fait une demande pour ces postes. On en a convoqué dix-huit pour passer les entretiens mais il n'y en a que six qui se sont présentées. Tous les candidats sont des tribaux, ces postes leur sont réservés. » Le coude posé sur la table et l'avant-bras immobile, Bajaj désigna d'un mouvement de son poignet l'un des deux hommes assis à ses côtés : « Je vous présente notre responsable pédagogique. » L'autre ne semblait pas suffisamment important pour être présenté.

L'entrée d'Agastya semblait avoir interrompu l'interrogatoire. Le conseiller pédagogique, d'un ton solennel et plein d'enthousiasme, reprit :

« Que représentent vingt pour cent de quatre-vingts ? »

La candidate pouffa, mordilla le bord de son sari et répondit au hasard : « Vingt-cinq ? » Bajaj fit passer une feuille de papier à Agastya et tapota son stylo en face d'un nom. Agastya lut que la femme avait réussi ses examens de terminale et avait même un diplôme de pédagogie d'un trou perdu de la région. Si elle décrochait ce poste, elle enseignerait les mathématiques, l'histoire, la géographie, des rudiments d'instruction civique et bien d'autres choses encore à des victimes de dix ans.

Le conseiller pédagogique, doté de la patience de celui qui croit que c'est la qualité idéale à afficher devant son patron, répéta la question.

« Quinze ? » Nouveau gloussement.

« Ça suffit », tonna Bajaj, et il la renvoya.

« C'est le dernier candidat, monsieur », précisa le conseiller pédagogique au moment où entrait un petit jeune homme au teint très sombre. Il avait un niveau de licence. Il marmonna les réponses aux questions préliminaires.

Soudain, Bajaj lui demanda :

« Qui surnomme-t-on le Père de la nation ?

— Nehru, répondit le jeune homme sur-le-champ.

— Je vois. Et qui est Gandhi, alors ? L'oncle de la nation, peut-être ? » Plus tard, Bajaj ordonna : « Prenez le troisième, éliminez les cinq autres. » L'assistant nota consciencieusement la décision avant de faire remarquer à son supérieur : « Mais, monsieur, ces six postes sont vacants depuis quatre ans. Les politiciens comme les écoles s'en plaignent depuis longtemps.

— Bon, alors nommez-les tous », rétorqua Bajaj en haussant les épaules. Il avait la réputation de prendre des décisions rapidement. Il sourit à Agastya : « Sen, vous comprendrez vraiment ce que c'est que le développement quand vous en serez responsable et que vous devrez régler vous-même ces affaires. Ça va mieux, maintenant ?

— Oui, monsieur », répondit Agastya en se demandant à quoi Bajaj faisait allusion (peut-être aurait-il dû s'évanouir sous le choc de ces entretiens ?). Puis la mémoire lui revint tout à coup : « Oh oui, ces problèmes d'estomac. »

« Bon, alors venez dîner avec nous. Je vais passer un coup de fil à ma femme pour la prévenir. » Bajaj semblait amical. Mais Srivastav l'avait mis en garde :

« C'est un serpent, un promu. N'oubliez pas, ces gens-là n'ont pas d'éthique. » Bien que Bajaj ait l'air d'avoir au moins dix ans de plus que Srivastav, il était son subalterne dans la hiérarchie administrative.

La porte s'ouvrit toute grande pour laisser passer un avocat tout sourire. Il suintait l'assurance et le crachat de *paan*.

« Ah, cher monsieur Bajaj. » Sa fille n'avait pas été reçue au collège du conseil de district, elle avait manqué la moyenne de 0,4 pour cent, seulement 0,4 pour cent, monsieur Bajaj.

« Tss, tss, répondit Bajaj.

— Si M. Bajaj pouvait téléphoner au proviseur.

— Non, répondit Bajaj en souriant, laissez le proviseur décider. Il a son travail, j'ai le mien.

— Allons, quel proviseur serait insensible à l'influence de M. Bajaj ?

— Vous, les hommes de loi, prenez un tel plaisir à me surcharger de travail », répondit Bajaj en continuant imperturbablement de sourire. L'avocat partit d'un petit rire de joie innocente : « Donc, c'est d'accord, monsieur Bajaj.

— Qu'est-ce qui est d'accord ? reprit le fonctionnaire sans se départir de son sourire.

— Monsieur Bajaj, il s'agit d'un simple coup de fil. L'avenir d'une jeune fille est en jeu. » Agastya observa le refus intransigeant et toujours souriant de Bajaj et le départ de l'avocat furieux qui claqua la porte. Bajaj adressa un timide sourire à Agastya. Un avocat n'aurait jamais claqué la porte de Srivastav, pensa Agastya. Il ne serait même pas venu présenter une telle requête. Quelques jours plus tard, Agastya raconta l'incident à Srivastav qui sourit triomphalement : Promu ! C'est le problème des promus. Les gens ne leur témoignent pas le respect dû à leur fonction. »

Dans la même semaine, Agastya rendit visite au juge du district.

« Venez vers cinq heures. Pas pour dîner mais pour prendre le thé, lui précisa le magistrat au téléphone.

— Oui, monsieur », répondit Agastya. Il était en train d'apprendre à ne jamais être surpris par Madna.

Face à la maison du juge se trouvait un garage fait de tôle ondulée et de grosse toile. Le salon était de couleur terne et quelque peu étrange. Alors qu'il faisait plein jour et que la chaleur était forte, le juge avait laissé le néon allumé. Aux bruits qui parvenaient de la pièce à côté, on aurait dit qu'une victime essayait de dissuader son meurtrier de la tuer.

« Je vous ai aperçu de ma voiture il y a trois semaines, près de la préfecture, dit le juge, vous avez frotté votre bras contre un arbre, vous l'avez senti et vous avez éclaté de rire. » Le ventilateur ne tournait pas : « Parce que j'ai un rhume », expliqua le juge. Agastya s'assit et transpira. Ils échangèrent des banalités pendant une heure. Agastya mentit effrontément. Dans un coin près de la porte se trouvait un casier à chaussures plein à ras bord et au-dessus un miroir craquelé, à côté d'un réfrigérateur bruyant. Dans l'autre coin du salon, un seau en plastique rouge. « Il a fait construire ce garage à l'extérieur, parce qu'il ne pouvait pas garer sa voiture dans la pièce », se dit Agastya. Quelqu'un apporta de la *karachi halwa*.

« Voulez-vous de l'eau chaude ou froide ? »

« Je boirai tout aussi bien votre pisse », répondit en lui-même Agastya. Le juge était un peu sourd, ce qui obligeait le jeune IAS à hurler ses mensonges. Il se sentit tout à coup furieux. « Si j'étais maître de mon temps, je n'aurais pas à le perdre ici. »

« Je vais prendre ma retraite d'ici quelques mois. Je suis très heureux de quitter Madna. Belgaum me manque », déclara le magistrat. Agastya se prit tout à coup de sympathie pour ce vieil homme sourd : tant de gens s'arrachaient à leur maison qu'ils n'avaient jamais eu le désir de quitter.

« Voulez-vous un peu plus de *halwa* ? demanda le juge d'une voix menaçante. Si vous en reprenez, j'en informerai le *Dainik*.

— Oui, merci. » La simple remarque que venait de faire le vieux magistrat sur la nostalgie qu'il éprouvait pour sa ville natale avait dissipé toute l'irritation d'Agastya. Au début il lui était apparu comme le patient sourd et ennuyeux d'une maison de fous (les voix qui venaient de l'autre pièce étaient maintenant entrecoupées de gloussements), mais à présent, il était comme Shankar ou Agastya lui-même : une personne en désaccord avec le présent. Tout semblait concorder désormais. L'invitation à prendre le thé (et non pas à dîner) émanait de quelqu'un qui détestait avoir des invités dans un lieu qu'il abhorrait. Le désordre du salon montrait clairement qu'il n'invitait jamais personne chez lui et se moquait de ce que les gens pensaient de lui. D'une certaine manière, le juge boudait. Agastya avait envie de rire.

Lorsqu'il demanda : « Puis-je me retirer, monsieur ? » (il avait appris quelques formules de politesse officielles), le juge de district se leva en murmurant : « Oui, oui. » Agastya aurait voulu lui tapoter amicalement l'épaule, le consoler : « Ne boude pas, mon garçon, c'est moi qui devrais être triste à mon âge. » Il regarda de près le visage du magistrat et comprit que l'âge n'avait aucun rapport avec l'intensité de son sentiment de désagrégation.

« Vous devez vous ennuyer le soir, Sen. Vous pouvez toujours me téléphoner pour qu'on bavarde un peu. J'essaierai de dissiper votre ennui. »

Deux jours plus tard, en pleine nuit, Agastya sentit la fièvre monter dans tout son corps. À trois heures du matin, alors qu'il commençait enfin à somnoler, une panne d'électricité le réveilla. Lorsque le ventilateur ne marchait pas, les moustiques se repaissaient frénétiquement de son sang. La chambre était plongée dans l'obscurité la plus totale, aucune lumière ne venait de la véranda. La fièvre ne le faisait pas trop transpirer. Il se recroquevilla en position fœtale et suça ses lèvres desséchées. Il avait mal au creux des reins. Il fallait qu'il se lève pour prendre un médicament, mais il n'en avait pas la force. Il voulait seulement rester allongé, replié sur lui-même, et accepter, voire encourager cette fièvre. L'électricité revint. La véranda imprégna de nouveau sa chambre d'une lueur romantique. Les moustiques rassasiés furent chassés par le ventilateur dont l'air le glaça. Il se cacha sous une couverture. Il était incapable de penser. « L'esprit est en perpétuelle agitation, Krishna. » Où avait-il lu ça ? Il l'avait lu récemment. Il ne parvenait pas à se rappeler où.

Vasant lui apporta le thé à six heures.

« J'ai de la fièvre », lui dit Agastya. Vasant le regarda avec dégoût, l'air de dire : « Garde-la pour toi. » Digambar arriva à sept heures. Agastya l'envoya porter un mot chez l'adjoint du préfet. Le médecin (dont il ne comprit pas le nom) vint à huit heures. Il avait des gestes merveilleux. Rien qu'en le regardant, Agastya se sentit mieux. Il était petit, courtaud et paraissait en pleine forme. « Qu'est-ce que vous fabriquez à Madna ? eut envie de lui demander Agastya. Vous feriez fortune en vendant votre cul aux Arabes de Bombay. »

« Une simple petite fièvre virale, faut pas vous inquiéter. Vous serez sur pied d'ici deux ou trois jours. Ne pensez pas qu'il n'y a pas de bons services médicaux à Madna. Nous sommes là pour vous soigner. » Agastya fut surpris : est-ce que sa solitude se voyait sur son visage ? Ou le médecin disait-il cela à tous ses malades, même au préfet ? C'était pourtant le genre de consolation propre à irriter profondément Srivastav : « Comment pouvez-vous prétendre prendre soin de moi, alors que ma tâche consiste à m'occuper de tout le district », lui aurait-il rétorqué en partant d'un rire aigu et nasillard.

« Je repasserai ce soir ou demain matin. Sinon, vous pouvez venir à mon cabinet », ajouta le médecin en désignant l'adresse inscrite sur l'ordonnance. Il répondait au nom de Multani.

« À votre cabinet ? Vous n'êtes pas médecin de la fonction publique ?

— Oh non, non ! répondit le praticien avec véhémence comme si Agastya lui avait demandé s'ils pouvaient chier ensemble. J'appartiens au secteur privé, précisa Multani avec un sourire béat, et M. Joshi ne semble pas faire tellement confiance aux médecins du secteur public. Je soigne sa famille depuis des années. Je m'occupe de tous les gens importants de Madna, M. le préfet, M. le préfet de police, tous les gens qui comptent… »

Lorsque Srivastav vint voir Agastya, un peu plus tard ce jour-là, il lui dit : « Si vous n'aviez pas été un fonctionnaire de l'I A S, Multani ne serait jamais venu vous voir dans votre chambre. »

Le médecin refusa d'être payé : « Comment puis-je accepter des honoraires de mes bons amis ? déclara-t-il.

— Oh, docteur, j'ai oublié de vous parler d'un autre symptôme : l'insomnie, dit Agastya au moment où Multani était sur le pas de la porte. Je n'ai pas dormi plus de quatre heures par nuit depuis que je suis arrivé à Madna. Il y a peut-être un rapport entre ce manque de sommeil et la fièvre ?

— Hummm... Mais pourquoi ? interrogea Multani en revenant au chevet du patient, qu'est-ce qui vous empêche de dormir ? » Agastya s'émerveilla devant tant de sollicitude. « Ces Arabes ne savent pas ce qu'ils perdent », se dit-il.

« C'est la chaleur, je crois. » Il eut envie d'ajouter : « C'est à cause de mes pensées. Comme si j'habitais au sommet du Kanchenjunga. »

« Oui, la chaleur est très mauvaise pour la santé. Mais j'espère que vous n'êtes pas préoccupé par quelque chose de particulier, des problèmes ? Vous savez, c'est généralement un état psychique perturbé qui est la cause d'un sommeil difficile. Je ne peux sans doute pas vous aider à résoudre vos problèmes, si vous en avez, mais il faut que vous dormiez correctement.

— Non, non, psychologiquement, ça va », protesta Agastya en posant son regard sur la peinture de Tamse. Que pouvait-il dire d'autre à un étranger ?

« Si vous dormez bien, vous vous rétablirez encore plus vite », insista Multani en ajoutant un autre médicament sur l'ordonnance. Puis le petit médecin à la bonne mine se leva, rassurant : « Il faut qu'on se revoie, monsieur Sen, en dehors de mon cadre professionnel. La plupart de mes patients ne se souviennent de moi que lorsqu'ils sont malades. Quand vous serez rétabli, je serai très heureux que vous veniez dîner à la maison. En toute simplicité, un petit repas de famille. D'accord ? » Il sourit avant de reprendre : « J'aime toujours dire aux gens qui ne connaissent pas Madna, surtout à ceux qui vivaient dans des endroits très différents, que c'est aussi une ville agréable et qu'on peut s'y faire de bons amis. »

Au cours de la journée, des collègues vinrent s'apitoyer sur son sort et peut-être vérifier s'il faisait semblant. Joshi arriva le premier, avec Lal, le sous-préfet de Madna, un petit homme jovial ; puis Shankar qui, à dix heures du matin, sentait l'alcool à plein nez (« Ce doit être les relents de la veille, se dit Agastya, même Shankar ne peut pas boire à dix heures du matin »).

En allant au bureau, Srivastav passa voir le malade. Renfrogné, mal à l'aise, presque coupable.

« Vous n'avez toujours pas remis le sofa dans votre chambre. Où les gens vont-ils s'asseoir ? Qu'est-ce que dit Multani ? Oh, une fièvre virale. Ça va. J'ai eu peur que ce soit le choléra. Vous faites toujours bouillir votre eau ? Quand vous serez rétabli, vous viendrez habiter chez moi, ce n'est pas la place qui manque. Vous mangerez une bonne nourriture, vous serez plus confortable, et vous ne serez pas tout seul. » Les enfants de Vasant passèrent leurs têtes à l'intérieur de la chambre, pouffèrent et détalèrent comme des lapins.

Les jours suivants, Agastya se demanda comment repousser l'offre de Srivastav. Séjourner chez lui signifiait la fin de sa vie secrète. Il lui serait impossible de fumer du haschich et de ne pas retourner au bureau l'après-midi. S'il devait vivre tous les jours la vie de famille de la maison Srivastav, il en aurait vite assez. Il ne pourrait plus rester allongé sur son lit pendant des heures à fixer le plafond, se promener nu dans sa chambre, se parler à lui-même et fantasmer sans retenue. Pourtant, refuser directement était une chose impossible qui devrait en outre être justifiée par de solides raisons. Il se pouvait que Srivastav oublie sa proposition, mais dans ce cas Agastya devrait désormais tomber malade secrètement afin que son supérieur n'en sache rien. Il pouvait aussi violer la petite fille du préfet, mais peut-être ne s'en plaindrait-elle pas. Ainsi retomba-t-il dans ses fantasmes.

La fièvre remonta dans l'après-midi, alors qu'il essayait de lire son Ramayana anglais. Avant de quitter la chambre d'Agastya, le matin, Srivastav avait regardé le livre en secouant la tête avec dégoût : « Vous vous rendez compte de ce que ça représente de lire un livre si gros et si inutile, de gaspiller de l'argent pour un tel achat ? Sans compter la place que ça prend dans les bagages. » Agastya posa le livre près de son oreiller et fixa de nouveau le plafond. L'après-midi, la fièvre était moins angoissante que la nuit. Soudain il se mit à rire bruyamment dans le silence de sa chambre close. Bon sang ! il était complètement baisé : faible, fiévreux, le corps endolori, enfermé et claustrophobe, ravagé par les moustiques, sans électricité, sans pouvoir dormir dans une ville qu'il détestait, complètement seul, à faire un travail qui ne l'intéressait pas par des températures meurtrières. Et, pour couronner le tout, il éprouva une forte excitation sexuelle. Son estomac se contracta sous l'effet du rire. Il voulut se rebeller. Il dit à voix haute : « Ça va aller mieux, je vais me raser la tête, mettre un suspensoir et me tirer d'ici en courant. » Sa voix le fit tressaillir. Il n'avait pas envie d'écouter de la musique, ses cassettes le rendaient encore plus malade. Quand l'électricité revint, il mit la radio et écouta le speaker lire les informations en hindi. Depuis des années, il s'était demandé pourquoi on lisait les nouvelles avec une telle lenteur. Mais à présent, ce rythme était en accord avec son esprit – un fait inexpliqué de plus dans l'univers. Ensuite, la radio diffusa de la musique de film tamoule. Il la laissa branchée.

La capsule de l'antibiotique était bleu et jaune et dégageait une odeur d'aisselle en sueur semblable à celle d'un bus bondé de Calcutta en plein été. « Ponomax » : il nota le nom du médicament dans son journal, persuadé que personne ne croirait qu'un cachet puisse avoir une telle odeur. Mais ça n'intéresserait personne. « Si, même enrobée dans du plastique, cette capsule pue à ce point, c'est qu'elle doit contenir un sacré poison. » Multani lui avait recommandé de ne pas dormir l'après-midi (« Reposez-vous, mais ne dormez pas »). Lorsque la fièvre tomba, Agastya songea qu'être malade n'était pas si désagréable.

Il se remit à rire en constatant son changement d'humeur. La maladie avait objectivement ses avantages. Il n'était pas obligé de se laver, de se raser, de se brosser les dents ni de s'inquiéter de la légère odeur fétide qui se dégageait de ses organes génitaux (« un mélange de lézards en décomposition et de pertes séminales », avait-il expliqué un jour à Madan), parce que personne ne partageait son lit.

De meilleure humeur, il éteignit la radio et mit une cassette d'Ella Fitzgerald qui interprétait des chansons de Cole Porter, un cadeau de Neera. « Je n'aime pas la pop music, je n'y comprends rien, lui avait-il dit à ce moment-là. – Pour l'amour du ciel, mets-toi dans la tête qu'Ella Fitzgerald ne chante pas de la pop music », lui avait répondu Neera en roulant des yeux de façon théâtrale. *I Love Paris* résonna. La voix splendide le réconforta. Il se sentit vaguement déprimé : il n'avait jamais vu Paris et ce devait être une ville magnifique pour avoir donné naissance à une telle chanson. Il existait aussi une chanson sur Calcutta, mais c'était une stupide rengaine militaire qui parlait de prostituées pendant la guerre. À la différence de Bhatia, il n'avait jamais eu une très forte envie de quitter l'Inde, il imaginait l'Europe et les États-Unis comme des lieux excessivement chers, étranges, parsemés d'une série de petits malentendus avec toutes sortes de gens, une traversée d'endroits propres et beaux où les regards ne feraient que l'effleurer. *I love Paris in summer.* Une vague d'affection pour Calcutta l'envahit. Il rit : « Il n'y a vraiment que les Bengalis et eux seuls pour nourrir une si intense nostalgie pour leur ville et prétendre qu'elle possède une âme. » Un jour, Dhrubo lui avait dit : « Tu aimeras beaucoup Londres. Tu devrais écrire à ce charmant pédé qui nous aime tant. Comment s'appelle-t-il déjà ? Enoch Powell. Tu te présentes comme le petit-fils de Nirad Chauduri[1], et tu essaies de te

1. Philosophe, sanskritiste et essayiste bengali vivant en Angleterre, dont l'œuvre, très critique à l'égard de son pays d'origine, est très contestée par les Indiens et les Bengalis en particulier.

faire inviter. » Il avait ensuite ajouté en bengali : « Londres est une jolie ville, certaines parties ressemblent à une Calcutta qui aurait été nettoyée. Tous les Bengalis l'aimeraient, étant anglophiles jusqu'au bout des ongles. »

Mais certains lieux évoquent la beauté, le romantisme, le passé. C'était le cas de Calcutta (qui en fait ne possédait rien de tout cela), d'Istanbul, de Vienne, de Hong Kong et de Bangkok. Après un voyage de quinze jours en Asie du Sud-Est avec ses parents, Madan avait soufflé cette information à Agastya dès leur première semaine de collège : « À Bangkok, elles découpent des tranches de banane dans leur chatte, puis elles vous présentent l'assiette de bananes en rondelles. Et il faut les manger, sinon elles sont très blessées. » « Qui sont ces femmes », s'était demandé Agastya qui croyait que peut-être tout le monde à Bangkok se comportait ainsi, depuis les receveuses d'autobus jusqu'aux ouvreuses de cinéma en passant par les pharmaciennes. Vraiment tout le monde. Soudain, ces villes ne faisaient plus partie des numéros de *Time Life*, mais devenaient des réalités palpables, fascinantes parce qu'elles étaient hors de sa portée. Il ne connaissait pas le monde au-delà de l'Inde. « Qu'est-ce que ce Thoreau avait dit ? Ah oui, que plus tard il n'aimerait pas s'apercevoir qu'il n'avait pas vécu. » (Mais Thoreau était un peu fou et voulait sûrement dire le contraire de ce qu'Agastya voulait lui faire dire.)

Vasant apporta le thé, bâilla et lui demanda de ses nouvelles.

« Je pense que je vais mourir ce soir.

— C'est pas si facile ! ricana le cuisinier.

— Je ne dois manger que de la nourriture bouillie. Pas une seule goutte d'huile : tout doit être bouilli ! »

Ce soir-là, Digambar lui apporta sa première lettre depuis qu'il était arrivé. « Enfin quelqu'un qui vous écrit, monsieur », lui dit-il. Son père ne se servait jamais des lettres à en-tête officiel marquées Raj Bhavan[1] pour sa correspondance personnelle, mais Agastya reconnut son écriture. Il considérait les lettres comme le reste, c'est-à-dire sérieusement.

Mon cher Ogu,

Je suis désolé de ce retard, mais j'avais besoin de temps pour formuler ma réponse. J'ai reçu ta lettre le 4 par le courrier de l'après-midi. Je l'ai lue immédiatement, puis je l'ai relue une seconde fois dans la nuit. Je suis triste de te savoir malheureux à Madna. Tu ne l'as pas exprimé ouvertement, cependant cela ressort à chaque ligne.

Peut-être ai-je trop parlé lors de notre dernière rencontre, mais j'avais l'impression d'avoir beaucoup de

1. Résidence des gouverneurs du Bengale à Calcutta.

choses à te dire. Je t'avais laissé entrevoir que ton travail t'ouvrirait des horizons et te permettrait de découvrir des conditions de vie et des situations nouvelles qui pourraient te surprendre au premier abord. Ta déception semble confirmer mon pronostic. Après avoir lu ta lettre, j'ai téléphoné à ton oncle Pultu. Il m'a dit qu'il avait ressenti la même impression à la lecture de la lettre que tu lui as envoyée. Comme d'habitude, il a rejeté la responsabilité de ce désarroi sur nous deux. Peut-être a-t-il eu raison en s'opposant à ce que je te mette dans un pensionnat. Il disait qu'un garçon doit toujours être élevé avec ses parents. Mais il est si imprévisible qu'il a toujours été difficile de le prendre au sérieux.

Pourtant, Ogu, rappelle-toi que Madna est en Inde et n'est donc pas un endroit totalement étranger. Il faut du temps pour s'y habituer. Je pense qu'à la longue tu finiras par aimer ton travail. Si tel n'est pas le cas, pense concrètement à ce que tu voudrais faire d'autre et change d'orientation.

Ton vieil oncle Manik est venu me voir il y a quelques jours, samedi dernier pour être précis. Il voudrait que tu épouses sa petite-fille. Je lui ai répondu que tu ne songeais pas encore à te marier, mais il n'a pas eu l'air convaincu. Il a pris ton adresse à Madna. Ne sois donc pas surpris s'il t'en parle dans une lettre. Tu m'as écrit que tu as l'intention de prendre un congé pour les fêtes de Dourga Pouja. Viendras-tu à

Calcutta ou iras-tu à Delhi ? Tu pourrais peut-être faire les deux ? Il fait toujours aussi chaud à Calcutta. Prends bien soin de toi. Ne sois pas découragé. Écris-moi régulièrement. Je m'efforcerai de toujours te répondre. Je t'embrasse.

Papa

Agastya relut la lettre, un demi-sourire aux lèvres. Il imaginait son père en train de l'écrire. Au cours de son séjour à Madna, les lettres bien rédigées le mettaient dans un état d'excitation particulier : elles le dérangeaient, parce qu'elles lui ouvraient d'autres mondes, d'autres perspectives. Il en vint à détester les missives superficielles, dans lesquelles ne se dégageait pas même une pensée. Cette communication devint une chose très importante, une lettre représentait une forme de conversation. Lui-même soignait celles qu'il envoyait. Et il conservait celles qu'il avait reçues, les relisait, souriant à une tournure de phrase et aux souvenirs qu'elles faisaient resurgir.

Multani lui avait donné douze comprimés de somnifère. Ils étaient présentés par quatre, dans de jolis sachets. Ils s'appelaient Somnorax et étaient fabriqués à Ulhasnagar, près de Bombay. Sur chaque petit paquet était représenté un roi nonchalamment allongé, les mains croisées derrière la tête, avec des yeux grands comme des soucoupes. Au-dessous, on pouvait lire :

L'innocent sommeil,
Le sommeil qui dévide l'écheveau embrouillé des [soucis,
Le sommeil, mort de la vie de chaque jour, bain du [travail douloureux,
Baume des esprits blessés, seconde source de la [grande nature,
Aliment suprême du festin de la vie !...

SHAKESPEARE, *Macbeth*[1]

Agastya fut aussi ému qu'en découvrant la peinture de Tamse. L'emballage était si ridicule qu'il en devenait troublant. Tout en souriant, il le glissa dans une enveloppe pour l'envoyer au professeur Upadhyay, son ancien directeur du département d'anglais.

Cher monsieur,

L'absurdité, encore : quelqu'un à Ulhasnagar a trouvé un usage pour le plus grand insomniaque de la littérature anglaise. Je pense que vous trouverez cela plus intéressant que L. H. Myers. Quant à moi, j'avance doucement, en seconde pour ainsi dire...

---

1. Traduction de Maurice Maeterlinck, Gallimard, « La Pléiade ».

Il décapsula un comprimé avec une certaine affection. Mais, à onze heures du soir, il se retournait encore dans son lit, tout en se rappelant qu'être incapable de s'endormir après avoir pris un somnifère était précisément ce dont son père souffrait. Il eut l'impression désagréable d'avoir vieilli.

Soudain, il entendit un floc suivi d'un bruit sourd derrière la porte de la salle de bains. Il avait horreur des portes fermées. Peut-être était-ce un rat qui mâchonnait son savon avant de s'attaquer à son shampooing. Les bruits persistaient. Il se leva, moite de tension plus que de fièvre, et alluma toutes les lumières. Sa chambre paraissait si triste. Il prit ses chaussures en toile blanche et vérifia qu'elles n'abritaient aucun habitant (l'une des recommandations de son père). C'était peut-être un rat volant. Irrité par sa propre nervosité, il ouvrit la porte et regretta presque immédiatement sa précipitation. Il chercha la lumière à tâtons. Peut-être y avait-il un scorpion perché sur l'interrupteur. Un de ces gros scorpions volants, noirs, qui se posent sur la nuque. Pour toujours. Dans ce cas, douze Somnorax ne suffiraient pas à assurer une nuit de sommeil. La lumière était enfin allumée. Il ne vit rien. Puis il aperçut une grosse grenouille tapie dans un coin. Il jeta un rapide coup d'œil autour de lui pour être sûr qu'il n'y avait rien d'autre, puis, détendu, il s'appuya contre la porte.

Mais comment fait-on pour se débarrasser d'une grenouille dans une salle de bains ? L'animal était d'un vert noirâtre et semblait tout à fait sage. On peut très bien partager sa salle de bains avec une grenouille, non ? Il ne parvint pas à décider. Il referma la porte et partit chercher Vasant.

Toute la famille du cuisinier dormait dehors. L'espace qu'ils occupaient dans l'enceinte de la *rest house* ressemblait à un camp de réfugiés après une émeute : des lits les uns à côté des autres au milieu de chaises, de pots et de casseroles.

« Vasant ! Vasant ! »

Il réveilla tout le monde sauf Vasant. Trois hommes se levèrent et durent le secouer pour qu'il ouvre un œil. « Peut-être m'a-t-il volé quelques comprimés de Somnorax », supputa Agastya.

« Viens avec moi un instant. » Vasant le suivit sans poser de questions. Il se frottait les yeux, renouait son *lungi* et bâillait.

Agastya lui montra la grenouille. « Là. » Le petit batracien semblait dans un état de repos total, presque philosophique.

« Comment on le fait partir ? »

Vasant regarda Agastya. Le jeune homme commençait à se décourager.

« Tu penses qu'elle devrait rester ici ? Mais je n'ai pas envie de partager ma salle de bains avec une grenouille... Sa peau est venimeuse, non ? Elle va attirer les serpents. Les reptiles mangent les grenouilles, non ? Les grenouilles portent chance ? Qu'est-ce que tu racontes ?... » Pourtant Vasant eut gain de cause. La grenouille élut domicile dans la salle de bains, allant et venant pendant des mois. Elle était très calme. Certains après-midi, Agastya, tapi derrière la porte, lui jetait de l'eau. Mais elle ne bougeait que si elle en avait décidé ainsi. Elle entrait parfois dans la chambre en sautillant, cherchant un coin, et s'immobilisait là dans un indéfinissable état de nirvana amphibien. « Quelle simplicité, ces bestioles », songea Agastya avec envie. Quelques jours plus tard, il la baptisa Dadru.

Tôt le lendemain matin, il buvait son thé à petites gorgées en regardant l'Ernakulam Express filer vers Calcutta. Shankar émergea de sa chambre, dégageant une odeur aussi abominable que son apparence physique. Il s'approcha en se dandinant. Il s'éventait avec un billet de cent roupies.

« Oh, monsieur Sen, c'est pour vous », dit-il à Agastya en lui remettant la coupure. Il s'appuya contre le dos d'un fauteuil, fit signe à Vasant de lui apporter du thé. Puis il regarda autour de lui, expira profondément et tout à trac : « Je n'ai pas dormi de la nuit. J'ai chanté.

— Oh, je ne vous ai pas entendu.

— Doucement, d'une voix contrôlée. Shiv est parti à Koltanga pour accompagner ma femme qui va venir ici. Elle aurait dû arriver hier. » Il se pencha et souffla mélodieusement au visage d'Agastya : « La perle est tombée de votre anneau de nez, ma bien-aimée. Superbe *thumri*, monsieur Sen. Vous le connaissez ? »

Agastya connaissait cette très belle chanson. Mais Shankar chantait toujours des mélodies qui comportaient de discrètes allusions sexuelles. « La chute de la perle » symbolise sans doute la perte de l'hymen.

— Tss, tss, monsieur Sen ! répondit Shankar d'un air scandalisé et ivre, qu'est-ce que vous dites là ! C'est une évocation très belle et très simple : la perle est tombée de votre anneau de nez, ma bien-aimée. Et moi qui pensais que vous appréciiez la musique. » Il se laissa tomber dans le fauteuil, secouant de temps à autre la tête pour bien montrer à quel point la crudité d'Agastya l'avait choqué.

« Comment va votre fièvre ? demanda-t-il soudain.

— Elle n'est pas remontée. Je me sens encore un peu faible. Il y a une grenouille dans ma salle de bains. »

Shankar le regarda de ses yeux rougis et incrédules.

« Elle est venue la nuit dernière. Elle est toujours là, dans le même coin de la salle de bains. Vasant prétend qu'une grenouille dans une pièce est un signe de bon augure. » Shankar bâilla. Agastya regarda les dents de son ami et fut stupéfait, tant elles étaient rougies et abîmées par le bétel.

« Comment va la déesse Jagadamba ? Elle a bien dit que je serai heureux après le mois d'août ?

— Ne soyez pas si léger avec cette déesse si vous voulez qu'elle vous aide. Écoutez, si une grenouille est censée vous porter chance, vous devez au moins croire qu'elle le fera. En fin de compte, tout ce qui nous entoure – son bras décrivit deux fois un grand cercle qui englobait Vasant –, la *circuit house* et le ciel, est inexplicable, *fondamentalement* inexplicable. Qu'est-ce que je fais à Madna alors que je devrais et voudrais être à Koltanga ? C'est pour moi une question totalement absurde. Vous me répondrez que c'est parce que j'ai été nommé ici. Mais pourquoi ici précisément ? Il y a des ingénieurs qui sont de Madna et qui veulent être affectés ici. Ils sont prêts à donner trente mille roupies au ministre pour obtenir cette mutation. Le ministre n'en demande pas plus. *Alors* qu'est-ce que je fais ici ? Ma raison seule ne peut pas résoudre les énigmes de ce monde, donc je prie Jagadamba. Je lui dis : s'il vous plaît, organisez ce monde à ma place ; moi, je chante et je bois. Et vous, comment savez-vous qu'une grenouille n'est pas de bon augure ? Vous me répondrez que votre raison vous le dit. Mais la vraie réponse est plus simple : comme vous avez vécu dans des appartements à Delhi et à Calcutta, vous n'avez jamais trouvé de grenouille dans votre salle de bains. Vous ne savez donc pas comment réagir à cette situation nouvelle que vous n'aimez pas uniquement parce qu'elle est inattendue. La grenouille est un *bon* animal. Vous allez voir, elle mangera les moustiques de votre chambre. »

Puis les pluies arrivèrent à Madna.

Les jours précédents, l'air était devenu très lourd. Il y avait eu de nombreuses coupures d'électricité. « C'est toujours comme ça avant les pluies », avait commenté Vasant avec sagesse. Un matin, il avait scruté le ciel et annoncé d'un ton d'oracle : « Il va pleuvoir aujourd'hui. » Un après-midi torride, Agastya gisait nu sur son lit, en se demandant paresseusement s'il n'avait pas attrapé un coup de soleil. Soudain, un grondement suivi d'un roulement de tambour, comme l'écho d'une guerre lointaine. Il lui fallut quelques secondes pour identifier le bruit. D'un bond, il se leva, s'empara de son *lungi* et de sa *kurta*. Dans sa hâte, il ne parvint pas à nouer le *lungi*, ses mains et sa tête restèrent coincées dans la *kurta*. Il se précipita dehors. Tout n'était que pluie.

Au moment où le ciel explosa, le monde devint monochrome. Nuages, édifices, arbres, route, tout se dilua en une unique tonalité floue d'un gris ardoise. En quelques minutes, le gravier se transforma en boue, puis en gros bouillons. Les enfants de Vasant se mirent à courir au coin de la bâtisse, nus, libres, hurlant leur jubilation. Ils se roulaient dans la boue, gazouillaient, couraient, criaient et dansaient. Leur frénésie contaminait tous ceux qui les voyaient. « Ces possédés ont raison, songea Agastya, la mousson a quelque chose de grisant. Et je ne pense pas seulement aux saris. » Il avait aperçu la femme de Vasant qui, prématurément vieillie par les grossesses, était sortie pour calmer les enfants. Elle avait des chevilles et des mollets étonnamment fins.

Dans la chambre, l'un des coins du plafond en bois commença à fuir. Toutes les quatorze secondes, un inquiétant floc retentissait dans la corbeille à papier en plastique orange. Au bout d'un moment, Agastya se surprit à attendre la prochaine goutte. Il sortit à nouveau. Madna était lavée, le vert des arbres était neuf. Plus de poussière. Chacun avait l'illusion que sa vue s'était améliorée. La pluie était devenue douce et apaisante. Il ouvrit son parapluie et partit se promener. Au bout d'une douzaine de pas, ses chaussures de toile furent recouvertes de boue.

Contre toute attente, certaines femmes avaient de magnifiques chevilles et de ravissants mollets, sveltes et bien renflés. Il se souvint de la femme de Vasant. Il avait l'intuition que Mme Srivastav avait des jambes droites comme des poteaux. L'air de Madna sentait le renouveau, plus d'excréments ni de gaz d'échappement.

Il lui fallut quinze minutes en marchant avec précaution pour atteindre la voie de chemin de fer. Il évitait de marcher sur les traverses – c'est là que tout le monde chie. Il attendit devant le passage à niveau et regarda les camions passer. Le cercle orange du soleil couchant qui se reflétait dans les flaques d'eau lui rappela une certaine peinture. Il observa la pluie trouer et dissoudre les bouffées noires des gaz d'échappement. « Quiconque me verrait ainsi, debout près d'un passage à niveau sous la pluie, penserait que je suis fou. » Soudain les barrières s'abaissèrent. Les camions commencèrent à former une queue : les chauffeurs descendaient pour faire pipi, fumer une cigarette, réajuster leurs *lungi,* se gratter les cuisses, puis levaient leur visage vers la pluie. Agastya se demanda si le train qui allait passer était le Madras-Delhi ou le Hyderabad-Calcutta. Il décida brusquement que, si c'était celui de Calcutta, alors la déesse Jagadamba avait raison, la grenouille Dadru portait chance et il serait heureux ; si c'était celui de Delhi, eh bien, il serait tout simplement baisé, comme d'habitude. Il ajouta une précision à la seconde possibilité : « Je serai baisé pour le restant de ma vie. » Il attendit que les minutes passent. La tension soudaine le faisait sourire. Ce fut un train de marchandises, lent et chargé, transportant quelques resquilleurs qui s'encadraient dans les portes des wagons vides. Les roues étaient à la fois magnifiques et monstrueuses, meurtrières. Souvent des gens se laissaient glisser sous ces roues. Ce serait un moyen rapide d'en finir.

C'était agréable de regarder les trains passer, tout en descendant le terre-plein pour cueillir un peu de cannabis sauvage, et en même temps un peu troublant, car ils lui faisaient sentir que le monde était vaste et qu'il bougeait, mais sans lui. Il y avait deux voies ferrées. L'une contournait les garages et semblait disparaître dans les étals de *paan*, près de l'église. Elle menait à la centrale thermique. L'autre filait tout droit, comme si ses extrémités rejoignaient la ligne d'horizon. C'est alors qu'il se souvint d'avoir vu ces mêmes rails avec Sathe depuis le pont de chemin de fer par un après-midi torride. Il regarda le pont dans le lointain, encombré de voitures, de camions minuscules et de piétons patients. Sans raison, il éprouva un sentiment étrange à la vue de ces liens tissés par la perspective : « J'étais là-bas et je regardais ici ; maintenant, c'est le contraire. » Cette pensée le mit mal à l'aise.

Il revint sur ses pas en écartant de temps en temps son parapluie pour sentir les gouttes sur sa tête. Il marcha sur le bas-côté pour éviter les camions. Une magnifique femme tribale passa, haute et droite. « Elles existent, cria-t-il silencieusement. En dehors des films prétentieux sur l'exploitation tribale et la réforme agraire, elles existent. » Elle avait de grands pieds crevassés et des avant-bras aux veines saillantes.

Il aurait voulu que toutes les femmes soient comme elle, et non comme ces Indiennes aux cuisses blanches et douces qui réclamaient de la tendresse après l'amour et souriaient malicieusement à ses remarques scabreuses. Il s'arrêta pour humer l'odeur de la tribale : un léger effluve de sueur et de tabac.

De loin, Agastya aperçut Bhatia qui tournait au coin de la *rest house*. Il lui fit un signe de la main. Bhatia s'arrêta. Shiv s'avança vers lui accompagné d'une femme. C'était l'épouse de Shankar. Âgée d'une quarantaine d'années, son allure débraillée et ses lèvres qui ne recouvraient pas totalement ses canines lui donnaient un air de prédateur.

« Belle pluie », dit Agastya. Shiv lui répondit d'un clin d'œil. « Salut, Mandy, superbe pluie.

— Oui, ça a au moins rafraîchi l'atmosphère. Mais maintenant, les moustiques vont vraiment s'en donner à cœur joie. J'ai essayé de te joindre par téléphone, mais je crois que les lignes sont coupées. » Ils s'éloignèrent de la *rest house*. « Il y a un autre type avec lequel je suis très ami, il s'appelle Gandhi, il est aussi assistant conservateur au département des forêts. Est-ce que je t'ai déjà parlé de lui ? Il nous a invités à venir prendre le thé chez lui. Toi aussi, Agastya. Il a entendu parler de toi et aimerait te rencontrer. Un type d'Alwar, simple et sympa. Sa femme est vraiment sexy, mais un peu trop paysanne. Ça me plairait quand même bien de la baiser.

— Bhatia, que font les célibataires à Madna, à part se masturber comme des adolescents ? demanda Agastya.

— J'ai posé la question à Sathe une fois. Il a ri comme d'habitude, puis il m'a dit : Pourquoi crois-tu que je vais si souvent à Hyderabad ? Tu sais, je pense que Gandhi est un gars très gentil, mais à Delhi je n'aurais pas songé une seconde à devenir son ami. Je l'aurais trouvé un peu provincial. »

Cette remarque irrita Agastya qui ressentit le besoin absurde de défendre la ville : « Ça n'a rien à voir avec Delhi. Toi et moi n'étions pas amis au collège. » Il regarda Bhatia avec antipathie. Cette fois il portait un T-shirt sur lequel était écrit « L'herpès est incurable ». Agastya éprouva à nouveau le sentiment troublant que Bathia n'était qu'une grotesque image inversée de lui-même.

« Je ne veux pas passer ma vie à aller d'un endroit à l'autre et à nouer de nouvelles relations, dit Bathia. Je pense qu'après un certain âge on ne se fait plus de nouveaux amis. Quand on fait un travail comme le mien, on reste longtemps séparé de ses vieux amis. On imagine qu'ils mènent une vie qu'on aimerait vivre. Et quand on les retrouve, rien ne semble vraiment avoir changé parce qu'on ne parle pas des choses qui sont réellement importantes. La communication est impossible et inutile parce qu'on doit se séparer à nouveau. »

« Est-ce que ce n'est pas précisément ce qui est en train de lui arriver ? » se demanda Agastya. Ils atteignirent les portes du lotissement réservé aux fonctionnaires des forêts.

« Je voudrais te montrer quelque chose », dit Bhatia en emmenant Agastya près du caniveau. Il y avait un gros étron jaune clair à moitié immergé dans une vase verdâtre.

« C'est ça que tu voulais me faire voir ?

— Écoute, ça fait un an que je suis à Madna et chaque fois, tu entends bien, *chaque fois* que je viens ici, je trouve cette merde dans la gadoue. Je passe ici quatre fois par jour, hein, et il y a toujours une crotte ou deux, comme si cette boue n'était pas assez dégoûtante. Quelqu'un chie ici *régulièrement*. Ça, je ne peux pas le comprendre. Pourquoi est-ce qu'il ne va pas dans un champ ou ailleurs ? C'en est arrivé à un tel point que chaque fois que j'arrive ici, je me dis : peut-être qu'il n'a pas chié aujourd'hui ? Mais je me trompe toujours. Un de ces jours, je vais photographier ça et en faire une carte de vœux : Meilleurs vœux de Madna. Il faut qu'un matin je vienne attraper ce sale chieur et que je lui demande pourquoi il me fait ça, à moi.

— Eh bien, moi j'ai une grenouille dans ma chambre. Elle est venue une nuit quand j'étais malade et a décidé de rester.

— Oh, les grenouilles, ça va. » Ils pénétrèrent dans le lotissement des fonctionnaires des forêts.

Agastya se demanda à nouveau pourquoi les grenouilles n'étaient pas un problème.

« Mandy, ton quartier est très agréable », fit-il remarquer. Le département des forêts avait été établi à Madna bien avant que les usines n'aient envahi la région et n'anéantissent de vastes parties boisées que le district était censé protéger. C'était un scénario bien connu. Les « forestiers », ainsi que les appelaient avec mépris les fonctionnaires des impôts, avaient bâti eux-mêmes leur quartier au milieu d'arbres hantés par des hyènes et de temps à autre par un tigre. Cela ne datait que de quelques décennies : le paysage de Madna changeait très vite. Ce lotissement était construit sur une vaste étendue délimitée par des fils barbelés rouillés ou qui avaient été volés depuis longtemps. Des portes en bambou autrefois coquettes témoignaient de la négligence générale.

« Ces portes ont dû être jolies », dit Agastya. Maintenant, elles étaient démontées et simplement posées contre les poteaux, le bambou abîmé et brisé.

« C'est comme ton *Gazeetter*, propriété du gouvernement, donc destiné à la négligence. »

L'allée était longue et sinueuse. La pluie lui avait donné un air romantique : elle semblait faite pour un couple dont la relation ne se dégraderait jamais. Des maisons d'un étage dotées de faux plafonds qui gardaient la fraîcheur et abritaient des colonies de rats, entourées d'autant d'arbres que la terre pouvait en porter. Ce parc ne ressemblait pas à une forêt, car il avait été planté par la main de l'homme, mais les arbres attiraient les singes et les garnements qui leur lançaient des pierres, et quelques renards, précieux alliés des mères de famille qui tentaient d'empêcher leurs enfants de sortir après le coucher du soleil.

« Mandy, c'est vraiment un très bel endroit. C'est si calme et si différent du reste de la ville. Ce doit être un magnifique terrain de jeux pour les enfants. »

Un garçon robuste et trempé de sueur courut vers eux :

« Oncle Bhatia[1], Shalu dit qu'il y a un serpent sous l'arbre !

— Ne t'en approche pas, répondit Bhatia.

— Ils sont en train d'organiser un pique-nique pour dimanche prochain. Tout le monde y va : oncle Srivastav, et oncle Kumar aussi, reprit le gamin qui courut rejoindre ses compagnons, tout dégoulinants de sueur, sous l'arbre.

— C'est le fils de mon patron, expliqua Bhatia, son énergie est démoralisante. Il court tout le temps, même par les plus chauds après-midi de mai. Il faut absolument qu'il coure. »

---

1. En Inde, on ajoute toujours « oncle » ou « tante » en présence des ami(e)s sans qu'il y ait rapport de parenté. C'est une marque de politesse.

Le soleil réapparut, doux et vaincu, mais le monde étincelait.

« C'est étonnant la façon dont le temps influence l'esprit, non ? remarqua Agastya. Est-ce que Sathe plaisantait quand il disait qu'il allait à Hyderabad pour baiser ?

— Sans doute pas. Il ne peut pas fréquenter les putes de Madna parce que toute la ville le saurait. Et elles sont probablement aussi peu sexy que celles qu'on allait voir quand on était à la fac. Tu te rappelles ? Aussi débandantes que d'essayer de décrocher un job. Et de toute façon, on ne peut pas aller dans les bordels d'ici. On est à peu près sûrs d'y rencontrer un garde-forestier ou un *naib tehsildar* en train de reboutonner son pantalon. Ensuite, tout le monde sait que tu es un chaud lapin et, quand tu es en tournée d'inspection, ils te fournissent des femmes tribales et de l'alcool », expliqua Bhatia. C'était loin de déplaire à Agastya. « C'est dégoûtant. Ils ont ce type d'arrangement pour certains fonctionnaires en tournée qui sont de vrais débauchés et qui se moquent pas mal de leur réputation et de leur travail », poursuivit Bhatia. Agastya pensa distraitement à Shankar. « S'ils sont en poste suffisamment loin de chez eux et de leurs familles, ils vivent avec une tribale pour le sexe et le ménage. Voilà la *rest house*. Je partage une suite de deux chambres avec Gandhi et sa femme. Le logement est un gros problème dans ce lotissement. » Ils se dirigèrent vers la *rest house*. Bhatia salua poliment un passant puis demanda à Agastya :

« August, il faut que je te pose une question. Sathe m'a dit que ta mère était goanaise. Je ne le savais pas quand on était au collège.

— Ma mère portait des saris et mangeait du poisson comme les Bengalis », répondit Agastya d'un ton léger. Il ne voulait rien révéler lui-même à Bhatia. « Mes parents ont été mariés pendant environ dix-sept ans, période suffisamment longue pour que mon père la colonise. Je suis né très tard. Je n'ai presque aucun souvenir d'elle, ajouta-t-il en souriant pour chasser toute trace de chagrin. Je dois avoir un peu de *feni* qui coule dans mes veines, mais c'est tout ce que je sais. » Son père lui avait raconté que ses tantes avaient été ravies de constater que sa mère ne parvenait pas à avoir d'enfant : « C'est ce qui arrive quand on veut mélanger du sang goanais et bengali », avaient-elles dit. Bhatia se tut. Il avait l'air un peu embarrassé.

Gandhi était un homme paisible et trapu, l'air assuré. Agastya l'aima d'emblée. Il avait de grands yeux calmes, plus faciles à capter que ceux de Bhatia qui avaient une légère teinte jaunâtre et étaient sans cesse en mouvement. Il s'appelait Mohandas Gandhi. « Ce nom ne m'est pas inconnu, remarqua Agastya en souriant.

— C'est très embarrassant. Mes parents ont appelé ma sœur aînée Indira. Ça ne les dérange pas de télescoper les familles et les générations[1]. » Ils éclatèrent de rire.

Agastya sourit quand il vit Rohini, la femme de Gandhi, car il se souvint de la description de Bhatia qui se révélait très juste. Ils s'assirent sur la véranda du petit bungalow de deux pièces et observèrent les enfants qui jouaient dans la boue et leurs mères qui se promenaient tout en criant leur désapprobation. Une petite brise commença à souffler.

« Je n'aurais jamais cru qu'il puisse y avoir un lieu aussi joli à Madna », commença Agastya qui s'arrêta brusquement, mû par un obscur sentiment de honte. Il lui sembla qu'il venait de dire une chose extrêmement maladroite. Au cours de son séjour, ce sentiment de honte revint souvent, dans les circonstances les plus étranges et pour toutes sortes de raisons.

« Mohan, je vous remercie de m'avoir invité, reprit-il.

— Je vous en prie. J'aurais voulu le faire plus tôt, mais ma femme n'était pas bien. » La voix de Mohan baissa d'un demi-ton lorsqu'il dit « ma femme ».

---

1. Plaisanterie sur les noms du Mahatma Gandhi, qui s'appelait Mohandas Karamchand Gandhi, et d'Indira Gandhi, fille de Nehru et premier Ministre de l'Inde de 1966 à 1977 et de 1980 à 1984.

Agastya imagina un instant les ébats du couple au lit. Plus tard, Bhatia lui apprit que l'expression « ma femme n'était pas bien » était un euphémisme qui, chez Mohan, voulait dire que son épouse était enceinte de quelques semaines. « Tu comprends, il trouve que c'est embarrassant de dire franchement que sa femme attend un enfant parce qu'il estime que c'est comme s'il disait : on a baisé. »

Ils bavardèrent de choses et d'autres tout en humant l'odeur de friture des *pakora*. À l'inverse de Bhatia, Mohan n'en voulait pas à la terre entière. S'il n'était pas particulièrement heureux, il semblait en paix avec lui-même, satisfait de son sort : une chambre à Madna, une salle de bains qu'il partageait avec un collègue, une épouse cuisinière sexy et patiente, un serviteur bourru, un faible voltage (« le néon ne marche vraiment bien qu'après onze heures du soir »), mille huit cents roupies de salaire mensuel, et la perspective d'être nommé d'ici à quelques semaines dans un autre trou, du nom de Pirtana (« J'espère que l'électricité arrivera là-bas avant nous »). À cela s'ajoutait un corps sain (« Un intarissable puits de sang frais pour des millions de moustiques »), une passion pour Sarat Chandra[1], qu'il avait lu en version anglaise (« Agastya ? Agastya est un beau prénom. J'ai beaucoup aimé son roman intitulé *The Man Without*

1. Grand romancier bengali.

Character, vous avez dû lire l'original en bengali »), et un avenir qui, selon toute probabilité, ne serait qu'un prolongement de son présent.

« Je n'ai jamais vu de traduction de Sarat Chandra en anglais, dit Agastya tout en se rappelant avec humilité qu'il n'avait jusqu'à présent pas vu grand-chose.

— Si, si. J'en ai trouvé une dans la bibliothèque de la faculté d'Uttarkashi où j'enseignais. Une épouvantable traduction dans un endroit tout aussi épouvantable.

— Je suis allé à Uttarkashi lors d'une sortie organisée par la faculté », répondit Agasyta. Uttarkashi était un État aussi sec que la peau de leur guide. Ils avaient passé des heures à chercher de l'alcool distillé illégalement[1]. Des péquenauds curieux et des *dhaba* très laids se tenaient sur les bords du Gange d'un blanc argenté. Agastya ne pouvait pas imaginer que l'on puisse enseigner dans un collège à Uttarkashi. Personne ne pouvait y transmettre ni y distiller une quelconque sagesse.

« Vous y êtes resté longtemps ?

— J'ai enseigné deux ans. C'était épouvantable, répondit Mohan en souriant timidement. En principe, c'était un établissement de troisième cycle, mais les

1. Cette région étant sacrée aux yeux des hindous, la nourriture y est strictement végétarienne et l'alcool est proscrit.

laboratoires de travaux pratiques n'étaient même pas du niveau secondaire. Tout était cassé ou volé. Il y avait deux vieux *goonda* qui se prétendaient proviseurs, et de jeunes *goonda* qui leur servaient de gardes du corps. Je me demandais lequel des deux réussissait à s'approprier le salaire du proviseur. Quand ils se croisaient dans les couloirs, ils s'insultaient dans un langage coloré, et les étudiants quittaient les cours pour les écouter. J'ai moi-même appris de nouvelles injures. » Mohan se tourna légèrement sur sa chaise de façon que sa femme ne puisse pas l'entendre. « Un jour, l'un d'eux a traité son rival de bite de rat crevard ; une autre fois, j'ai entendu l'autre lui lancer ta mère se sert de sa merde comme godemiché. Deux soi-disant proviseurs rivaux dans une même faculté, vous vous rendez compte ! En fait, rendons cette justice à Uttarkashi, cet établissement n'était pas pire que bien d'autres ailleurs. Tout ça pourrait très bien se passer dans une faculté d'Alwar. » Ils éclatèrent de rire.

Le domestique servit le thé d'un air maussade. Rohini se rapprocha d'eux, timide et excitante.

« Ces *mithai* viennent d'une boutique de Madna, mais elles sont aussi bonnes que si elles avaient été faites à Calcutta, dit Mohan.

— Ce n'est pas Gopalan qui arrive ? » fit remarquer Bhatia. Rohini se précipita pour demander au serviteur d'amener une autre chaise. Lorsque Gopalan entra, tous se levèrent. Il était directeur régional des forêts, et le patron de Bhatia, qui le présenta à Agastya.

« Bonjour, dit Gopalan, ça fait du bien de voir un autre fonctionnaire barbu. » Sa remarque les fit rire. Il avait l'air d'être agréable et décontracté. Il se joignit à eux sans trop de cérémonie.

« Nous avons l'intention d'organiser un pique-nique à Gorapak, dimanche prochain. Srivastav *saab* et Kumar *saab* sont d'accord. Les épouses se reposeront et les hommes feront la cuisine. J'ai voulu inviter Sathe, mais Srivastav s'y est opposé avec véhémence. Il ne veut que les fonctionnaires et leurs familles. Vous serez des nôtres, Sen, n'est-ce pas ? »

Un banal jour férié à Madna.

« Vous passez toute la journée à la maison, décida Srivastav. Vous déjeunez et vous dînez avec nous. Il faut que vous mangiez correctement. Vous jouez au bridge ? Oui ? Très bien, nous irons au Club l'après-midi, le préfet de police nous rejoindra. Il y aura un programme culturel dans la soirée.

— Déjeuner spécial pour vous, August, maintenant que vous êtes rétabli, sourit Mme Srivastav. Du poisson pour le Bengali[1]. »

Les enfants firent le tour de la pièce en courant et se mirent à crier : « De la pisse pour le Bengali ! »

Kumar arriva vers midi, boudiné dans sa chemise. « Ce couillon a besoin d'un soutien-gorge », pensa Agastya.

« Bonjour, Sen, dit Kumar, le visage rayonnant. Je vous avais proposé de venir dîner il y a quelque temps, n'est-ce pas ? Je suis vraiment désolé, mais cela

1. Les Bengalis ont la réputation justifiée de manger beaucoup de poisson.

m'est sorti de l'esprit. Ma maison est dans un tel désordre depuis que ma femme est partie. »

Au déjeuner, Mme Srivastav s'écria : « Ah, August, vous mangez le poisson comme un vrai Bengali. Regardez, il ne reste rien dans son assiette.

— Un vrai Bengali, répéta la petite fille en lorgnant Agastya du coin de l'œil.

— On dirait que vous n'avez pas été contaminé par le côté maternel », renchérit Kumar.

Seul Srivastav sentit que le sujet irritait Agastya. Il s'adressa à Kumar :

« Dhiraj, vous venez au pique-nique des forestiers, n'est-ce pas ?

— Bien sûr. Ça devrait être amusant. C'est l'occasion pour tous les fonctionnaires du district de se rencontrer.

— Mais ces forestiers (Srivastav avait pris un air renfrogné parce qu'il s'agissait de problèmes de bureau) semblent souffrir d'un complexe d'infériorité. Pourquoi ne peuvent-ils pas tout simplement accepter le fait que leur situation et leur travail sont bien moins importants que ceux d'un préfet de police, ajouta-t-il, conscient que ses subalternes l'écoutaient. Ils nous invitent toujours à leurs réunions et à leurs réceptions, comme si nous n'avions que ça à faire. » Il regarda Agastya.

« Vous verrez lors du pique-nique comment ils se conduisent. Ils essaient de se comporter comme si on était tous égaux, surtout les femmes. » Pour Agastya, ce pique-nique commençait à prendre des allures de cauchemar.

« Oh, les épouses des forestiers ! Mais August a quelques bons amis parmi eux », glissa Mme Srivastav.

Agastya se demanda s'il pouvait la gifler. Il dit calmement :

« J'espère que ce temps agréable tiendra jusque-là.

— Ah oui, les pluies. Il faudrait qu'il pleuve davantage pour éviter la pénurie d'eau potable en fin d'année. Mais si les pluies sont trop abondantes, le fleuve débordera. »

Srivastav sourit avec une sorte de suffisance lasse, un sourire qui voulait dire : « Ce travail de préfet est colossal, mais le gouvernement a eu la sagesse de choisir l'homme qu'il faut pour ce poste. » Puis il reprit : « Sen, quand vous serez adjoint préfectoral, vous comprendrez que lorsqu'on a une responsabilité, on doit voir les choses sous un angle différent et considérer leur aspect pratique. Les fêtes, par exemple, ne sont pas du tout un moment de détente et d'amusement. » Il ferma les yeux à demi et secoua la tête. « Le principal problème est de faire respecter la loi et l'ordre, car des émeutes intercommunautaires sont toujours possibles. Ça change toute la perspective. Et alors on ne pense pas aux pluies en termes romantiques, pas du tout ! »

« Oh, monsieur Srivastav, commenta Agastya silencieusement, homme plus noble encore qu'Atlas, le fardeau du monde repose sur vos épaules. » Tout le monde regarda Kumar se servir lui-même une seconde assiettée de dessert. Mme Srivastav sourit. La petite fille fit remarquer : « Oncle Kumar va exploser, comme ça on pourra le manger pour le dîner. »

Tandis que les parents la réprimandaient en hurlant, Kumar demanda : « Club, cet après-midi, non ? Les autres y seront ?

— Oui. Joshi m'a téléphoné pour me dire qu'ils viendraient à deux heures. Sen joue au bridge.

— Oh, très bien ! Le bridge est un jeu très important pour votre carrière, *bhai.* Faites équipe avec Srivastav *saab*, et jouez bien ! Vous verrez qu'il vous fera un excellent rapport confidentiel. » Il fut le seul à rire. « Nous devons donner une nouvelle impulsion à ce Club, Ravi, ajouta-t-il.

— Oui, mais pas comme l'a fait Antony. » Srivastav hennit d'un rire désapprobateur et s'adressa à Agastya : « Cet Antony ! Il avait donné au Club une licence pour servir de l'alcool. Je l'ai annulée dès que je suis arrivé ici. Ce Club est destiné aux familles, pas à quelques soiffards solitaires. Du temps d'Antony, aucune femme n'y venait. Ce n'était même pas un lieu sûr ! Son épouse habitait et travaillait à Hyderabad, il ne s'est donc jamais préoccupé des autres femmes. Je peux vous assurer que le Club était devenu un bar tel qu'on en voit dans les films hindis ! Des soûlards qui titubaient et chantaient partout ! » Il s'adressa à Kumar : « Nous devons encourager le bridge et d'autres jeux ainsi que les soirées culturelles. Un district n'est en général pas un endroit très amusant. Si les femmes des fonctionnaires ne peuvent pas aller au Club, où sortiront-elles ? »

Après le déjeuner, Kumar se vautra sur le divan en rotant tranquillement. La petite fille pouffa.

« Dites-moi, Kumar *saab*, quand est-ce que Kum Kum revient ? Elle n'a pas l'air de vous manquer beaucoup ? » demanda Mme Srivastav. Kumar paraissait mentalement prêt à faire la sieste.

« Je rentre à la maison deux ou trois jours pour les fêtes de Dussehra[1] et je reviens ici avec elle », répondit-il.

Srivastav (qui s'était éclipsé brièvement) revint en agitant les clés de la voiture.

« Vous n'avez pas honte, Dhiraj ? Quel exemple vous donnez à Sen : dormir après le déjeuner ! Il a déjà de drôles d'habitudes, il préfère la *rest house* à notre maison.

— Il a sans doute ses raisons, avança Kumar en se levant péniblement, il a peut-être rencontré une fonctionnaire chargée des projets de développement avec

1. Fêtes en l'honneur du dieu Rama qui ont lieu en octobre.

qui… » Il fit un clin d'œil à Agastya. Tout le monde rit.

« Ce cochon de journal ! Et ces abrutis du ministère qui mettent si longtemps à répondre à ma demande. Mais Joshi dit que le *Dainik* va rétracter ses accusations et publier une lettre d'excuses », dit Srivastav.

— Bien, très bien ! Mais ces types devraient être davantage punis pour s'être conduits comme ça. » Les trois hommes sortirent et se dirigèrent vers la voiture. Mme Srivastav les rejoindrait avec les enfants pour assister au programme musical.

« Comment va votre femme, Sen ? » demanda Kumar.

L'espace d'une seconde, Agastya se demanda ce qu'il allait inventer.

« Je ne suis pas encore marié, monsieur. Il y a longtemps que je le serais si mon père n'avait pas désapprouvé la femme que j'avais choisie parce qu'elle était musulmane, répondit Agastya.

— Vous n'êtes pas marié ? J'ai entendu dire que vous l'étiez et que votre femme était en train de mourir d'un cancer du sein en Angleterre, s'exclama Kumar.

— Moi ? Ma femme ? Non, il doit y avoir une erreur. Il s'agit de ma cousine. »

Srivastav conduisait et Kumar était assis à côté de lui. Agastya observait l'arrière de leurs crânes. Celui de Kumar était rond et monté sur un cou à deux étages, celui de Srivastav laissait voir une calvitie naissante. Tout à coup, il en eut assez de Madna. Il se pencha en avant et demanda : « Monsieur, est-ce que je peux aller à Delhi quelques jours pour les *pouja* ?

— D'accord, dit Srivastav, si vous prenez un congé temporaire, vous avez droit à un maximum de dix jours. C'est la règle.

— On ira ensemble, Sen », décida Kumar en tournant sa tête de quelques centimètres. Agastya s'adossa contre la banquette, aussi soulagé que s'il venait de jouir. En diminuant d'intensité, la tension lui provoqua un léger élancement au creux des reins.

« Oh ! là, là ! cette route, soupira Srivastav, ces ingénieurs des Travaux publics ne l'élargiront donc jamais ! » Devant eux s'étendait l'imbroglio de la circulation typique des rues de Madna.

« Mais aujourd'hui, le problème, c'est ce camion, dit Kumar. Regardez la façon dont ce salaud l'a garé. » En véritable despote routier, le véhicule occupait la moitié de la chaussée qui était déjà trop étroite.

Srivastav descendit de voiture : « Venez, Dhiraj, on va donner une leçon de conduite à ce chauffeur. » Dans la rue, les deux hommes avaient quelque chose d'incongru. Agastya réalisa qu'il ne les avait jamais vus marcher. Ils ressemblaient à des gens ordinaires (l'un plus gros que l'autre) qui n'avaient pas trouvé de *rickshaw*. Ils dépassèrent des bicyclettes, des scooters, des voitures et des visages enlaidis par l'exaspération. Un scooter érafla une voiture ; une querelle s'ensuivit, créant un attroupement qui ne fit qu'accroître le chaos mais apporta une distraction aux victimes de la circulation. Agastya prenait plaisir à se frayer un chemin dans ce chaos. On avait l'impression d'être au-dessus de la mêlée, d'avoir choisi la sagesse d'une façon très prosaïque. Le camion avait été abandonné.

« Où est le chauffeur ? » demanda Srivastav d'un ton hargneux à quelques passants.

On trouva enfin l'homme dans un *dhaba* sur le bord de la route, assis sur un *charpai*, les jambes croisées, en train de bavarder avec ses comparses en buvant du thé.

« C'est votre camion ? »

Un petit attroupement de badauds désœuvrés s'était formé autour de Srivastav et de Kumar. Les deux hommes ayant l'habitude de commander depuis des années, chaque syllabe qu'ils prononçaient était imprégnée de leur propre importance. Ils avaient un effet hypnotisant.

« Oui », répondit l'homme. Agressif, vêtu d'un *lungi* et d'une *kurta*, les yeux injectés de sang, il était l'exemple même des camionneurs : des individus nés pour être mesquins et durs.

« Votre véhicule est très mal garé. »

Le chauffeur regarda ses amis en disant : « Des durs à cuire, ces deux-là.

— Non, pas des durs à cuire. Vous êtes en train de parler au préfet et au chef de la police de Madna. » L'homme posa sa tasse de thé, mit ses sandales (Agastya remarqua avec plaisir que, dans sa hâte, il avait mis le pied gauche dans la chaussure droite) et courut lourdement vers son camion. Ses compagnons se levèrent. Le véhicule démarra à vive allure. « Bien, dit Kumar, on va aussi attraper ce salaud pour excès de vitesse sur voie étroite. » Tandis qu'Agastya était très impressionné par cette démonstration d'autorité, Srivastav et Kumar sermonnaient la foule indifférente pour son manque de sens civique en matière de circulation, à Madna en particulier et en Inde en général. Agastya songea qu'à Delhi ou à Calcutta un chauffeur de camion n'aurait jamais réagi comme celui-ci : il aurait fallu que des policiers le battent, lui collent une amende et lui retirent permis de conduire et camion pour qu'il obtempère.

De retour dans la voiture, la rue ayant retrouvé son habituel chaos, Srivastav décida de poursuivre la leçon : « Vous comprenez, Sen, le pouvoir et la responsabilité de ce travail ? » Agastya songea qu'il ressemblait à l'un de ces rois de l'Inde ancienne, se promenant incognito parmi ses sujets et révélant son identité pour punir les méchants et récompenser les bons.

Il avait vu le Club lors de ses courses nocturnes. La lumière de la lune en atténuait la laideur. Un vieux bâtiment, une longue véranda ajourée d'arcatures, une peinture jaune écaillée sur les murs, et des fils électriques gris foncé. Dans la pièce centrale se trouvaient cinq tables de bridge. Trois étaient occupées par des joueurs. Joshi s'approcha d'eux, rayonnant d'obséquiosité. Il faisait le planton à une table.

« Je m'attendais à ce qu'il y ait davantage de monde », fit remarquer Srivastav d'un air renfrogné, en faisant le tour de la salle. Il aimait être accueilli par la foule, même dans un club. Certains joueurs, mécontents d'avoir été dérangés, lui rendirent son regard de désapprobation. Parmi eux se trouvaient des ingénieurs du département d'électricité, de la centrale thermique et quelques hommes d'affaires – autant de gens qui échappaient à son emprise.

Kumar et Srivastav jouèrent contre Agastya et un inconnu. En quelques minutes, Agastya comprit que celui-ci incarnait le type même de l'habitué du Club. De l'heureux temps du règne d'Antony, il avait dû être, selon les mots de Srivastav, le héros d'une scène de film hindi : l'ivrogne qui titube en chantant. Grand et mince, les manches remontées juste au-dessous du coude, la moustache en guidon de vélo, les dents gâtées par le *paan*, de petits yeux sans vie. En vieil habitué, il avait dû boire chez lui avant de venir y passer ici de longues heures. Il était prêt à participer à tout : bridge, tombola, commérages, billard, ping-pong et badminton.

Il ne gratifia ni Srivastav ni Kumar du terme de « monsieur », il n'était donc pas sous leur coupe.

« Quelle annonce ? demanda-t-il à Agastya. – Goren, si ça vous va. » Srivastav et Kumar annoncèrent très maladroitement une longue. Kumar se révéla être un gaffeur inné et le préfet un mauvais partenaire. Au bout de quelques parties, Agastya s'ennuyait ferme et Srivastav devait contenir sa rancune. Il ne pouvait pas réprimander un préfet de police et Agastya plaignit les pauvres subordonnés de Srivastav qui devaient jouer avec lui. Par intermittence, il rêvassait à son séjour à Delhi, ce qui lui valut, ainsi qu'à son partenaire, de gagner deux manches.

L'après-midi devenait intolérable. L'humeur de Srivastav empirait. Après chaque partie, le décompte des points devenait interminable et de plus en plus inepte. Enfin, le partenaire fut renvoyé pour aider à l'installation de l'orchestre. Mais Srivastav ne démordait pas. Il appela Joshi, assis à une autre table :

« Il nous faut un autre partenaire pour Sen. Venez avec nous. » Heureusement, Kumar refusa de jouer, plaidant l'épuisement. Silencieux et sinistres, ils sortirent tous trois prendre un thé.

Agastya était furieux contre lui-même. Furieux d'avoir accepté cet après-midi, de se retrouver à Madna, de faire un travail qui l'obligeait à être poli avec Srivastav et sa femme – de faire *ce* travail. Furieux de n'avoir pas su planifier sa vie avec plus d'intelligence, d'avoir osé croire qu'il était suffisamment souple pour s'habituer à n'importe quelle activité dans n'importe quelle circonstance. Furieux aussi parce qu'il ne savait pas comment redresser la situation et qu'il avait le sentiment de gâcher sa vie. Tandis qu'il regardait les hommes aligner les chaises en rangées et recouvrir les tables de draps, il lui sembla impossible de croire en son avenir.

À l'extérieur, Srivastav et Kumar s'affairaient et commencèrent à diriger les préparatifs. Ils en vinrent très vite à prendre plaisir à cette effervescence, discutant de la disposition des chaises, des tapis sur la scène ou de l'angle de l'éclairage. Agastya traînait derrière eux en se haïssant.

Tous les états d'âme sont par définition transitoires. Le sien s'améliora petit à petit. Et puis se retrouver à l'extérieur lui fit du bien, loin de tout ce remue-ménage, sous un ciel de mousson d'une pâleur exsangue. La confusion cocasse qui régnait autour de lui effaça le souvenir de la partie de bridge ainsi que l'intense dégoût de lui-même. Il observa Kumar ordonner à un planton de poser un énorme bidon d'eau potable sur une petite table. La table s'effondra dans un craquement tranquille. Le bidon bascula d'abord lentement puis atterrit en résonnant lourdement sur un tapis. Comme la source secrète d'une rivière, l'eau jaillit en gargouillant de bonheur. Kumar fulmina contre le domestique, espérant ainsi convaincre tout le monde que la maladresse incombait au pauvre exécutant. Lequel, n'écoutant pas un mot de la diatribe, se dirigea vers le bord du terrain de cricket, enleva son pantalon mouillé, le mit tranquillement à sécher sur l'herbe et revint vers le lieu de l'action vêtu de son caleçon long. Mais c'était une tenue que Srivastav ne pouvait permettre : « Espèce d'idiot, tu veux qu'on voie tes genoux, hein ? » lui cria-t-il en lui ordonnant de s'en aller et de ne pas reparaître avant que son pantalon ne soit sec. Le domestique se dirigea avec nonchalance vers le buffet. Tout à coup, le monde parut extrêmement comique à Agastya. Il sourit intérieurement : « Bien, ton humeur s'est sans aucun doute améliorée. »

Il s'assit à l'extrémité de l'une des dernières rangées de chaises, aussi loin que possible de l'affairement de Srivastav et de Kumar. Que les hommes soient à un moment donné maîtres de leur destin lui apparut comme un mensonge séduisant, au mieux, une demi-vérité. Et à quels moments le sont-ils ? s'interrogea Agastya en regardant le profil changeant de Srivastav (comment pouvait-il hurler et gesticuler autant, avec ses sourcils qui se tortillaient comme des vers dans une crotte) et en se demandant si ses joues encadrées par le triangle de ses favoris donneraient une chair tendre après avoir été bouillies et cuites à la vapeur. Il eut l'impression qu'on ne saisissait les moments significatifs de la vie que rétrospectivement, joyaux scintillants qui se moquaient de la lumière du passé, ne laissant dans leur sillage que le regret, et la tristesse qui l'accompagne. Tout comme lui, la plupart des hommes choisissaient leur destin dans l'ignorance et s'agitaient dans un monde hostile avec lequel ils faisaient des compromis et qu'ils apprenaient à accepter de plus ou moins mauvaise grâce. Ou bien ils sombraient dans le désespoir. Cet après-midi-là, la raison humaine semblait totalement dérisoire. Agastya attendait d'elle qu'elle lui montre les implications d'un acte avant qu'il le perpètre. « Je veux savoir dans le moment présent, je veux que ce soit ma raison, et pas seulement mon intuition, qui me dise : voilà, tu maîtrises le temps à venir, agis en conséquence. » Mais la raison semblait incapable de décider d'un acte significatif. Il avait cru autrefois qu'il fallait être rationnel ; aujourd'hui il lui apparaissait que la raison ne pouvait pas répondre à toutes ces accablantes questions, ni saisir cette providence particulière qui préside à la chute d'un moineau. L'une des solutions était de s'en remettre au monde suprahumain, à la déesse Jagadamba ou, comme Vasant, de croire à un destin spécifique, à l'arrivée d'une grenouille. Une autre solution, lâche, consistait à éviter de penser, à souhaiter être un de ces arthropodes aux pinces ébréchées qui traversent à toute vitesse les profondeurs des mers silencieuses, image qui l'avait tant de fois tourmenté durant ses années d'études.

Il croisa les yeux de Kumar qui regardait dans sa direction, comme s'il s'apprêtait à l'appeler pour qu'il vienne les aider à accroître le chaos ambiant. Il n'avait pas envie de rejoindre sa chambre. Il retourna dans le Club où il traîna, désœuvré. Seule la salle de billard attirait du monde. Il y joua un moment. Le niveau des joueurs, comme pour le bridge, était excellent. Madna ne cessait de le surprendre.

Il sortit quand les gens commencèrent à entrer. Sous les lumières, la scène était jolie, résultat inattendu des préparatifs chaotiques de l'après-midi. Il y avait plusieurs tambours, deux guitares électriques, un harmonium, des bongos et, à son grand étonnement, un petit synthétiseur. Kumar, gros et ravi, se tenait près de la scène, entouré d'un groupe de gens qui riaient à tout ce qu'il disait. Agastya pensa qu'il ne racontait peut-être rien de drôle et que ses interlocuteurs se moquaient de lui. Tout le monde s'était mis sur son trente et un : c'était apparemment une grande soirée pour les familles des fonctionnaires de Madna. Un peu plus tard, ayant affiné ses observations, il modifia son opinion : *toutes* les sorties, le marché, la banque, le cinéma, les visites, étaient des événements sociaux dans leur vie désertique. Ils s'habillaient et les femmes se poudraient à chacune de ces occasions. Il aperçut Ahmed avant que celui-ci ne le vît ; il se baissa vivement derrière une femme qui tressaillit de peur. Les enfants, impeccables et rutilants, n'avaient pas le droit de toucher à leurs cheveux parfaitement coiffés. Ils avaient tous l'air un peu hébété. Certains avaient des Snoopy et des Superman sur la poitrine. Les femmes semblaient avoir dévalisé la vitrine d'un emporium : on pouvait presque faire du lèche-vitrines rien qu'à les regarder. Son humeur s'améliora encore quand il vit Sathe, Bhatia et Mohan (Rohini n'avait pas pu venir parce qu'elle « n'était pas bien ») dans un coin discret, l'air cynique.

« L'idiot », dit Sathe, en désignant Srivastav. Agastya, épuisé par l'après-midi, fut pris d'un fou rire libérateur. « Il a foutu ce Club en l'air, continua Sathe. Avant, c'était un endroit agréable où on pouvait prendre un verre, jouer au billard et perdre du temps. Mais il a retiré la licence. Il ne vous l'a pas dit ? Il veut que toutes les familles viennent au Club pour bavarder avec lui. Je ne comprends pas sa décision d'exclure tous ceux qui ne sont pas fonctionnaires, comme il dit. C'est comme au temps du Raj : les indigènes ne sont pas admis. » Sathe rit bruyamment, s'attirant quelques regards désapprobateurs. « Et le cas échéant, ce sont les indigènes de Madna qui n'y ont pas accès. De toute façon, vous, les fonctionnaires, vous êtes des oiseaux de passage, et Srivastav partira dans un an et demi. C'est nous qui resterons ici. Si on a envie de venir boire un verre au Club, on en a bien le droit. Antony trinquait avec nous. Antony était un type bien, il n'avait pas, lui, l'imbécile prétention de maintenir la dignité de la fonction. Qu'est-ce que c'est que le Club pour Srivastav ? Un havre contre les sauvages de Madna ? Si sa famille veut se distraire, pourquoi ne va-t-elle pas en ville ? Non, il ne faut pas que l'on voie trop souvent le préfet dans les salles de cinéma et les restaurants, ce serait compromettant. » Le planton qui avait mis son pantalon à sécher l'avait renfilé et portait un plateau de boissons fraîches. Bhatia avala un verre d'un trait et en prit un second.

« Sathe, ne blâmez pas tant Madna, dit Mohan.

— Dites-moi, August, est-ce que vous connaissez un peu le fonctionnement de la bureaucratie ?

— Non.

— Qu'est-ce que c'est que ce snobisme anglophile qu'affichent des gens comme Srivastav ? C'est ce qu'il est en train de faire avec ce Club ? Ça va devenir un lieu où les fonctionnaires qui estiment s'être cassés le cul toute la journée à résoudre les problèmes du district viennent se détendre, le soir, loin de la chaleur et de la poussière. Et y rencontrer leurs semblables, nourris des mêmes illusions. Ils devraient laisser Madna tranquille, qu'elle se développe comme elle veut, et le Club avec elle. Il faut toujours qu'ils fourrent leur nez dans ce qui ne les regarde pas. J'aimais bien le Club, avant. »

Un groupe de lèche-bottes s'agita près de la porte. Mme Srivastav venait d'arriver. Sa voiture était la seule autorisée à pénétrer dans l'enceinte du Club. « Comme si elle allait tomber sur le cul en marchant jusqu'à la porte », commenta Sathe. Joshi et ses comparses trottinaient près du véhicule, telles des répliques fatiguées des coursiers du XVIIIe siècle suivant le palanquin d'une reine (l'image fit sourire Agastya). Mme Srivastav portait un sari rose et or, d'apparence suffisamment luxueuse pour qu'on reconnaisse la soie de Kanchipuram. Sous les lumières, Agastya aperçut le soutien-gorge noir sous la blouse rose. Le visage outrageusement maquillé n'était qu'une pâle copie d'un masque de Kathakali[1]. Les enfants suivaient, le petit garçon pleurnichait. Son nouveau T-shirt proclamait « Je suis un bon garçon ». Un mensonge éhonté.

« Comment peut-on s'habiller à ce point pour venir dans un club pareil ? Elle a dû attendre ce moment toute la semaine », lança Sathe. Il était d'une humeur massacrante : « Ce salaud de Srivastav a dit à Gopalan qu'il ne fallait pas m'inviter au pique-nique. Vous allez voir comment les femmes se conduisent au cours d'une sortie comme celle-là. En fait, Gorapak est un bel endroit, surtout le temple et la grotte où habite le *sadhu.* »

Un homme commença à raconter des blagues au micro. Tout le monde se dirigea vers les chaises. Les

1. Danse traditionnelle du Kerala où les danseurs portent un maquillage très élaboré et des costumes aux couleurs vives.

musiciens prirent place sur la scène. Un guitariste lança à son tour quelques plaisanteries à l'encontre du boute-en-train. Un enfant se mit à couiner fort à propos.

« Est-ce qu'on doit assister à toutes ces âneries ? demanda Agastya.

— Ce n'est pas complètement nul. J'ai déjà entendu cet orchestre. Il est plutôt correct, répondit Sathe. Les chansons seront sans doute ringardes pour plaire à tout le monde. Les gens comme Mme S. aiment les musiques de films hindis. »

Même Mohan proposa : « Je pense qu'on devrait aller se soûler quelque part. J'en ai rarement l'occasion. »

Ils se décidèrent quand ils virent Kumar se diriger vers eux. « Je ne supporte pas ce gros porc », dit Bhatia. Ils sortirent de la salle et allèrent droit sur la Maruti de Sathe.

« Oh, se rappela soudain Agastya, je devais dîner avec les Srivastav. Attendez-moi une minute. Je vais aller leur dire que j'ai mal à la tête ou quelque chose de ce genre, et que je dois rentrer chez moi. » Les lumières avaient baissé, la première chanson, extraite du vaste répertoire des films hindis, avait commencé. Le chanteur semblait perdu dans ses tournoiements et ses œillades concupiscentes, mais il avait une belle voix. C'est alors qu'Agastya remarqua que les hommes et les femmes étaient assis chacun d'un côté, séparés par une allée centrale et quelques sièges vides. Plus tard, Sathe avait essayé de lui en expliquer la raison : « C'est ancré dans les habitudes sociales de Madna ; c'est pareil dans toutes les petites villes. Les hommes s'assoient à l'écart des femmes et des enfants. Je ne sais pas pourquoi. Peut-être parce que personne ne supporterait de voir une femme et un homme partager quoi que ce soit d'agréable.

— Mais pourquoi ? Ils ne baisent pas en public que je sache ? C'est la même chose au cinéma ?

— Non, pas au cinéma, pas là où on paie sa place. »

Srivastav était au premier rang à côté de Kumar qui avait les yeux fermés. Sa tête oscillait au rythme de la chanson. Agastya se fraya un passage jusqu'à eux, se baissa comme s'il traversait un tunnel et commença : « Monsieur, j'ai la migraine…

— Où étiez-vous pendant toute cette soirée ? Le préfet de police et moi-même vous avons cherché partout. »

Il se justifia en prenant la mine d'une victime de maux de tête, puis se sentit vaguement coupable en murmurant :

« Excusez-moi pour le dîner… Je viendrai finir ma part demain », acheva-t-il avec un demi-sourire. Srivastav était trop occupé pour discuter. Il lui jeta un regard renfrogné et se tourna vers la scène.

Ils quittèrent l'enceinte du Club et s'engouffrèrent furtivement dans la Maruti comme s'ils étaient coupables d'un crime abominable.

« Alors, comment trouves-tu la Bhagavad-gita ? demanda soudain Sathe.

— Je suis en train de la lire. Jusqu'à présent, tout ça me semble très lointain. Et le peu qui ne l'est pas... Mais, comme le dit le texte : Si l'on ne voit que la diversité des choses, avec les divisions et leurs limitations, alors notre connaissance est impure. Et cette constance grâce à laquelle le sot ne succombe pas à la paresse, à la peur, à l'apitoiement sur lui-même, à la dépression et à la luxure n'est en vérité que la constance de l'obscurantiste. Ce livre m'a donné l'impression d'être insignifiant et répugnant, comme les pervers qui reniflent les petites culottes sales, tu sais, un de ces cas décrits par Krafft-Ebing. »

Sathe rit tellement qu'il faillit heurter un *rickshaw*. « J'ai toujours pensé que la religion commence à prendre un sens quand on ne peut plus bander. » Tel fut l'état d'esprit de la soirée : tapageuse, blasphématoire – dirigée contre la bureaucratie, leur situation et le monde entier.

Lorsque Agastya revint dans sa chambre, tard dans la nuit, il trouva une lettre de Dhrubo que Digambar avait glissée sous la porte.

Renu, cette Panjabi que je baisais est partie pour les États-Unis. (C'est ainsi que commençait la lettre, sans date ni préambule amical. C'était le style de Dhrubo, brusque, comme s'il avait toujours honte de ses émotions.) *Elle a déclaré que c'était la seule façon de rompre notre relation – l'un de ces couplets des pays industrialisés qu'elle m'a récité avant même d'y être allée. Elle a même parlé d'indépendance et de découverte de soi avant de partir. Sous ses larmes, tout ça avait l'air de l'amuser à moitié. C'est probable que tout foutre en l'air lui a donné une impression de maturité, d'être adulte. Quelque chose du style : attention, regardez tous, je romps une liaison – donc je suis une femme adulte, n'est-ce pas ? Ce n'est quand même pas aussi facile que de manger des glaces, hein ? Son attitude m'a donné l'impression que j'étais un bourreau d'enfant. Viens à Delhi pour les* pouja. *Si tu vas à Calcutta, le gouverneur te bottera le cul parce que tu traites la bureaucratie comme tes pantalons : tu la laisses tomber. Ici, la police se montre de plus en plus injuste avec les dealers de drogue. Donc, essaie d'en ramener de Madna.*

Dhrubo

Pas un mot sur Madna. Un autre univers dont il faisait partie depuis deux mois. Une différence totale qui devenait troublante. Il erra dans la pièce, la lettre à la main, essayant de relier Sathe, Renu – l'instigatrice de la rupture –, Mohan et Dhrubo en un ensemble cohérent. Leur éventuelle rencontre reviendrait à confronter différentes facettes de lui-même. Que se diraient-elles ? se demanda-t-il. « N'en fais pas tout un drame. S'ils se rencontraient, ils discuteraient de choses ordinaires, de politique, du temps, de la débâcle de l'Inde lors du dernier match de cricket. Il leur serait inutile de discuter de choses moins éphémères, parce que personne ne se dévoile aux autres autant qu'à soi-même – si jamais on arrive à se connaître. » La grenouille était accroupie près de ses chaussures : « Salut, Dadru. Nous sommes tous des cocons, avec nos soucis et nos problèmes. Dhrubo a dû sentir que l'intérêt que je portais à son monde était à peu près identique à celui qu'il portait au mien, c'est-à-dire mitigé. »

Le jour du pique-nique.

Tous les participants devaient se retrouver à six heures et demie chez le préfet et partir à sept heures pour Gorapak. Gopalan avait décidé du lieu de rendez-vous avec sagesse : se réunir dans la maison de Srivastav était la meilleure façon d'être sûr que tout le monde serait à l'heure. S'ils étaient convenus d'un autre endroit, le préfet lui-même serait arrivé en retard, ainsi que sa position l'y obligeait. Agastya avait mis son réveil à sonner à cinq heures car il voulait faire un peu d'exercice ce jour-là aussi.

La gymnastique était devenue une manie qui confinait à l'obsession. C'était bien pire s'il n'en faisait pas. Il avait l'impression qu'il devait à tout prix s'y tenir, comme à une ancre de stabilité sans laquelle ses journées sombraient dans l'anarchie. Ce n'est qu'après avoir terminé son échauffement qu'il se sentait prêt à tout, c'est-à-dire à n'importe quel acte illogique et déraisonnable. Sans cette astreinte matinale, il éprouvait un sentiment de faute, comme si les pompes et l'essoufflement étaient un devoir, la bonne action du jour.

Dès le début des exercices, il y prenait plaisir, ainsi qu'aux soliloques qui les accompagnaient (« À trente-cinq ans, je ne veux pas ressembler à Srivastav ni à Kumar. Mais pourquoi vouloir paraître vingt ans quand on en a trente-cinq ? C'est une duperie, non ? Bon, je fais aussi de la gymnastique parce que je me sens bien, et ce genre de confiance en soi facilite beaucoup les rapports sexuels. Oui, mais à Madna, le sexe, c'est zéro. Je fais de la gymnastique parce que ça me permet de manger comme un ogre. Oui, ça, c'est vrai, tu bouffes trop. C'est ce que dit Madan : comme un Bengali. Je n'ai pas l'impression que les femmes font de la gymnastique. Elles suivent un régime. La méthode douce. Neera ne fait même pas de régime »). Quand il avait fini, il était transporté par un sentiment d'accomplissement immodéré. Il était encore plus radieux en ce jour de pique-nique parce qu'il avait réussi à faire ses exercices *et* à partir pour la maison du préfet à six heures et quart. La satisfaction du devoir accompli, du but atteint.

« Commence chaque journée en te disant : je serai confronté à l'adversité, à l'ingratitude, à l'insolence, à la déloyauté, à la mauvaise volonté et à l'égoïsme. Tout cela à cause de l'incapacité dans laquelle se trouve l'individu à discerner le bien du mal. » Amusant de se rappeler cette maxime de Marc Aurèle, le matin, et en côtoyant les habitants de Madna qui faisaient leur promenade matinale. La douleur de ce philosophe était apaisante : le monde n'avait jamais semblé aussi mauvais à Agastya qu'il était apparu à Marc. « Dès la première lumière du jour, garde présent à l'esprit, afin de ne pas succomber à la paresse, la pensée que tu te lèves pour œuvrer au bien de l'homme. » « Ça ne fera jamais sortir personne du lit, pensa Agastya en dépassant un groupe d'enfants qui bavardaient et déféquaient sur le bord de la route. Personne, pas même Menon. » « Ai-je été créé pour rester allongé bien au chaud sous mes couvertures ? » Venant de Menon, une telle phrase aurait fait l'effet d'un étron tombant dans un pot de chambre, mais, sous la plume de Marc, cela paraissait – il sourit – vraiment futé.

Tout le monde semblait dormir dans l'enceinte de la maison du préfet. Rien ne paraissait troubler la mélancolie des banians, pas même les hommes en train d'attraper des serpents. Sveltes, vêtus d'un pagne, l'œil vif, ils se déplaçaient d'une ombre à l'autre, aussi silencieusement que des spectres. Sur la plus basse branche d'un *pipal*, un singe se masturbait machinalement. L'air était frais et immobile. Agastya eut soudain envie de l'inhaler profondément. Il se mit à courir avec légèreté, faisant tressaillir les singes sur le point de sauter sur une plus haute branche. Il se sentait plein d'énergie à courir ainsi sur une route qui traversait ce qui avait été autrefois une forêt vierge, dans le silence entrecoupé par les croassements des oiseaux et le bruissement des animaux parfaitement à l'aise dans cette nature. Il s'arrêta pour reprendre son souffle avant d'arriver devant la maison.

Il était le premier. Mme Srivastav prenait le thé sur la pelouse. Elle semblait mal réveillée, de mauvaise humeur et plus sexy que jamais. « Vous avez l'air en pleine forme », lui dit-elle d'un ton désapprobateur. Srivastav apparut, légèrement emprunté dans son jean et son T-shirt trop serré. « Il aurait besoin d'un soutien-gorge, il devrait mettre le noir de sa femme » (Agastya se souvint de la remarque de Dhrubo à propos du gros Prashant à la peau flasque : « Quand il s'accroupit pour chier, il doit balancer ses nichons sur ses épaules, sinon, ses tétons lui chatouillent les couilles »). Les enfants suivaient derrière, geignant de sommeil. Puis tous les invités arrivèrent en même temps, le vrombissement de leurs voitures annihilant les derniers moments de paix matinale. Bajaj et son épouse, une grosse femme revêche, Kumar, vêtu d'un jean, d'une *kurta* et portant d'épaisses lunettes de soleil, suivi de la clique des forestiers dont certains qu'Agastya n'avait jamais rencontrés. Tout d'un coup, la pelouse sembla submergée par les hurlements des enfants. Les femmes se souriaient poliment tout en se jaugeant. Elles ressemblaient aux présentatrices des émissions de télévision nocturnes : le maquillage et les sourires ne réussissaient pas à masquer tout à fait leur besoin de sommeil. Mohan semblait partagé entre s'occuper de sa femme et convenir avec Bhatia et Agastya quand fumer le premier joint. Srivastav, Kumar, Bajaj et Gopalan s'affairaient et houspillaient les domestiques qui entassaient d'énormes quantités de nourriture dans les jeeps et discutaient de la formation du cortège automobile. « La nourriture, les femmes, les enfants et les domestiques d'abord » : deux voitures et deux jeeps partirent au milieu de gloussements, de hurlements haletants, de rires aigus et de recommandations ignorées de la progéniture.

Il restait une voiture et deux jeeps pour les hommes. Ils furent pris d'un accès de machisme et décidèrent de voyager à la dure, dans les jeeps. Les fausses protestations d'Agastya, Bhatia et Mohan furent balayées, et tous trois durent s'engouffrer dans la voiture avec deux autres membres du département des forêts. Ils s'appelaient Reddy et Prabhakar. Ce dernier tenait apparemment à faire certains commentaires : « Ce n'est pas un vrai pique-nique. Ce sont des fonctionnaires en tournée. Je suis très déçu. Il était prévu qu'on fasse nous-mêmes la cuisine, alors pourquoi avoir emmené tant de serviteurs ? Ah, ces gens… » Les mots lui manquèrent, à moins que ce ne fût son vocabulaire.

Première sortie d'Agastya en dehors de la ville, première promenade dans le district. Son éducation se poursuivait. Il leur fallut une demi-heure pour sortir de Madna. Ils passèrent devant le Gandhi Hall et

Agastya se souvint de la réunion pour l'intégration nationale le jour de son arrivée. La barre métallique était toujours là, soutenant le cul de la statue.

« Personne ne peut décemment croire qu'il s'agit d'une statue de Gandhi, dit-il.

— Qu'est-ce qu'on peut espérer d'autre à Madna ? rétorqua Bhatia.

— Ce n'est pas vraiment la faute de la ville ni du district », répliqua Agastya tout en se souvenant qu'il avait précédemment défendu Delhi contre certaines accusations de Bhatia. Mais il ne se rappelait plus les circonstances.

« *C'est* la faute de la ville. Si les habitants avaient un minimum de respect pour eux-mêmes ou pour le Mahatma, ils ne garderaient pas cette sculpture. » Agastya ne trouva rien à répondre. D'ordinaire, il était étonné par Bhatia tout en éprouvant un léger mépris pour ce collègue. Il n'aurait jamais pensé qu'une de ses remarques pût l'inciter à réfléchir. Pourtant, ce que venait de dire Bhatia était exact : personne ne se souciait de l'apparence de Madna. Qu'une telle statue constitue aussi une insulte à leur goût ne les troublait guère. Lors de la réunion pour l'intégration nationale, l'un des *goonda* lui avait dit que l'érection de cette sculpture avait irrité tout le monde mais qu'il était trop tard pour y remédier, ce qui signifiait que l'apathie n'était pas l'apanage de Madna. Dans une grande ville comme Delhi ou Calcutta, il n'aurait jamais vraiment vu la statue. S'il l'avait aperçue, ce n'aurait été qu'en passant, à travers la vitre d'une voiture ou du coin de l'œil. Ses sens auraient été assaillis par la fugitive perception d'un travesti en pierre, mais cette agression visuelle n'aurait pas eu l'importance qu'elle revêtait à Madna. Il se demanda pourquoi. Y avait-il moins de choses à remarquer dans cette ville ? Puis il comprit qu'à Delhi ou à Calcutta il avait sans cesse l'esprit occupé par des futilités : débiter des âneries à quelqu'un, se presser pour arriver à l'heure à un rendez-vous, essayer de ne pas oublier ce qu'il devait dire à un ami. Son esprit était trop dispersé pour qu'il relève quoi que ce soit.

Deux heures et demie de route jusqu'à Gorapak. Pendant tout le trajet, Bhatia, qui ne cessa de s'humidifier les lèvres avec l'obsession d'un drogué, murmura qu'ils devraient fumer un joint dans la voiture, et qu'ils n'en avaient rien à foutre des deux autres types du développement forestier. Agastya était prêt à tout, mais Mohan les dissuada avec force chuchotements et autres borborygmes codés.

Cinquante ans plus tôt, l'ancien fort de Madna jouxtait l'une des extrémités de la ville. Au-delà de la porte d'entrée s'étendait une douve maintenant asséchée (qui faisait office de décharge municipale), quelques centaines de mètres de terre défrichée puis des kilomètres de forêts, fourmillant d'une vie que l'homme venait de temps à autre perturber. La population avait depuis longtemps débordé les limites du fort et s'étendait comme une inondation jusqu'à la lisière de la forêt qu'elle attaquait – autre histoire universelle. Autrefois, les éléphants d'un roi tribal passaient en file indienne par cette porte de l'Est. Maintenant l'Ambassador, tapie dans l'ombre de la porte, klaxonnait d'impatience devant deux *rickshaw* imbriqués l'un dans l'autre, tandis qu'un camion, tanguant comme un ivrogne sous son chargement de bois, essayait de se faufiler. Le *paan-wala* installé dans un renfoncement de la porte monumentale était entouré de badauds qui regardaient sans curiosité l'Ambassador. Des marchands de légumes sur le bas-côté, des poissonniers et des éventaires de jus de canne à sucre s'installaient là dès sept heures et demie du matin. Des cabanes semblaient s'étendre jusqu'à la ligne d'horizon où scintillait le fleuve argenté. Les enfants en train de chier au bord de la route se levèrent pour taper sur la voiture qui passait, comme pour encourager le favori d'un rallye.

La voiture ne put vraiment accélérer que lorsqu'ils approchèrent de la forêt. « De jeunes tecks, expliqua Bhatia à Agastya, tous plantés par le département des forêts. Encore quelques décennies avant qu'ils parviennent à maturité. » Les arbres étaient maigres et décharnés, la forêt clairsemée.

« C'est l'une des régions de l'Inde où la contrebande du teck est la plus importante. C'est un gros problème pour nous, ajouta Reddy, assis à l'avant.

— Ce sont nos plantations, expliqua Mohan, qui perçut sans doute la déception d'Agastya devant la pauvreté du boisement. Les véritables forêts de teck sont dans le Sud, dans le sous-district de Rameri, mais là aussi elles sont défrichées. C'est une zone peuplée en majorité de tribaux, et il y a beaucoup de naxalites[1] qui essaient de les organiser et de les inciter à se rebeller contre l'exploitation. »

Ils traversèrent des petits villages avec leurs arrêts d'autocars, leurs ponts en cours de construction enjambant de petits *nala*. Le passage de la voiture dérangeait des groupes de villageois assis ou étendus sur la route, en train de se reposer à l'ombre d'arbres immenses. Ils se levaient péniblement dès qu'ils entendaient le klaxon.

« Vous croyez qu'ils s'assoient sur la chaussée parce qu'ils risquent moins d'être mordus par les serpents ? » demanda Agastya. Personne ne semblait connaître la réponse. « Vous pensez qu'ils préfèrent s'asseoir sur la route plutôt que sur l'herbe ou sur de la terre battue ? Apparemment, ça dépend des gens, sinon, il y aurait beaucoup plus de monde sur la

1. Mouvement révolutionnaire marxiste indien apparu dans les années 1960 et prônant la lutte armée.

chaussée. » Aucun de ses compagnons ne semblait savoir. Et ça ne les intéressait pas non plus. La perspective d'un long trajet en voiture sur une route qui ne leur était que trop familière leur donnait un air un peu défoncé. Puis la réponse frappa Agastya : « Bien sûr, c'est la route qui les attire, c'est l'ombre ! » Cette découverte l'excita. Il passa le reste du trajet à essayer de résoudre les petits mystères de l'Inde rurale.

« Pourquoi y a-t-il des toits plats et d'autres en pente ? Est-ce qu'ils construisent ces tranchées contre les incendies de forêt ? Ce drôle de buisson, là, à moins que ce ne soit un arbuste, ou un arbre, peu importe, c'est un… ? »

Mohan répondit dans un hindi très pur : « Tu fais un charmant étalage de ton ignorance. » Agastya se calma.

Ils traversèrent le fleuve juste avant d'apercevoir le temple de Gorapak. Le fleuve s'étendait, immense, gonflé et doux comme une bête qui sommeille. En revanche, le pont était un vrai tapecul.

Agastya fut étonné par le temple de Shiv[1]. (Au cours de la journée, Mohan lui dit d'une voix légèrement irritée : « Pourquoi est-ce que tu es toujours *surpris* par Madna, le temple, la statue de Gandhi en ville, la beauté du quartier des fonctionnaires des forêts ? Comment se fait-il que tu sois venu dans ce

1. Il s'agit du dieu Shiva.

district avec des idées si préconçues, voire négatives ? »)

À l'extérieur de l'enceinte, le panneau de l'Archeological Survey of India[1] prévenait que le sanctuaire était un monument protégé et que toute profanation était passible de prison et d'amendes diverses.

« J'aurais préféré qu'on nous dise qui l'a construit et quand, fit remarquer Agastya.

— Dites-moi, August, vous semblez avoir une approche très intellectuelle des sanctuaires », sourit Mme Srivastav. Quelques épouses pouffèrent.

La bande des quatre dirigeait le transfert des provisions dans la *forest rest house*. Mme Bajaj interrogeait tout le monde : « Devrions-nous visiter le temple avant ou après le déjeuner ? » Personne ne lui répondait.

« On ne devrait pas traîner ici, dit Bhatia, on risque de nous demander de l'aide.

— Je pense qu'on devrait d'abord fumer un joint, ça nous permettrait d'y voir plus clair », ajouta Mohan. Ils entrèrent discrètement dans l'enceinte du temple.

Le sanctuaire était perché au sommet d'une colline surplombant le fleuve encore plus majestueux à cet endroit, étiré. On y accédait par une volée de marches inégales taillées dans un rocher de cent vingt-deux

1. Département d'archéologie indien.

mètres que les villageois de Gorapak empruntaient avec une grâce et une rapidité de félin. Presque dix heures du matin. Sous le soleil et la légère brise, l'eau, vaste feuille froissée d'or et d'argent, quelques bateaux aussi immobiles qu'une peinture, des oiseaux sur les rives sablonneuses. D'en bas, le bruit humide des vaguelettes clapotant sur le rivage, les conversations des villageoises qui lavaient leur linge et remplissaient d'eau leurs cruches.

« Alors, on lorgne les femmes, hein », gloussa Kumar derrière Agastya.

Toute la clique pénétra dans le temple. Un prêtre qui parlait fébrilement à Srivastav leur servait de guide. Bajaj était harcelé par une nuée de petits mendiants. Ils lui pinçaient la peau du bras, demandaient des aumônes d'un ton geignard puis se souriaient sournoisement. Le prêtre guida le groupe parmi les ruines. La psalmodie, forte, résonnait à l'intérieur du temple dont l'enceinte proprement dite n'était pas très grande et presque déserte. Elle avait à peu près la même superficie qu'un court de tennis et seuls quelques badauds, pour la plupart des tribaux, s'y promenaient.

Kumar et Agastya se dirigèrent vers le groupe. Agastya se demandait où Bhatia et Mohan étaient en train de fumer.

« Quand commence votre stage dans la police ? lui demanda Kumar.

— Dans une dizaine de jours, monsieur.

— Bien, on va s'amuser, tous les deux. » Il désigna du doigt les murs du temple : « Vous avez vu ça ? Des sculptures érotiques. Rien que des couples qui font l'amour dans des positions impossibles. » Les parois en redent étaient recouvertes de délicates représentations sculptées de différentes tailles qui semblaient toutes prendre du bon temps.

« Excusez-moi un instant, monsieur.

— Où allez-vous ? »

Agastya leva son petit doigt[1]. « On dirait que toutes ces statues vous ont excité… Vous avez besoin d'une petite branlette, hein ? » lança Kumar en riant jusqu'à ce que ses grosses lunettes lui tombent du nez. Agastya finit par trouver Bhatia et Mohan cachés derrière des ruines.

« Où étais-tu ? » lui demanda Bhatia en lui tendant le pétard. Mohan était assis contre un bloc de granit, sa tête reposant contre le mur. Il souriait d'un air cynique.

« August, quel nom ! Je t'appellerai Agastya », dit-il en riant. Il le regarda avec une pointe de mépris : « Agastya, ton ignorance ne peut pas être plus choquante que celle de Mandy. Il faut… il faut vraiment qu'elle le soit un peu moins.

— Quand Mohan est défoncé, il devient un hindou fanatique. Il paraît qu'à Alwar, quand il fume

1. En Inde, signe qu'on veut aller aux toilettes.

des *chilum* avec son groupe de ploucs, ils se posent des questions très ardues sur la mythologie hindoue. Celui qui perd a l'impression de s'être fait enculer par les autres », expliqua Bhatia.

Mohan rit du rire paresseux et incontrôlable des gens défoncés. « Dis-moi, Agastya, reprit-il doucement d'un ton moqueur pour irriter son interlocuteur, toi, le fils de chrétien, qu'est-ce que c'est que ça ? » Il désigna du doigt les ruines d'un mur magnifiquement sculpté en face d'eux. Ces reliefs représentaient des hommes et des animaux. Agastya identifia un poisson, une tortue et quelques hommes.

« Oh, les dix incarnations de Vishnou. » Il vint s'asseoir près de Mohan de façon à regarder la paroi plus attentivement. « Elles sont d'une très belle facture.

— Et Bhatia prétend que si le relief était intact, on contemplerait une grande orgie bestiale. Il l'a dit très sérieusement. » Mohan adressa à Bhatia un sourire calme : « Quel effet ça fait d'être une honte nationale ?

— Fumons un dernier joint avant de rejoindre la horde, répondit Bhatia.

— J'ai lu sur une plaque quelque part en bas que ce temple a été construit dans la seconde moitié du Xe siècle par Dhanga, de la dynastie Chandella. Bien sûr, vous n'avez jamais entendu ce nom. » Mohan avait visiblement l'intention de les tourner tous en ridicule.

« Oh, Khajuraho. » S'il n'avait pas été si défoncé, Agastya aurait été plus admiratif. Il contempla néanmoins le mur sculpté avec un intérêt accru. « Les Chandella ont bâti les temples de Khajuraho. Ce n'est pas étonnant.

— Tu m'impressionnes beaucoup, lui dit Mohan en lui tapotant l'épaule. De tous les imbéciles qui participent au pique-nique, pas un seul ne le sait. Certains, comme Kumar, seront excités par ces créatures bandantes ; d'autres, comme Rohini, qui pense que tout ce qui a trait au sexe est sale, n'y verront aucun mal parce qu'il s'agit d'un sanctuaire. Est-ce que Mme Srivastav ne t'a pas dit juste à l'instant que tu avais une approche très intellectuelle des temples ? À ses yeux, peu de chose sont aussi révoltantes. En fait, ce qu'elle a voulu dire, c'est : comment *osez*-vous venir au temple et *réfléchir* ? Mais comme c'est une idiote, elle n'a pas été capable de l'exprimer en ces termes.

— Oui, mais elle est quand même excitante. Je pense qu'on devrait redescendre, sinon, quelqu'un va venir nous chercher. Kumar par exemple, dit Bhatia.

— Vous n'avez jamais remarqué comment les femmes se comportent devant un *shivaling* ? demanda Mohan.

— Non, répondit Agastya, qui n'avait pas envie de bouger.

— C’est comme dans un film porno, répondit Mohan. Qu’est-ce que ça peut faire qu’il s’agisse de la bite de Shiva, une queue, c’est toujours une queue. Allez, on y va.

Le groupe était à l’entrée du temple, en train d’enlever chaussures et sandales. « Dommage que j’aie mis de bonnes chaussures aujourd’hui, sinon, j’en aurais bien piqué une meilleure paire », dit Bhatia. La psalmodie était plus intense, mais tout aussi mélodieuse.

« Grand Shiv, je me prosterne devant Toi. » Kumar fit un clin d’œil à Agastya, se dirigea vers lui et lui murmura à l’oreille : « Alors, c’était bon ? »

Un vestibule menait à une grande salle où étaient assis une douzaine de fidèles en train de chanter. Leurs voix résonnaient profondément. Le prêtre semblait lécher l’oreille du préfet : « Peut-être mime-t-il l’une des scènes de ces murs », se dit Agastya avec espoir. Il toucha la paroi des doigts, la vie qui avait été créée à partir de cette pierre froide. Dans la cella, un néon était accroché au plafond, juste au-dessus du phallus en pierre noire de Shiv. C’est là que les épouses donnaient la pleine mesure d’elles-mêmes.

À tour de rôle, elles oignaient doucement le *shivaling* de pâte de santal, l’aspergeaient d’eau et de fleurs, se prosternaient et priaient devant lui, le submergeaient d’encens, embrassaient leurs doigts après l'avoir touché. Agastya jugea la scène incroyablement perverse. À côté de lui, Kumar respirait avec une certaine difficulté.

Mais Agastya n'éprouvait aucun sentiment blasphématoire. La religion était pour lui un problème lointain qui, grâce à l'influence de son père, était toujours demeuré d'ordre métaphysique. « Personne ne peut prouver la supériorité intrinsèque d'une religion, avait-il déclaré à ses frères et sœurs quand ils lui avaient demandé qu'il convertisse sa femme à l'hindouisme. Je demeure hindou et elle catholique, parce que nous sommes nés ainsi et que je ne vois aucune raison de changer cet état de choses. » Il avait néanmoins tenu à ce que son fils soit hindou, et ses arguments s'étaient faits plus spécieux. Il avait argué que cette religion était celle qui lui laisserait le plus de temps libre : « Vous pouvez penser et faire ce que vous voulez, et demeurer hindou. » Par conséquent, Agastya avait rarement pénétré dans un temple. Les rares fois où il s'était retrouvé en face d'une statue, c'était celle de Dourga lors de la grande *pouja* d'automne, petit garçon, puis plus tard adolescent, toujours dans le sillage de ses tantes à Calcutta. Tout le monde portait des vêtements neufs et l'atmosphère dégageait davantage un air de fête que de recueillement. Tours de magie et séances de cinéma en plein air duraient toute la nuit.

Comme il fallait s'y attendre, Pultu avait élevé des objections originales contre le mariage de son frère aîné avec une Goanaise : « Tes enfants seront des bâtards culturels. Le passé nous a faits tels que nous sommes, tu vas les priver de toute cohérence. » Personne n'écoutait jamais ni ne prenait en considération ce qu'il disait. Au cours des années, il s'était élevé contre des millions de décisions familiales, mais sa position sur Agastya n'avait jamais changé : « Tu es un mélange absurde, une éducation littéraire dans un pensionnat anglais et un obscur prénom issu d'un mythe hindou. S'il te plaît, change ce nom pour l'une de ces ridicules variantes dont tes amis t'ont toujours gratifié. »

Kumar tira Agastya par la manche. Ils sortirent. « J'accompagne toujours ma femme quand elle va dans un temple de Shiv. Elle pense que je suis très pieux, dit-il en éclatant de rire, ses lunettes sur le bout du nez, clignant de l'œil sous le soleil. Et tout le monde vient à Gorapak. Même les préfets britanniques de l'époque coloniale y venaient. »

Un homme portant un chapeau s'avança vers eux. Il dit : « Bonjour, monsieur » à Kumar et serra la main d'Agastya. « Bonjour. Je suis Dubey, assistant du conservateur des forêts de Gorapak. » Il se tourna vers Kumar : « Monsieur, les snacks sont prêts à la *rest house*. » Plus tard, Agastya découvrit que le chapeau de Dubey n'était pas destiné à le protéger du soleil, mais à cacher son crâne rasé car son père était mort quelques jours plus tôt[1].

Dubey avait rondement mené les domestiques de la *rest house*. Un feu de camp brûlait dans la cour. Avant de commencer à préparer le déjeuner, le groupe s'assit pour prendre un petit-déjeuner sur la pelouse. Ils mangèrent et burent dans l'ordre : du *dal* frit, du raisin, des Coca tièdes, un thé très sucré, des *paratha* farcis aux pommes de terre, du yaourt, des omelettes, des mangues et du riz frit. Agastya était trop défoncé pour refuser un plat. Après ce repas chaotique, ils se sentaient tous trop lourds et trop abattus pour passer à la préparation du déjeuner.

« C'est avec une grande magnanimité que nous allons autoriser nos épouses à diriger les cuisiniers qui vont préparer le repas », annonça Srivastav en partant d'un grand rire aigu. Tout le monde l'imita. Les femmes se dirigèrent vers le feu et commencèrent à régenter et à houspiller les domestiques. Mohan envoya sa femme rejoindre les autres épouses (« Rohini, ce ne serait pas bien si on restait ensemble alors que les autres épouses travaillent »), puis il emmena Bhatia et Agastya fumer un autre joint. Mais, alors qu'ils s'éloignaient, Gopalan appela Bhatia en hurlant.

1. Selon les rites du deuil hindou, le fils doit se raser le crâne à la mort de son père.

« Le salaud », murmura Bhatia en revenant sur ses pas. Quand Agastya et Mohan revinrent, ils trouvèrent Bhatia avec Gopalan près des femmes. Mohan s'approcha de Rohini. Les autres semblaient somnoler, affalés dans de bons fauteuils, sauf Ashok, le fils de Gopalan, qui courait dans tous les sens avec une batte et une balle de cricket, à la recherche d'un partenaire. Il se précipita vers Agastya.

« D'accord, mais je me mets à la batte d'abord », répondit celui-ci. Le garçon gloussa d'excitation. Il avait enfin trouvé quelqu'un qui parlait son langage : « Non, c'est moi le premier.

— Alors, va te faire foutre, sourit Agastya.

— D'accord, tu fais la batte », concéda le garçon en se précipitant pour aller chercher les guichets. Il préférait encore lancer la balle en plein soleil plutôt que de ne pas jouer du tout. Ils installèrent les guichets à l'extérieur de la porte d'entrée. De la poussière et pas une ombre.

« Pas de mauvais coups, sinon tu es éliminé », avertit le gamin. Agastya renvoya balle sur balle au garçon qui ne tarda pas à perdre son énergie.

« Maintenant, c'est à mon tour d'être à la batte, dit-il, presque sur le point de pleurer.

— D'accord. Juste une dernière balle », dit Agastya. Le gamin reprit le jeu. Agastya fit une magnifique chandelle et observa la courbe que la balle décrivit par-dessus les arbres. « Perdue », sourit-il, en pensant qu'au moins maintenant ce petit connard allait pleurer, qu'il allait faire exploser cet univers et l'entendre hurler.

« J'ai apporté beaucoup de balles. Je vais en chercher une autre. Tu m'attends, hein ? pas question de filer. » Le gamin détala, sautillant de-ci, de-là. De toutes ses forces, Agastya frappa la batte contre le guichet. Il ne brisa ni l'une ni l'autre.

Surgit Bhatia : « Ils veulent que tu coupes les oignons. C'est vachement drôle de couper des oignons en étant défoncé. »

Le gamin revint en courant, le visage rouge de chaleur et d'excitation. « Il faut que j'aille faire la cuisine », lui annonça Agastya, qui voulait avant tout détruire son énergie et son enthousiasme.

« Mais tu dois me laisser être à la batte, protesta le gamin dont le visage se décomposait.

— T'inquiète pas, oncle Bhatia va s'en charger. Mandy, file une pâtée à ce garnement. Mais n'oublie pas que c'est le fils de ton patron. »

Autour du feu, l'atmosphère était beaucoup plus drôle et badine. Tout le groupe était rassemblé. La sueur dégoulinait sur le maquillage des femmes. Les taches de transpiration sous les aisselles de Rohini éveillèrent le désir d'Agastya. « Salope », murmura-t-il en lui-même. Il lui en voulait d'être inaccessible.

« Alors, Sen, où étiez-vous encore passé ? Venez avec nous », lui cria Srivastav. Les hommes étaient assis en tailleur sur un drap blanc, en train d'éplucher les oignons.

« Il a été très remué par les sculptures du temple », dit Kumar en faisant un clin d'œil. Tout le monde hurla de rire.

Agastya s'assit, les jambes croisées. Gopalan lui jeta un couteau et quatre oignons en lui disant : « Commencez à pleurer ! » Les hommes s'esclaffèrent. Agastya plaça son doigt sous la lame du couteau et d'un geste vif s'entailla. Une petite douleur aiguë. Il observa le sang jaillir et maculer le légume. Son sang lui parut faux ; il pensait qu'il aurait dû être plus épais et plus foncé. Srivastav fut le premier à remarquer l'incident : « Tss, vous vous êtes coupé. » Il semblait plus irrité que préoccupé.

« Je vais laver mon doigt. » Agastya s'éloigna.

On avait installé des lits supplémentaires dans l'une des chambres de la *rest house* afin que les enfants puissent dormir ensemble. Un planton était accroupi à l'entrée, dissimulant son *bidi*. Dans la salle de bains, Agastya défit sa braguette et toucha l'extrémité de son pénis avec son doigt ensanglanté. Mais il n'éprouva rien de particulier. Le miroir lui renvoya une image troublée : ses traits déformés lui donnaient un air légèrement comique.

Ce soir-là, il écrivit à son père.

Cher papa,

Je suis navré, mais ce que tu as lu dans ma dernière lettre est vrai. Je ne me fais ni à mon travail ni à Madna. Je perds mon temps ici et ce gâchis ne m'amuse pas. C'est parfois un sentiment à me rendre malade. Je vais prendre dix jours de congé pour les fêtes de Dourga Pouja, *mais j'irai à Delhi car j'ai une ou deux choses à y faire. J'aimerais rencontrer Tonic. Pourrais-tu lui téléphoner ou lui écrire une lettre, parce que si tu ne lui dis pas toi-même, il ne croira jamais que j'envisage de prendre le travail qu'il m'avait proposé. Excuse-moi. Je t'embrasse. Ogu.*

P. S. *Envoie-moi la réponse à Delhi.*

La période de formation dans la police commença par un week-end avec Kumar à Mariagarh dans le sous-district de Rameri. Kumar faisait une prétendue tournée d'inspection des commissariats de police de la région et Agastya l'accompagnait pour observer sa façon de faire.

C'était donc sa seconde sortie dans le district, mais cette fois-ci à la tombée du jour, au son des hyperboles d'amour des *ghazal* urdus que dispensait la stéréo de la voiture. Kumar soupirait d'aise et jouissait du luxe du véhicule. Il sortit sa petite boîte de *paan masala*, enfourna quatre cuillerées dans sa bouche et passa la boîte à Agastya, qui se servit. Kumar sourit : « Je pensais que vous refuseriez. Vos penchants sont trop britanniques et raffinés pour manger du *paan masala.* » Il se gratta l'aisselle et contempla les kilomètres de rizières.

« Alors, comment avez-vous trouvé notre pique-nique ?

— Très agréable, monsieur.

— Mais l'après-midi, pendant toute la séance de tombola, vous paraissiez vous ennuyer à mourir.

— C'est exact, monsieur. »

Kumar éclata d'un rire qui secoua sa poitrine.

Après avoir dépassé un village, la voiture accéléra.

« Vous sentez l'odeur du paddy ?

— Oui, monsieur. »

« Ah, se dit Agastya, c'est donc ça, le paddy. » Il se demanda distraitement pourquoi ce terme avait une connotation si frivole, comme un petit nom ou un surnom de collège, substitut d'un prénom plus sérieux, Padmanabh peut-être, ou Padmaja.

« Vous savez, Sen, au fur et à mesure que vous acquerrez de l'expérience dans l'administration, vous comprendrez que ces moments sont les seules vraies consolations de notre boulot. Être tout simplement assis dans une voiture rapide et confortable, au crépuscule et sur de bonnes routes. Les ingénieurs se sont mis des *lakh* dans les poches en construisant cette route. En plus, ces petites bourgades ne puent pas comme Madna. On ne voit que les lumières d'un village isolé. Et ces champs de paddy !

— Oui, monsieur.

— Le reste est illusion, *bhai,* tout est *maya*, reprit Kumar en riant. Mais votre boulot est différent du mien. Je fais partie de la police. Nous, on ne fait que sentir l'odeur des criminels, pendant trente ans.

— Mais, monsieur, quelqu'un, j'ai oublié qui, a dit que tout est *maya* excepté le sentiment de plénitude au moment de l'éjaculation. Le fait que ce sentiment soit en lui-même si transitoire montre bien à quel point le monde est lui-même éphémère. » Il venait d'inventer cette histoire pour encourager Kumar à raconter des cochonneries. Il décida de légitimer son invention.

« Si ma mémoire est correcte, monsieur, il s'agit des premiers vers du Kamasutra.

— Vous voulez voir un film porno, ce soir ?

— Oui, monsieur. »

La voiture ralentit et s'immobilisa derrière des camions arrêtés devant un passage à niveau. Une obscurité croissante, quelques lumières autour des barrières. Pas de lune, juste un léger éclat sur les kilomètres de paddy. Dans le crépuscule, le sifflement du train approchait. Kumar et Agastya sortirent faire pipi.

Par-dessus le crépitement de leur urine sur le sol, Kumar commenta : « Ils devraient équiper les voitures de minividéos. Couvrir de si longues distances, c'est encore une chose à laquelle il faudra vous habituer. Je dis franchement à tout le monde que si l'on aime faire de longs trajets en voiture, on est un bon administrateur. Les trois quarts du boulot consistent à voyager, *bhai*. Ces districts sont si grands ; les circonscriptions, les États, tout ce foutu pays est si grand ! »

Le train passa en grondant dans un sifflement puissant. Lumières des wagons, ombres d'une multitude de têtes, éclairs d'autres vies. Ils se tenaient debout parmi les camionneurs à regarder le train défiler.

« Dites-moi, j'ai entendu dire que votre formation ne vous intéressait pas ?

— C'est une rumeur, monsieur.

— Je l'ai entendue, *bhai*. Le bruit court que parfois vous ne venez pas au bureau de toute la journée, et que vous n'y repassez jamais l'après-midi.

— Oh non, monsieur. Ce n'est pas vrai. » Dans l'obscurité, Kumar haussa les épaules, l'air de dire : « C'est votre problème ! » Au moment où le passage à niveau s'ouvrit, le chauffeur du préfet de police s'était faufilé devant les camions et filait, le gyrophare clignotant comme un gros papillon.

Kumar saisit le radiotéléphone situé derrière lui. « Allô, Mariagarh ? Ici Pierre Poivre à l'appareil. Allô ! » Électricité statique pour toute réponse. Kumar fit la grimace et éteignit l'appareil. « Quand ça marche, ces connards ne sont pas à l'autre bout du fil !

— Pourquoi Pierre Poivre ? demanda Agastya.

— Ce sont les initiales de préfet de police.

— Ah, mais pourquoi pas Pierre Piment ? »

Les phares d'une jeep qui venait en sens inverse illuminèrent le visage perplexe de Kumar : « Pierre Poivre, c'est bien, non ? »

« Parce que ça a un côté obscène », se dit Agastya. Depuis le pique-nique et la lettre qu'il avait envoyée à son père, il se sentait un peu plus vide qu'avant, bien que ces deux faits n'aient rien à voir avec ce changement : il se défonçait davantage. Auparavant, il restait sur son lit à spéculer, à concevoir ce qui lui apparaissait comme des conclusions profondes, il pensait que la solitude était une affaire privée et mesquine, que la raison humaine était insuffisante. Tout cela lui semblait à présent puéril et ennuyeux : cogitations décousues d'un esprit sain. Il avait presque cessé de penser et d'observer le monde qui l'entourait. Au réveil, il n'entendait presque plus les bruits du matin. L'après-midi, il n'avait même pas le courage de se lever pour rouler un joint. Et la nuit, l'insomnie persistait, rebelle aux Somnorax de Multani. Mais elle ne l'irritait plus. Cela faisait simplement partie du fait de vivre, de contempler la lueur irréelle du néon jusqu'à trois ou quatre heures du matin, de se tourner, d'asperger les draps de sperme et d'entendre la grenouille sauter d'un coin à l'autre de la pièce. Il se masturbait davantage, mais plus mécaniquement. Le fait de ne pas en tirer de plaisir ne le préoccupait pas. Rien ne le préoccupait. Il rencontrait les mêmes gens et continuait à discuter, l'esprit absent. Il avait délaissé toute introspection. Il fixait sans la voir la coupure qu'il s'était faite le jour du pique-nique. Parfois, il grattait la croûte avec l'ongle de son pouce pour faire renaître la petite douleur.

Les méditations de la Gita et de Marc Aurèle étaient lointaines et parfois se révélaient fausses. Il en vint à croire que celui qui avait fait l'effort d'écrire toutes ces pensées ne pouvait pas les avoir éprouvées dans leur réelle intensité. Pourtant, il avait aimé certains passages. « Ô la consolation née d'être capable de rejeter et de laisser tomber dans l'oubli toute impression importune et fastidieuse et d'en éprouver immédiatement une paix profonde. » Il avait maintenant le sentiment qu'il y avait là beaucoup trop de mots pour exprimer une authentique aspiration à la vacuité. « Au fond de l'obscurité profonde de mon âme, je ne sens que désolation. Dans la pitié que j'éprouve pour moi-même, je ne conçois aucune vertu. » Ou encore : « Les pensées de l'homme qui manque de détermination sont innombrables et sans frein. » Et : « L'esprit est en perpétuelle agitation, Krishna. » Là, tout était dit.

Cet après-midi-là, au Club avec Srivastav et Kumar, pendant la partie de bridge et le concert, son avenir l'avait brièvement et obscurément inquiété. Maintenant, il ne l'envisageait même plus et cette impossibilité ne l'énervait pas davantage : ce n'était qu'un fait de plus. Parfois, allongé sur son lit, il se rappelait Prashant, son ami de collège, qui avait l'air d'un type ordinaire et aimable, mais qui avait choisi de s'évader il y a cinq ans, par un après-midi de juin, en se jetant sous les roues d'un camion, d'être déchiqueté sur le goudron brûlant de V I P Road, laissant derrière lui un mot disant qu'il était désolé – une excuse, pas une explication. Mais là encore, considérer ce genre de fin représentait un trop gros effort.

Agastya n'avait jamais eu d'ambition, sans doute parce qu'il n'avait jamais été malheureux. Le souvenir des désirs du début de son séjour, de ce qui apparaissait comme une période d'innocence, le surprenait : choisir les couleurs des wagons lui avait toujours paru frivole. Maintenant de tels désirs devenaient blasphématoires. Car la vie était soudain une affaire grave et sérieuse qui n'avait qu'un seul but, terriblement tentant, douloureusement insaisissable, précis mais galvaudé : éliminer l'agitation de son esprit. C'est pour cette raison qu'il sentait que son expérience de Madna était une perte de temps. Les secondes s'égrenaient alors qu'il contemplait son malheur en train de se graver sur les taches du mur.

Savoir si les hommes sont maîtres de leur destin à un moment de leur vie n'était plus une simple citation célèbre. Cette idée le hantait, l'incitait sans cesse à s'y colleter. Mais son esprit y répondait avec apathie, en spasmes lents et inefficaces. Il ne savait pas s'il devait se résigner à ce monde, et au rythme qu'il impose, ou s'il valait mieux croire, selon les simples mots d'un ancien poème hindou, que l'action est plus positive que l'inaction. Il ne pouvait expliquer ses sentiments à qui que ce soit, car il n'avait personne à qui se confier, ni à Madna ni ailleurs. Ça n'intéressait personne et personne ne comprendrait.

De son lit, il observait la rencontre de deux fourmis qui conversaient sur le tapis tout en se disant qu'il aimerait simplement être allongé sur le toit de la maison de Delhi sous un pâle soleil hivernal, ou dans cette demeure délabrée de Behala, fumer, lire un peu, écouter de la musique, faire l'amour avec quelqu'un, n'importe qui pourvu que cette créature n'existe ni avant ni après, et travailler juste ce qu'il faut pour faire le reste. Puis il fixait à nouveau le plafond sans voir les motifs du bois. Il avait toujours voulu vivre seul, mais à Madna il était solitaire, et cela faisait une énorme différence. Dans un premier temps, la nouveauté de Madna avait éveillé son esprit. Mais cette curiosité était retombée. Il ne se sentait pas récompensé, mais dépossédé : le temps s'écoulait inexorablement. Parfois, cette idée même n'avait plus d'importance. Quand il considérait le début de son séjour à Madna, il éprouvait un mélange de surprise et de léger mépris : comment son esprit avait-il pu être si attentif à ces nouvelles impressions ?

Il avait perdu le désir puissant de revenir à la vie urbaine. Paradoxalement, rien ne lui manquait. Il n'éprouvait plus de mépris pour le monde qui l'entourait – Srivastav et sa famille, Menon, Kumar – mais un désintérêt qui s'étendait aussi à son père, à Dhrubo, à cet univers qui lui parvenait par la radio et les lettres et qu'il sentait battre en regardant passer les trains. Il avait écrit à son père qu'il voulait faire un autre travail, mais en réalité, il ne le souhaitait pas. Ça n'avait été qu'un geste engendré par la rage d'un désespoir prisonnier de l'impuissance. Il ne voulait rien d'autre que la paix, et ce mot déjà était trop pédant.

« C'est la route de Jompanna, dit soudain Kumar en levant un gros bras vers l'obscurité, et de Marihandi, où Avery a été tué par un tigre. » Il se tourna d'un air soupçonneux vers Agastya : « Vous connaissez l'histoire, non ?

— Oui, monsieur. » Il ne savait pas de quoi il s'agissait, mais il ne voulait surtout pas entendre la voix de Kumar.

« C'est vraiment triste, non ? Quelle façon de s'en aller ! »

Kumar et Agastya arrivèrent à la *rest house* de Mariagarh vers huit heures. Le bâtiment était construit sur une colline artificielle.

« Il y a quelques années, cet endroit a provoqué un véritable scandale, expliqua Kumar au moment où la voiture s'arrêtait devant un porche qui ressemblait à la porte de l'Inde en modèle réduit[1]. Le gouvernement avait approuvé le projet du barrage sur le fleuve Madna. Des *crore* et des *crore*. La première chose que les ingénieurs ont faite, après avoir détourné des cen-

1. Référence à la célèbre porte de l'Inde à Bombay.

taines de milliers de roupies, a été de bâtir cette *rest house*. Demain, vous la verrez mieux : elle ressemble à un luxueux lupanar sorti d'un film hindi, le genre de boîte où traînent les méchants. Puis, changement de gouvernement, et le projet a été mis de côté. Il ne reste plus que le bordel. »

Leur arrivée galvanisa la *rest house*. Les lumières illuminèrent les pentes qui s'étendaient devant eux. Des silhouettes apportèrent des chaises sur la véranda. La *rest house* avait un seul étage, mais des lumières vertes, dissimulées sur le toit, dessinaient un dôme qui se voulait une réplique miniature du Taj Mahal. Des policiers raides, la poitrine et la panse bombées, attendaient des ordres. On avait déjà mis en route une vidéo et préparé deux bouteilles de whisky pour le préfet de police.

« On serait mieux assis dehors, mais on va avoir plein de moustiques. » Kumar se tourna vers une ombre et ordonna avec un petit rire : « On veut s'asseoir dehors. Débarrassez-nous de ces moustiques. » On alluma de l'encens, on vaporisa toute la *rest house* avec du Flit, un policier offrit humblement au préfet un tube de crème antimoustiques. Kumar posa son magnétophone sur la table et écouta d'autres *ghazal*.

« Est-ce que vous comprenez le pur urdu, Sen ?

— Non, monsieur, très mal.

— Oh, oh, alors c'est pas la peine. Je vous assure que vous passez à côté d'une très belle poésie. Des poèmes d'amour si subtils et si complexes. *Kya yaar*, Sen, vous êtes vraiment très anglais. Je vais essayer de vous expliquer certains couplets, mais en fait, ils sont tout à fait intraduisibles. »

Depuis la véranda, les guirlandes de lumière qui délimitaient la grande pelouse en contrebas lui rappelaient Diwali[1]. Ce plan de verdure lui parut familier.

« Oh, est-ce que les ingénieurs lui ont donné la forme de l'Inde ? » Kumar éclata de rire.

« Un porche qui ressemble à la porte de l'Inde, un dôme comme le Taj Mahal… Il y a aussi une roue de Konarak[2] sur un mur à l'intérieur, mais l'un de ses rayons a été cassé et personne n'a donné le feu vert pour la réparation. Une petite réplique du char Minar[3] sépare le salon de la salle à manger. Il n'y a que trois suites dans la *rest house*, et Dieu seul sait combien ils ont dépensé ! Tout ce bordel a été dessiné par un salopard des Travaux publics qui s'appelait

---

1. Grande fête hindoue en l'honneur de la déesse Lakshmi.

2. Grand temple édifié au XIIIe siècle par le roi Narasimha Deva Ier et consacré à Surya, le dieu-soleil. Il se trouve sur la côte de l'Orissa, État situé à l'est de l'Inde. Il a la forme parculière d'un char solaire en pierre mû par vingt-quatre roues et tiré par huit majestueux chevaux.

3. Monument célèbre de la ville d'Hyderabad, capitale de l'Andhra Pradesh.

Tamse. Je crois que vous ne l'avez pas encore rencontré. »

Une ombre surgit et murmura quelque chose. Kumar se tourna vers Agastya : « Poulet ou mouton pour le dîner » puis vers la silhouette : « Les deux. » Le serviteur s'éloigna. Kumar s'adressa à son dos :

« Est-ce que la glace est propre ? Sinon, on s'en passera. L'eau gazeuse est plus sûre, non ? Avec les pluies, on ne peut pas prendre le risque.

— On trouve de l'eau gazeuse ici ?

— Vous êtes l'hôte de la police, *bhai.* Elle peut tout faire. »

En silence, ils se familiarisèrent avec les bruits de la nuit, les étoiles, les insectes et les lumières du village non loin d'eux.

« Au cours des années, vous comprendrez, Sen, que dans le gouvernement il n'y a pas d'honnêteté absolue, il n'y a que des degrés de malhonnêteté. Tous les fonctionnaires sont plus ou moins corrompus. Certains, comme nos ingénieurs, s'en vont avec des *lakh* de roupies plein les poches ; d'autres, comme moi, ne refusent pas une vidéo. Il y en a qui sont plus subtils et qui s'arrangent pour téléphoner tous les jours gratuitement à leurs femmes et à leurs enfants à Hyderabad. Seulement des degrés de malhonnêteté. Bien sûr, l'intégrité n'est pas synonyme d'efficacité. »

Agastya souhaitait que Kumar se taise afin de pouvoir se détendre dans le silence et l'obscurité et écouter la voix qui chantait l'amour et le désespoir. L'eau gazeuse arriva, hélas suivie de la jeep de Menon, qui saccagea la paix de la nuit. Une visite de courtoisie. Dans l'obscurité, Menon n'avait pas l'air si frais et si plein d'enthousiasme.

« Prenez un verre », lui dit Kumar. Mais il refusa, parla affaires et repartit assez vite. Après son départ, Kumar le maudit : « Ce salaud rose et propret ! Maintenant il va aller répéter dans tout le district que Kumar boit avec Sen. Vous allez voir, dans une semaine, Srivastav vous en parlera. » Les deux hommes commencèrent à boire.

« Quand ma femme est à Madna, je viens ici plus souvent pour boire et regarder des films pornos. L'inspecteur de police est parfait pour ça, même s'il est nul dans son boulot. » Kumar s'arrêta pour s'extasier sur un passage de *ghazal* : « Ouaaaah ! ouah-ouah-ouah ! Vous avez compris ce vers ?

Le mariage serait un acte impie
Car la paume de mes mains te souillerait. »

Transporté d'extase, Kumar hocha la tête jusqu'à la fin de la chanson.

« Quand allez-vous vous marier, Sen ?

— Pas tout de suite. » Il avait oublié le scénario qu'il avait monté pour Kumar.

« Vous devriez vous marier jeune. Dans un district, ça résout au moins les problèmes de solitude et de sexe. »

On lui avait déjà dit ça, mais il ne se souvenait plus quand. Au moment du dîner, ils avaient sombré dans une agréable ivresse. Face à la roue de Konarak, un mur entier était couvert par un énorme agrandissement de l'Himalaya oriental d'un bleu vif et d'un blanc éclatant.

« Oh, mais c'est le Kanchenjunga, la vue que l'on a de Darjeeling », s'écria Agastya. L'époque du collège reflua d'un seul coup, l'innocence première. Ils bavaient d'envie devant les Népalaises aux jeans incroyablement serrés, près de la gare routière, mais se gardaient des durs à cuire tibétains. (« Ils s'exercent même les couilles, insistait Prashant. Méthodes secrètes et étranges. Tu peux te casser un orteil si tu leur files un coup de pied entre les jambes. ») Mais ils essayaient de les amadouer pour qu'ils leur apprennent à jouer de la guitare, et, les deux dernières années, les Tibétains les roulaient chaque fois qu'ils leur achetaient de la marijuana. Ils buvaient leur *chang* en essayant d'en aimer le goût, ils faisaient de longues randonnées sur les routes de montagne, ils croisaient des nymphettes tibétaines qui chantaient des chansons de films hindis avec un accent incompréhensible, ils se levaient à des heures indues pour accompagner des parents enthousiastes qui voulaient voir le lever de soleil sur Tiger Hill[1], ils se défonçaient au bord de la route en contemplant les kilomètres de plantations de thé qui ondulaient dans la brise, avec toujours à l'horizon le Kanchenjunga. Les étincelants joyaux du passé venaient à nouveau narguer Agastya.

« Ce connard de Tamse, dit distraitement Kumar tout en s'empiffrant de raisin. « Il a voulu faire rentrer toute l'Inde dans cette *rest house*, comme si le Premier ministre venait y passer tous les week-ends et avait besoin qu'on lui rappelle le programme d'intégration nationale. »

Ils vinrent laborieusement à bout du dîner.

« Vous êtes en congé pour les fêtes de *Dourga Pouja*, non ? Je vais à Kanpur, mais je dois passer par Delhi. On partira ensemble. Comme ce vendredi est férié, on quittera Madna jeudi après-midi. On voyagera en couchettes climatisées, qu'est-ce que vous en dites ? »

Cette nuit-là, ils regardèrent des films pornos hard jusqu'à trois heures du matin. Les domestiques installèrent l'écran dans la chambre de Kumar, en face de son lit, cachant un formidable agrandissement des temples de Rameshwaram[2]. Dans la pièce trottaient

---

1. Promontoire situé au-dessus de Darjeeling d'où l'on a une vue splendide sur le Kanchenjunga et tout l'Himalaya oriental.

2. L'un des quatre sanctuaires les plus sacrés de l'Inde sur la côte sud-est du Tamilnadu.

quatre gros insectes gris d'environ dix centimètres de long. Kumar en dénicha un autre près de son oreiller. Mais ils semblaient tout à fait dociles et se laissèrent balayer sans objection. Près de la porte de la salle de bains, des fourmis dévoraient le cadavre d'un lézard. « Ce salaud de Tamse, reprit Kumar qui, vêtu d'une *kurta pyjama* crème, fouillait l'armoire et inspectait son lit à la recherche d'autres créatures nuisibles. Tout ça c'est de sa faute, il n'a pas voulu mettre de grillage aux fenêtres. Vous savez pourquoi ? À cause de cette citation de Gandhi dans *Young India*, elle est inscrite quelque part à l'extérieur de l'établissement : les fenêtres ne doivent jamais être grillagées pour que les cultures de tous les pays puissent souffler librement autour de vous. Voilà la tournure d'esprit de Tamse ! Et les cultures et les pays, ça veut dire des moustiques et des tas de gros insectes partout ! Il est tout à fait possible aussi qu'un ingénieur ait empoché l'argent destiné au grillage et ait ensuite répandu cette histoire sur Tamse. Mais cette anecdote cadre bien avec la *rest house*, non ? »

Kumar insista pour finir le whisky tout en regardant les films. Ils s'installèrent sur le lit, la peau enduite de crème antimoustiques et l'air rempli d'encens. L'alcool et la promesse de l'excitation faisaient pouffer le préfet de police. Sur les premières images du film, un jeune Noir américain tournait sur lui-même, mince, les lèvres fardées, vêtu d'un bikini.

Cinq jeunes Blanches, folles de désir, achevaient de le déshabiller en le caressant. Tous se pourléchaient les babines et se léchaient mutuellement les lèvres jusqu'au moment où le Noir exhiba son pénis en prenant d'obscènes airs effarouchés. Alors les filles se mirent à l'œuvre.

« Regardez, regardez, glapit Kumar, tremblant d'une excitation adolescente, ce salaud de Noir, quel veinard... »

Pendant toute la projection, il se trémoussa sur le lit en murmurant par moments : « Ce genre de chose n'arriverait jamais en Inde... les Indiennes sont trop inhibées... Vachement dégueulasse... »

Puis enfin, le séjour à Delhi. Agastya pensa qu'il allait être si fugitif qu'il ne lui procurerait aucun répit et aviverait au contraire l'agitation de son esprit. Un interlude d'à peine dix jours, le voyage d'un jour et demi compris. Il savait qu'à Delhi, étant donné que son esprit était totalement dispersé, il serait hanté par les images de Madna. Tout en discutant avec son oncle Pultu de l'endroit où planter les tulipes, il penserait que la semaine prochaine au même moment il serait en train de faire de la gymnastique dans sa chambre de la *rest house* pendant que Digambar attendrait dehors. Défoncé avec Madan à une heure du matin, à regarder les avions atterrir à l'aéroport de Delhi, il songerait que la semaine prochaine, au même instant, il serait dans son lit à la *rest house*, les yeux agrandis par l'insomnie, à gratter ses piqûres de moustiques et à guetter le prochain saut de Dadru dans la pièce. Dans neuf jours, il ferait ses valises, dirait au revoir à son oncle et à ce moment-là son esprit le narguerait pour avoir cru que le bonheur de l'arrivée compensait le vide du départ. Quand il serait dans le train, quelqu'un lui demanderait de décliner son identité et en douterait en déclarant n'avoir jamais entendu un nom tel qu'Agastya.

Mais malgré lui et en dépit de tout, le jour du départ, tandis qu'il faisait ses bagages avec Digambar, Agastya ne put résister à une excitation croissante. « Peut-être devrais-je tout emmener, partir pour ne plus jamais revenir. » Sur l'étagère, il prit Marc Aurèle, la Gita de Sathe et son journal.

Kumar et Agastya montèrent dans le train escortés par le chef de gare et une douzaine de policiers. Kumar leur donna des ordres jusqu'à ce que les wagons s'ébranlent, et même après, des directives qui pour la plupart ne concernaient que lui-même : « ... Et téléphonez pour leur rappeler de venir me chercher à la gare, hein, on arrivera demain vers sept heures... Et dites-leur de me réserver une place dans le train de nuit de Kanpur, et s'il n'y a pas de place dans n'importe quel autre train... Dites à Bhakhtiar que le frigo ne marche pas bien et qu'il faut appeler un réparateur, sinon c'est moi qui vais le faire marcher, ce Bhakhtiar ! Le tailleur viendra m'apporter deux chemises... dites-lui que je le paierai à mon retour, sinon payez-le de votre poche... » Quelques secondes plus tard, le train passait sous le pont où, il y avait de cela des après-midi, Sathe et Agastya s'étaient arrêtés pour jouir de la vue, puis sur le passage à niveau où, le premier jour de la mousson, Agastya avait pressenti l'immensité et la mobilité du monde. Le jeune homme se trouvait maintenant à l'endroit où les rails atteignent l'horizon, dans un train orange et crème. Derrière l'église s'élevait un polygone d'un jaune délavé : la *rest house* où il s'asseyait en buvant du thé tout en regardant ces mêmes trains passer.

Dix-huit heures jusqu'à Delhi. Kumar aimait voyager en train, de la même façon qu'il aimait presque tout. Pour célébrer l'événement, il mit ses grosses lunettes de soleil et alluma une cigarette. Puis il fit bien comprendre son identité à l'employé de service afin de s'assurer qu'ils bénéficieraient d'excellentes couvertures pour la nuit. Agastya alla se défoncer une fois de plus dans les toilettes. Ils descendirent du train à chaque gare pour manger de mauvais snacks. Un gamin avait chié dans sa culotte et se promenait joyeusement dans le wagon, répandant sa puanteur en toute impartialité. Kumar gazouilla avec lui.

« Allons, Sen, il n'y a pas de plus grand plaisir que de rentrer chez soi.

— Mieux vaut ne jamais partir.

— Non, parfois, je pense que non. Il est bon de partir parce que revenir est bien meilleur. De toute façon, la vie est faite de hauts et de bas. »

Ils traversaient à toute allure l'intérieur des terres, et maintenant Agastya savait à quoi ressemblaient tous ces petits points. Le train s'arrêta sans raison à l'extérieur de Ratlam. On entrevoyait des parties de la ville. Le vieux bâtiment encore prétentieux, flanqué d'un drapeau, pouvait être la préfecture ; la bâtisse grise en mauvais état, coiffée d'un toit de tuiles rouges, était sans doute la résidence du juge de district, et cet édifice à moitié en ruine était peut-être le Club de Ratlam. Ces bâtiments étaient situés dans la partie la plus calme de la ville que l'on appelait le quartier des Fonctionnaires. À quelques centaines de mètres de là, dans un climat lénifiant, s'écoulait une vie paresseuse dont les habitants n'avaient même pas conscience : l'univers des *paan-wala* et des petits boutiquiers, des cordonniers et des *rickshaw-wala*, autant d'hommes qui à leur tour prendraient conscience d'un monde plus grand en s'arrêtant à un passage à niveau pour regarder les trains passer. Certains wagons seraient peints en orange et crème.

Kumar avait apporté son dîner, ou, plus exactement, des subalternes avaient respectueusement placé dans ses bagages des paquets et de petites boîtes métalliques superposées contenant des plats chauds.

« On ne peut vraiment pas se fier à ce que servent les Chemins de fer indiens, dit-il en ouvrant deux des trois petites boîtes. Ah, ces types-là, ils pensent que je mange comme un cochon », sourit-il en remuant la tête avec gourmandise et tendresse à la vue du festin. Puis les deux hommes attaquèrent leur repas, comme des cochons.

« On dit que la nourriture indienne est très malsaine, hein, Sen ? Beaucoup d'huile et de chili. Mais qu'est-ce que la vie sans piment ? Quoi ? Chez vous, vous mangez de la cuisine anglaise, des trucs bouillis et cuits au four ? Non, non, je me souviens que vous mangez du poisson comme un vrai Bengali. Où est-ce que vous habiterez à Delhi ? Vous serez seul ? »

Kumar s'empiffrait.

« Non, chez un oncle.

— Et quand votre père prendra sa retraite, alors ? Il a dû construire une maison quelque part ?

— Non, on a une propriété familiale à Behala, près de Calcutta. Un bel endroit. Mon père l'aime beaucoup. » Ils prirent du *paan-masala* puis Agastya alla fumer un autre joint.

Cette nuit-là, il dormit par intermittence, tourmenté par l'anarchie de ses pensées. Le rythme profond du train sous lui évoquait une énorme bête insensible, sensation vaguement excitante et trop lointaine. La climatisation soufflait juste au-dessus de sa tête. Il souhaita vaguement attraper un rhume afin que le malaise physique supplante l'agitation mentale.

Six heures du matin. Même la lumière aurorale sur les petites villes industrielles ceinturant Delhi ne parvenait pas à adoucir leur laideur. Mais Agastya sentait battre en elles le pouls de plus en plus rapide de la grande ville. Il se planta devant la porte du wagon pour humer l'air frais et plaqua sur les cheminées d'usine et les entrepôts de stockage une grâce qui leur était totalement étrangère. Autrefois, il avait souvent éprouvé cette impression grisante qu'engendrent les mégalopoles. Elle s'était révélée encore plus aiguë à Calcutta quelques mois auparavant lorsqu'un soleil couchant derrière l'aile de l'avion et une lueur orangée avaient dilué la tristesse bistre de la grande cité. Le train grinçait. La mégalopole délivrait ses odeurs : mélange de gaz d'échappement et de déchets trop volumineux pour disparaître dans les canalisations ; ses spectacles : cabanes et bidonvilles parfois hérissés d'antennes de télévision, foule en mouvement permanent.

Aucune délégation de sycophantes n'attendait Kumar à la gare de Delhi. Effluves de thé et de *pakora*, foule qui se fondait en petits groupes cohérents, négociations entre voyageurs et coolies. Et Kumar qui boudait :

« Ces types, quelle bande d'irresponsables ! Pas foutus de passer un coup de fil ! » Il ne se pavanait plus. Sans sa cour, il ressemblait à n'importe quel voyageur un peu gros et pas très net. Agastya se souvint de l'impression étrange qu'il avait éprouvée en voyant Srivastav et Kumar marcher dans une rue de Madna vers le camion mal garé. Ils avaient l'air ratatinés et vulnérables. Bien qu'il fût impatient de quitter Kumar, ils durent attendre un moment.

« Allons-y, Sen, vous me déposerez en route », finit par dire le préfet de police.

À la station de taxis, ils attendirent patiemment un véhicule pendant que des malfrats se disputaient les clients. Le vainqueur ressemblait à un *dacoit* de la vallée de Chambal[1]. Il était aussi maigre que sa moustache était grosse et sa voix tuait dans l'œuf toute objection. « Les gens du nord de l'Inde sont si grossiers ! se lamenta Kumar en regardant le taxi se frayer un passage à travers les *rickshaw*. Je le sais, j'ai grandi dans ces villes. Vous n'avez pas remarqué qu'à Madna ils sont plus civilisés, plus doux ? »

Les avenues de South Delhi étaient propres et larges, mais la circulation n'était pas tout à fait à la hauteur de la rénovation que les Jeux asiatiques avaient imposée à la ville. Malgré la certitude que le départ serait douloureux, Agastya était content. Il n'avait pas de souvenirs particulièrement heureux à Delhi ; il savait simplement qu'il n'y avait jamais été malheureux et cela suffisait. Face à l'adversité du présent, peut-être désirait-il ardemment le passé dont il était prêt à oublier les petits malheurs, ensorcelé par le temps simplement parce qu'il n'en était pas le maître.

Kumar arrêta le taxi dans l'une des petites allées latérales de South Delhi. Le chauffeur descendit pour sortir les deux valises du coffre.

1. Célèbre vallée du Madhya Pradesh servant de repaire aux bandits de l'Inde du Nord.

« Combien ? » demanda Kumar.

Agastya protesta pour la forme : « Je le réglerai à la maison.

— Allons donc, je ne vais pas laisser un jeune payer pour moi ! Alors, c'est combien ?

— Cinquante roupies, dit le chauffeur en se grattant les couilles et en examinant ses ongles.

— Non mais ça va pas, cinquante roupies ? » S'ensuivit une longue discussion : « Cinquante roupies !... Mais qu'est-ce que c'est que ça ? Pourquoi pas nous braquer avec un flingue, ce serait plus facile... Sale bandit... Ton foutu compteur marque vingt-cinq roupies, et ce devrait être vingt ! » Agastya espérait que Kumar finirait par se taire. La malhonnêteté des taxis et des conducteurs d'*auto-rickshaw* des villes du nord de l'Inde était imbattable, presque mythique. Pendant que Kumar se lançait dans de grandes tirades, le chauffeur bâilla, se racla la gorge, alluma une cigarette et adopta diverses attitudes qui mimaient l'ennui.

« Vous ne savez pas à qui vous avez affaire. Je suis un préfet de police, et mon collègue un fonctionnaire de l'I A S. »

Sur quoi, à la grande surprise des deux hommes, le taxi fixa Kumar de ses yeux rouges et globuleux, défit son *pyjama* et, dénouant la cordelette qui le retenait, empoigna sa queue en disant : « *Voilà* ce que je pense des types du gouvernement. »

La première réaction d'Agastya fut de rire, et ce fut également celle, inattendue, de Kumar. Ce qui dénotait une certaine sagesse : le préfet de police n'était plus à Madna en train de régler un problème avec un camionneur fautif. Puis Kumar reprit son sérieux et demanda au taxi de remonter son *pyjama* et d'attendre qu'il appelle la police.

« Sen, retirez votre sac de cette voiture, dit-il en se dirigeant vers le premier étage d'une maison.

— Tu n'aurais pas dû faire ça. Ce n'est pas très sympa de montrer sa queue à des gens qu'on ne connaît pas. Ce gros type est vraiment un préfet de police. Maintenant, tu es baisé », lança Agastya au chauffeur.

Celui-ci remonta dans son taxi : « Dis-lui qu'il se fasse coudre son trou du cul avec les cinquante roupies dedans. » Là-dessus, il démarra.

Kumar apparut sur la véranda de la maison. Au premier étage, personne ne semblait connaître le numéro de téléphone du plus proche commissariat. Agastya lui donna le numéro de la plaque minéralogique du taxi et se dirigea vers la rue principale.

« Au revoir, Sen, à bientôt à Madna », lui lança Kumar depuis la véranda. Ça paraissait irréel.

« Est-ce que le train a eu du retard ? demanda l'oncle d'Agastya du milieu de la pelouse au moment où son neveu poussait la porte d'entrée.

— Bonjour, *kaku*. Non, le train n'a pas eu de retard, mais j'ai dû déposer un crétin en route. »

Parthiv Sen était un célibataire d'environ soixante ans. C'était un journaliste free-lance un peu suspect. Personne ne savait comment il faisait pour vivre dans une telle aisance. Dhrubo soutenait qu'il était agent de la CIA. C'était un homme légèrement excentrique, mais sa situation le voulait ainsi. Il écrivait une ou deux pages de commentaires politiques pédants dans plusieurs magazines bengalis ou anglais. Il était capable de tirer le plus grand parti du plus petit incident politique. Il suffisait de dissimuler le sens sous un verbiage prolixe, ainsi qu'il l'avait maintes fois expliqué à son neveu. Il était allé aux États-Unis une dizaine d'années auparavant afin de suivre un séminaire sur les relations internationales et le journalisme dans le tiers-monde, ou un sujet de ce genre, dans une obscure université américaine qui avait un nom du style Rapidwater ou Flowingbrook. Des conférences très américaines qui avaient, semble-t-il, porté leurs fruits puisque Parthiv Sen avait par la suite détesté toutes les universités indiennes pour ne pas proposer de tels programmes, les facultés d'outre-Atlantique pour la raison inverse, et de temps à autre lui-même parce qu'il vantait ce séminaire. Quoi qu'il en soit, après avoir suivi ces conférences, il s'était mis à écrire des articles sur le chaos de la politique indienne pour d'obscurs journaux américains. Il semblait bâtir sa réussite sur l'anonymat et la désapprobation. Cette maison lui appartenait. Il l'avait fait construire trente ans auparavant avec l'argent que le grand-père d'Agastya lui avait laissé.

« Dada a téléphoné il y a quelques jours. Il t'a écrit une lettre. » Dada, Grand Frère, était le père d'Agastya. « Tu n'as pas pris ton petit-déjeuner, n'est-ce pas ? »

Le serviteur, un joyeux adolescent du Garhwal, fit irruption dans la pièce, s'inclina en disant *namasté* et prit le sac d'Agastya. En tout, le jeune homme avait habité environ six années dans cette maison. Lorsqu'il était au collège, il y passait les week-ends avec son oncle, et il y avait vécu lors de sa dernière année universitaire. La maison, sans apparat, ne comportait que trois chambres, mais la familiarité s'était transformée en une sorte d'amour. Le serviteur cuisinait bien. Une bonne nourriture, une pelouse ombragée de *neem*, de jacarandas et de *gulmohar*, une luxuriante bougainvillée jaune devant la fenêtre de sa chambre orientée à l'est : à Madna, sa seule ambition avait consisté à se raccrocher à ces choses simples.

« Qu'est-ce que ça veut dire ? Tu veux quitter l'IAS et obtenir un boulot par l'intermédiaire de Tonic ? » Agastya prit deux chaises sur la véranda et les sortit dans le jardin. Il sourit à l'approche directe de son oncle ; cela faisait partie de son excentricité. « Dada a eu l'air très contrarié au téléphone. »

Ils s'assirent. Un eucalyptus vieux de plus de trente ans bordait tout un côté de la maison.

« Je ne suis pas très heureux à Madna. Je n'arrive pas à me faire à ce boulot », avoua Agastya avec un sourire honteux. Son oncle était un homme pâle et doux, doté d'un grand nez et de petits yeux bruns. Il ne répondit pas mais lui jeta un regard désagréable pour l'inciter à parler, à se défendre et à se justifier.

« Naturellement, rien n'est décidé. Je change sans arrêt, je n'ai pas encore trouvé ma voie. » Agastya se tortillait sur sa chaise. « Je ne veux pas de défis ni de responsabilités, tout ce que je souhaite, c'est être heureux. » Il se tut, embarrassé. Il lui semblait qu'il venait de dire une chose horrible. Dans cette douce clarté automnale, Madna paraissait à des années-lumière de Delhi ; cependant il savait que la ville le hanterait, peut-être à la nuit tombée ou chaque fois qu'il se retrouverait seul. Madna semblait irréelle, et pourtant accessible : il suffisait d'un voyage somnambulique de dix-huit heures. Il voulait expliquer tant de choses qu'il ne savait pas par quoi commencer ni comment les exprimer. Il aurait simplement voulu dire : « Regarde, je ne demande pas le paradis, ni aucune de ces choses éphémères comme le pouvoir ou la gloire. Je ne veux que ça : cette lumière du soleil, la voiture dans le garage, la stéréo dans ma chambre. Je ne me lasserai jamais de ces choses matérielles si simples. Si j'ai des désirs plus ambitieux, ce ne sont que des suppléments à une fantaisie paresseuse : Vienne et Hong Kong et une virée cochonne à Bangkok. Ce monde limité et placide, tel qu'il est ici et maintenant, me suffit ; un monde où le succès signifie contempler les *rajnigandha* en fleur que tu as jadis plantés. Je ne nourris pas d'ambitions grandioses. Tu vas me demander de penser à mon avenir, mais la décennie prochaine n'a aucune importance comparée au moment présent. Mon espérance de vie est moins importante que la qualité de ma vie. Je veux être assis là, dans la douceur du soleil, à essayer de ne pas penser, à tenter d'échapper à l'iniquité de l'agitation de mon esprit. Tu comprends ? Est-ce que quelqu'un peut comprendre cette simplicité qu'est l'absence d'ambition ?

— Et pourquoi Tonic ? C'est un imbécile. Tu veux quitter un bon poste pour travailler dans une maison d'édition ? Corriger des manuscrits sur les différentes formes de la danse indienne ou les tribaux du Chhota Nagpur ? » Tonic était un petit-cousin issu de germains qui avait, avec une remarquable muflerie, refusé de publier un vague recueil d'articles d'oncle Pultu intitulé « Le Renouveau indien ». Le serviteur sortit pour annoncer que le petit-déjeuner était prêt. Agastya ouvrit la lettre de son père.

Mon cher Ogu,

J'ai été quelque peu surpris par ta dernière lettre, mais j'ai fait ce que tu souhaitais. Tonic lui-même a été étonné par ta décision. Il a dit quelque chose du style . « Voilà ce que c'est que de vivre dans une ville sans savoir à quoi ressemble le reste de l'Inde. » Je pense qu'il a exagéré, comme d'habitude. Toutefois, il est vrai que tu as mené jusqu'à présent une confortable vie urbaine où tes amis et leur mode de vie étaient très occidentalisés. La dernière fois que nous nous sommes rencontrés, je t'avais dit que ton travail allait être une expérience extrêmement enrichissante. Je voulais dire par là que tu serais exposé à un contexte totalement nouveau pour toi. Madna a dû nécessairement replacer Delhi et Calcutta à leur juste valeur. Il m'est arrivé la même chose lorsque je me suis retrouvé au Konkan, il y a quarante ans. Je suppose que ma réaction a été différente de la tienne. Après le Presidency College, le Konkan m'est apparu comme une merveilleuse surprise. Mais je ne fais que me répéter. Je t'ai déjà dit tout cela lors de ta dernière visite à Calcutta. À l'heure actuelle, Madna peut te sembler ennuyeuse et la vie un peu déroutante. Il ne faut pourtant pas que tu décides de quitter ton travail uniquement pour cette raison. Ogu, ne choisis pas la solution de facilité simplement parce que c'est facile ; ce n'est pas ainsi que l'on se réalise pleinement dans la vie. Mais il est vrai qu'il s'agit de ta vie et qu'il t'appartient de décider. J'arrête là mon sermon. Essaie de rencontrer Tonic le plus tôt possible, de sorte que lorsque je téléphonerai à Pultu la prochaine fois, tu puisses me dire comment s'est déroulée votre rencontre.

Je t'embrasse.

Papa

« Tonic a téléphoné hier soir pour savoir si tu étais arrivé », lui dit son oncle. Agastya alla dans sa chambre pour se détendre et défaire sa valise. Il avait été heureux autrefois, du moins le pensait-il, mais il ne l'était plus. Son esprit était incapable de pousser plus loin l'analyse. Il voulait simplement régresser dans le profond soleil d'automne. « Je regretterai peut-être mon geste dans l'avenir, avait-il envie de dire à qui pourrait le comprendre, mais j'y ferai face quand il le faudra. Un seul monde à la fois, s'il vous plaît. »

À l'extérieur de sa chambre, la bougainvillée, qui semblait plus fournie, s'épanouissait avec frénésie. La poussière dansait dans la lumière tandis que le serviteur balayait le sol. Pour ne pas se charger pendant le voyage, il n'avait pas voulu emporter le couvre-lit qu'il avait acheté quelques mois auparavant, un large tissu crème avec un point rouge au milieu (« Ces imbéciles qui ne connaissent même pas le sens du mot ethnique l'utilisent simplement parce que c'est un terme à la mode », avait dit Dhrubo en l'aidant à le choisir). Il vidait lentement sa valise tout en faisant le tour de la pièce pour essayer de raviver son sentiment d'appartenance. Il passa une de ses chansons préférées de Tagore sur l'énorme appareil stéréo japonais. « Pourquoi faut-il que ça ressemble à un ordinateur, avec toutes ces lumières qui clignotent et ces cadrans, avait dit Madan d'un ton moqueur la première fois qu'il avait vu l'appareil. Pourquoi est-ce que tu ne le prêterais pas au prochain héros de *La Guerre des étoiles* ? Et pourquoi, bon sang, tu mets d'idiotes chansons bengalies, ce truc-là est fait pour écouter les Pink Floyd ! »

La dernière fois qu'il avait écouté cette chanson de Tagore, c'était le matin de son départ pour Madna. La nuit de défonce avec Dhrubo l'avait laissé complètement groggy. Ils étaient restés assis dans la voiture jusqu'à une heure du matin devant l'appartement de Dhrubo, à regarder à travers le pare-brise la large avenue silencieuse qu'un chien errant avait traversée en courant, à la recherche d'une proie. Le chant était lent et romantique, comme presque toutes les chansons de Tagore.

Avec la mort du jour, un bourgeon rouge naît en moi,
Pour s'ouvrir à l'amour.

En ce lointain matin, la musique était en accord avec son état d'esprit. Il s'était senti un peu triste de partir, mais curieux aussi de découvrir les jours prochains. Maintenant l'ironie profanait la chanson : associée à ce départ, elle semblait une lamentation sur l'inéluctabilité de milliers d'autres départs de lieux qu'on commençait tout juste à appeler « maison ».

Il regarda par la fenêtre. Au-delà de la bougainvillée s'étendaient l'allée, le petit mur bas, les troncs gris pâle des eucalyptus semblables à des piliers, puis un chemin et un champ où les Bengalis du quartier avaient érigé une *shamiana* pour célébrer *Dourga Pouja*, le culte de Dourga.

Très souvent, la nuit, il sortait dans le jardin et regardait sa chambre de l'extérieur – une vieille habitude – pour voir à quoi elle ressemblait aux yeux d'un simple passant, d'un voyeur ou d'un voleur. Près de son lit, sur un bureau en perpétuel désordre, se trouvaient deux lampes jumelles qu'il avait achetées à l'Assam Emporium. Faites de bambou tressé en forme de hutte, elles étaient toujours les plus jolis objets de la pièce. De la chambre se dégageait une atmosphère douillette et romantique, comme si elle attendait ses occupants – un lieu destiné aux rendez-vous les plus heureux.

Plus tard dans la matinée, il appela Dhrubo à son bureau et finit par réussir à lui parler après être passé par deux secrétaires à l'accent faussement américain. Il leur fallut un certain temps avant qu'elles comprennent le nom d'Agastya.

« Pourquoi ne dis-tu pas à ces putains de standardistes qu'elles ne travaillent pas dans un bureau de New York et qu'elles peuvent laisser leur foutu accent de côté ?

— Non, je ne peux pas faire ça. Elles perfectionnent leur accent au Centre américain où les professeurs sont des Indiens formés aux États-Unis.

— Dis donc, avant, on m'appelait l'Anglais, tu crois qu'elles m'autoriseraient à les baiser ?

— À la condition que ta queue soit caucasienne : blanche tachetée de rouge. Je rentre à la maison d'ici peu, tu viens déjeuner ? Ma mère part pour Khartoum cet après-midi.

— Si elle est libre, je peux manger un morceau en vitesse avec elle ? »

En conduisant sa voiture vers la maison de Dhrubo, il se sentait presque crispé de bonheur.

La mère de Dhrubo, l'air fatiguée et sexy, lui ouvrit la porte.

« Oh, bonjour Ogu, entre… Tu as beaucoup maigri… Je pars pour Khartoum cet après-midi pour rejoindre ton oncle… C'est pour ça qu'il y a un tel désordre, ne regarde pas… Dhrubo n'est pas encore rentré… Il devait m'accompagner, mais il ne peut pas à cause de ses examens. Je crois que c'est une bonne décision, car même si la Citybank paie bien…

— Quels examens ? demanda Agastya en prenant une pomme sur la table.

— Il prépare le concours de l'I A S. Il ne te l'a pas dit ? Donne-lui quelques tuyaux. Quand je serai partie, il sera seul dans la maison et ça va être la pagaille. »

Dhrubo arriva, habillé comme l'exigeait sa fonction de cadre supérieur : cravate noire sur une chemise immaculée. Échange de banalités tout en essayant de résorber le désordre des préparatifs de départ – questions sur la vie d'Agastya à Madna, réponses désinvoltes que Dhrubo n'entendait pas. Déjeuner pris à toute vitesse, sans vraiment s'asseoir. Puis ils accompagnèrent la mère de Dhrubo à l'aéroport. Au retour, ils fumèrent un joint dans la voiture sur le bord de la route.

« Madan est dans les parages ? demanda Agastya.

— Oh, que oui ! Il est venu le week-end dernier. Il a passé tout son temps défoncé à regarder les avions atterrir. Il a des passions inébranlables. »

À travers le pare-brise, ils observaient la circulation. Les voitures et les taxis passaient à toute allure devant les panneaux de limitation de vitesse. Autour d'eux s'étendaient des kilomètres de terres à l'abandon sous un doux ciel bleu.

« Donc, maintenant, tu estimes que le gouvernement indien a davantage besoin de toi que la Citybank, lança Agastya d'un ton léger.

— Ah, maman te l'a dit, répondit Dhrubo en détournant le regard. Oui, j'y ai pensé de manière vague et assez confuse. » Il fouilla dans la boîte à gants à la recherche d'une cassette qu'il introduisit dans le lecteur, et se laissa gagner par les accents fatigués de Scott Joplin.

« Je suppose que tu veux savoir pourquoi j'ai fait ce choix. » Agastya ne le souhaitait pas vraiment : à chacun son fardeau.

« Pas si c'est trop compliqué et si ça demande trop d'attention. »

Il détailla le profil de son ami, le petit nez pointu et le léger double menton. Il avait l'impression qu'il avait lui aussi beaucoup de choses à dire, mais il ne savait comment s'y prendre.

« D'accord. J'en ai *marre* de la Citybank. Pas au point que ce soit vraiment intolérable. » Dhrubo parlait de façon hachée, ce qui était inhabituel chez lui. Agastya attribua cela au haschich, à la répugnance de se livrer ou encore à l'insuffisance des mots pour exprimer une idée particulière. « Dans dix ans, je ne veux pas me dire : connard, tu aurais dû changer de boulot il y a longtemps. Mais c'est pas vraiment ça. » Dhrubo se cala contre la portière et se mit à parler au pare-brise, sa voix couvrant le bruit de la circulation. « J'ai... Je crois que j'en ai assez de... toute cette influence occidentale. Pourquoi tu ris, espèce de couillon ?

— Qui c'est le couillon ? Qu'est-ce que ça veut dire, influence occidentale ? Tu te sers de ces mots parce qu'ils sonnent bien.

— Je ne peux pas expliquer... »

Et soudain Agastya eut envie de lui demander de ne pas le faire. « On se sent encore plus nu et seul quand on se dévoile. C'est un acte gratuit car la force et le réconfort que l'on recherche, ou l'une de ces dernières illusions de consolation, ne se trouvent qu'en soi-même », pensa-t-il.

« Tous ces frais de représentation, ces secrétaires à l'accent faussement américain, ces conversations sur le siège central, New York, notre représentant à Hong Kong, tout ça n'est pas réel. Ce n'est qu'une imitation d'une chose qui vient d'ailleurs. Tu vois ce que je veux dire ? » Agastya sentit à nouveau l'immensité du monde et la petitesse de ses propres dilemmes. Alors qu'il était à Madna en train de discuter avec Mohan ou de marcher en prenant garde que la queue d'un buffle ne lui envoie pas une bouse sur le bras, Dhrubo était exactement là où lui, Agastya, aurait voulu être, mais il luttait contre un sentiment d'irréalité.

« Je porte cette cravate, j'utilise une carte de crédit, j'embrasse les femmes de mes collègues sur la joue[1], puis je rentre chez moi, je fume un joint en écoutant Scott Joplin et Keith Jarrett. Le week-end, je regarde un film de Herzog ou de Carlos Saura, c'est… irréel.

— Ça n'a pas l'air désagréable. » Mais Dhrubo était toujours très nerveux, alors Agastya ajouta d'un ton moins persifleur : « Je sais, c'est ironique parce que j'envisage moi-même de quitter ce travail. » Il

1. Dans l'Inde traditionnelle, tout contact physique entre hommes et femmes qui ont des liens amicaux ou professionnels est prohibé.

essaya d'expliquer sans conviction son sentiment de désagrégation et de solitude à Madna, mais ses explications semblaient désinvoltes et creuses. En outre, elles ne firent qu'accroître la colère de Dhrubo.

« Pour qui tu te prends et où tu te crois, à la fin ? Un Américain qui s'offre une année sabbatique pour se découvrir ? » Il augmenta le volume de la stéréo et fit démarrer la voiture. Les notes dolentes et ironiques du ragtime remplirent la voiture qui filait à toute allure avec les autres véhicules.

« Quand as-tu décidé de faire une telle folie ? demanda Dhrubo au bout de quelques minutes.

— Lors d'un pique-nique, près d'un temple dans un endroit qui s'appelle Gorapak. » Cela lui parut très loin. « Je jouais au cricket avec le fils d'un fonctionnaire des forêts. Je me suis très mal conduit. »

Dhrubo le fixa avec un air de profonde incompréhension au point qu'il faillit rentrer dans un bus des Transports publics. Le chauffeur l'apostropha d'une voix hargneuse. Il lui répondit sur le même ton et dit à Agastya au moment où ils le dépassèrent : « Cet enculé ! En Inde, personne ne respecte le code de la route.

— Toi non plus. » Ils éclatèrent de rire.

Arrivés chez Dhrubo, ils s'affalèrent sur les divans et fumèrent un autre joint. « J'ai pris quelques jours de congé pour les fêtes de *Dourga Pouja*, annonça

Dhrubo. Ton imbécillité a dû rendre le gouverneur fou.

— Il est déçu. Mais mon oncle, lui, est carrément furieux. Je pense que c'est surtout parce qu'il déteste Tonic. Si je lui avais dit que je quittais l'I A S pour devenir journaliste free-lance, ça ne lui aurait rien fait. » Sur le mur opposé était accrochée une peinture de Jamini Roy[1] ; Agastya ne l'avait jamais remarquée auparavant. Les parents de Dhrubo vivaient dans un appartement de fonction. (Agastya réalisa avec un petit sourire narquois qu'il faudrait à Srivastav au moins quinze ans de mauvaise humeur et d'airs renfrognés avant de jouir d'un tel logement.) Mais la mère de Dhrubo avait un grand talent de décoratrice : elle avait su faire oublier l'austérité de ces habitations avec des vases de cuivre et des tentures de coir. Le père de Dhrubo qui travaillait pour les Nations unies était en poste à Khartoum.

Dhrubo se leva. « Je veux te montrer la lettre de Renu. » Il alla dans sa chambre et en revint avec une fine enveloppe crème.

« Renu est cette Panjabi avec qui tu as rompu, n'est-ce pas ? Je crois que je n'ai pas très envie de lire sa lettre. À moins qu'elle ne regorge de doux souvenirs de tes techniques sexuelles. Fais donc un peu de thé et mets de la musique.

---

1. Célèbre peintre bengali (1887-1972).

— Tu vas la lire, espèce de bâtard, et avoir un aperçu des pays industrialisés : la moitié de tes opinions viennent de là-bas. » Dhrubo se mit à rouler un autre joint.

« Est-ce que tu fumais beaucoup à Madna ?

— Non, pas tant que ça », répondit Agastya qui décida de ne révéler sa vie secrète à personne. La lettre de Renu venait de l'Illinois. Elle était écrite d'une main ferme et contrôlée sur un papier blanc brillant.

Dear D.

(« Dhrubo, elle t'appelle D ! Mon Dieu, D ! Vous aviez donc dépassé le stade de vous appeler par vos prénoms, ah, ah ! »)

Ma première soirée ici a été bizarre. Il y avait une petite réunion de la clique indienne locale. Ils parlaient tous de la bibliothèque de Teen Murti, de la cafétéria de l'université et du département de philosophie : tous en pleine nostalgie. Une fille qui s'appelle Mrinalini m'a dit qu'elle te connaissait ou qu'elle t'avait rencontré à l'une de ces prétentieuses soirées du ministère des Affaires étrangères. Tu lui aurais dit : « Les États-Unis et l'Union soviétique se sont lancés dans la course à l'armement nucléaire uniquement pour distraire l'attention du reste du monde. Ce n'est qu'un jeu destiné à masquer le véritable problème, à savoir l'écrasement de ce qu'ils appellent le tiers ou le quart-monde au nom de la raison d'État soviétique ou du rêve américain. » J'espère que tu rougis de honte. Elle m'a dit que tu étais gros, prétentieux et très soûl, comme tous les invités.

J'essaie d'écrire aussi peu que possible, parce que rédiger des lettres est devenu une sorte d'excessive complaisance à l'égard de moi-même. Il est difficile de communiquer avec les gens ici, et la tentation est grande de le faire de manière épistolaire. Au moins, les lettres ne vous exposent pas à une réaction immédiate. On peut toujours imaginer que la personne à laquelle on s'adresse est intéressée et comprend très bien ce que l'on dit. Écrire des lettres est aussi un superbe moyen d'échapper à tout le reste : les conférences qui se passent si mal, tous les gens auxquels je n'arrive pas à parler. C'est si facile de choisir la solution de facilité, de décréter que tout le monde ici est ennuyeux, ignorant, suffisant et provincial. Ils sont effectivement tout cela, mais il y a aussi quelque chose de totalement négatif dans mon attitude à leur égard. À cause de la couleur de ma peau, de mon accent, etc. Je suis toujours sur mes gardes et je me sens tendue chaque fois que je parle à des Américains. Dès que je me retrouve en face de l'un d'eux, je sens les portes se fermer en moi, et je sais que mon visage devient inexpressif, ennuyeux, impénétrable.

En l'espace de quelques semaines, j'ai réussi à établir un « cercle de silence » autour de moi (comme le disait Ganapati d'un air très mécontent) que personne ne voudrait franchir. Avoir l'air calme et indifférent, être convaincue que rien n'a d'importance sont les meilleures défenses. Parfois, arborer une expression du style « laissez-moi tranquille » devient totalement impossible. Le seul Américain qui ait fait des efforts héroïques pour me mettre à l'aise m'a demandé si je voulais une affiche. Sans réfléchir ni même le regarder, je lui ai répondu : « Non, tu peux la garder. » Je ressens sa chaleur comme une obligation et une responsabilité terrifiantes. Ça me demande un tel effort d'y répondre que parfois il m'arrive de m'enfuir quand il est dans les parages. Je ne sais pas pourquoi diable j'écris tout ça.

La semaine dernière, j'ai cru toucher le fond. Il faut que je fasse faire à ma classe ce qu'on appelle un exercice d'écriture libre : pendant dix minutes, les élèves doivent écrire tout ce qui leur passe par la tête sans s'arrêter. La semaine dernière, un étudiant a écrit : « J' donne pas plein de fric pour entendre une Indienne me dire comment j' dois écrire l'anglais. Et son putain d'accent me flanque la migraine. » Je me demande vraiment ce que je fais ici, surtout que cette faculté est particulièrement « pompante » – une expression qui ici résume tout ce qu'il y a de plus négatif. La prochaine fois, je t'écrirai une lettre drôle et vache sur le genre d'absurdités de certaines conférences. Le pire est de n'avoir personne avec qui partager ces inepties. C'est difficile de vraiment connaître les gens. Au début, tout le monde semble sympathique, s'arrête pour vous demander : « Salut, comment ça va ? » Et puis, au bout d'un certain temps, vous comprenez que ça ne va pas plus loin. Il ne se passe rien d'autre. Et répondre par une phrase plus originale que : « Pas mal » est un outrage social. Ici, le credo, c'est d'être brillant, dynamique et débordé. Tu peux imaginer à quel point mon visage et ma voix sont un handicap : aussi ennuyeux, lugubres et ternes que possible.

Je partage ma chambre avec une Mexicaine. Elle est bien. Parfois, je me demande pourquoi les gens quittent leur pays pour aller à l'étranger. Pourquoi n'apprenons-nous jamais que tous les changements de lieux sont des choix néfastes. Il ne s'agit pas d'aimer un lieu, mais de s'y sentir à l'aise, comme dans des vêtements d'hiver. Est-ce que tu as ressenti la même chose à Yale ? Tu es toujours resté si secret à propos de ton expérience américaine. Hier, un autre Américain m'a demandé quelle était ma ville natale en Inde. J'ai répondu Bombay. Il a réfléchi un moment avant de me demander le plus sérieusement du monde si j'allais au collège à dos d'éléphant. J'ai répondu : « Oui, mais je dois en louer un, car nous sommes trop pauvres pour avoir le nôtre. » Tout ça est entièrement ma faute, car je ne suis pas là où je devrais être, c'est-à-dire chez moi.

Je ne peux pas obtenir un transfert dans une autre université dans le cadre de mon programme de doctorat, à moins que je ne consente à perdre tous mes avantages. New York a été ma première expérience des États-Unis (avant celle-ci), et j'aurais dû savoir que se retrouver au fin fond d'une région de ploucs n'a rien à voir avec New York.

Je ne m'attendais vraiment pas à éprouver de la nostalgie pour mon pays. J'ai d'habitude une si mauvaise mémoire que le passé est tout bonnement passé. Mais ici, la nostalgie prend des proportions extrêmes : je regarde des films hindis comme Guddi *ou* Barood. *Je ne pense pas que fuir un lieu parce qu'une relation se dégrade soit une bonne solution. Pour la première fois de ma vie, je sens que j'ai besoin de stabilité. Mais je me demande si les choses durent, bien que je constate que je suis toujours la même où que j'aille ; et ce n'est pas réjouissant ! Les premiers jours, j'ai pensé que j'établirais des rapports amicaux avec ma collègue mexicaine. J'étais sur le point de l'interroger sur les attitudes racistes sous-jacentes qui prévalent ici. Heureusement que je ne l'ai pas fait, car je me suis souvenue à temps comment on traite les Africains en Inde. Tu te rappelles Mbele ?*

Je ne sais pas pourquoi j'écris tout ça, mais puisque je viens de manquer un cours, autant finir ma page. Je suis toujours sur la défensive. Je ne peux pas parler à quelqu'un sans me ménager une porte de sortie. Je commence toujours mes phrases par « ne prenez pas ça trop au sérieux » ou « je ne sais pas pourquoi je dis ça ». La seule manière de faire face à une situation est de faire comme si rien n'avait d'importance.

Oh, il y a des choses agréables ici aussi : différentes sortes de jambon, des livres à dix cents, Mrinalini, la fille qui te connaît, la radio qui diffuse pendant des heures de vieux airs de blues, les bars : mais tout ça ne suffit pas.

Parfois, je peux te voir avec une totale lucidité : personnage parfaitement composé avec ta cravate, derrière ton bureau de la Citybank, noyant un client sous le jargon bancaire. Je n'arrête pas de me demander pourquoi tu étais si froid et si cassant à la fin. L'expression « à la fin » fait très théâtral, mais tu vois ce que je veux dire. C'est presque absurde d'en parler parce que ça s'est passé dans un autre pays. Quant à cette dernière expression, si tu ne comprends pas tu pourras demander conseil à ton ami féru de littérature anglaise. D'ailleurs, à en juger par sa lettre, que tu m'avais montrée, il semble prendre un certain plaisir à plonger dans la folie dans ce trou paumé qui s'appelle, je crois, Madna.

Réponds-moi, s'il te plaît. Je t'aime.

Renu

Agastya plia soigneusement la lettre et la remit dans l'enveloppe. « Quelle sincérité ! Elle a l'air très sexy, ton amie. Tu devrais l'épouser. À condition qu'elle ne communique avec toi que par lettres. »

Ils passèrent dans la cuisine pour faire du thé. Il y régnait une odeur de phénol et de serpillières fraîchement lavées.

« Donc tu ne penses pas que je doive quitter la Citybank ? »

« Tu te souviens de l'histoire que racontait Madan sur la réponse des Japonais chaque fois qu'un Indien leur demandait un conseil ? : Peut-être que oui, peut-être que non, peut-être aussi que je ne sais pas : voilà ma réponse. Décide toi-même, c'est ton propre cauchemar. Ou vis dans l'indécision, c'est ce que tout le monde fait ; tu t'y habitueras vite. Et s'il t'arrive de prendre une décision à chaud, tu trouveras ça bizarre, un peu comme si tu entamais un sevrage », pensa Agastya. Il avait envie d'être dur. La question de Dhrubo l'avait irrité parce qu'elle lui rappelait ses propres interrogations, secrètes et incommunicables.

« À Madna, l'un de mes amis expédie tous ses problèmes et ses décisions à la déesse Jagadamba et il se cuite en attendant sa réponse. Pourquoi tu ne fais pas comme lui ? » dit-il.

Dhrubo se débattait avec la bouteille de gaz : « Ces salauds, ils modernisent tout sans prévenir ! C'est un nouveau système de fermeture. Il n'y a que ma mère et le domestique qui savent s'en servir. » Il essaya une dernière fois de faire pivoter la bague de sécurité d'un coup sec. La bague d'arrêt et son embout de fixation se détachèrent de la bouteille.

« Mon Dieu, maintenant ça fuit ! » Ils sentirent immédiatement l'odeur du gaz. Ils fixèrent un instant le goulot mortel. Dhrubo se mit à pouffer : « On dirait un trou du cul.

— Il faut faire quelque chose, dit Agastya, on gratte une allumette ? Ça mettrait un point final à ton indécision. » Durant une longue et apocalyptique seconde, il souhaita que tout explose, que tout soit réduit à de convulsifs fragments d'os maculés de sang. Dhrubo essaya de revisser la bague et son embout.

« Quel misérable fait divers typiquement indien ça ferait dans les journaux demain. Cinq centimètres en troisième page : Explosion d'une bouteille de gaz. Bilan : deux morts », commenta Agastya. Ils entendirent distinctement un petit déclic. La bague semblait vissée. Ils la regardèrent fixement.

« Ça s'est dévissé parce que j'ai tourné à l'envers. Je pense que ça va, maintenant, dit Dhrubo d'un ton profondément dubitatif.

— Vraiment ? À t'entendre, on ne le dirait pas. »

Ils se regardèrent et sourirent comme deux coupables.

« À l'école, tu adorais les sciences. Pourquoi tu ne peux pas arranger ça ? demanda Dhrubo.

— Ne dis pas de conneries. Depuis quand ton éducation te sert-elle à quelque chose ? Pourquoi tu ne vas pas voir dans l'un de ces *Reader's Digest* que tu demandais à ton père de t'acheter. Tu cherches la rubrique intitulée Les milles choses à faire quand vous ne nous lisez pas. Il doit y avoir un passage sur les bouteilles de gaz et peut-être même un croquis explicatif. » Ils reniflèrent l'air prudemment. Agastya toucha la bague d'arrêt.

« Écoute, je vais gratter une allumette. On est venus pour faire du thé, tu te souviens ? Si ça fuit, on ne tardera pas à le savoir. De toute façon, tu ne veux pas que ça continue à fuir jusqu'à demain matin ?

— On pourrait peut-être appeler quelqu'un, suggéra Dbrubo, très hésitant.

— Qui ? » Agastya bondit sur la question comme l'intervenant d'un débat qui va marquer un point contre son adversaire. Il prit la boîte d'allumettes en souriant : « Indécision sera ton épitaphe. Au fait, est-ce que ce n'est pas une chanson que Madan nous met tout le temps ? Je risque de perdre la moitié de mon visage et mes deux bras. Je n'aurai pas à revenir à Madna, ni à penser à mon avenir. Je n'aurai plus qu'à me préoccuper de cette moitié de visage. Une vie beaucoup plus simple. » Il adressa un sourire grimaçant à son ami.

« Attends, tu es sûr de ce que tu fais ? demanda Dhrubo dans un sursaut de panique.

— Ce n'est plus le moment de poser des questions métaphysiques, espèce d'imbécile. » Agastya gratta l'allumette et mit la bouilloire sur le feu. Il s'accroupit pour examiner le système de fermeture de la bouteille.

« Connard de Dhrubo ! Les instructions sont *écrites* ici : Pour ouvrir, tournez la bague d'arrêt vers le nord ; pour fermer, tournez vers l'est ; pour la détacher et la fixer sur une autre bouteille, tournez vers le sud. Ils ne t'ont jamais appris à te servir d'une bouteille de gaz à Yale ou à la Citybank ?

— Mais pourquoi les instructions sont en anglais ? La langue de ces sangsues impérialistes qui ont fait pleurer nos cœurs et nous ont mutilés au point de nous rendre incapables d'apprécier notre glorieux héritage. Je m'insurge contre ce fait et, en bon Bengali, je vais écrire à la rubrique doléances du *Statesman* pour dire que les instructions sur une bouteille de gaz doivent être rédigées dans les quatorze langues officielles reconnues par la Constitution. »

De nouveau avachis dans les sofas dans un laisser-aller postcoïtal, les tasses de thé tremblant dans leurs mains, ils se mirent à rire.

« Ouf, on l'a vraiment échappé belle ! On devrait fumer un autre joint pour célébrer ça, dit Dhrubo.

— Bien sûr ! Espèce de junkie, tu sais très bien que tout ça ne serait pas arrivé si tu n'avais pas été si défoncé. »

Agastya appela Tonic à son bureau : « Allô, je voudrais parler à M. Gopal Chowdury, s'il vous plaît... De la part d'Agastya Sen... Euh, je m'appelle August Sen... August... Bon, avril, mai, juin, juillet, août, comme August, d'accord ?.... Allô, Tonicda[1] ? Ogu à

1. En bengali, le suffixe *da* accolé à un prénom indique que l'on s'adresse à un aîné.

l'appareil. » Il se mit à parler en bengali car il savait que l'anglais irritait son cousin.

« Ne quitte pas, une minute, répondit Tonic.

— Tu n'as jamais rencontré Tonic, n'est-ce pas ? demanda Agastya à Dhrubo. C'est la personne la plus ennuyeuse de toute l'Asie du Sud. On ne peut lui parler que lorsqu'on est défoncé. Oncle Pultu le déteste parce qu'il est si assommant que même une statue s'effondrerait à l'écouter.

« Ça ne lui est jamais venu à l'esprit de changer de nom ? demanda Dhrubo qui gisait allongé sur le divan, la tête calée entre deux coussins.

— D'après ce que je sais, tout petit il raffolait des vitamines, toniques, etc. C'est un cas historique : le seul gamin qui aimait le Waterbury's Compound[1]. Il en reprenait en cachette. » Tonic reprit le combiné : « Allô, Tonicda ? Je pensais te voir demain... Où ça, chez toi ou au bureau ?.... On parlera de tout ça quand on se verra, non ? »

Quelques heures plus tard, lavés, frais mais toujours défoncés, ils allèrent dîner chez l'oncle d'Agastya qui ce soir-là était mutique. Son excentricité exigeait qu'il se montre flegmatique au moins deux fois par semaine. Agastya voulait le faire sortir de ses gonds, car en ses moments de mutisme son sens du sarcasme était inégalable.

---

1. Nom d'une marque de fortifiants vitaminés répandue en Asie.

« *Kaku,* Dhrubo a aussi l'intention de lâcher son boulot. »

L'oncle se tut pendant un moment, puis il posa ses petits yeux bruns sur Dhrubo : « Pour rejoindre le vaste réseau de publications de Tonic, j'espère ?

— Oh non, non, s'empressa de répondre Dhrubo, je vais essayer de passer le concours de la Fonction publique cette année. Aug... Ogu est un idiot, pas moi.

— Bien, si tu es aussi intelligent que tu le dis, essaie donc de communiquer un peu de ton esprit à ton cher ami », répondit l'oncle d'Agastya en cherchant à se caler contre le dossier de sa chaise.

C'est alors que les tambours commencèrent à battre. Depuis la *shamiana* dressée dans le champ devant la maison résonnait le tonnerre des festivités de *Dourga Pouja.* Leur instrument passé en bandoulière sur leur torse, des heures durant, les joueurs de tambour battaient la mesure de leurs pieds calleux. À intervalles réguliers, ils dansaient sur place devant la statue. C'étaient des musiciens professionnels qui se déplaçaient depuis le Bengale à travers tout le pays, dans des milliers de *shamiana* semblables à celle-ci. Pendant quatre jours résonnait le rythme des festivités au pied d'une statue d'argile transfigurée.

Dans l'esprit d'Agastya, ces battements étaient inextricablement liés à la douceur d'octobre, aux films projetés tard dans la nuit sur des écrans de fortune, au voile d'encens qui entourait la déesse, aux omelettes et aux boulettes de viande mangées dans un *dhaba* à trois heures du matin.

« Lorsque nous étions jeunes, je ne crois pas que des gens comme ton père ou moi-même se seraient conduits avec ta désinvolture, dit l'oncle. Ce pays n'était pas riche et il était difficile d'obtenir un travail, même pour nous qui avions beaucoup de relations haut placées. L'Inde n'est sûrement pas une terre d'abondance à l'heure actuelle. Aucun de nous n'aurait quitté son emploi comme ça – et encore moins un bon emploi ! Un poste de fonctionnaire est ce qu'il y a de plus sûr : on n'a même pas besoin de travailler, et en plus on est certain de ne jamais être renvoyé. Et tu veux quitter l'IAS, pas moins que ça, quelques mois à peine après y être entré. Écœurant ! C'est comme si ton père avait voulu donner sa démission de l'Indian Civil Service[1]. Et tout ça pour quoi ? Même pas pour une cause comme Subbash Chandra Bose[2] ou quelqu'un de sa trempe, non, pour être *heureux* ! Tout ce que je veux, c'est être *heureux* : c'est bien ce que tu m'as dit, hein ? En fait, tu as besoin d'un bon coup de fouet. Je pense que ton père essaie

1. ICS : haute administration coloniale britannique.

2. Disciple de Gandhi qui prôna plus tard la révolte armée et fut un des héros de l'indépendance de l'Inde (1897-1945).

de se montrer trop raisonnable. Assis dans le Raj Bhavan, en train de faire des réussites, il t'attribue davantage de clairvoyance que tu n'en possèdes. Tu n'aimes pas ton poste parce que ce n'est pas Calcutta ni Delhi et qu'il n'y a pas de fast-food où manger tes chers hamburgers. Tu te conduis d'une façon aussi superficielle parce que tu as toujours connu la sécurité. Il faut que tu grandisses, Ogu, tu ne peux pas te conduire comme un adolescent, tu as vingt-quatre ans.

— C'est exactement ce que je lui ai dit cet après-midi, intervint Dhrubo, qu'il jouait à l'Américain qui essaie de se découvrir.

— Je te prie de ne pas m'interrompre avec tes bêtises. » Pultu ne se donna même pas la peine de regarder Dhrubo. « Et tu as demandé un boulot à ce Tonic uniquement pour rester à Delhi. Tu ne connais rien à l'édition, tu n'as pas le moindre intérêt pour cette profession. Rien ne t'intéresse, d'ailleurs, et tu estimes que c'est une vertu ! »

Agastya et Dhrubo sortirent pour aller voir la *Pouja*.

« Il est sacrément en forme, ce soir, fit remarquer Dhrubo. Peut-être que le gentil domestique n'a pas voulu se faire enculer la nuit dernière. » Ils avaient atteint la porte du jardin lorsque Pultu les appela depuis l'entrée du salon : « Ogu, Manik a téléphoné ce soir. Dans tout son charabia, j'ai cru comprendre qu'il voudrait que tu épouses sa petite-fille. Il viendra ici tôt demain matin. Je lui ai dit que c'était le seul moment où il avait une chance de te voir à Delhi. »

Les tambours s'étaient tus. Le théâtre et les films avaient dû commencer. Bousculade des voitures en train de se garer, de la foule déterminée à s'amuser – pendant l'année, les hommes portaient des chemises et des pantalons classiques, mais, lors des fêtes, ils revêtaient la *kurta* et le *dhoti* blanc, marques de leur indianité ; traditionnels éventaires de *paan* et de cigarettes autour de la *shamiana*, *dhaba* vendant des *paratha* aux œufs et des sucreries, poteaux surmontés de néons diffusant une lueur teintée à travers des papiers de couleurs, échoppes proposant des saris. Il y avait même un étal de livres russes.

« Les soviets nous renverseront », dit Dhrubo en regardant une photographie de Gorki sur une édition vélin de *L'Enfance*.

De l'intérieur sombre de la *shamiana*, un rire fusait de temps à autre. Ils s'y engouffrèrent et se promenèrent au milieu des gens assis ou debout en train de regarder un spectacle de mime. Silhouettes de têtes aux cheveux plats et huilés sous le reflet des lumières extérieures. Agastya observa le public et se souvint de Madna : « Là-bas, dans une réunion comme celle-là, les hommes et les femmes s'assoient séparément. » Mais Dhrubo ne l'écoutait pas ; il s'était arrêté à l'entrée de la *shamiana* pour lire le programme des spectacles de la soirée. Agastya se dirigea vers la statue.

Comme tous les ans, on avait érigé la statue de Dourga à environ cinquante-cinq mètres en face de la scène. Le démon Mahishasur gisait ensanglanté à ses pieds, le faciès tordu par le rictus de la défaite. Les yeux globuleux sur un visage peint en jaune, Dourga était enveloppée de soie et d'encens. Les deux joueurs de tambour, de petits hommes trapus, se détendaient dans un coin en fumant une cigarette.

Pendant des années, Agastya avait contemplé son visage d'octobre joufflu, il avait entendu malgré lui les louanges psalmodiées en son honneur que diffusait la radio avant l'aube ou qui s'échappaient des lèvres des fidèles : « Accorde-moi la beauté, accorde-moi la gloire et la renommée, Toi qui as vaincu le démon. » Il leva son regard vers la déesse aux lèvres rouge sang, un troisième œil dessiné au-dessous d'une couronne d'argile dorée. Elle avait des milliers de facettes, mais aucune d'elles ne l'avait touché ni ému au point d'être ébranlé par la dignité de la foi. « Il faut bien croire en une chose ou en une autre », avait dit son père. Mais, pour lui, la foi avait toujours été associée à la fête : observer les femmes vêtues de soies étincelantes, lâcher des ballons dans le ciel de la nuit et, à côté de ses tantes, joindre les mains devant Dourga dans un geste de dévotion totalement formel, la poussière de la marijuana se mélangeant à l'humidité de la sueur qu'amènent les soirées de Calcutta. « Je me prosterne devant Toi, Déesse immanente et présente en toute chose, dans la renommée, dans le sommeil, dans la honte, dans tout. » Certains fidèles croyaient fermement à ses miracles, mais aucun ne semblait la supplier de leur accorder la paix. Il adressa un demi-sourire à la statue aux yeux brillants de vengeance. « S'il vous plaît, Jagadamba, qu'en est-il du bonheur ? Jagadamba, je vous en prie. »

« Tu as l'air complètement défoncé, dit Dhrubo en interrompant la rêverie de son ami. Bonne nouvelle : après ce mime idiot, ils passent *Ajantrik* à dix heures. Il y a des films toute la nuit, mais il y en a deux qui sont des bengalis de série B. Sortons boire un thé. » Ils quittèrent la *shamiana*, Agastya un peu étonné de ce qu'il venait de faire : il avait presque cru à la conception du monde de Shankar.

Ils s'assirent devant un *dhaba*, près de la route, sur des chaises en aluminium. Ils étaient comme deux îlots. Un gamin leur apporta deux verres de thé sucré. Agastya se sentait épuisé. Dhrubo se mit à papoter : « Je n'ai jamais vu *Ajantrik*. Et toi ? En fait, ce sera mon premier film de Ritwik Ghatak. Évidemment, c'était un cinéaste épouvantable avant que les Français ne disent qu'il était bon, et maintenant c'est un maître. Pourquoi tu ne m'écoutes pas, espèce de corniaud ?

— Trop défoncé. » Dhrubo se tut. Ils regardèrent distraitement autour d'eux, Agastya toujours préoccupé par lui-même. À quelques mètres, le klaxon des voitures, impuissantes dans la cohue, le babil de la foule heureuse, l'odeur de gaz d'un marchand de ballons et des *tikka* de pommes de terre en train de frire dans une énorme poêle, un gros homme lissant soigneusement ses cheveux derrière ses oreilles et houspillant deux garnements qui traînassaient, une jeune fille évanescente dans un sari étincelant, le visage fardé, accompagnant un couple âgé qui traversait la rue. À la table voisine, la lumière verte d'un néon éclairait un homme de belle allure.

« En Amérique, c'est tout ça qui me manquait », dit soudain Dhrubo en dessinant de la main des cercles dans le vide. Mais Agastya ne l'entendit pas et continua à regarder autour de lui.

Des applaudissements retentirent depuis la *shamiana* et les lumières s'allumèrent. On entendit l'habituel brouhaha et l'agitation d'après-spectacle, puis une voix annonça en bengali dans le micro : « Nous devions projeter *Ajantrik* de Ritwik Ghatak à dix heures, mais de nombreux amis présents ici ont exprimé le souhait de voir d'abord les deux autres films. Nous passerons donc *Ajantrik* à quatre heures du matin... » Un tonnerre d'approbations monta de la *shamiana* et quelques personnes applaudirent à l'extérieur. Le présentateur éleva la voix : « Le premier film commencera à dix heures et demie afin de donner aux gens qui le désirent le temps d'informer leurs amis de ce changement de programme. »

La foule sortit et la rumeur s'intensifia. Quelque part un enfant se mit à brailler.

« Autant pour le maître, dit Dhrubo en riant.

— Tu veux attendre jusqu'à quatre heures ?

— Non, restons assis ici un moment. On peut prendre un autre thé, et après on s'en ira. J'aime bien toute cette foule et ce désordre. »

Une heure du matin. Agastya était sur le toit de sa maison. Dhrubo était parti vers minuit. À travers les eucalyptus, il apercevait le terrain où se déroulait la fête de *Dourga Pouja*. La foule était moins dense. Il entendait des bribes de dialogue du film. Le faîte des arbres était silencieux contre les étoiles. Une journée écoulée, sept jours et demi à venir. Il ne voulait pas dormir : c'étaient six heures de gâchées. Peut-être qu'il pleuvait à Madna, apaisante pluie nocturne. Sa chambre là-bas devait être silencieuse, la poussière s'accumulait lentement sur ses cassettes. Il se remémora la lettre de Renu et sourit à demi. Ce n'était pas la peine d'aller si loin pour tant souffrir. Les gens de son milieu social n'arrêtaient pas de bouger, sans cesse et sans raison, pour réaliser en un dernier éclair de lucidité qu'ils n'avaient pas vécu. Mouvement perpétuel, comme celui de la mer indifférente, voyages dans des lieux étrangers, traversées vers de lointains rivages, recherche éperdue de la chance, sans comprendre que le paradis se trouve dans l'esprit de l'homme. « Je ne suis pas né pour ça. » Il avait dit que tout ce qu'il souhaitait était le bonheur. Maintenant, seul sous les étoiles, il pouvait l'admettre sans aucun embarras. Son père et Dhrubo avaient prédit que son expérience à Madna serait enrichissante, mais tout ce qu'il semblait avoir appris était l'impuissance inhérente à l'agitation de l'esprit. Il avait tout d'abord été épouvanté par ces pensées qui défilaient sans qu'il puisse les contrôler, tels des rats dans une caverne humide. La pensée sans l'action. Madna avait contaminé son univers citadin : la foule présente à la *Pouja* lui avait rappelé le Club de Madna, Dourga avait évoqué Jagadamba. Porter le poids de deux univers dans sa tête lui paraissait trop lourd.

Trois heures et demie du matin. Dans la rue, le rire des gens qui rentraient chez eux, contents d'avoir vu deux films médiocres gratuitement. Il s'assit dans un coin du toit plat, sur la brique et le ciment froids, pour regarder l'austère lune d'un blanc bleuté.

Le matin, il fut réveillé par un homme qu'il ne parvint pas à reconnaître pendant quelques secondes. Chauve et squelettique, la peau fine tendue sur le visage, de grandes lunettes posées sur le crâne, le visage éclatant d'une joie nerveuse.

« Ah, Ogu, s'exclama-t-il avant de poursuivre en bengali : Ton oncle avait raison, la seule façon de te voir, c'est de venir tôt le matin.

— Oh, oncle Manik, bonjour, je... euh... Je me suis couché tard, vous savez, les nuits de *Pouja*... » Il se leva. Le manque de sommeil lui provoquait des élancements dans la tête. Il se demanda s'il devait exhiber son érection matinale pour faire fuir le vieil homme.

Ils sortirent sur la pelouse. Dix heures du matin. Son oncle était en train de lire d'un air méprisant un article qu'il avait écrit dans le *Statesman*.

« J'ai dit à Manik de te réveiller. Il est là depuis huit heures à me donner tous les détails possibles sur son incomparable petite-fille. Je lui ai dit que ce n'était pas une bonne idée puisque tu es sur le point de quitter l'IAS pour travailler dans une maison d'édition. » Manik eut un rire aigu ; son crâne luisait de sueur. Le domestique apporta du thé.

« Papa m'a écrit que vous l'avez rencontré à Calcutta, dit Agastya, qui sentit un goût âcre dans sa bouche, un mélange de mucus et de bouse de vache auquel venait s'ajouter l'arôme du thé.

— Oui, oui, répondit Manik, ton père est toujours aussi gentil ; il n'oublie pas ses vieux amis.

— Que fait votre petite-fille, *kaku* ? Je ne l'ai jamais rencontrée. Ça fait au moins dix ans que je ne vous ai pas vu.

— Oui, oui », approuva Manik, secouant brusquement la tête sous le coup de l'indécision. Il hésitait entre boire bruyamment son thé et sourire chaleureusement à Agastya.

« Bien sûr, à l'époque ma petite-fille n'était qu'une enfant.

— Moi aussi, grimaça Agastya. Je ne savais rien à cette époque-là, mis à part que si on déroulait un préservatif pour voir la taille d'une bite adulte il y avait de quoi s'angoisser.

— Oui, oui », reprit Manik en découvrant à nouveau ses dents jaunes, le crâne toujours couronné par ses lunettes. « À force de dire oui, oui, comme ça, il va nous mourir dans les bras », pensa Agastya.

« Ma petite-fille a vingt et un ans. Elle fait une maîtrise de littérature anglaise à Calcutta. Elle a choisi un très bon sujet : Keats et Tennyson. C'est bien, surtout pour les filles, elle...

— Tu veux dire que c'est un atout supplémentaire sur le marché du mariage », lança oncle Pultu avec un sourire vicieux. Seul son visage dépassait du journal. « Tu pourras le mettre dans ton annonce matrimoniale : Jeune fille de vingt et un ans à marier, éducation religieuse, maîtrise d'anglais. Et au moment de la produire dans le salon de son futur époux, après avoir chanté l'inévitable chanson de Tagore, elle pourra réciter *The Lady of Shalott.* Si elle épouse un fonctionnaire de l'IAS, elle pourra se montrer encore plus condescendante que la moyenne des femmes de préfet lors des réceptions de district. Et quand le couple sera invité par des notables d'une petite sous-préfecture paumée, elle pourra leur parler de Lochinvar[1] en attendant que son mari arrive au bout des quarante minutes réglementaires. » Le journal recouvrit son visage. C'était son jour de misanthropie.

« Je ne veux pas me marier maintenant. En outre, il se peut que je change de travail, *kaku*. Et, dans ce cas, je ne pense pas que je représenterai un bon parti… »

Il attendit en vain une protestation du vieil homme. Dans l'état d'esprit où il se trouvait, le mariage lui paraissait une chose extrêmement lointaine : ça n'arrivait qu'aux autres, comme mourir dans un accident de voiture. Il lui était inconcevable de partager sa chambre de Madna avec une inconnue, peut-être cette fille de vingt et un ans avec une maîtrise d'anglais, de se défoncer et de lire Marc Aurèle en face d'elle. Tandis que Manik bavardait avec Pultu et lui arrachait quelques monosyllabes misanthropiques, ce sens de l'absurde, qui faisait maintenant partie de lui-même au même titre que ses différents noms, envahit à nouveau Agastya. Il se demanda s'il serait capable de faire sa gymnastique en face de sa femme et quelle serait sa réaction si, au moment de se jeter en avant pour faire ses pompes, elle lui disait : « Pour quelqu'un qui fait autant d'exercice tu es dans une

1. Héros appartenant à un cycle de légendes très populaires au Bengale.

forme épouvantable. » Et si elle me volait de l'argent ? Et, en ce qui concerne le sujet primordial des petites perversions sexuelles, peut-être qu'elle n'aimerait pas échanger ses sous-vêtements sales avec moi ?

En fait, il savait qu'il se marierait. Sans doute pas par passion, mais par convention, ce qui était probablement source d'une plus grande stabilité. Mais dans les deux cas, au bout de quelques mois, voire quelques années, ils se lasseraient de leurs désaccords mutuels ou, ce qui revenait au même, ils s'accoutumeraient à leurs petites manies – la façon dont elle presserait le tube de dentifrice, celle qu'il aurait de boire dans un verre sans le rincer ensuite. Ainsi glisseraient-ils vers un malheur placide et confortable, à regarder la télévision tous les soirs, chacun dans son cocon – mais peut-être serait-il imprudent d'agir autrement ? Et sa vie secrète d'antan serait enterrée dans un esprit à moitié mort, prisonnier d'un univers carcéral. Par éclairs foudroyants, lors d'incontrôlables sursauts de mémoire déclenchés par une odeur ou une image inhabituelle (la vue d'un train ou une publicité à la télévision), il se rappellerait avec un embarras teinté de stupéfaction son expérience à Madna, cette agitation perpétuelle de l'esprit qui lui était alors apparue comme la chose la plus importante au monde. Il se souviendrait aussi qu'un jour il avait été ému par la profondeur d'un ancien poème hindou.

En se rendant au bureau de Tonic, il déposa Manik à l'endroit qui lui convenait en faisant la vague promesse de lui écrire de Madna. Il le regarda traverser la rue, son *dhoti* tournoyant autour de ses jambes décharnées comme des bâtons.

Le bureau de Tonic se trouvait à quinze kilomètres de son domicile. À un feu rouge, tout en regardant une Fiat d'un rouge criard, il décida qu'il ne ferait pas ce trajet tous les jours. Il se demanda pourquoi il allait voir Tonic puisqu'il ne souhaitait pas particulièrement travailler avec lui. Le jour du pique-nique à Gorapak, il avait écrit à son père du fond de son abîme, il avait voulu faire exploser son irrésolution une fois pour toutes. Maintenant, il lui semblait grotesque d'échanger une contrainte contre une autre. Un autobus le dépassa, rempli d'employés qui se rendaient à leurs bureaux. Leurs corps agglutinés les uns aux autres dépassaient de la porte comme autant de langues sortant de gueules canines. « Je serai comme eux, je ne gagnerai sûrement pas assez d'argent pour mettre de l'essence dans ce monstre sénile (il conduisait la vieille Ambassador de son oncle). Donc, tous les jours, à neuf heures, mon déjeuner à la main, il faudra que je me précipite pour attraper un bus, que je fasse la queue, en sueur, à l'arrêt, puis le trajet, debout dans la puanteur de l'essence et de la transpiration, la même que celle des antibiotiques que je prenais à Madna quand j'étais malade. » Et ces préoccupations se réduiront à d'autres plus prosaïques encore, comme de savoir s'il pourrait attraper le bus le plus pratique et s'il aurait une place assise. Les horaires de bus seraient soigneusement rangés dans un tiroir et gravés dans sa tête ; tout changement d'horaire aurait des conséquences catastrophiques : ses jours les plus merveilleux seraient ceux où il aurait eu une place assise à l'aller et au retour.

À la différence de beaucoup de jeunes de son âge et de son époque, il n'avait pas à chercher un emploi. Il n'avait jamais connu l'insécurité financière. Mais il enviait à ces employés de bureau qui se suspendaient aux portes des bus l'aspect concret et immédiat de leurs préoccupations. Il éprouva un bref sentiment de culpabilité. Neera lui aurait immédiatement démontré, avec ses arguments marxistes purs et durs, que cette envie n'était que le symptôme d'une chose encore plus méprisable. En adressant un sourire distrait à l'arrière du bus qui se trouvait devant lui, il se dit que toutes ses pensées étaient confuses. Son esprit était toujours en train de plaquer un schéma sur son passé, mais toutes ses tentatives d'organisation ne le menaient nulle part. Dhrubo demeurait aussi fermé sur son expérience à Yale qu'il l'était lui-même sur son séjour à Madna. Essayer d'organiser le chaos à partir de schémas préétablis était un exercice stérile, une pure gymnastique de l'esprit, comme les échecs ou les réussites de son père. La passion qu'il nourrissait pour ce jeu solitaire était tout à fait inexplicable.

Sa mère le lui avait appris, son père le défendait avec force : « Cela nous apprend quelque chose d'important, Ogu, à savoir que l'on ne parvient pas à l'ordre sans patience. » « Des conneries », avait pensé Agastya sans le dire. Tout à coup, il comprit qu'il ne voulait pas finir sa vie comme son père, seul, à lire à ses moments perdus la Katha Upanishad[1] dans l'une des grandes pièces du Raj Bhavan.

Il gara la voiture et marcha un peu. Il passa devant les éditions Macmillan et Oxford University Press dont les larges devantures exhibaient avec fierté des titres mortellement ennuyeux.

La maison d'édition de Tonic se trouvait au second étage d'un bâtiment rose situé dans une allée latérale. Tonic, un homme mince et doux, doté d'un double menton et d'yeux globuleux, était dans son antre en train de remplir sa pipe.

« Tout ça n'est pas sérieux, n'est-ce pas ? » Il entrait d'emblée dans le vif du sujet. Son sens de l'efficacité impressionnait pendant quelques secondes ceux qui ne le connaissaient pas.

« Non, pas vraiment », répondit Agastya. Tonic fronça les sourcils : cette réponse allait l'empêcher de parler sans arrêt, comme il avait l'habitude de le faire. Mais Agastya voulait lui donner une occasion de faire

1. L'un des textes philosophiques les plus importants de l'hindouisme.

redémarrer la conversation : « Papa t'a dit que je n'aimais pas les petites bourgades parce que j'ai toujours vécu dans des grandes villes et que j'ignore totalement à quoi ressemble le reste de l'Inde.

— Ah », commenta Tonic en allumant sa pipe comme s'il s'apprêtait à poser pour une publicité masculine très romantique, une marque de lotion après-rasage ou un briquet de luxe. Agastya s'attendait qu'il revête une tenue de sport et parte jouer au golf à bord d'une voiture rouge, entouré de mannequins de Bombay. En route, un camion défoncerait l'arrière de la voiture et le chauffeur frapperait Tonic parce qu'il avait une grosse pipe.

« Ah, l'âme de l'Inde est dans ses villages. C'est un gros cliché, mais c'est très vrai, comme tous les clichés. C'est Wittgenstein qui a dit ça, n'est-ce pas ?

— Non, Gandhi. »

Un collaborateur entra. Avant qu'il n'ait eu le temps d'ouvrir la bouche, Tonic s'exclama : « Oh oui, je m'en souviens je vais faire ça tout de suite en un rien de temps c'est très facile mais j'oublie toujours j'ai été très occupé mais ne vous en faites pas je veillerai à ce que ce soit fait. » L'employé sortit. Tonic exhala une longue bouffée.

« Ah, tu sais, Ogu, des gens dans ton genre n'ont aucune idée de ce qu'est véritablement l'Inde profonde. Surtout toi qui vis à South Delhi, un quartier si *vulgaire*, avec pour seul compagnon ton oncle Pultu :

tu ne peux pas faire autrement que de voir les choses sous un jour complètement faux. La réalité, c'est une pauvreté épouvantable et une ignorance encore plus effroyable. Mais d'un autre côté, réfléchis à notre système d'éducation... »

« Oh, comme il aime parler. » Tonic se pencha en arrière pour attraper un manuscrit posé sur une table voisine.

« Le professeur Prem Krishen de l'université de Meerut a écrit un livre sur E. M. Forster, l'Anglais favori des Indiens – la plupart d'entre nous semblent lui être si *reconnaissants* d'avoir écrit ce roman sur l'Inde. Donc, ce professeur Prem Krishen est titulaire d'un doctorat sur Jane Austen. Est-ce que tu es déjà allé à Meerut ? Un endroit épouvantable, mais très indien. Qu'est-ce que Jane Austen vient faire à Meerut ?

— Et Macbeth à Ulhasnagar ou Wordsworth à Azamganj. Rien bien sûr, continue.

— Nous publions Prem Krishen parce qu'il va nous rapporter plein d'argent. Son livre est entièrement écrit sous forme de question-réponse. Les étudiants gobent ça comme du petit-lait. » Tonic ralluma sa pipe, ce qui évoqua à nouveau à Agastya l'image du camionneur en train de le frapper. « Pourquoi y a-t-il à Meerut de jeunes Jat[1] qui lisent Jane Austen ? Pour-

1. Haute caste d'agriculteurs, particulièrement dominante à Meerut.

quoi, en fait, y a-t-il un département d'anglais dans cette petite ville ? Seulement parce que des gens comme Prem Krishen ont besoin d'un endroit où enseigner ce genre de sottises. » D'un air théâtral, il pointa sa pipe sur le manuscrit. « Il est évident qu'ils pourraient dépenser ailleurs l'argent qu'ils gaspillent pour faire marcher ce département. » Tonic fixa Agastya de ses yeux globuleux pour voir s'il avait compris les implications de ce qu'il venait de dire et sans doute aussi pour le dissuader de sourire. « C'est pour ça que l'éducation est un véritable défi. Et dans les années à venir, en tant que haut fonctionnaire, tu seras en mesure de remédier à ce genre de situation. C'est un problème vraiment important. Et pourtant tu veux quitter l'IAS, pour des raisons futiles, simplement parce qu'à Madna tu ne vois pas le même genre de filles qu'ici ou à Bombay, celles qui portent des jeans qui leur collent au cul et des T-shirts avec des slogans obscènes. »

Agastya s'en voulut d'être le genre de personne à qui on pouvait dire de telles choses.

Tonic demanda du thé. Un autre employé entra et sortit après avoir fait à Tonic la véhémente promesse d'une action immédiate.

« Écoute, Ogu, je peux te donner un boulot quand tu veux, mais il faut que tu réfléchisses vraiment. Tu n'as pas en toute conscience pesé le pour et le contre, ça se voit sur ton visage. » Agastya en voulut à son visage. « Quitter un tel boulot revient à payer un prix exorbitant pour retrouver certains plaisirs superficiels de ton passé. »

Quand Agastya sortit du bureau de Tonic, ses pensées tourbillonnaient. Il était encore plus déconcerté lorsque des personnes pour lesquelles il éprouvait un affectueux mépris lui donnaient une leçon méritée.

De retour chez lui, lors du déjeuner, il annonça à son oncle qu'il ne travaillerait sans doute pas avec Tonic : « Quiconque est en pleine possession de ses facultés ferait de même, surtout après avoir observé le comportement de Tonic au bureau. Il fonctionne comme un ballon qui fuit : il émet de l'air chaud. »

Après le repas, alors qu'Agastya songeait à faire la sieste, le téléphone sonna. Il décrocha.

« Allô, Delhi ? Monsieur Agastya Sen ?.... Ne quittez pas s'il vous plaît... Le gouverneur voudrait vous parler... »

Après quelques grésillements et déclics, il entendit : « Allô, c'est toi, Ogu ? » Cette voix ferme même lorsqu'elle venait de loin le réchauffa.

« Bonjour, comment ça va, tes réussites ? J'ai rencontré Tonic ce matin, il m'a débité un laïus bien senti et m'a renvoyé.

— Je vois. Alors ?....

— Je n'en sais rien, papa. Je vais retourner à Madna et essayer de m'habituer au contexte. » Une pause.

« Oui, Ogu, fais ça. Au moins, va jusqu'au bout de ta formation avant de décider quoi que ce soit. Tous ces mois derniers tu n'as fait que de passer d'un bureau à l'autre. Maintenant tu vas être chargé du développement, et ce sera sûrement beaucoup plus intéressant.

— Oui, je pense que c'est ce que j'ai de mieux à faire. » Il ressentit un vide l'envahir à partir du scrotum, comme si son sang s'écoulait sans que l'on puisse l'étancher.

« Ogu… J'aimerais pouvoir t'aider, mais tu as déjà dû être assommé par les sarcasmes de Pultu. Essaie de faire le vide, de façon que ton esprit soit clair et que tu puisses penser et décider réellement en fonction de toi… » Il voyait parfaitement son père, ses cheveux blancs sur un cuir chevelu clairsemé, de petites lunettes cerclées d'or, vêtu d'un *dhoti* et d'une *kurta* en soie crème, levé depuis cinq heures du matin, essayant d'extraire de chaque journée la substantifique moelle, l'empreinte livresque de Marc Aurèle et du *Reader's Digest* inscrite sur son visage.

« Passe-moi Pultu, j'ai deux mots à lui dire. »

À six heures du soir, Agastya et Dhrubo allèrent voir Madan, un vieil ami de collège. En route, Dhrubo maudit la circulation dans West Delhi : « On n'imagine pas un tel désordre à dix kilomètres des quartiers de South Delhi ! »

Le père de Madan, qui était de retour d'un mystérieux voyage d'affaires à Singapour, continua sur le même thème : « Je vous assure qu'à Singapour tout marche très bien. La circulation est impeccable et pas question de cracher et d'uriner dans les rues. Devant les restaurants, vous ne verrez jamais de panneau disant : interdiction de se laver les mains dans les verres. Un Indien n'y survivrait pas. Ici, ma tension artérielle monte chaque fois que je prends le volant. » C'était un homme jovial et extrêmement laid.

Madan avait changé. Il avait coupé ses cheveux et ne portait plus de jeans délavés : « À cause de ce foutu boulot. Il faut que j'aie l'air net tous les jours. » Il venait d'entrer dans un cabinet d'experts-comptables renommé. « Venez dans ma chambre. » Ce qui était un euphémisme de collégien pour « fumer un joint ».

Un peu plus tard, assez défoncé, Madan dit : « C'est écœurant d'avoir un boulot, de devoir travailler. Ta journée est fichue. Travailler dans une banque est encore pire que dans un cabinet d'experts-comptables. » Il regarda Dhrubo et se mit à rire. « Sacré Dhrubo-Œdipe, quel effet ça fait de rester assis toute la journée à compter l'argent des autres ? Ma sœur va partir pour Oxford. Elle a obtenu la bourse de Rhodes cette année. Elle a déjà pris un accent de je ne sais où. Elle dit pâârdon ? et merci infîîniment à tout propos. La salope. Maintenant, elle court partout à la recherche de gens qui sont allés à

Blighty[1] ; elle n'emploie plus le mot Angleterre. J'ai vraiment honte d'elle. Je lui ai dit de téléphoner à l'ambassade de Grande-Bretagne pour savoir comment les gens chient à Oxford, si c'est dans des vases ou dans les sacs à main des dames, parce que les gens ont des habitudes qui diffèrent d'un pays à l'autre. Cette idiote est allée se plaindre à ma mère qui l'a démontée en prenant mon parti. Ma mère lui fait la tête depuis qu'elle a refusé d'emmener là-bas deux grands bocaux de condiments. » Madan s'allongea. « Tous les jours au bureau, j'ai l'impression qu'on me viole le crâne, comme si quelqu'un me mettait sa queue dans les oreilles et remuait la cervelle jusqu'à mélanger son sperme avec ma matière grise. Pas vous ?

— Tu te rappelles Bhatia, au collège ? Il était au même étage que nous et portait des T-shirts sur lesquels étaient marqués des trucs du genre : Je suis le meilleur baiseur de la ville. Il parlait tout le temps en argot américain. Eh bien, il est à Madna, au département des forêts.

— Ça lui fait les pieds. J'espère au moins qu'il se sent aussi couillonné qu'il en avait l'air, dit Madan. À quoi ça ressemble, Madna ? Comment tu fais pour baiser ?

— Tu ne sais pas ce qu'est une fonctionnaire chargée du développement, mais je peux te dire que

1. Terme désuet et vieilli pour désigner l'Angleterre.

j'en partage une avec le préfet. Elle ne pense qu'à ça, elle m'épuise. Ç'aurait été un cas pour Krafft-Ebing. »

Ils bavardèrent de façon décousue. Leurs bouches semblaient bouger toutes seules, comme si elles formaient des syllabes indépendantes de leur esprit. Aucun d'eux ne faisait vraiment attention à ce que disait l'autre. Chacun voulait parler, mais sans ardeur. Bavarder faisait passer le temps : il s'écoulait plus facilement parce que rester silencieux signifiait qu'il fallait écouter ou réfléchir. Cette situation convenait parfaitement à Agastya. Il ne souhaitait pas expliquer la confusion de son esprit. D'une part, ça n'intéresserait pas ses amis. D'autre part, comme Tonic ce matin, ils détruiraient la noblesse de ses états d'âme en deux ou trois phrases désinvoltes. Il comprenait maintenant que la plupart de ses pensées et de ses sentiments étaient triviaux et n'avaient rien d'unique : Bhatia aussi se sentait déraciné à Madna et Madan n'aimait pas son travail – il avait l'impression de perdre son temps et n'avait pas d'autre solution. Aucune émotion ne lui appartenait en propre et il espérait un peu que son agitation mentale succomberait à l'usure. Peut-être son esprit comprendrait-il enfin que son inquiétude n'était qu'un signe d'immaturité, un inévitable indice de l'âge adulte au même titre que la première émission séminale, aussi universelle que les excréments et par conséquent sans beaucoup plus d'importance.

« Il y a une Américaine qui séjourne chez nous, dit Madan, elle s'appelle Christine quelque chose, mais elle veut qu'on l'appelle Christ. C'est la fille d'une relation d'affaires louches de mon père. La trentaine, vachement sexy. Elle baise avec un Kenyan qui s'appelle Hungu. Il fait des études de gestion à l'université. À le voir, on dirait qu'il a une grosse queue. Je crois qu'il me déteste, mais il hait tous les Indiens. Ta copine fonctionnaire, ce cas de Krafft-Ebing, me fait penser à eux. Le fétichisme de la peau. Christ est parfaitement odieuse. Elle n'arrête pas de parler de l'Inde profonde et de déplorer la méconnaissance mutuelle des peuples du monde. Comme si ça avait une quelconque importance ! C'est ma faute. Je l'ai branchée sur ce sujet le jour de son arrivée. Elle est de Chicago. Comment je pouvais savoir qu'on étudie l'histoire de l'Inde ancienne, là-bas ? Ma connaissance de Chicago se résume à Al Capone. Ça a tout déclenché. Que j'étais ignorant, que les gens du monde entier devraient se rencontrer pour faire éclater cette ignorance mutuelle afin qu'il y ait davantage d'échanges. À en juger par ses activités, je pense qu'elle voulait parler d'échanges sexuels. Elle en connaît un bout sur l'Inde, cette salope. Elle part demain ou après-demain faire des recherches dans un coin qui s'appelle Lothal. Elle a hurlé quand je lui ai demandé où ça se trouvait. Ensuite, elle est repartie sur les Indiens qui ne connaissent pas leur propre histoire, ni le monde extérieur, d'ailleurs. Elle n'arrête pas de répéter que les livres sur les autres cultures ne racontent que des foutaises et que les bouquins et les films entretiennent les idées préconçues que les sociétés ont les unes sur les autres. Je crois qu'elle travaille pour la CIA. Elle me ressort sans arrêt ma remarque sur Al Capone : Regarde, c'est tout ce que tu sais sur les États-Unis. Je lui ai répondu Lionel Ritchie. Depuis, elle ne me parle plus beaucoup. »

Madan alla dans la cuisine acheter un peu plus de marijuana à son serviteur. Puis ils décidèrent d'aller faire un tour en voiture. Dhrubo maudit à nouveau la circulation jusqu'à ce qu'ils se garent sur l'un des parkings de Rajendra Place. Protégés par les bâtiments sombres des bureaux, ils entendaient les klaxons hurler à trente mètres d'eux. Ils se sentaient en sécurité, comme sur une île. Madan roula doucement un joint à la lumière d'une lampe à mercure tandis que Dhrubo arrêta Scott Joplin pour mettre Keith Jarrett. En apparence, cette journée était semblable à celles qu'ils avaient passées ces dernières années.

« Ces bureaux-taupinières n'ont l'air sympas qu'au crépuscule », fit remarquer Dhrubo. Chaque visite à West Delhi semblait l'aigrir davantage. « Tous les matins, cette place est pleine de cadres sup comme moi qui feuillettent le *Wall Street Journal*, et parfois le *Times* et *India Today* pendant leur temps libre.

— On doit toujours citer *Times* et *Newsweek* ensemble, sinon, *Newsweek* se sentirait frustré, dit Madan, qui, en bon artisan, vérifiait la forme du joint à la lumière de la rue.

— August, Dhrubo a dû te parler de son sentiment d'irréalité. Il en fait tout un drame. L'imbécile ! J'aimerais bien éprouver ça. C'est sa folie et les divagations de sa folie. Ça l'embête que tout ne soit pas cohérent : Yale et *Dourga Pouja*. Un bel idiot ! Et comme il ne peut pas régler ses problèmes tout seul, il empiète sur la vie des autres. Et cette Renu, tu ne l'as jamais rencontrée, hein ? Elle donne l'impression d'être en chaleur, mais ça ne l'a pas empêchée de m'expliquer qu'elle était très réservée ! J'ai pensé qu'elle voulait dire qu'elle avait envie de se faire sauter. On penserait tous ça en entendant une remarque pareille. Eh bien, non, elle avait pas envie. Étonnant ! On devrait baiser comme les chiens dans la rue, sans histoires et avec plein de préservatifs. Et Dhrubo montre toutes les lettres qu'il reçoit d'elle à ses amis, il se conduit comme cette Américaine de Lothal, comme si le monde était aussi simpliste que le *Reader's Digest*, comme si chacun mourait d'envie d'être gentil avec son voisin. »

Jarrett continuait à jouer. Les sons enveloppants du piano contre la cacophonie de la circulation. Un policier sortit de l'obscurité, béret sur la tête, manteau kaki, un bâton long comme ses cuisses à la ceinture. Il se dirigea droit sur la voiture. Dhrubo n'eut même pas le temps de cacher le joint. Mais au grand étonnement de tous, Madan le connaissait. Il bavarda cordialement avec lui, échangea quelques obscénités en panjabi. Le policier partagea le joint avec eux et partit après que Madan lui eut donné un autre joint bien tassé. Au retour, Agastya conduisit, pendant que Dhrubo communiait avec Keith Jarrett et que Madan fantasmait à haute voix : « J'aimerais être la maîtresse de quelqu'un, je crois... un appartement, de l'argent, une vidéo, de jolis sous-vêtements... »

Les jours passèrent très vite pour Agastya. Quand il se réveillait, la moitié de la journée était écoulée. Il prenait un brunch et, en se rappelant ses repas à Madna, il se goinfrait comme s'il pouvait stocker la nourriture. Il jouait aux échecs avec son oncle ou écoutait de la musique dans sa chambre. Il téléphonait à son père presque tous les soirs et lui promit qu'après son stage de formation il prendrait un congé à Calcutta. Il voyait Dhrubo et Madan tous les jours. Ils n'avaient pas de but de promenade, ne faisaient rien de spécial, mais se détendaient, la plupart du temps chez Dhrubo, et parlaient sans vraiment s'écouter. Il faisait du jogging à n'importe quelle heure du jour. Les journées passaient très vite, les nuits plus lentement. La nuit, il restait éveillé, allongé, et entendait le cliquetis de la machine à écrire de son oncle, contemplait la masse sombre de la bougainvillée contre sa fenêtre. Dans les formes noueuses et tourmentées de l'arbre, il voyait des millions de choses mais jamais son avenir.

Il se retrouva dans le train de Madna, fixant d'un regard vide les centaines de kilomètres de campagne, le paysage lunaire de la vallée de Chambal, les petites villes totalement inconscientes des changements prévus par des plans minutieusement élaborés, les champs luxuriants après l'abondante mousson, et, du haut des ponts, les petits points des gens en train de laver leur linge et de se laver eux-mêmes dans les eaux gonflées des fleuves immémoriaux.

Delhi et Madna apparaissaient comme deux pôles opposés d'une existence irréelle. La seule chose palpable était le rythme de la bête vrombissante sous lui, un miracle capable de relier deux mondes disparates.

Il s'allongea sur la couchette supérieure afin d'éviter tout contact humain. « Plus de voyages, par pitié, plus jamais. » Vivre était devenu une affaire plus simple : il se laissait glisser au fil des jours et découvrait avec plus de précision ce qu'il ne voulait pas. Il désirait avant tout être dans un endroit où son esprit n'aurait aucune conscience de l'existence d'un autre lieu. Il pourrait même s'accommoder de Madna pourvu que ne surgissent pas les images de Delhi ou de Calcutta, le souvenir des promenades avec Neera le long des Lake Gardens, de leurs longues discussions sur la vie, les livres, la sexualité, de l'aveu timide de sa virginité, et, plus loin encore de Singapour, où tout était si bien organisé, de l'Illinois et de l'infinie variété de ses jambons. La juxtaposition de plusieurs univers dans sa tête était un supplice intolérable.

Il se retournait sur sa couchette, torturé par les images sadomasochistes d'une multitude de femmes, phénix de son passé qui le tourmentait : silhouettes entrevues dans une pharmacie ou en faisant la queue au cinéma. Cette partie de l'esprit pour qui la catharsis est une souffrance et l'apaisement sexuel un supplice avait gardé le souvenir de leurs visages et de leurs cuisses. Leurs attitudes, comme tout son passé, se fondaient en un amas de railleries qui le faisait se recroqueviller dans des postures d'expiation, raide comme les doigts d'un paralytique.

La gare de Madna, à l'heure. Les mendiants qui se chamaillaient autour des robinets publics, la langue qui ne lui était plus aussi étrangère, la jeep tapecul, les éventaires de cigarettes et de canne à sucre, le pont, les enfants de Vasant qui se balançaient sur la porte d'entrée de la *rest house* en lui faisant des signes de la main, l'odeur infecte d'alcool et d'air vicié aux abords de la chambre de Shankar (il était allé à Koltanga pour quelques jours et avait laissé sa puanteur derrière lui), Vasant apportant une cruche d'eau prétendument bouillie et une tasse de thé très sucré. Rien n'avait changé, comme s'il était parti à Delhi en emmenant le temps avec lui.

Vasant et sa progéniture l'entourèrent et le regardèrent ouvrir la porte. « Beaucoup de gens sont venus : le préfet de Paal, le secrétaire délégué à l'Industrie et l'Anglais avec sa femme », dit Vasant. La grenouille, dérangée, bondit dans un autre coin. Agastya se regarda dans la glace. Tout comme la chambre, son reflet était souillé de poussière.

Il but son thé dans l'agréable chaleur de la véranda. Tandis que les enfants exploraient la chambre sous prétexte de la nettoyer, Vasant le suivit pour lui répéter les nouvelles : « Le préfet Paal et le secrétaire délégué à l'Industrie sont descendus chez M. Srivastav, mais l'Anglais habite ici », raconta-t-il en désignant du doigt la *circuit house*. Agastya était déterminé à ne poser aucune question afin de voir combien de temps Vasant pourrait se retenir de divulguer toutes ses informations sans que son interlocuteur montre le moindre intérêt. La facilité avec laquelle il venait de se glisser à nouveau dans la vie de Madna lui procurait un plaisir cynique : il retrouvait les confrontations avec son cuisinier. Vasant perdit très vite la partie. « L'Anglais est arrivé il y a deux jours. Il est venu pour retrouver les traces de son cousin. » Ses propos n'avaient aucun sens, mais Agastya ne releva pas. À travers ce nuage, il aperçut l'un des enfants enfoncer la poubelle sur la tête de son frère.

« Dis-leur de ne pas déranger la grenouille », recommanda-t-il tout en écartant sa chaise de la porte.

Plus tard, il défit lentement ses bagages. Il replaça sur l'étagère la Gita, Marc Aurèle et son journal. Durant son congé, il les avait presque oubliés. Il étendit sur le lit le couvre-pied qu'il avait finalement décidé de ramener ici, ce tissu crème avec un grand cercle rouge au milieu. Il appela Vasant en hurlant : il voulait une autre tasse de thé et lui fit épousseter le tableau de Tamse. Il se tailla la barbe sans se presser, avec soin. En son absence, les lézards semblaient avoir proliféré. Le soleil de fin d'après-midi tomba sur ses cassettes. Il feuilleta son journal. Maintenant, il n'avait plus rien à noter. Il prit le *Madna District Gazeetter* rangé sur l'étagère inférieure, près de ses chaussures de toile. Il lut un ou deux paragraphes, sans pouvoir retenir les mots. Il s'allongea pour regarder le plafond.

Il répétait ces actes familiers comme un automate. Marche jusqu'à la maison du préfet vers sept heures – traversée du terrain de la *circuit house* où des chiens errants bâillaient à se décrocher la mâchoire, du grand champ bordé de cabanes. Près du Club, on avait installé des filets : la saison du cricket avait commencé. Foule autour de la gare routière. Des centaines de gens attendant de quitter Madna. Un car jaune et vert des Transports publics faisait tourner son moteur à l'entrée de la gare. Sur le toit du véhicule, des passagers attachaient leurs bagages à leurs risques et périls. D'après le panneau, le véhicule allait jusqu'à Jompanna. Visages abattus derrière les vitres. Une femme penchée à la fenêtre, prise de vomissements. Agastya observa le renvoi blanc sinuer sur la vitre. Quelqu'un prononça son nom. C'était Mohan qui s'avançait vers lui en souriant. Soudain, toute la scène lui apparut. Bhatia était en train d'acheter des cigarettes à quelques mètres de lui. Mohan était accompagné d'un homme aux cheveux coupés très court et dont le visage lui était familier.

« Salut, August, comment ça s'est passé à Delhi ? Tu as déjà rencontré Dubey, n'est-ce pas ? Il est conservateur adjoint au département des forêts de Gorapak…

— Bien sûr que nous nous sommes rencontrés ! Vous aviez organisé ce festin pour le pique-nique. »

Ils rirent tout en se serrant la main. Bhatia arriva, l'air plus heureux que d'habitude : « Je fiche le camp d'ici, un long congé pour Diwali. Je pars ce soir, à l'instant, en fait. Je file faire mes derniers préparatifs et je m'en vais.

— Ne te réjouis pas trop vite, dit Mohan, tu seras de retour avant même d'avoir eu le temps de te brosser les dents.

— C'est toujours mieux que de ne pas partir du tout, répondit Bhatia.

— J'en suis pas si sûr », rétorqua Agastya.

Pour toute réponse, Bhatia leur lança, le visage rayonnant : « Au r'voir, on en reparlera quand je reviendrai ! » Il leur donna une poignée de main et partit. Ils l'observèrent fendre la foule à toute allure.

« Ici tout peut attendre. Allons donc boire une tasse de thé quelque part, proposa Mohan. Comme le dit Sathe, il n'y a jamais aucune urgence à Madna. » Ils se dirigèrent vers les *dhaba* situés à l'extrémité de la gare routière.

« Vous aimez passer vos soirées libres à regarder les cars partir ? demanda Agastya. Peut-être que ça vous fait plaisir de voir les gens quitter Madna. » Ils éclatèrent de rire.

« Je suis venu passer une journée ici. Je retourne à Gorapak ce soir. Mohan et Bhatia sont venus m'accompagner. J'ai raté le car de six heures et demie et j'attends le suivant », expliqua Dubey.

Ils passèrent devant un petit groupe de gens attroupés autour d'un vieil homme qui vendait des aphrodisiaques. La poussière plus que l'âge semblait avoir blanchi sa barbe. Exhortations et promesses d'une voix rauque à force de hurler ses misérables rêves. Agastya remarqua dans un demi-sourire que son serviteur Digambar succombait à la tentation d'acheter une fiole.

« Tous les *dhaba* de l'Inde se ressemblent, pensa Agastya. Petites lampes à kérosène, tables de bois fendues, animation permanente, gamins pour faire le service, patron en sueur pour les houspiller, caisses de Coca-Cola *made in India*, odeur alléchante des *tandoori roti* et des *chole* mêlée à la puanteur des caniveaux. »

« Trois thés », commanda Dubey au gamin qui essuyait la table douteuse avec un chiffon qui l'était encore plus.

« Tu rentres pas chez toi pour Diwali ? demanda Agastya à Mohan.

— Si, après-demain. Rohini restera à Alwar. Il n'y a aucune raison que je l'emmène à Pirtana avec moi. C'est pire que Gorapak, c'est tout dire. Il n'y a pas d'électricité là-bas, tu sais, dit Mohan dans un timide sourire.

« Les contraintes du métier », commenta Dubey en souriant.

Un car sortit de la gare en rugissant, remplissant le *dhaba* de ses gaz d'échappement. Dubey se gratta la tête. Il avait les traits tirés et déformés d'un condamné. Quand il parlait du désert de sa vie à Gorapak, son visage était parfois traversé de convulsions. « Il n'y a même pas de marché, rien. Juste un petit club où on ne joue qu'au bridge. Après le bureau, je n'ai pas envie de retourner dans ma chambre et d'attendre le dîner allongé sur mon lit, mais il n'y a pas d'autre endroit où aller.

— Qu'est-ce que tu fais, alors ? demanda Agastya.

— Je vais contempler le fleuve, ou je regarde les autres jouer au bridge. »

Agastya détourna les yeux. Il avait l'impression d'être peu à peu entouré par la tristesse insignifiante de ses compagnons d'exil : le juge du district, Bhatia, et maintenant Dubey.

« J'ai demandé à être muté à un meilleur poste, reprit Dubey. Mon père étant décédé, ma mère et ma sœur cadette ne peuvent pas rester seules. Elles vont venir me rejoindre. J'espère que mon transfert se fera.

— Pour aller où ?

— Eh bien, commença Dubey en souriant à nouveau, quand Mohan partira il y aura un poste libre à Madna. Nous attendons que ma sœur ait passé son bac. Elle pourra faire ses études supérieures à Madna. » « Sous la brillante tutelle de Mme la préfète », ajouta Agastya silencieusement.

Ils terminèrent leur verre de thé et allèrent s'enquérir de l'heure du prochain car pour Gorapak. Foule, odeur des corps fatigués autour du guichet, bancs de ciment sale sous la lumière blême des néons, costumes vert et rose des villageoises accroupies, en train de fumer des *bidi* et d'attendre, avec une patience illimitée. Un transistor beuglait une chanson disco de film hindi qui tranchait désespérément avec le contexte. Ils regardèrent Dubey monter dans le car et ajouter son faciès triste aux visages déprimés derrière les vitres. « Au moins, j'ai une jeep pour mes déplacements », pensa Agastya au moment où le car démarrait.

« Où allais-tu avant qu'on te demande de nous honorer de ta gracieuse compagnie ? demanda Mohan en se dirigeant vers la sortie de la gare routière.

— Chez le préfet. Une manière de signaler que j'étais bien rentré.

— Viens, on va faire un petit bout de chemin ensemble. » Mohan paraissait préoccupé.

Ils passèrent devant l'Institut d'études commerciales et industrielles, un bâtiment d'un étage qui se dressait sur un acre de gravats. Des fils barbelés, interrompus par une embrasure sans portes, tenaient lieu de mur d'enceinte.

« C'est Rohini, dit soudain Mohan, elle n'aime pas vivre si loin de chez elle, surtout dans des endroits où il n'y a pas grand-chose à faire pour une femme. »

Agastya lui prodigua quelques paroles de réconfort.

« Quand est-ce que tu pars pour ton stage de développement ? demanda Mohan.

— Je ne sais pas encore. »

Ils se séparèrent au carrefour qui précédait la maison du préfet. « Je viendrai te dire bonjour plus longuement demain matin, dit Agastya.

— Absolument, sourit Mohan, car qui sait quand nous nous reverrons. » Une légère expression de perplexité se peignit sur le visage d'Agastya.

« Écoute, je pars après-demain pour Alwar. Quand je reviendrai, tu seras nommé ailleurs, sans doute dans un sous-district. De plus, dès mon retour, j'irai immédiatement à Pirtana. Ensuite, il est fort possible que tu sois envoyé comme sous-préfet dans n'importe quel coin de cet État. »

Toutes les lumières de la maison du préfet semblaient allumées. Il y en avait beaucoup plus que d'habitude et des lampes brillaient dans le jardin. « Peut-être que pendant ces dix jours ils sont devenus fous et ont transformé la maison en asile, pensa Agastya. Et que les malades mentaux ont tué les infirmières, les gardiens et tous ceux qui restaient, par une nuit de pleine lune. Maintenant ils célèbrent leur victoire. Tout le district va se réunir ici pour boire joyeusement le sang des victimes sur le cadavre de Srivastav, toujours en train de maugréer, même dans la mort. »

Des chaises étaient disposées sur la pelouse. Sur des tables, deux haut-parleurs diffusaient des *ghazal* en urdu. Des domestiques s'affairaient dans tous les sens. Kumar se tenait debout face à deux victimes assises, relevait son pantalon et faisait une brillante description qui ne semblait pas enthousiasmer son auditoire. Srivastav en personne servait de l'alcool. Joshi, en tenue de safari, voltigeait au milieu des domestiques. Deux groupes de bridgeurs disputaient une partie. Les femmes assises, fardées et parfumées, formaient un cercle solennel. Les gosses couraient partout.

Ce fut Shirpa, la fille de Srivastav, qui la première reconnut Agastya. « L'oncle bengali est revenu ! L'oncle bengali est revenu ! » cria-t-elle en courant vers sa mère. Ses amies l'imitèrent. Dans leurs bouches juvéniles, l'expression était devenue : « Pumbaali Kunkal a un derrière[1]. » En se demandant comment il pourrait les étrangler toutes à la fois, Agastya suivit les gamines puis alla saluer ses hôtes.

Il fit un tour de *namasté* à toutes les épouses. Il remarqua que la femme de Kumar était aussi petite et aussi grosse que son mari et que la femme de l'adjoint du préfet de police était extraordinairement bandante. En se dirigeant vers les tables, il ne put éviter Kumar : « Alors, Sen ? Quand est-ce que vous êtes arrivé ? Vous vous rappelez ce salaud de chauffeur de taxi à Delhi ? Il a reçu une raclée et son permis de conduire lui a été retiré. » Les victimes de Kumar étaient Bajaj et Rajan, le préfet du district de Paal.

Srivastav faisait le mort à une table de bridge, jetant un regard mauvais à son partenaire, un petit homme barbu, placide et d'une obésité étonnante. Il avait l'air d'un réalisateur de films d'art mortellement ennuyeux.

« Ah, Sen, je suis ravi que vous soyez de retour. J'espère que vous vous êtes bien amusé à Delhi, lui dit

1. Jeu de mots sur la déformation de *has come* qui signifie « est revenu » et *has bum* qui veut dire « a un derrière ».

Srivastav qui, à sa grande surprise, le prit à part. Écoutez, allez parler à cet Anglais et à sa femme. Je ne sais pas quoi en faire. Ils ont tous les deux l'air de s'ennuyer ferme. Il faut que quelqu'un discute avec eux, *bhai*.

— Où sont-ils, monsieur ? »

Srivastav regarda autour de lui d'un air renfrogné. « Je ne les vois pas. Ils se sont peut-être éclipsés pour rentrer à la *circuit house*, ajouta-t-il avec une pointe d'envie. Quoi qu'il en soit, c'est à vous de vous en occuper. Vous avez l'intention de prendre un verre ? » demanda le préfet en regardant d'un air désapprobateur le premier bouton de la chemise d'Agastya.

« Oui, monsieur.

— Bon, buvez avec eux et distrayez-les. » Srivastav retourna à la table de jeu pour constater que son partenaire placide avait raté son contrat.

L'Anglais et son épouse sortaient de la maison. « Ou sa femme est indienne, ou bien il est allé faire pipi avec sa maîtresse, indienne elle aussi. » Tous deux étaient jeunes, sûrement moins de trente ans.

« Bonjour, je m'appelle Agastya Sen. »

Agastya ne comprit pas leurs noms.

« Depuis ces deux derniers jours, vous avez été notre seul sujet de conversation, dit la jeune femme. Tous les fonctionnaires de ce district attendaient votre retour avec impatience. Ils n'ont pas arrêté de dire que dès que vous reviendriez notre séjour à Madna serait très agréable. Nous sommes censés nous entendre merveilleusement bien. Puisque votre mère était chrétienne, nous devrions avoir des tas de choses en commun. Et nous avons évidemment été très impressionnés d'apprendre que votre père est Madhusudan Sen – même si, pour tout vous dire, j'ai dû donner un petit coup de coude à mon mari pour qu'il ait l'air intimidé. » Agastya se sentit quelque peu interloqué. Dans son *salwaar-kameez* bleu, l'épouse de l'Anglais paraissait bien en chair et pulpeuse, le genre de femme à déclencher une pollution nocturne chez un adolescent.

« Mme Srivastav a été extrêmement gentille avec nous », ajouta le mari qui avait une petite moustache châtain clair et de timides petits yeux bleus. Ils s'assirent près d'une lampe, un peu à l'écart des autres invités. Kumar leur adressa un large sourire et leva son verre à leur intention. Agastya entendit Srivastav expliquer à son gros partenaire d'une voix exceptionnellement polie à quel point il avait mal joué la dernière donne.

Il avait résolu de ne pas demander à l'Anglais ni à son épouse ce qu'ils faisaient à Madna – la conversation serait plus intéressante.

« Que prendrez-vous, monsieur ? » demanda un serveur dans un anglais parfait. Cheveux en brosse, moustache fournie, il aurait pu incarner à la perfection une marque de cigarettes pour machos.

« Vous êtes de la préfecture ? demanda Agastya.

— Pardon ?

— Vous n'êtes pas un planton de la préfecture, n'est-ce pas ? »

Le serveur avait apparemment appris à ne jamais avoir l'air pris de court. « Je travaille à l'hôtel Madna International, monsieur », répondit-il. « Oh, l'hôtel de Sathe, pensa Agastya, Srivastav a enrôlé des professionnels. »

« Où est M. Govind Sathe ? demanda Agastya.

— Il est parti il y a environ une demi-heure. Il avait à faire mais il ne devrait pas tarder à revenir.

— Euh, je prendrai un whisky-soda. Et vous ? demanda Agastya en se tournant vers ses deux fardeaux.

— On a bu toute la soirée. Un gin-fizz, dit la jeune femme.

— Un double whisky », commanda l'Anglais.

La perspective de cette soirée commençait à plaire à Agastya. Il allait picoler officiellement sur les pelouses de la préfecture et servir de chaperon à un Anglais inconnu et à son épouse incroyablement séduisante. Srivastav ferait passer cette soirée en frais généraux sous le couvert d'une des innombrables obligations professionnelles qu'il saurait inventer pour la justifier : un dîner de travail avec le préfet de Paal organisé pour discuter des problèmes de sécurité sur les frontières du *tehsil*, par exemple, ou avec le secrétaire délégué à l'Industrie pour parler des industries du district de Madna.

« Vous étiez parti en congé ? » demanda l'Anglais.

Avant de répondre par l'affirmative, Agastya se demanda une seconde s'il allait mentir. Shekar, le fils de Srivastav, courut vers lui, le frappa au bras et s'enfuit en hurlant : « Pumbaali Kunkal a un derrière. »

« Mais enfin, que dit-il ? demanda la jeune femme.

— C'est une prière tribale très populaire dans cette région. Grosso modo, ça veut dire : que Dieu m'accorde la fertilité. Elle est très répandue parmi les tribaux de ce district qui vénèrent les serpents. Ces aborigènes pratiquent des rites de fertilité très ésotériques avec des cobras. »

Pendant un moment il songea à introduire quelques détails sexuels dans ses explications, mais il jugea que c'était trop tôt.

« C'est typiquement indien, dit-il avec affabilité à l'Anglais, comme les vaches qui somnolent ou ruminent sur les grandes avenues de Delhi. Vraiment très indien. Les enfants ont dû apprendre cette prière par l'intermédiaire de leur *ayah*. J'espère que Mme Srivastav ne les entendra pas. J'aurais tout lieu de penser qu'elle en serait très fâchée. » Cette information inattendue laissa à juste titre la jeune femme perplexe.

« Vous faites partie de l'I A S, n'est-ce pas ? lui demanda-t-elle.

— Oui, répondit Agastya, qui précisa, en se tournant vers l'Anglais : Ce qui veut dire Indian Administrative Service.

— Oui, je sais, répondit l'homme, c'est à peu près ce qu'était l'Indian Civil Service avant 1947.

— Ne dites pas ça devant M. Srivastav, s'il vous entendait, il serait furieux. » Comme il fallait s'y attendre, le couple ne comprit pas le sens de cette recommandation.

Le serveur revint avec les verres. Agastya remarqua la présence de la belle-sœur de Sathe assise parmi le cercle des épouses : toujours aussi hébétée dans son sari rouge et or.

« Vous séjournez aussi à la *circuit house*, n'est-ce pas ? demanda la jeune femme.

— À la *rest house*, oui. C'est dans la même enceinte, mais les meubles sont moins vulgaires.

— Oui, je vois. Ce cuisinier, Vasant, nous a indiqué où se trouvait votre chambre. Il nous fait la cuisine aussi.

— Il cuisine bien, non ? », dit Agastya en riant. L'Anglais et son épouse firent écho à son rire.

« Je me demande comment vous avez réussi à survivre à sa cuisine pendant si longtemps, rétorqua la jeune femme. On prend un maximum de repas chez les autres, surtout chez Mme Srivastav. Je n'arrête pas de répéter à John que Vasant est l'exception plutôt que la norme. »

« Ah, ainsi l'un s'appelle John. Elle, c'est peut-être Mary. John et Mary vont vivre heureux pour toujours. Mais il est plus vraisemblable qu'ils se fassent chier à Madna. »

« En quoi consiste votre travail ? » demanda John.

Agastya le regarda d'un air suspicieux. Il tenta de déchiffrer sur son visage le sens de sa question. N'essayait-il pas de dire : pourquoi le gouvernement indien paie-t-il un crétin comme vous ?

« Euh... je suis en train de m'initier aux arcanes de l'administration. Je passe d'un bureau à l'autre pour apprendre le fonctionnement de chaque département. »

Le terrain vague qui s'étendait au-delà de la pelouse servait ce soir-là de parking. Une femme apparut derrière une Ambassador. « Que fait-elle là, se demanda Agastya. C'est peut-être une fétichiste qui ne peut faire pipi que derrière les voitures. Comme le frère cadet de Prashant qui à trois ans chiait toujours derrière le sofa du salon. Prashant essayait alors de calmer sa mère en disant : Maman, c'est la preuve qu'il est génial, comme Einstein. » Agastya n'avait jamais vu cette femme auparavant. Elle regarda autour d'elle, fit un signe de la main à quelqu'un et vint vers eux. Elle avait l'air autoritaire. Agastya se crut obligé de se lever.

« Bonsoir, dit-elle à John et à sa femme. Vous vous amusez ? » Elle regarda Agastya d'un air interrogateur.

« Je m'appelle Agastya Sen, je...

— Oh, j'ai entendu parler de vous par Mme Srivastav, vous êtes sous son aile protectrice, à ce qu'il paraît. Je m'appelle Vatsala Rajan, mon mari est le préfet de Paal. Attendez, je vais chercher une chaise », ajouta-t-elle en attendant qu'Agastya en rapporte une.

Il alla tout d'abord prendre un autre verre. Srivastav faisait encore le mort. Quand il rejoignit le groupe, une chaise à la main, Mme Rajan, le buste penché en avant, parlait avec animation : « ... à Tooting où j'ai des amis. Je pense qu'il faut soutenir ce festival parce que c'est un projet tellement *ambitieux.* » Elle s'adossa, l'air très excité.

« C'est dommage que nous n'ayons pas pu y assister », dit John en regardant sa femme. Mme Rajan se pencha à nouveau en avant, le cou tendu comme une conspiratrice : « C'est si important pour l'Inde d'être bien représentée à l'étranger. Il faut en finir avec ces mythes sur l'Inde, vous savez : le pays de la servilité, des charmeurs de serpents, des éléphants, des rites tantriques, etc. C'est... » Elle ouvrit la main, c'était comme un bouton qui éclôt dans une séquence en accéléré. Sans doute cherchait-elle dans sa paume l'adjectif adéquat. Agastya se demanda s'il pouvait s'éclipser pour reluquer la femme de l'adjoint du préfet de police. Il imagina qu'à son retour Mme Rajan ne parlerait plus qu'à deux cadavres. Et le fils de John, un petit bambin aujourd'hui quelque part en Angleterre, viendrait à Madna dans trente ans pour éclaircir le mystère de la disparition de ses parents, morts en écoutant une femme lors d'une soirée préfectorale. Il ne croirait pas le rapport d'autopsie déclarant un « décès par ennui ». Ce n'est que lorsque John numéro deux rencontrerait Mme Rajan, à Delhi, dans la grande maison que les Rajan auraient fait construire au moment où Monsieur, alors secrétaire d'État à la Culture, aurait réussi à lui seul à foutre en l'air le festival de l'Inde en Islande, que... Agastya réalisa que Mme Rajan lui avait posé une question.

« Excusez-moi, madame, je n'ai pas bien saisi...

— John et moi sommes en train de définir nos positions (l'espace d'un éclair, Agastya pensa aux positions sexuelles) et nous débouchons sur une impasse. John estime que j'utilise le mot indien dans un sens beaucoup trop large. Maintenant, dites-moi, Agastya – c'est un joli nom, si ethnique –, comment définiriez-vous ce terme ? Je pense que l'Inde est un pays qui comporte tellement de facettes, aussi fascinantes les unes que les autres, qu'il est impossible de définir avec précision le sens de l'adjectif indien. »

Les pupilles d'Agastya oscillèrent rapidement de droite à gauche, cherchant désespérément une échappatoire. « Où sont passés mes potes ? Pas étonnant que Rajan soit patiemment assis à écouter Kumar. Comparé à sa femme, Kumar, c'est carrément Somerset Maugham... »

« Euh…

— Comme vous êtes de sang mêlé, votre point de vue est particulièrement intéressant. » La femme de John se mit à pouffer comme une adolescente.

« Euh, je ne sais pas. Je n'ai jamais vraiment réfléchi à ce genre de chose…

— C'est un aveu très important, reprit Mme Rajan avec emphase et en hochant la tête, les yeux fermés. La plupart des Indiens ne réfléchissent pas à ce que signifie le fait d'être indien. » Agastya eut envie de la gifler très fort et de s'en aller avec nonchalance prendre un autre verre. « Continuez, demanda-t-elle avec impatience, en battant des paupières.

— Je suppose qu'être indien signifie être né avec la nationalité indienne et n'avoir aucun désir d'en changer », répondit-il. « Bien fait pour cette salope », triompha-t-il silencieusement en voyant une stupéfaction rageuse déformer les traits de son interlocutrice. C'est à ce moment précis que Mme Srivastav arriva, comme un miracle longuement attendu. En tant qu'hôtesse, elle effectuait l'obligatoire tournée des invités. Son apparition força Mme Rajan à recomposer son visage. Agastya était déterminé à quitter le groupe avec elle, dût-il s'agripper à son sari. Bavardages, pendant qu'il terminait silencieusement son whisky-soda.

« Nous prendrons bien un autre verre, dit, charmeuse, la femme de John.

— J'espère qu'il n'a pas bu tranquillement dans son coin ? » demanda Mme Srivastav.

En revenant du bar, dressé pour l'occasion à l'extrémité de la pelouse, Bajaj appela Agastya. « Merci », dit mentalement le jeune homme en se dirigeant vers lui. Bajaj était en train de discuter avec l'ex-partenaire de Srivastav, qui avait l'air encore plus gros quand il était debout. C'est Gopalan qui affrontait maintenant les airs menaçants du préfet.

« Bonsoir, Sen, depuis quand êtes-vous rentré de Delhi ? demanda Bajaj. Je vous présente M. Panda, notre secrétaire délégué à l'Industrie, ancien préfet de Koltanga... » Agastya serra une main moite et collante, et se demanda si l'homme ne s'était pas masturbé sous la table de bridge pour exprimer secrètement ce qu'il pensait de son partenaire, le maussade Srivastav.

« Est-ce que M. Srivastav vous en a parlé ? reprit Bajaj. Nous allons sûrement vous envoyer en poste à Jompanna, comme chargé du développement. C'est une région tribale très arriérée. Ce sera une expérience extrêmement enrichissante pour vous. » Agastya hocha la tête en essayant de paraître enthousiaste.

« Je pense que vous avez de la chance d'être nommé à Jompanna, ce sera pour vous un monde totalement nouveau », renchérit Panda. Il remonta ses lunettes sur son front pour allumer une cigarette. Il parlait d'une voix lente et grasse, étudiée pour énoncer des évidences. « Vous observerez les bases du développement en milieu rural dans un pays en voie d'industrialisation, dit-il dans un sourire qui découvrit des dents brunâtres. Il vous incombera de mettre en œuvre tous ces programmes que vous ne connaissez que par la presse : le développement rural, l'assistance aux communautés tribales, aux familles défavorisées... Tout ça, c'est une extraordinaire occasion d'apprendre beaucoup de choses sur le fonctionnement de notre pays. » Bajaj acquiesça d'un signe de tête : tristes yeux d'épagneul dans un visage de don Quichotte.

Le *thumri* que l'on entendait maintenant était un air familier : *La perle est tombée de ton anneau de nez, ma bien-aimée.* C'était la chanson que fredonnait Shankar ce matin où Agastya se remettait d'une forte fièvre et où le caricaturiste avait déclaré que la seule façon de supporter le monde était de transcender la raison. Un homme vint se joindre à eux. Bavardages. C'était Sharma, un fonctionnaire chargé de la Santé publique. « Oh, oh, se dit Agastya, c'est lui l'utilisateur de cette jeep de cirque, avec ces peintures de lutteurs. » Il chercha le véhicule des yeux et le reconnut. La demi-obscurité semblait lui conférer une certaine dignité. Pendant un moment, Bajaj et Sharma discutèrent de problèmes administratifs, puis Bajaj essaya de faire participer Panda à leur conversation.

« C'est une situation inhabituelle. Vous connaissez le Centre de réhabilitation de Baba Ramanna ? » Panda acquiesça d'un lent signe de tête, comme si l'obésité de son cou lui interdisait tout mouvement rapide. « Il a poliment refusé l'aide du gouvernement, en disant qu'il s'en était bien passé pendant quarante ans. »

Panda ne répondit pas mais parut être au courant. Espérant l'inciter à émettre un jugement, le fonctionnaire de la Santé publique relança le débat : « Je suis passé au Centre ce matin, mais je n'ai pas rencontré le Baba[1]. Par contre, j'ai vu son fils qui m'a dit que malheureusement l'aide du gouvernement est toujours synonyme d'interférence.

— C'est parfaitement exact, répondit Panda, mais cet homme est réellement un saint, ou presque. Son programme de réhabilitation est un véritable travail de compassion. » Tout le monde acquiesça d'un air solennel.

Agastya aperçut une Maruti rouge remonter l'allée en crissant. Sathe sortit de sa voiture, regarda autour de lui et alla discuter avec l'un des joueurs de bridge.

« Sen, avez-vous visité le Centre de Baba Ramanna ? demanda Bajaj.

— Euh… non, monsieur, je n'en ai pas eu l'occasion », répondit-il en ajoutant silencieusement : « Je n'en vois pas l'intérêt, ni pour lui ni pour moi. »

1. Terme courant par lequel les Indiens désignent un saint homme.

Bajaj eut l'air atterré : « Vraiment ? Mais que diable avez-vous fait pendant votre formation ? » Il se retourna vers Sharma : « La prochaine fois que vous irez là-bas, emmenez Sen. Il doit voir ce Centre, ce sera très instructif pour lui.

— Un jour de la semaine prochaine, sans doute, répondit Sharma en faisant un signe de tête à Agastya. Je passerai vous prendre à la *rest house*, ça vous va ?

— Bien sûr. Merci beaucoup », dit Agastya en espérant que Sharma oublierait le rendez-vous, ou que lui-même ne se trouverait pas dans sa chambre à ce moment-là, ou alors qu'il serait trop défoncé pour l'entendre frapper à sa porte. « Tu devrais compter combien de fois tu entends les mots formation, expérience enrichissante et leurs variantes, quand on te parle. »

« Excusez-moi, messieurs, il faut que j'aille discuter avec… (il réalisa qu'il ne connaissait pas le nom du jeune couple britannique)… l'Anglais et sa femme. » C'était d'une affligeante maladresse. « Ce sont les ordres de M. Srivastav. Je dois les chaperonner toute la soirée. » Il s'éloigna du petit groupe, aperçut Mme Rajan, toujours penchée en avant en train de raconter ses foutaises, et obliqua droit sur Sathe qui lui dit d'emblée : « Pourquoi es-tu resté debout pendant des heures à discuter avec cet hippopotame ? Allez, vide ton verre. On va en boire d'autres avant de quitter ce cirque. »

Ce qu'ils firent. Imaginer la causticité de son ami faisait sourire Agastya d'avance : « Quel chef-d'œuvre complexe attend la dernière touche sur ton chevalet, ô maître ? » Comme d'habitude, Sathe rit de tout son corps.

« Est-ce que tu as vu mes caricatures de Krishna ? Une série de douze. Les journaux hésitent à les imprimer, ils prétendent que c'est trop blasphématoire. Dommage ! J'avais pensé à écrire les légendes en anglais et à les envoyer à d'autres journaux, mais en anglais elles ne sont pas aussi drôles. » Ils s'étaient mis à l'écart et avaient fini par s'asseoir sur le capot de la jeep de foire. « Sur l'un de mes dessins, j'ai représenté un politicien en train de dire à Krishna : L'esprit est en perpétuelle agitation, ô Krishna. La scène se passe sur le champ de bataille de Kurukshetra. Au lieu d'être jonché de cadavres, il est plein de sacs étiquetés argent noir, corruption, etc. L'esprit est en perpétuelle agitation, ô Krishna. » Agastya tressaillit. Ces mots lui étaient trop familiers, c'était l'interprétation de deux mondes. Cette phrase ne pouvait pas servir de légende à une caricature. « Et Krishna donne au politicien deux pilules digestives en lui disant de l'appeler le lendemain matin. »

Sathe attendait qu'Agastya éclate de rire. « Tu n'as pas compris, avec ton esprit anglais si subtil ? On dirait que ça n'a pas l'air plus parlant en anglais. Tu sais, pour un politicien, l'esprit et l'estomac, c'est plus ou moins la même chose.

— Non, non, j'ai compris, c'est vraiment une très bonne blague. J'étais en train de penser à autre chose. » À une chambre irréelle à quelques mètres de là, à ses contorsions sur un lit blanc entouré d'une fantomatique moustiquaire, son agitation corporelle traduisant son effervescence mentale.

Il se produisit un remue-ménage autour des tables de bridge. « Ces idiots sont encore en train de changer de partenaires, commenta Sathe en avalant une lampée de whisky. As-tu rencontré notre couple d'Anglais ? » Agastya s'assura que Mme Rajan était partie à la recherche d'autres proies avant de répondre : « Allons leur parler. J'ai ordre de m'occuper d'eux ce soir.

— D'accord, mais allons nous resservir en route, dit Sathe en finissant son verre. Je n'aurais jamais cru que cet Anglais soit si... sentimental. À moins que le vrai but de ce cher John ne soit de faire monter sa *kundalini* le long de sa colonne vertébrale, et que ça l'embarrasse de l'admettre...

— Ton ignorance est toujours aussi brillante », se désola Agastya. Même Sathe savait ce que John et sa femme faisaient à Madna. Il devait également savoir qui était Baba Ramanna. La précieuse protection de son ignorance procurait à Agastya une puérile impression d'excitation : elle lui rappelait les petites peurs secrètes des premières années d'école, les pensionnaires qui conspiraient pour dévorer le repas d'un camarade et qui attendaient, haletants, les genoux pressés l'un contre l'autre par l'impatience, de voir la réaction de celui qui découvrirait qu'il ne mangerait pas ce jour-là. Il éprouvait un sentiment analogue. « Tu as régressé, ça ne fait pas l'ombre d'un doute », se dit-il en souriant.

« Ganesh, sers-nous deux doubles whiskies, ordonna Sathe au barman.

— Mais oui, bien sûr, tu le connais, sourit Agastya. Srivastav t'a demandé un coup de main pour organiser sa soirée. Je pensais que tu aurais fait la sourde oreille, que tu aurais refusé ou qu'en échange tu aurais réclamé le permis de picoler pour le Club.

— C'est pas à moi qu'il a demandé, c'est à mon frère », répondit Sathe en riant. Agastya fut ravi de constater que John et son épouse avaient l'air un peu ivres.

« Salut, lança Sathe, vous êtes toujours en quarantaine ? Connaissez-vous Sen, l'orgueil de Madna ? » Ils éclatèrent de rire.

« Oui, il était de permanence, mais il a déserté dès que Mme Rajan est arrivée », répondit la jeune femme.

Sathe approuva le comportement d'Agastya d'un signe de tête évocateur et demanda au jeune couple : « Quand partez-vous pour Jompanna ?

— Demain matin, je crois, répondit l'Anglais. Il faudra que je vérifie auprès de M. Srivastav qui a eu la grande gentillesse de mettre une jeep à notre disposition.

— C'est un très bon préfet, déclara Sathe d'une façon inattendue. Derrière son air renfrogné se cache un excellent administrateur. J'ai entendu dire qu'Agastya, ici présent, vous accompagnera à Jompanna.

— C'est ce que j'ai entendu dire aussi. Agastya est notre ami, philosophe et guide, répondit John en souriant.

— Je vais être nommé là-bas d'ici à quelques semaines, en tant que chargé du développement, expliqua Agastya d'un ton vague.

— Que Dieu protège Jompanna si tu développes ce secteur avec autant d'enthousiasme que tu en as l'air ! s'exclama Sathe. C'est un endroit merveilleux. Cette région possédait les plus belles forêts du district, voire de toute l'Inde. J'y suis allé avec mon père il y a une vingtaine d'années. À cette époque, il y avait des tigres partout. Maintenant, ils ont dû construire des routes et des dispensaires : le développement. Il y a aussi beaucoup de naxalites qui essaient de faire réfléchir les tribaux sur leur sort. Au lieu de perdre leur temps à boire, à s'entre-tuer pour des histoires de femmes et à regarder leurs enfants mourir, ils leur apprennent à se défendre contre l'exploitation des entreprises forestières. Ce que faisait mon père. Je crois que les tribaux trouvent que réfléchir est trop difficile. » Il se tourna vers John : « Savez-vous qui sont les naxalites ? Ils font autant partie de la culture bengalie que Bankim Chandra[1] et les *roshogolla*.

— C'est un groupe de militants politiques violents, expliqua la jeune femme à son mari.

— À vous entendre, on dirait que ce sont des terroristes, intervint Agastya.

— Voilà la protestation d'un véritable fils du Bengale, dit Sathe en riant, inquiet à l'idée que l'on profane l'une des grandes réussites bengalies. Les naxalites, des terroristes ! Quelle horreur ! C'est comme si vous aviez dit, Sita (c'était le prénom de la femme de John), que si les chansons de Tagore pouvaient être transformées en pilules elles dégommeraient tous les somnifères en vente sur le marché ! » Sathe regarda Agastya avec bienveillance : « Tu es tellement bengali, Agastya ! Tu n'as donc jamais une pensée pour ta mère ? »

Enfin, on servit le dîner. Remue-ménage sur la pelouse. Les groupes se dispersèrent. Les hommes s'approchèrent des femmes, histoire de se montrer galants après les avoir ignorées pendant toute la soirée. M. Srivastav et la belle-sœur de Sathe escortèrent les invités jusqu'aux tables. Bruits d'assiettes et cliquetis des couverts. Comme prévu, les joueurs de bridge continuèrent leurs parties, jouèrent les manches pré-

1. Célèbre écrivain bengali (1838-1881).

cédentes et à venir tout en mangeant, pour impressionner les non-bridgeurs, l'air de dire : pendant que vous vous soûlez et que vous perdez votre temps, nous, nous faisons travailler notre cervelle. Mais leur attitude s'expliquait aussi par le désir de parler uniquement de bridge, et d'éviter d'avoir à écouter les opinions diverses de leurs partenaires En sa qualité de préfet, Srivastav eut le dernier mot dans toutes les discussions et regarda autour de lui d'un air triomphant, à la recherche de nouvelles victimes. Agastya était content que Srivastav l'ait vu fidèle à son poste auprès des deux Anglais. Il songea qu'en tant que couple ceux-ci ne se conformaient à aucun modèle. Ils n'étaient pas plus Ram et Sita que John et Mary. Srivastav leur sourit : « Alors, vous avez passé une bonne soirée ? Qu'est-ce que c'est que ça ? demanda-t-il en fronçant les sourcils devant l'assiette de la jeune femme. Vous êtes végétarienne ?

— Si la jeep est disponible, nous pensons partir demain matin », dit John.

Sur le front de Srivastav, les plis se détendirent : « Ah oui. Bien sûr. Sen vous accompagnera. Vous partez avec eux, n'est-ce pas ?

— Oui monsieur.

— Voyez à quoi ressemble Jompanna. Si vous n'aimez pas cet endroit, j'essaierai de vous nommer ailleurs. » Il se tourna vers John : « Alors, vous avez trouvé des choses intéressantes dans nos archives ?

— Oui, répondit John, en souriant sincèrement cette fois-ci, des notes de tournées d'inspection de mon grand-père, son journal de bord officiel, des jugements prononcés sur divers cas. J'ai photocopié certains documents. »

Srivastav acquiesça d'un signe de tête : « Nos archives sont très en désordre, mais c'est peut-être justement cela qui vous a permis d'obtenir tant de renseignements. Si elles avaient été triées et classées, beaucoup de choses auraient été jetées. » Puis, se tournant tout à coup vers Agastya avec un froncement de sourcils : « À quel département êtes-vous affecté, maintenant ?

— Au bureau des industries du district, monsieur, à partir de la semaine prochaine.

— Un foutoir ! Vous pouvez vous en passer facilement, d'autant plus que vous lisez le *District Gazeetter* depuis des mois, non ? » S'adressant à John : « Sen vous expliquera ce qui vous échappe. » De nouveau à Agastya : « J'ai dit à Joshi de vous donner la jeep de la Caisse d'épargne. Rappelez-le-lui ce soir avant de partir. »

Au moment du dessert, Agastya fit la connaissance de Rajan, le préfet du district de Paal. Il fut stupéfait de découvrir que Rajan était aussi mortellement ennuyeux que sa femme (il se souvint de la remarque de Madan : « Je suis vraiment content quand deux connards se marient ; là, le monde commence à s'organiser »).

Rajan était agressif et direct et s'adonnait à d'incessantes révélations personnelles, totalement convaincu qu'il fascinait son auditoire. Il avait enseigné la physique dans une quelconque université des États-Unis, « avec des lauréats du prix Nobel ». En vingt minutes de monologue, Agastya apprit que la physique l'avait amené à Kant, lequel l'avait conduit à l'Indian Administrative Service. « Même parmi ces grands physiciens, il y avait des jalousies mesquines. Je sentais que cela ne me mènerait nulle part. J'étais très troublé… »

« *Et tu*[1], Rajan », se dit Agastya en souriant.

« Pourquoi souriez-vous ?

— Pour rien, monsieur, je vous en prie, continuez. » Ce qu'il fit. « Dans dix ans, je serai peut-être comme lui, songea Agastya, marié à une femme comme son épouse, en train de discourir avec un étranger sur l'agitation de l'esprit comme s'il s'agissait de pétrole. »

Il rejoignit la chambre de la *rest house* à onze heures passées. John voulait partir à sept heures du matin, mais Agastya, songeant à sa gymnastique, avait suggéré huit heures et l'avait convaincu qu'il ne ferait pas trop chaud.

La douce lumière bleue, la fumée écœurante des tortillons d'encens qu'il avait allumés avant de partir

1. En latin dans le texte.

contre les moustiques. Il resta sur le seuil de la porte, à regarder la pièce. Combien de nuits ? Il alluma le néon de la véranda. Non, ça n'allait pas, la chambre était noire comme une tombe. Il alluma la lumière de la chambre et entreprit le périple habituel : faire le tour du lit, passer devant la table et le miroir de la coiffeuse qui lui renvoya un reflet spectral, l'apparition avec laquelle il avait toujours plaisanté, le seul auditeur de son rire silencieux. Les mêmes cassettes sur la table, les livres sur les étagères. Il se rappela la façon dont Sathe avait dépeint Krishna sur ses caricatures. Il prit la Gita et lut à haute voix à la lueur du néon. « L'homme fort ne connaît pas le désespoir, Arjuna, car celui-ci ne permet de conquérir ni le ciel ni la terre. » Sa voix lui parut étrange, comme s'il s'agissait de celle d'un autre. « La mort : une libération des impressions laissées par les sens, de la convulsion des appétits, de l'exploration de la pensée et de la servitude de la chair. » Debout devant son miroir, son reflet comme un baume apaisant, il écrivit dans son journal : « Quand je suis avec des gens, quand je leur parle, je me sens bien. Mais quand je suis seul… » Il renonça, laissant la plume dériver sans but à travers la page. Ce geste lui fit du bien, il lui semblait qu'il abandonnait le stylo à lui-même. Il lut quelques passages antérieurs, puis, en tenant le stylo d'une main légère, le laissa serpenter entre les mots, telle une fourmi blessée.

À huit heures moins le quart, il était prêt ; il avait terminé ses exercices et pris sa douche. La jeep était ponctuelle également, conduite par son vieil ami, toujours incapable de reconnaître un bâtiment administratif d'un autre. Sita portait un jean et John un casque colonial : « Au cas où la chaleur et la poussière seraient trop fortes[1] ? demanda Agastya avec un sourire qu'il voulut à la fois charmeur et désarmant.

— C'est un héritage familial, sourit John d'un air embarrassé. Mon père le mettait lorsqu'il partait en tournée. Je l'ai pris avec moi parce que je mourais d'envie de le porter. Maintenant, j'ai l'air d'un *pukka burra saheb.* »

Ils prirent la route de Mariagarh où, quelques semaines auparavant, il avait vu un film porno avec le préfet de police dans une *rest house*, devant une tentative de Tamse de représenter l'Inde tout entière. Ce voyage s'annonçait tout aussi étrange : Agastya accompagnait un

1. Allusion au roman *Chaleur et Poussière* de Ruth P. Jhabwala.

Anglais et son épouse indienne sur les traces d'un grand-père qui avait été écharpé par un tigre deux générations plus tôt. Le monde lui paraissait incroyablement bizarre.

Il était assis à l'avant avec Sita. « Montez devant si vous voulez, avait-il dit à John Avery, vous serez moins secoué.

— Non, le siège arrière me convient très bien, je peux m'allonger. » Il joignit le geste à la parole. « C'est vraiment très gentil de la part de M. Srivastav de mettre cette jeep à notre disposition », cria-t-il par-dessus le vrombissement du moteur.

Agastya, qui souhaitait que l'Anglais ne soit pas si guindé, répondit en hurlant : « L'une des raisons pour lesquelles je vous accompagne est d'officialiser ce voyage, c'est-à-dire que dans le registre où sont consignés les déplacements du véhicule on peut inscrire : adjoint préfectoral en formation effectuant une tournée à Jompanna. »

Le bruit du véhicule rendait toute conversation soutenue impossible, et Agastya s'en réjouissait. Il pouvait se caler confortablement sur le siège en laissant sa nuque reposer sur le dossier et, sans agitation, donner libre cours à ses pensées. « Dans une jeep, on ne peut rien faire contre ses fantasmes ni contre son avenir jusqu'à ce que l'on soit arrivé à destination. » En route, l'obligation de penser n'était plus une contrainte. C'est pour cette même raison que, plus tard, il aimerait son poste de chargé du développement, car il lui permettait d'effectuer de longs parcours en jeep, pendant lesquels il se reposait tout en regardant les kilomètres défiler : des gamins dans les arbres, une hutte servant de bureau de poste, l'ambre du ciel au crépuscule. Son esprit errait librement. Il redoutait la fin du voyage qui signifiait la fin de cette liberté.

La ville était si laide qu'il eut envie de rire. Il comprit que, s'il ne détestait pas tout à fait Madna, c'était à cause de son incroyable modestie, de ce sentiment de solidarité parce qu'ils baignaient tous dans le même cloaque. Les adultes déféquaient humblement derrière les buissons, les enfants, seigneurs de l'innocence, agitaient les mains au passage de la jeep tout en chiant sur le bas-côté de la route. Des vaches et des chiens errants, un chameau incongru, et des gens, des gens qui se multipliaient comme un joyeux cancer. « Nous ne brillons pas par notre sens de l'hygiène nationale ou sociale ; nous pouvons nous laver, mais nous nous moquons éperdument de souiller un puits ou un réservoir ou même un fleuve dans lequel nous faisons nos ablutions quotidiennes. » Tous les Indiens connaissaient Gandhi, le Père de la Nation (Agastya se rappela en souriant que, pour certains, il en était l'Oncle – il fallait reconnaître qu'il était déroutant que les descendants de Nehru portent également le nom de Gandhi). Gandhi, la superstar du XXe siècle, surtout après la version hindie[1] du film que certains de ceux qui déféquaient au bord de la route avaient peut-être vue dans une salle de cinéma bondée, pointant joyeusement leurs doigts vers les vedettes de leur Lutte pour l'Indépendance : « Regarde, c'est Patel. Nehru ! Nehru ! » – ça avait dû leur faire plaisir de constater que leurs grands leaders s'entendaient si bien et bavardaient si souvent entre eux, et que leurs noms avaient servi à rebaptiser tout ce qui leur tombait sous les yeux. Gandhi, dont l'anniversaire de la naissance était un jour de fête nationale. Mais la moitié de ces gens en train de déféquer étaient illettrés. Et ceux qui ne l'étaient pas ne liraient jamais les textes de Gandhi et ne mettraient jamais en pratique ses enseignements : leur lecture ne dépassait pas le *Dainik* et leur intérêt, le piment d'une liaison entre une fonctionnaire chargée du développement et le préfet. Quant à ceux qui ne déféquaient pas en public et savaient lire, ils avaient fini par ne plus rien voir et ne plus rien sentir, leur nez obstrué par l'habituelle présence des excréments sur les routes. En outre, il était toujours plus facile de déifier un héros que de le comprendre. Mais cette foule en train de chier le long de la route n'apprendrait jamais rien par elle-même. Il fallait que quelqu'un vienne l'enseigner. Agastya se rappela que,

1. *Gandhi* : film réalisé par le cinéaste anglais Richard Attenborough.

la veille au soir, Sathe avait déclaré que les naxalites autour de Jompanna essayaient d'amener les tribaux à réfléchir sur leur sort. Cela rendait caduque l'attitude du chacun pour soi : certaines personnes se sentaient obligées d'interférer dans les affaires des autres, parfois simplement pour leur rappeler qu'elles avaient la faculté de penser.

La jeep traversait à toute allure des kilomètres de paddy. La moisson avait commencé.

« Qu'est-ce qui pousse dans ces champs ? demanda Sita à son oreille.

— Vous devriez avoir honte de vous-même, citadine invétérée. C'est du paddy », cria Agastya. Sita éclata de rire.

Il la regarda. Volutes de cheveux follets autour des joues, légers plis sur sa gorge brune. Ils s'étaient sans doute rencontrés dans une université anglaise ou (son esprit recommençait à divaguer) dans une ville d'Angleterre au cours d'émeutes raciales ; peut-être que John Avery portait une perruque pour dissimuler le fait qu'il était skinhead. L'avait-elle épousé parce que derrière le masque des apparences sommeillait un maître de la perversion ? Que faisaient-ils au juste à Madna ?

« Pourquoi souriez-vous ? demanda à nouveau Sita dans son oreille.

— Je vous le dirai quand on s'arrêtera », cria-t-il.

Le passage à niveau était encore baissé. Les mêmes rangées irrégulières de camions surchargés et de jeeps, les chauffeurs en train de fumer ou de s'insulter pour passer le temps. La dernière fois, Kumar et Agastya avaient discuté tout en faisant pipi. Ils descendirent de la jeep. Les gens regardaient fixement Avery.

« C'est à cause de votre casque, expliqua Agastya, ils n'ont pas vu un Anglais portant un casque colonial depuis 1947.

— Oui, c'est un peu ridicule », reconnut Avery, qui l'enleva et le mit sur le siège arrière du véhicule. Agastya regarda avec envie le chauffeur qui se dirigeait tranquillement derrière les buissons en bordure des champs. La présence de ses deux compagnons était contraignante. Il y avait encore quarante-cinq minutes de route avant la prochaine *rest house*.

« Excusez-moi », leur dit-il. Il suivit le chauffeur. Avery suivit Agastya. Derrière l'un des buissons, il rit : « Quand on est en Inde… »

Quelques kilomètres plus loin, depuis la jeep, ils aperçurent la forêt, une ceinture d'un vert sombre sur l'horizon. À un embranchement, ils bifurquèrent sur la gauche.

Le chauffeur expliqua : « La route nationale continue jusqu'à Mariagarh, monsieur, et rejoint un peu plus loin le grand axe qui conduit à Madras. »

Ils s'enfoncèrent peu à peu dans la forêt. Quelques tecks isolés formaient un prélude désordonné, mais ce n'était pas la forêt vierge. Partout apparaissaient des traces de profanation : des souches, des bosquets de bambou desséchés, des intervalles entre les arbres qui atteignaient parfois la taille de petits champs – trop de zones fraîchement reboisées par le zèle du département des forêts, jusqu'à la route, nouvelle et noire (grâce à laquelle, selon Kumar, les ingénieurs s'étaient mis de l'argent plein les poches), interminable cicatrice dans la chair de la végétation. Villages, champs, pans de forêts balafrés, ponts sur les *nala*, arrêts de cars, gens accroupis au bord de la route : la jeep filait. Agastya sentit une pression sur son épaule. Sita s'était assoupie, sa tête avait roulé. Il se retourna. Avery dormait aussi, son casque colonial lui servant d'inconfortable oreiller.

Ils s'arrêtèrent pour déjeuner dans la *rest house* d'une insignifiante petite bourgade appelée Tilan : quelques boutiques, une gare routière, un bureau de poste, une autre statue de Gandhi difforme, une pompe à essence, des marchands de légumes assis au bord de la route, des regards curieux, la poussière. Ils rencontrèrent le *tehsildar* de Jompanna sur la véranda : « Vous arriverez à Jompanna vers cinq heures, monsieur. Il faudra vous y arrêter, monsieur. J'ai pris des dispositions en conséquence. De là, vous pourrez partir demain matin pour Marihandi, monsieur, qui n'est qu'à quarante-cinq minutes de voiture de Jompanna. Le déjeuner est servi, monsieur… – une main leur désigna la salle à manger –, et l'eau a été bouillie pour… » D'un geste du menton accompagné d'un froncement de sourcils, le *tehsildar* désigna les deux compagnons d'Agastya.

Ils se sentaient tous les trois trop fatigués, déshydratés et abattus pour parler. Le déjeuner était copieux : depuis le poulet baignant dans l'huile (qu'en jargon administratif on appelait « poulet foncier » parce que c'est le plat que les subalternes des impôts fonciers commandaient pour leurs supérieurs en tournée qui ne les récompensaient pas à leur juste mesure) jusqu'aux raisins. Le *tehsildar* et ses comparses, tout sourire, tournaient autour de la table.

« Voulez-vous déjeuner avec nous ? demanda Agastya pour la forme.

— Non, monsieur, je ne prends que deux repas par jour, sinon je ne peux pas travailler comme il faut.

— Ça résout la question », murmura Agastya.

Ils commencèrent le repas en vidant une cruche d'eau.

« Je suppose que votre eau est vraiment bouillie ? demanda Avery après avoir bu deux verres.

— Pas vraiment au sens où vous l'entendez, répondit Agastya en riant, vous auriez dû vous munir d'estomacs indiens. » Personne ne rit. Le jeune couple mangea très peu tandis qu'Agastya s'empiffrait : Dieu merci, il n'y avait apparemment que Vasant dans tout le district pour cuisiner comme il le faisait. Après le déjeuner, le *tehsildar* proposa un thé.

« Non, dit Agastya d'un ton ferme.

— Mais il est prêt, monsieur.

— D'accord », dit Agastya.

Ils burent le thé sur la véranda tout en regardant le paysage à travers le treillis de bois peint en vert. Le *tehsildar* buvait son thé dans la soucoupe. Avery et Sita refusèrent catégoriquement et prirent un air malade.

« Je pense que nous devrions partir tout de suite », dit Agastya. Ses compagnons de voyage semblaient indifférents à toute suggestion. Le *tehsildar* voulait les faire dormir dans la *rest house* : « Les chambres sont prêtes, monsieur. » Agastya appela le chauffeur.

« Doit-on partir tout de suite ?

— Il vaut mieux, monsieur, si on veut arriver à Jompanna avant la tombée du jour. »

Agastya se tourna vers le *tehsildar* : « Merci. Combien vous dois-je pour le déjeuner ? » L'homme ouvrit de grands yeux ronds et protesta vigoureusement. Une petite discussion s'ensuivit. Avery se leva pour se joindre à eux. Ils se dirigèrent vers la jeep après avoir fourré un billet de cinquante roupies dans la poche de chemise du *tehsildar,* entre son étui à lunettes et ses stylos.

« C'est vraiment gentil de sa part d'avoir voulu nous offrir le déjeuner, observa Sita en montant dans la voiture.

— Si on n'avait pas payé, d'ici à quelques jours, ils auraient tous dit : Sen est comme les autres fonctionnaires, il ne donne pas un sou. La plupart d'entre eux paient, bien sûr, mais jamais suffisamment, expliqua Agastya avec un sourire cynique.

— Je ne vous suis pas très bien, dit Avery.

— Préparer un repas comme celui-ci coûte au moins cent roupies. On en a payé cinquante. Ça n'a bien sûr rien coûté au *tehsildar*. Il y a dans sa juridiction tant de petits hommes d'affaires, de propriétaires de minoteries, de pompistes, bref, tous ces gens qui sont trop heureux de dépenser un peu d'argent pour lui. Tout le monde y trouve son compte. » Ils eurent l'air à la fois étonnés et impressionnés par la connaissance des mœurs locales dont faisait preuve Agastya. Le jeune homme se surprenait lui-même.

Le démarrage de la voiture les fit taire. Ils somnolèrent en traversant le même paysage jusqu'à Jompanna. Mais Agastya remarqua que la forêt s'épaississait.

Ils arrivèrent à Jompanna un peu après cinq heures, bercés par la jeep qui les avait plongés dans une langueur paralysant jusqu'à leurs os.

Roseaux d'un vert vif ourlant les canalisations, éventaires du marché hebdomadaire, tribaux vêtus de tissus multicolores, bicyclettes, marchandises sur la chaussée – céréales, canne à sucre, tabac en vrac, colifichets pour les femmes, babioles pour les enfants. Soudain, Agastya inhala une bouffée de haschich. Ils avancèrent péniblement dans le bazar – trois bâtiments de deux étages et une boutique de vidéocassettes. Jompanna n'était pas une ville, mais un gros bourg peuplé d'environ douze mille habitants dont la moitié étaient des tribaux. La *rest house* était neuve, bâtie comme les autres bureaux, sur un immense terrain de sable rouge en bordure de l'agglomération – du sable rouge jusqu'à la forêt à l'horizon. Les constructions, les routes et les buissons ne faisaient qu'accentuer la terrifiante monotonie du paysage. Le gouvernement avait fait irruption à Jompanna il y a trois ans. Auparavant, ce n'était qu'un avant-poste oublié du district de Madna.

« Mon Dieu, que cette *rest house* est laide ! » s'exclama Sita.

Elle avait raison. Peinte dans un rose et un vert éclatants, comme une pâtisserie bon marché, dotée de grilles blanches, cette cage psychédélique n'offrait aucune des compensations liées à l'âge. Un comité d'accueil se tenait sur la véranda, entouré de quelques badauds qui étaient venus voir l'Anglais.

« Je suis (Agastya ne comprit pas son nom), chargé du développement de Jompanna. Vous reprendrez mes fonctions quand vous viendrez ici poursuivre votre formation. Je vous présente le *sabhapati* de la ville (dont le nom demeura aussi un mystère), et l'inspecteur des impôts qui vous accompagnera demain matin à Marihandi. Du thé, monsieur ? »

Les chambres étaient évidemment meublées comme des maisons. Les salles de bains avaient des carreaux de faïence et des robinets mais pas d'eau courante. « Les branchements sont faits, tout est prêt, il ne manque plus que l'eau. En attendant, on utilise le puits », expliqua le gardien de l'établissement, un homme maigre et volubile, vêtu d'un short kaki.

« Vous êtes aussi cuisinier ? Nous sommes tous végétariens, on vous l'a dit, n'est-ce pas ? demanda Agastya.

— Végétariens ! Même cet… ! s'exclama l'homme, en jetant un brusque regard vers l'autre pièce.

— Il était chrétien avant, expliqua Agastya en éprouvant un sentiment familier, c'était même un sacré mangeur de bœuf, mais il est tombé amoureux de l'Inde dès son arrivée et il s'est converti au jaïnisme. Il est devenu Digambar[1]. En Angleterre, il se promène tout nu. » Le gardien prit un air sceptique.

Thé sur la véranda. Avery et Sita restèrent un moment dans leur chambre. Le *sabhapati* ressemblait au politicien caricaturé par Sathe, qui venait confier ses doutes à Krishna : gros, vêtu d'une *kurta* et d'un

1. L'une des principales écoles du jaïnisme ayant pour particularité de prôner la nudité.

dhoti blancs, une imposante moustache cachant sa lèvre supérieure, et des yeux qui en disaient long sur l'art de l'intrigue mesquine. Plus tard, Bajaj le mit en garde contre ce président du corps politique local : « Faites attention à lui. Il tient tout Jompanna. Il est presque entièrement responsable de l'absence de développement tribal dans cette région. »

Un pur soleil orange sur un ciel décoloré. En contrebas, un beau bâtiment en pierre grise, tout en longueur, contrastant d'une manière presque obscène avec le reste de Jompanna.

« Qu'est-ce que c'est ? demanda Agastya.

— Le nouvel hôpital, monsieur, bâti par les Hollandais l'année dernière », répondit le fonctionnaire chargé du développement. Agastya eut envie de rire.

« *Saab* Sen, vous allez à Marihandi demain pour découvrir l'endroit où ce M. Avery a été tué par un tigre ? demanda le *sabhapati* dans un anglais lent mais impeccable.

— Oui.

— Il n'y a plus de tigres maintenant. La dernière fois qu'on en a vu dans cette région c'était il y a douze ans.

— Nous ne sommes pas venus ici pour chasser mais simplement pour voir le lieu de l'accident, répondit Agastya en souriant.

— Ce M. Avery a fait huit mille kilomètres rien que pour voir Marihandi ? » interrogea le *sabhapati*.

Agastya eut à nouveau envie de rire. Une absurdité après l'autre. Ils terminèrent leur thé et posèrent les soucoupes par terre.

« Quand allez-vous être en poste ici ? demanda encore le *sabhapati*.

— Bientôt. Je ne connais pas encore la date exacte. » Ils se levèrent.

« On se verra demain matin, monsieur. Maintenant, permettez-nous de prendre congé, monsieur. »

Parmi tant d'autres choses, le jargon administratif amusait Agastya. Un fonctionnaire ne disait pas : « je pars », ou « je vous quitte », mais « je prends congé » ; un fonctionnaire ne passait jamais la nuit quelque part : il faisait une « halte nocturne ». Peut-être que « congé » était un euphémisme pour « enculé » : « Nous allons faire une halte nocturne, monsieur, et là je vous enculerai. » Il éclata de rire aux improvisations de son imagination débridée, et les badauds le regardèrent. Il fut à nouveau assailli par un sentiment d'irréalité. Que faisait-il *maintenant* dans un obscur lieu nommé Jompanna, sur la véranda d'une abracadabrante *rest house,* un hôpital venu de Hollande à sa droite, et, devant lui, quelques curieux d'un gros bourg en train de se relaxer sur du sable rouge, à l'ombre d'un banian, attendant de voir apparaître un Anglais. Demain, accompagné de cet Anglais, il s'enfoncerait encore plus profondément dans l'intérieur pour découvrir une clairière où, il y a quelque cinquante années de cela, un tigre avait attrapé un homme avant que lui-même ne le capture. Bientôt, cet Anglais et son épouse indienne allaient s'asseoir à ses côtés et ils passeraient quatre heures à tuer le temps en bavardant pendant que le monde, indifférent, continuerait à tourner. Il était à dix-huit heures de train de Delhi (non, davantage, on n'était pas à Madna, de Jompanna, ça faisait environ vingt-six heures). Là-bas son oncle commençait sa promenade du soir, Dhrubo et Madan, dans leurs vêtements occidentaux trop serrés, étaient deux individus parmi des milliers à rentrer chez eux. À vingt-deux heures d'ici vers le nord-est, à Calcutta, son père achevait une lente journée solennelle, peut-être était-il en train de se promener sur la pelouse en pensant à son fils. Neera devait faire la tournée de ses amies ou avalait sa énième tasse de thé dans un café bondé en compagnie de ses collègues journalistes.

Le soleil glissa dans la forêt. Des taches de lumière commencèrent à apparaître dans l'obscurité, sous la ligne gris bleuté de l'horizon. Dans l'éventaire de jus de canne à sucre derrière la porte de la *rest house*, toutes les lampes s'allumèrent sur les tables bancales. Les abat-jour en terre cuite ajourée, façonnés à la main par des potiers tribaux exploités (Dhrubo aurait qualifié ces abat-jour d'« ethniques » avec un ricanement de délectation), adoucissaient la lumière des ampoules nues. Les badauds se fondirent dans le crépuscule. De la véranda, les étals paraissaient très beaux, romantiques, comme certaines terrasses de restaurant des nouveaux hôtels de Delhi (ceux qui ont un nom indien sophistiqué et outrageusement déformé par les prononciations étrangères et où le café coûte à peu près le prix d'une des chemises que Madan avait l'habitude de porter). C'était une transformation rayonnante simplement due au coucher de soleil : la lueur douce des lampes transformait la misère en une grâce illusoire.

Puis les éventaires devinrent sonores : un seul haut-parleur mais le volume au maximum, avec les inévitables chansons de films hindis. Peu importe si la moitié de la population seulement parle cette langue, et encore avec difficulté.

Le printemps s'est éveillé en moi,
Je perçois ses merveilles d'un œil nouveau.

Un rythme langoureux, une voix claire comme la vision d'après la mousson. Et, tout à coup, Agastya se souvint du lieu où il avait entendu cette chanson auparavant. Darjeeling, leur dernière année de collège. Prashant et lui marchaient sur une route de montagne, par un soir d'été sans nuages. Prashant était pensif. Il avait révélé avec hésitation son homosexualité et Agastya en avait été fortement impressionné. Le Kanchenjunga était lumineux et bidimensionnel comme sur une photographie. Un groupe de jeunes Tibétaines les avaient dépassés de leur pas de montagnardes alertes, en chantant précisément cette chanson, heureuses de ce qu'elles étaient : des enfants d'étrangers dans un pays apathique. Agastya fut à nouveau envahi par la conviction que son passé était régi par un certain ordre : le Kanchenjunga à Darjeeling et la photographie de cette même montagne à Mariagarh, les déesses Dourga à Delhi et Jagadamba à Madna. Il essayait toujours d'organiser ce passé, d'y introduire de force un ordre, et celui-ci continuait à le railler en lui imposant des images décousues d'univers perdus et en dissolvant ses schémas dans l'illusion.

Un mouvement derrière lui le fit tressaillir : les Avery.

« Nous nous sommes assoupis », dit Sita en riant. « Un rire postcoïtal », pensa Agastya immédiatement tout en remarquant à quel point il était plus facile d'être en compagnie et avec quelle rapidité son esprit passait en quelques secondes de la morosité à la frivolité. La chanson que l'on entendait maintenant avait un rythme rapide, gai et cadencé.

Il n'y a aucun amant qui me soit comparable sur
[terre,
Je suivrai le balancement de tes hanches jusqu'à
[l'horizon.

Agastya observa les deux silhouettes sombres des Avery s'installer sur leurs chaises. Par-delà la chanson, la soirée était apaisante : le grincement léger d'un vélo, une jeep lointaine, les conversations assourdies venant de la maison du gardien et, quelque part, un rire dans l'obscurité croissante.

« C'est si calme, n'est-ce pas ? Et tellement différent de tout », dit Sita tout à coup. Agastya sentit qu'elle se tournait vers lui : « Est-ce que vous n'avez pas trouvé cette atmosphère un peu étrange, la première fois que vous êtes arrivé dans ce district ? surtout après Calcutta, bien que cette ville soit abominable.

— Vous voulez qu'on entame une discussion serrée sur le thème de la suprématie du Bengale sur le reste de l'Inde ? demanda Agastya. Calcutta a une âme, une âme qui sourd de ses... » il s'arrêta avant de prononcer le mot « seins », et Avery prit la parole alors qu'il ne s'y attendait pas – il avait escompté qu'il se tairait et resterait sur sa perplexité.

« Tu as raison, Sita, cet endroit ne ressemble pas du tout à ce que décrivait grand-père dans ses lettres. Même si je m'attendais à trouver une différence, je suis quand même très surpris. »

Dans l'obscurité, Agastya arbora une attitude solennelle. Avec Sita, il se sentait plus à l'aise, il pouvait se permettre une attitude plus désinvolte parce qu'ils venaient tous deux du même fonds : celui des Indiens des grandes métropoles qui mangeaient des hamburgers. Mais Avery était différent, comme s'il appartenait à une autre espèce. Ils n'avaient rien en commun, même pas la langue, sans parler de l'accent. Agastya se remémora Sathe devant son chevalet, déclarant que chaque langue était une culture. Il y avait deux générations, un préfet et juge de district anglais avait écrit des lettres à sa famille depuis une obscure bourgade indienne. Cinquante ans plus tard, John Avery les avait lues, avait entendu les histoires de son grand-père, avait rencontré une Indienne et avait ainsi appréhendé un pays à travers des lectures et des films élaborés sous d'autres cieux. Il en avait été ému au point d'effectuer un voyage qui le laissait perplexe et qu'il jugeait peut-être un peu fou.

Agastya ne répondit pas. L'obscurité dissolvait la raideur d'Avery et il sentait qu'un seul mot suffirait à gâcher l'atmosphère. « Mon grand-père écrivait presque tous les jours, reprit Avery, ses lettres étaient incroyablement détaillées. Il racontait la vie du district, le Club, les gens qu'il avait rencontrés, ce qu'ils avaient dit, et tout ça entrecoupé de choses qui maintenant ont acquis une dimension historique. Il a écrit par exemple dans plusieurs missives que Madna était restée complètement à l'écart de tout ce qu'on lisait à l'époque dans les journaux sur la non-coopération[1] et

1. Mouvement de résistance passive au colonialisme lancé par Gandhi.

la destruction systématique des marchandises anglaises. Ç'aurait tout aussi bien pu se passer dans un autre pays. Il écrivait bien, il aimait cet endroit et le travail qu'il y faisait. Il a rédigé sa dernière lettre ici, à Jompanna, dans l'un de ces bungalows réservés aux fonctionnaires en tournée. Mais je n'imagine pas très bien mon grand-père ici. » Avery agita son bras dans l'obscurité, décrivant de vagues dessins. « Je ne fais pas le rapport entre cet endroit et ses lettres.

— Votre grand-père a mentionné le Club de Madna ? Est-ce que vous y êtes allés, tous les deux ? demanda Agastya.

— Oui », répondit Avery. Tous trois éclatèrent de rire.

« C'est un endroit tellement déprimant qu'il en devient intéressant. Ça mériterait presque une étude, dit Sita.

— Je pense que si ma grand-mère avait été vivante, elle nous aurait accompagnés, continua Avery. De toute façon, Sita et moi avions décidé d'aller en Inde, à Bombay. »

Sita fut prise d'un accès de rire : « Je crois qu'il faut le dire à ce jeune homme ; je ne pense pas que ça le choque. » Elle se tourna vers Agastya : « John et moi ne sommes pas encore mariés, mais nous allons le faire bientôt. Nous sommes allés à Bombay pour qu'il rencontre mes parents et que ma mère soit convaincue qu'il n'est pas un *pakibasher*, dit-elle en pouffant comme une adolescente. De là, il n'y avait qu'un train à prendre pour Madna. John a écrit au préfet en disant que nous étions mariés, parce que c'est beaucoup plus simple. John est né deux générations trop tard. Il se serait tellement bien intégré au monde du Raj. Je n'ai pas arrêté de lui dire qu'il allait perdre son temps à Madna, que ça ne correspondait pas du tout à ce qu'il imaginait. Et maintenant, il regrette chaque moment passé ici, n'est-ce pas, John ?

— Non, bien sûr que non », murmura-t-il. La franchise de Sita parut déconcerter Avery, mais il y avait autre chose. Dans l'obscurité, Agastya sentit une tension entre eux deux. Peut-être s'étaient-ils disputés, ou bien l'Inde les avait-elle piégés ? À cette idée son estomac fut secoué d'un silencieux rire sarcastique. Son hilarité n'échappa pas à ses convives. Il s'empressa alors de les interroger : « Parlez-moi un peu de vous. Où vous êtes-vous rencontrés ? »

Il y eut un bref silence, puis, d'une voix étrangement atone d'où toute trace de rire et de plaisanterie était exclue, Sita dit : « À Londres, bien sûr. Je préparais mon doctorat d'économie à la London School of Economics. John y était étudiant aussi. Maintenant, il travaille au British Council. » Le seul souvenir qu'Agastya avait gardé du British Council était d'avoir joyeusement volé des livres dans la bibliothèque avec son ami Madan, lors de ses premières années de lycée. Le gardien s'approcha d'eux et alluma la lumière.

« Non, éteins-la », lança Agastya d'un ton irrité. L'homme obtempéra et demanda s'ils désiraient quelque chose, un thé, peut-être. Mais l'éclair de lumière qui avait déchiré la véranda avait brouillé leurs idées et gâché l'intimité qui s'était créée.

« Je prendrai un jus de sucre de canne, dit Agastya. Voulez-vous du thé ? » demanda-t-il à ses compagnons. Sita commanda la même chose qu'Agastya et Avery ne choisit rien.

Agastya et Sita bavardèrent de tout et de rien. Avery ponctuait leur discussion d'une ou deux phrases. Le jus de canne à sucre et le dîner étaient bons : « Je suis content que vous leur ayez dit que nous étions végétariens, un autre repas comme celui de midi et j'étais un homme mort », déclara Avery. Agastya avait envie que John parle davantage mais il ne savait pas comment s'y prendre pour qu'il se lance. Il se demandait comment le jeune Anglais avait survécu au voyage en train entre Bombay et Madna – un train dans lequel tous les voyageurs étaient d'une insatiable curiosité à l'égard de leurs voisins. Sita avait sans doute paré à toutes les questions pendant que John regardait par la fenêtre.

Deuxième nuit hors de sa chambre de Madna. Ici, pas de faux plafond, le cuisinier faisait une bonne cuisine – ce ne serait pas si terrible d'être envoyé à Jompanna en tant que chargé du développement. Il se souvint de sa première soirée à Madna, de sa terreur devant la nourriture immonde que lui servait Vasant. « Une nourriture simple et bonne suffit à rendre un individu heureux, songea-t-il. Comme c'est agréable et bestial à la fois. » Son premier choc avait été la nourriture, puis les moustiques, enfin la chaleur. La journée avait été fatigante mais cette nuit-là il dormit bien.

Tôt, le lendemain matin, Agastya et Avery, assis sur la véranda, une tasse de thé à la main, contemplaient l'aspect misérable de Jompanna, tamisé par la lumière de l'aube.

« Du temps de votre grand-père, la forêt était bien plus proche. Maintenant on coupe les arbres jusqu'à ce qu'on trouve ce sable rouge sur lequel on se met à construire. On a même fait une salle vidéo. »

Avery avait annoncé que Sita ne se sentait pas très bien et qu'elle avait suggéré qu'ils aillent à Marihandi sans elle. Agastya présuma qu'elle était fatiguée, ou qu'il s'agissait du syndrome prémenstruel. Il se souvint à quel point, et combien obscurément, il avait été impressionné par la féminité, lorsque Neera lui avait parlé de ce phénomène pour la première fois.

« C'est vrai, je n'aurais jamais imaginé un magasin de vidéocassettes ici, répondit Avery.

— Ce district réserve bien des surprises. Lors de ma première visite ici, Kumar, le préfet de police, m'a invité à voir *Amadeus* et des films de ce genre sur sa vidéo. » Avery lui jeta un regard étonné. « Mais ici, à

Jompanna, ajouta Agastya, on ne passe que des films hindis et, sous le manteau, de vagues courts-métrages un peu pornos. » Ils regardèrent l'éventaire de canne à sucre, vide et sordide, ses lattes de bambou et de teck chapardées à droite et à gauche.

« C'est vraiment incroyable, des vidéos ici, reprit soudain Avery.

— Oui, ça l'est. » Agastya était légèrement irrité par le fait qu'Avery insiste sur les incongruités de Jompanna. « Environ soixante-cinq pour cent de la circonscription de Jompanna – circonscription qui représente environ un sixième ou un septième de tout le district – est illettrée. Mais on n'a pas besoin d'être très malin pour regarder un film porno sur une vidéo. Ce qui vous surprend le plus, c'est... – il chercha le mot – la juxtaposition, n'est-ce pas ? » À nouveau la gravité d'Avery l'exaspéra, et il se mit, selon l'expression de Madna, à l'asticoter : « Mais l'Inde est une terre de contradictions fascinantes et sublimes, où les Himalaya spirituels naissent dans la bouse de vache et dansent main dans la main avec le phallus de Shiv. » Avery le regarda en fronçant légèrement les sourcils, à la manière de Srivastav.

Ils partirent pour Marihandi. Avery emportait avec lui un petit sac aux teintes passées. Sita sortit de sa chambre pour leur dire au revoir : « À ce soir. »

Il leur fallut une heure de route pour atteindre Marihandi. La forêt était moins saccagée, mais elle n'avait toujours rien d'impressionnant. Marihandi était un petit village : enfants nus, fumée de bouse de vache sur le ciel. L'inspecteur des impôts qu'ils avaient rencontré la veille au soir, vêtu d'une légère chemise bleue et d'un *dhoti* crème, se tenait sur la véranda de l'*inspection bungalow*, un vieux bâtiment des années 1940.

« Je suppose qu'il ne reste plus rien du temps de mon grand-père », dit Avery.

L'inspecteur des impôts expliquait (debout, pendant que les deux hommes assis buvaient leur thé) et Agastya traduisait. L'endroit où Richard Avery avait trouvé la mort se trouvait à une heure de marche d'ici, le chemin était relativement facile. À l'époque, c'était là que les tigres venaient boire. Maintenant, bien sûr, il n'y avait plus de tigres, plus d'eau et, par endroits, plus d'arbres non plus. « Cinquante ans, c'est très long pour une forêt », fit remarquer l'inspecteur. Un mémorial s'élevait sur le lieu du drame. Ils pouvaient d'abord s'y rendre puis aller visiter autre chose. Ils se mirent en route après avoir fini leur thé. Agastya trouvait tout cela futile. L'inspecteur et un guide, un jeune tribal, mince, dont les hanches se balançaient en un mouvement vaguement érotique, du pas des gens habitués à parcourir des kilomètres, les accompagnaient. Avery sentit sans doute l'état d'esprit d'Agastya, car il lui dit : « Je ne crois pas que nous découvrirons quelque chose de très intéressant. Juste une pierre.

Mais pour moi, c'est aller jusqu'au bout du voyage. Vous pourriez me dire que j'aurais dû arrêter mon voyage au cimetière Ross, à Madna. Vous saviez que ce cimetière s'appelait Ross ? J'ai demandé à plusieurs personnes qui étaient les Ross, mais aucune n'avait l'air de savoir. »

Ils traversèrent une partie du village : poussière transformée en boue par les pluies, sinistre aperçu de l'intérieur des masures, magasin du gouvernement. Tous les villageois observaient le petit groupe. Certains s'esclaffaient, quelques-uns saluèrent l'inspecteur, d'autres posaient au guide des questions dont les réponses les faisaient rire, et, cortège inévitable, des enfants les suivaient. Le soleil de l'automne leur chauffait agréablement les omoplates Agastya eut l'impression qu'Avery lui parlait depuis un moment. Il releva son regard hypnotisé par le rythme de ses chaussures en corde naguère blanche foulant la légère poussière brune du chemin. Avery était en sueur.

« Pourquoi n'avez-vous pas emporté votre *sola topi* ?

— Un tigre m'aurait peut-être dévoré », répondit l'Anglais en souriant. Ils traversèrent des champs, le guide ralentissant régulièrement pour les attendre.

« Qu'avez-vous fait depuis que vous êtes arrivés à Madna ? demanda Agastya, se sentant vaguement coupable de n'avoir pas écouté son compagnon.

— Le premier jour, excepté le cimetière, j'ai compulsé les archives de la préfecture pour trouver des traces de mon grand-père. En fait, j'ai surtout découvert un autre point de vue sur ces événements. Le deuxième jour, Sita et moi sommes allés à Gorapak. » Agastya éclata de rire. « Dans ses lettres, mon grand-père parlait souvent de Gorapak. S'il n'allait pas chasser à Jompanna, il allait se reposer à Gorapak. Le repos, pour lui, c'était la contemplation de ces temples. Après avoir vu cet endroit, je n'en ai que plus aimé cet homme. »

Ils traversèrent des champs d'éteule ponctués d'immenses manguiers plantés à des points stratégiques, tels les pions d'un gigantesque jeu d'échecs à la fin d'une partie exténuante. Quelques mètres plus loin commençaient les épineux qui se transformaient peu à peu en une forêt clairsemée.

« Il y a une soixantaine d'années, tout ça, c'était une vraie forêt, monsieur, expliqua le guide. Maintenant, plus personne ne vient chasser ici, et d'ailleurs tous les animaux se sont enfuis. Je ne pense donc pas que quelqu'un puisse montrer le chemin que le grand-père du *saheb* a pris à l'époque. La forêt a été considérablement réduite et comporte maintenant de nombreux sentiers que les tribaux empruntent pour se rendre à Madna. Ils tracent de nouveaux chemins presque tous les jours. Le *saheb* ne doit pas penser que la piste que nous suivons est celle que son grand-père a prise. » Agastya traduisit. L'inspecteur, âgé d'une cinquantaine d'années, avait le visage violacé par l'effort. « Le pauvre, pensa Agastya, le *tehsildar* lui a laissé la responsabilité du succès de cette expédition. Il doit donc suer pour faire cette balade absurde. » Personne n'était vraiment à blâmer dans cette histoire, et encore moins Avery et Srivastav, l'un pour avoir été romantique, l'autre pour avoir été courtois.

« Le premier jour, on est allés au Club, reprit Avery. Quel club ! D'après les lettres de mon grand-père, c'était un lieu où les familles se retrouvaient, on y donnait des bals et des pièces de théâtre. » Ils marchèrent pendant un moment, puis Avery poursuivit : « À Gorapak, j'ai rencontré un fonctionnaire des forêts qui vous connaît : Dubey. » Cette remarque rappela à Agastya qu'il avait promis à Mohan de lui rendre visite avant qu'il ne parte pour Alwar. Mohan avait dû l'attendre toute la soirée, pendant qu'il rêvassait sur la véranda de Jompanna. Il avait sans doute téléphoné à la *rest house* où on lui avait répondu qu'Agastya était parti pour Jompanna sans un mot. Agastya se sentit profondément honteux. Il laisserait une lettre pour Mohan à l'un des fonctionnaires des forêts. « Et là, pas de faux prétextes, mais des excuses à plat ventre. »

« ... C'est si beau d'un point de vue artistique qu'on sent bien qu'il ne s'agit pas de cochonneries. Sita n'a pas fait de commentaires, vous savez, à part

Bombay, elle connaît très mal le pays, et Dubey est resté assez vague. Il a dit que la sexualité faisait partie de... – Avery fit un mouvement de la main pour exprimer une idée philosophique indéfinissable, – ... chose qui appartenait à l'hindouisme, comme le plaisir fait partie de la pensée hindoue, et que tout ça... mais vous ne m'écoutez pas. » Bon, il avait juste manqué un passage au milieu de l'exposé.

« Je pense que ces sculptures érotiques sont en fait un truc métaphysique pour attirer les touristes, dit Agastya en riant. Non, pas vous, vous n'êtes pas un touriste typique. Je ne sais pas vraiment pourquoi l'érotisme est si présent dans les temples hindous. En tout cas, c'est bien agréable à regarder. Votre grand-père n'aurait sans doute pas été d'accord avec ce point de vue. Mis à part cette histoire de plaisir lié à la pensée hindoue, une autre théorie veut que les artisans aimaient étaler leurs talents, et que personne ne s'offusquait des thèmes représentés parce que leur sculpture était très belle. Non, pour autant que je sache, il n'y a pas d'explication définitive sur ce sujet. »

Forêt boisée de jeunes *sal* et de tecks, parsemée de buissons et d'arbrisseaux anodins. Par endroits, une clairière où les tribaux avaient brûlé des arbres pour faire un champ. Sur la piste, les dessins du soleil. Ils dépassèrent un groupe de tribales, les yeux ébahis et la peau d'un noir cuivré. Avec une grâce inépuisable, le guide continuait d'avancer. De temps à autre, une formation rocheuse étrange, un banian patriarcal, énorme et sans âge, de la taille d'un édifice de quatre étages, qui auraient pu contenir cinq maisons côte à côte. Ils changeaient souvent de sentier. Puis le guide s'arrêta et désigna du doigt une petite pierre à quelques mètres de la piste, à l'ombre de deux arbres. « C'est ça », dit-il. Une pierre d'un gris blanc, jolie et patiente, qui semblait avoir été souvent lavée.

À la mémoire de Richard Avery, préfet et magistrat du district de Madna de 1917 à 1923, attaqué à cet endroit même par un tigre dans la nuit du 22 août 1923. Il succomba plus tard à ses blessures. Il repose maintenant au cimetière Ross de Madna. À un administrateur juste et bienveillant, qui aima le pays dans lequel il vécut. Que son âme repose en paix. Ce mémorial fut érigé par l'administration civile du district de Madna en 1923.

Avery sortit son appareil photo et commença à mitrailler.

« Maintenant, vous vous conduisez comme un vrai touriste, dit Agastya.

— Que croyez-vous que je portais dans ce sac ? répondit Avery en se déplaçant pour fixer en un déclic instantané Agastya, l'inspecteur et le sourire du jeune tribal.

— Oh, des tas de choses, des médicaments contre la dysenterie, une crème solaire, un casque colonial gonflable, peut-être une batte de cricket, une tasse de thé, une photo de la reine d'Angleterre et de Diana. »

Avery rit tout en continuant de mitrailler : « Quand je commence, je ne peux plus m'arrêter. C'est pour ça que je n'ai pas fait une seule photo en chemin. »

Le sable orangé de la piste, quelques arbres, des *sal* et des tecks. Un peu plus loin un autre banian séculaire, des feuilles mortes, des souches, des épineux, une luxuriante explosion de bambous, des tribaux qui passaient, gracieux et la bouche ouverte, le ciel : la fin de la route pour les deux Avery.

« Aucune chance d'avoir un thé ? demanda Agastya d'un ton rêveur.

— Non, monsieur, répondit l'inspecteur avec fermeté. On peut se reposer un moment, et au retour faire un petit détour pour voir l'ancien point d'eau des tigres. »

Avery s'assit, le dos contre la pierre commémorative. Pépiement des oiseaux, ombre et lumière, vent et bruissement de la forêt.

« Mon grand-père était très heureux à Madna, dit Avery en s'adressant au ciel.

— Et maintenant que vous connaissez cet endroit, vous vous demandez comment il a pu l'être », rétorqua Agastya. Avery rit. Il se retourna pour toucher la pierre, puis se mit à lire l'épitaphe à voix haute, pour lui-même.

« Je comprends maintenant pourquoi, en dépit de tous les détails qu'il donnait dans ses lettres, on n'avait pas le sentiment d'un endroit habité. En fait, cette accumulation de détails renforçait cette impression d'absence de vie. Il y avait une grande horloge dans la salle à manger. La plupart de ses lettres commençaient par : Quatre heures viennent de sonner et Baldev vient de m'apporter le thé, ou bien : Il est maintenant sept heures et demie, et Natwar, celui qui est incapable de s'occuper de mes bottes correctement, m'appelle pour le dîner. Tout était incroyablement statique, comme si Richard Avery allait demeurer éternellement à Madna, satisfait de sa vie avec ses domestiques, le Club, la chasse près de Jompanna et les moments de détente à Gorapak. Comme si rien ne devait changer. Ses lettres étaient comme des photographies, c'est pour ça que j'étais si curieux. »

S'ensuivirent d'autres révélations prudentes sur son grand-père et lui-même. Puis arrêt au point d'eau, indiscernable déclivité, retour à travers champs et traversée du village maintenant somnolent. Thé à l'*inspection bungalow*, tout en remerciant l'inspecteur et le guide : « On leur donne un pourboire ? souffla Avery à l'oreille d'Agastya. – Sûrement pas à l'inspecteur, il serait très froissé, mais au gamin, oui. »

Ils réveillèrent le chauffeur et partirent pour Jompanna qu'ils atteignirent à trois heures. Sita était sur la véranda en train de lire *The Illustrated Weekly of India* en buvant du thé. Avery lui relata leur excursion avec enthousiasme. Tous deux décidèrent de ne pas déjeuner parce qu'il était trop tard.

Ce soir-là, alors qu'ils étaient assis sur la véranda, dans la lueur romantique des lampes, à écouter distraitement les chansons de films hindis venant des échoppes de canne à sucre, Sita demanda à brûle-pourpoint à Agastya : « Comment va votre femme, maintenant ? » Le jeune homme, qui venait de faire une bonne sieste, se sentit trop détendu (précieuse et rare sensation après un trajet en jeep) pour s'étonner de la question ou mentir : « Je ne suis pas encore marié. »

Ahmed, l'adjoint du préfet (un recruté local), avait transmis une des versions qu'avait données Agastya sur sa situation conjugale. Ahmed avait été le guide d'Avery et de Sita à Gorapak.

« C'est un drôle de type, raconta Sita, quand on lui parle, il a toujours l'air de sourire à ses avant-bras. On était un peu embarrassés. Il n'a pas arrêté de parler de vous. D'après lui, votre mère et votre femme sont anglaises, et votre mère serait morte d'un cancer en accouchant ! Elle aurait aussi été la fille d'un pêcheur goanais et votre père l'aurait arrachée au sein de sa famille, pour reprendre son expression. La seule chose qui était claire dans cette histoire, c'est que votre mère était chrétienne ; ça a l'air de l'avoir marqué ! » Le petit adjoint préfectoral remonta considérablement dans l'estime d'Agastya.

« Vous savez, je pensais que vous étiez anglo-indien, dit Sita en pouffant dans l'obscurité. Comme ceux qu'on appelait Ding ou Dingo à l'école. Il y en avait plein à Bombay.

— Et à Calcutta, à Bangalore et dans les écoles de Darjeeling, compléta Agastya. Mais il n'y avait pas que les Anglo-Indiens qu'on surnommait Ding, ce terme s'appliquait à tous les chrétiens. Moi-même, pendant des années, on m'a surnommé Demi-Ding, ou Ding tout court, à cause de ma mère. Ce qui était étonnant, c'est que tous les Anglo-Indiens étaient d'excellents sportifs mais des étudiants complètement nuls. Ceux qui avaient le teint clair, le type vraiment caucasien, partaient très vite en Australie. Les autres, ceux qui avaient le malheur de trop ressembler à un Indien, comme les cousines de ma mère, devenaient des professeurs sadiques dans les pensionnats religieux : elles étaient d'une sottise abyssale, et terriblement dures et mesquines.

— Oh oui, oui », approuvait Sita en se tordant de rire, la tête et la joue calées contre le dossier du fauteuil. Agastya venait de faire résonner une corde commune, une mémoire qu'ils partageaient dans la joie. Il sentit à nouveau que ce couple, un Avery et une future Avery, avait, plus que d'autres, des passés totalement divergents que ni l'un ni l'autre ne pouvaient vraiment comprendre. Mais peut-être que leur histoire respective importait peu et que leurs années à Londres constituaient un fondement suffisamment stable.

Le lendemain, ils étaient de retour à Madna. Agastya était content parce qu'il avait réussi à faire ses exercices clandestinement dans sa chambre. Le soir, ils allèrent chez les Srivastav : Agastya pour rendre compte du voyage et manger ; Avery et Sita pour dire merci et au revoir, et manger aussi. Srivastav, de très bonne humeur, posa une foule de questions auxquelles Agastya répondit avec davantage d'héroïsme que de réelles connaissances.

« Avez-vous décelé des signes de sécheresse là-bas ? Même s'il a bien plu ici, la région de Jompanna a toujours tendance à être touchée par la sécheresse, vous comprenez, le bassin hydrographique est petit et le niveau hydrostatique est bas. Donc, lorsque vous serez chargé des problèmes de développement là-bas, vous devrez faire particulièrement attention à un éventuel manque d'eau potable… » À toutes les questions et explications du préfet, Agastya répondait laconiquement : « oui, monsieur ». Puis, se rappelant la qualité de la nourriture à Jompanna, il dit que oui, il aimerait bien être en poste dans cette ville.

Ils parlèrent de la maison des Srivastav : à quoi elle ressemblait du temps de Richard Avery, comment étaient les meubles d'après les descriptions du grand-père, quel préfet avait donné telle année du terrain à telle institution. Ils abordèrent aussi le problème des différences entre l'ancien Indian Civil Service et l'actuel Indian Administrative Service, les attributions des fonctionnaires anglais et celles des fonctionnaires indiens, les exceptions telles que les Richard Avery et les Madhudusan Sen. Srivastav fut, bien sûr, celui qui parla le plus. Avery venait très près en deuxième position, ce qui était une surprise.

Il partait le lendemain matin avec Sita par le train de six heures moins le quart pour Bombay. Donc, adieux anticipés après un copieux dîner.

« Sen, vous serez levé à temps pour les accompagner à la gare ? Vous ne pouvez pas dire non, ce sont les hôtes du district. » Au moment de quitter la maison, pris d'une impulsion soudaine, Agastya déroba les clés de la voiture du préfet.

Tout ça parce que Srivastav s'était montré beaucoup trop jovial toute la soirée, et que sa femme portait son soutien-gorge noir – et que lui, pendant tout le trajet de retour de Jompanna, n'avait cessé de penser à son séjour à Delhi. Il en était revenu depuis trois jours, mais cela lui paraissait déjà à des années-lumière. Images éphémères, comme une brume qui se forme : la mère de Dhrubo qui l'avait embrassé sur la joue à l'aéroport de Delhi, une vieille photographie de Neera et de lui défoncé en face du

Victoria Memorial[1]. Dès son retour à Madna, il s'était retrouvé dans sa chambre de la *rest house* et s'était planté devant son miroir brouillé par la poussière. Et il y avait eu la culpabilité à l'égard de Mohan, une culpabilité démesurée, estimait-il, mais qui l'irritait d'autant plus. Avery avait l'air heureux : mission accomplie ; Sita avait l'air heureuse aussi : elle rentrait chez elle. Et l'obscurité avait resurgi des profondeurs insondables, il avait voulu à nouveau secouer l'ordre qui entourait son désespoir, ce sentiment qui l'empêchait d'agir, mais qui ne lui apportait même pas la consolation d'être une douleur essentielle. Pendant toute la soirée, cet entourage l'avait exaspéré, les rires, la conversation, les enfants. Il s'était senti encore plus seul et s'était replié sur lui-même. Les clés étaient posées dans un plateau en bois sur une desserte. Il les avait prises en pensant qu'il s'ensuivrait des recherches inutiles, des accusations de négligence. Il aurait ainsi brisé la tranquillité d'au moins une ou deux personnes. En revenant à la *circuit house* avec Avery et Sita, il songeait à la mesquinerie de son geste.

Il rit dans le silence de sa chambre éclairée au néon. Cinq clés. Parfois, ça lui faisait du bien de concentrer toutes ses facultés sur des actes gratuits. Srivastav allait hurler contre son chauffeur et ses

1. L'un des monuments les plus célèbres de Calcutta, édifié au début du XXe siècle.

domestiques, ignorant les railleries de son épouse, prétendant qu'il avait posé le trousseau ailleurs. Une clé pour la voiture, la deuxième pour le réservoir, la troisième pour le garage : avec un peu de chance les deux dernières ouvraient des armoires métalliques contenant tout ce que les Srivastav avaient de précieux – et Mme Srivastav avait sûrement rangé les doubles à l'intérieur de ces armoires, et son mari allait s'emporter contre le manque de bon sens de son épouse. Agastya se déshabilla au son du piano de Keith Jarrett, et s'allongea tout nu, le trousseau à la main.

Les clés de la voiture portaient respectivement les noms d'Usha et d'Union (pendant un instant, le fait qu'une personne soit payée pour donner des noms à des clés de voiture le stupéfia. Puis il pensa que c'était simplement un fait de plus qui ne s'expliquait pas, tout comme les informations en hindi que le speaker lisait d'une voix lente à la radio). Leur dentelure était irrégulière mais gracieuse, semblable à deux montagnes lointaines. Elles semblaient douces et usagées – au moins elles servaient à quelque chose. Srivastav n'aurait sûrement pas les doubles sur lui, encore moins le chauffeur. Ils devaient être au bureau. Agastya se mit à rire à la pensée que Srivastav serait fermement secondé par l'incompétence de Chidambaram. Belle journée de confusion en perspective.

Il avait cependant été le dernier à quitter la salle à manger. Les enfants étaient partis à neuf heures pour se coucher, ou, comme il le supposait, pour examiner attentivement leurs sexes respectifs (à nouveau cet humour noir qui ne le détendait même pas et qu'il partageait avec un mirage, un compagnon qui n'était qu'un reflet dans son miroir). Mme Srivastav et Sita étaient restées à se regarder en souriant bêtement, attendant qu'Avery et Srivastav arrêtent de discuter des archives. Il avait senti une rage impuissante l'envahir. Il n'en pouvait plus de ne pas être maître de son temps.

Il prit les clés et les embrassa. Son estomac se convulsait comme s'il allait vomir à force de rire. Une revanche absurde mais appropriée : la seule réponse à un monde dans lequel la queue d'un buffle vous envoie de la bouse si l'on n'y prend garde, un monde où un juge de district vous téléphone pour vous dire qu'il ne vous invite pas à dîner, où vous courez avidement d'un bureau de fonctionnaire à un autre pour récolter une invitation à prendre un repas chez l'un d'eux, n'importe lequel en fait, tout cela parce que vous soupçonnez votre cuisinier de vous nourrir de ses excréments. Il rit tard dans la nuit et dormit d'un sommeil lourd.

Agastya se dirigeait vers le bureau du préfet de police afin de lui rembourser le prix du billet de train pour Delhi. Il passa devant l'étang, les buffles, la foule toujours en train d'attendre à l'extérieur de la préfecture, le cannabis sauvage. Kumar était dans son bureau, proférant des menaces dans un vieux téléphone posé sur la table.

« Ah, *bhai* Sen, votre Anglais est parti ? » Bavardages...

« Venez dîner un de ces soirs, *yaar*, je vous présenterai ma femme... »

Agastya sortit quatre cent cinquante roupies : « Le billet de train, monsieur. » Le visage de Kumar s'épanouit. De la main d'Agastya il ne prit qu'un billet de cent roupies : « Quand on commence dans l'administration, on n'est pas très bien payé, *yaar*. On peut tout juste se permettre des seconde classe. Donc je prends seulement la somme qui correspond à un billet de seconde. » Tout dans son expression semblait dire : comme je suis gentil, non ? Puis quelques banalités.

En quittant les bureaux de la police, Agastya ne savait pas très bien si Kumar s'était montré extrêmement généreux ou parfaitement ignoble. Il avait dû envoyer un subalterne acheter les billets. Étant donné son comportement habituel, il ne lui avait sûrement pas avancé l'argent et, après avoir acheté ces billets, cet employé n'avait certainement pas eu le culot de le lui réclamer. Pour dédommager le petit fonctionnaire, Kumar lui ferait sans doute une faveur (un poste souhaité, l'interruption d'une procédure de transfert). Dans ce cas, il avait purement et simplement empoché les cent roupies d'Agastya. « À sa place, j'en aurais pris davantage. » Peut-être que c'était une avance pour voir d'autres films pornos. Ça ferait un bon scoop pour le *Dainik*, d'autant plus que rien ne pouvait être prouvé. Agastya caressa cette idée un moment, mais il n'avait aucun moyen de faire passer cette histoire dans le journal sans se mettre lui-même dans le pétrin.

Il alla ensuite à la préfecture où il avait quelques affaires à régler : vérifier que cet imbécile de Digambar n'avait pas oublié de lui remettre une lettre, prendre son chèque mensuel et, en bon fonctionnaire, rencontrer ses collègues, boire du thé, et perdre son temps. Dans la foule, il rencontra une masse de regards indifférents. Certains se levaient pour venir le saluer ; ils l'avaient vu quelque part, et, même s'ils ne pouvaient se rappeler où, il valait mieux lui accorder le bénéfice du doute. C'était peut-être un fonctionnaire important, bien qu'il n'en ait pas l'air. *Salaam* également de la part des plantons dans le couloir de la préfecture. Srivastav n'était pas encore arrivé, et Chidambaram n'était pas dans son petit cagibi.

« Il est allé chercher des clés de voiture », dit d'un air ébahi l'employé qui le remplaçait. Répondre aux appels téléphoniques destinés au préfet mettait le pauvre homme dans un tel état de tension qu'il était en nage. Le petit sourire narquois d'Agastya disparut quand il s'aperçut que son chèque n'était pas encore arrivé de la Trésorerie du district. Mais le fonctionnaire était trop stressé d'avoir à faire le travail d'un autre pour être en mesure de répondre avec cohérence aux questions d'Agastya. Celui-ci se rendit donc dans le bureau de Joshi.

Là, il interrompit la deuxième des six (ou plus) pauses-thé de la journée. À Madna, la vie était une occupation tranquille. Dans la pièce se tenaient plusieurs gros hommes d'un certain âge, les habitués de la préfecture. En le voyant, ils se redressèrent et s'assirent avec une modestie affectée. Joshi leva vers lui un regard rayonnant : « Le préfet a perdu ses clés de voiture », il fit un geste de ses mains pâles pour suggérer le désordre qui s'ensuivait. Le fonctionnaire chargé de l'approvisionnement du district se trouvait là aussi. Agastya se souvenait de cet homme qu'il avait rencontré le matin de son arrivée à la préfecture. Il transpirait toujours autant, comme si les mois de hurlements de Srivastav avaient définitivement endommagé son délicat métabolisme. Voir tant de visages placides rasséréna Agastya. Il s'assit à côté du fonctionnaire de l'approvisionnement qui répandait une odeur de gomme parfumée sortie d'un de ces plumiers que ses amis et lui auraient tout fait pour posséder il y a seize ans. On servit une tasse de thé à Joshi, puis à Agastya. Silence, murmures, tintements, lentes et agréables lampées dans la soucoupe. Ensuite le fonctionnaire prépara deux *paan*, un pour lui, le second pour Joshi. Ses grosses mains les modelaient lentement, avec soin et grâce. Il travaillait comme un véritable artisan du bétel – pour lui, le temps n'avait pas d'importance. Quand les deux hommes portèrent le *paan* à la bouche, leurs regards ne se posèrent que sur des objets inanimés : le dessus des tables, les dossiers, les calendriers accrochés aux murs. Le thé dans le bureau du bras droit du préfet était un rituel, et Agastya hésitait à le perturber.

Mais Joshi, le *paan* dans la bouche et sa tasse de thé vide reléguée à un coin de la table, sourit à Agastya du même air rayonnant.

« Joshi *saab*, mon chèque n'est pas arrivé de la Trésorerie. Et personne ne semble savoir pourquoi. »

Derrière ses lunettes, les yeux de Joshi devinrent deux orbites soucieuses. Il décrocha l'interphone, sa langue poussant la boulette de *paan* dans une discrète cavité de sa bouche. Une conversation s'engagea, un employé arriva, on envoya quelqu'un au Trésor, et on annonça finalement à Agastya qu'il toucherait son chèque le lendemain. Joshi lui jeta à nouveau un regard resplendissant. Puis ils recommencèrent à échanger des propos décousus au cours desquels Agastya éprouva un choc en apprenant que la réunion mensuelle des fonctionnaires du revenu foncier se tenait le lendemain.

Lorsqu'il quitta le bureau de Joshi (non pas pour se rendre au bureau de l'industrie du district, département auquel il était attaché durant cette semaine, mais dans sa chambre, pour passer quelques heures à se défoncer), il était préoccupé. Cette réunion s'annonçait comme une mort lente. Il avait déjà survécu à quatre meetings de ce genre, mais, maintenant, il était devenu trop rebelle pour assister à celui-ci. Le vol des clés l'avait libéré. Quand il monta dans la jeep, il se dit : « Aborde le problème de cette réunion comme un problème scientifique – semblable à ces équations numériques qui l'amusaient tant mais qui paniquaient Prashant et Dhrubo, dont les pupilles étincelantes d'ignorance louchaient désespérément vers les pupitres voisins pour y pêcher la solution – donc, utilise la logique et la méthode comme guides, ce qui est une autre façon de gaspiller ton temps. » Il se mit à rire. Le chauffeur lui répondit par un large sourire de sympathie, car c'était un homme qui aimait les manifestations de bonheur. La meilleure solution consistait à tomber malade – mais la maladie avait ses inconvénients, dont l'un des plus sérieux serait la visite de Srivastav. Et le préfet pourrait le surprendre en train de fumer un joint ou de se masturber, ou les deux à la fois. Afin que sa maladie soit prise au sérieux, il devrait avoir recours au docteur Multani. Il sourit : il avançait bien, avec logique et méthode.

La jeep descendait le chemin de terre, le moteur ronflait, faisant davantage de bruit que de kilomètres. Il fut à nouveau assailli par le sentiment à la fois inquiétant mais délicieux de la nuit précédente, induit par la concentration de toutes ses facultés sur un acte gratuit. Cette impulsion lui paraissait maintenant beaucoup plus belle et plus stimulante que la vie elle-même. Il se mit à rire en espérant que le gouvernement indien ne saurait jamais quel genre de fonctionnaire il était en train de former à Madna.

Il dirait bien sûr à Multani qu'il avait mal à l'estomac. Mais que faire si le médecin lui prescrivait une analyse des selles ? Ce pourrait être embarrassant, surtout qu'il n'avait pas eu de problèmes intestinaux depuis longtemps. Il pourrait peut-être dérober la merde de quelqu'un, celle de Vasant par exemple. Il n'aurait qu'à se glisser subrepticement dans la cuisine et à fouiller dans l'un des bocaux. Ça ferait un bon scoop pour le *Dainik* : «Un fonctionnaire de l'IAS surpris en train de voler les condiments de son cuisinier. »

La porte de Shankar était ouverte et accueillante. « Non, résous d'abord le problème de la réunion. Oui, les deux premiers points sont la maladie et Multani. Une fièvre, peut-être ? » Il ferma le verrou de sa chambre et songea un moment à se rouler un joint. Puis il se reprit : « Ne pense pas à plusieurs choses à la fois. » Sa rigueur le fit sourire. « Arjuna, les pensées de l'homme qui manque de détermination sont innombrables et sans frein », se souvint-il en riant. Il commença à rouler un joint.

À l'école, selon une croyance très répandue, garder un oignon sous son aisselle faisait monter la fièvre. Certains élèves, comme Prashant, n'en démordaient pas (« On parie ! T'as parié avec moi ! »), mais Agastya n'avait jamais *vu* personne avec un oignon sous le bras. En outre, il ne tenait pas du tout à avoir de la fièvre. Tout ce qu'il voulait, c'était échapper à cette réunion. Il se demanda alors s'il ne devrait pas se raser la barbe. Quand on est rasé de frais, il suffit de laisser la barbe repousser pendant deux jours pour convaincre tout le monde qu'on est malade.

Bon, il allait s'en tenir à une grande fatigue. Mais elle ne nécessiterait pas de prise de sang. Il sourit en regardant les quelques centimètres de cendre sur le joint. Comme la tour de Pise, elle s'était concentrée sur un côté et la fumée qui s'en échappait dessinait une ligne sinueuse bleue.

Il décida finalement d'aller voir Multani à son cabinet l'après-midi même. Sa visite ferait très plaisir à ce maquereau et il lui serait plus facile de suggérer que cette intense fatigue avait des causes mystérieuses. Une fois dans son cabinet, il pourrait faire de discrètes et insistantes allusions à la mauvaise nourriture de Vasant jusqu'à ce que le médecin l'invite à dîner. Maintenant qu'il avait élaboré son plan, il gisait allongé sur son lit, jouissant de sa réussite. Ç'avait été si éprouvant de résoudre le problème de cette réunion, avec pour toutes armes la logique et la méthode. Dérober des clés de voiture sous l'effet d'une brusque impulsion était tout aussi efficace et beaucoup plus facile. Conclusion : il était inutile d'introduire dans sa vie ne serait-ce qu'un peu de méthode. Il sourit à nouveau. Toujours la solution de facilité.

Il se demanda s'il fumerait un autre joint. À Delhi, Madan avait dit avec nonchalance, comme s'il parlait d'un lointain volcan en Colombie, que la police avait adopté une attitude plus ferme à l'égard des fumeurs de haschich, et que, si l'on était pris, la meilleure chance de s'en tirer était de tomber sur un agent qui fumait. Il lui avait aussi appris que, lors de la prochaine session, le Parlement allait faire adopter un mesquin projet de loi contre des gens comme Somaram (vieil ami et fournisseur attitré de Madan aux environs du Fort-Rouge). De toute façon, pensa Agastya, il faudra très, très longtemps, une éternité, avant que Madna soit comme Delhi.

Un peu plus tard, il rédigea une note pour que Digambar la porte à Srivastav en se délectant des formules qu'il choisissait : « Monsieur, j'ai ressenti une extrême faiblesse en me réveillant ce matin. Je suis allé consulter le docteur Multani qui a attribué cette fatigue au changement de saison. Il m'a recommandé de prendre quelques jours de repos. Je vous prie d'excuser mon absence à la réunion des fonctionnaires du revenu foncier. Je vous téléphonerai à votre domicile dès que je me sentirai mieux. »

Il se rendit au cabinet du docteur Multani après le coucher du soleil. L'adresse qui figurait sur l'ordonnance indiquait simplement : près de la pharmacie Friends. Dans le haut de la page, une publicité disait :

> « Venez seul ou venez tous
> À la pharmacie Friends. »

Cette petite phrase lui rappela les publicités accrocheuses de Bangkok. « Multani doit toucher une commission sur les bénéfices de l'officine », pensa-t-il.

Il traversa à pied une partie de Madna qu'il connaissait mal. La pharmacie Friends se trouvait au centre de Market Road, elle faisait l'angle avec une allée latérale au fond de laquelle se trouvait le cabinet du médecin. La salle d'attente semblait déborder sur les planches qui recouvraient le caniveau courant le long de l'allée. Visages hébétés, bébés pleurnichards, mères fatiguées. Agastya aimait bien voir d'autres personnes déprimées. Multani avait embauché comme réceptionniste une espèce de *goonda* qui portait une chemise rouge ouverte jusqu'au nombril et une chaîne en or autour du cou. « Le genre de type qui se conduit comme s'il était bien monté », pensa Agastya. Tous les regards se fixèrent sur le jeune fonctionnaire : une fois de plus, il ne cadrait pas avec le lieu.

« Je suis un ami du docteur Multani », dit-il au *goonda*, tout en se demandant si le médecin avait loué ses services parce qu'il enculait bien, sans lubrifiant ni tendresse. Il poussa une petite porte en bois et souleva un rideau vert qui sentait mauvais. Il était toujours hilare.

Multani, assis près d'une table métallique, était en train d'examiner la gorge d'un adolescent qu'il délaissa dès qu'il vit Agastya. Manifestations de joie, poignées de main, questions et réponses convenues. Multani demanda à Agastya de s'asseoir un instant contre un mur rose et crasseux, à côté d'un climatiseur qui ne fonctionnait pas, assez grand pour loger une colonie de rats.

« Je n'ose pas croire que vous me fassiez une simple visite de courtoisie, Sen *saab*, personne ne vient jamais me voir sans motifs professionnels, et pourtant vous avez l'air en pleine forme... Accordez-moi encore vingt minutes, le temps de liquider mes patients... (Il veut peut-être dire les tuer, pensa Agastya)... ensuite on pourra bavarder tranquillement. » Multani lui jeta à nouveau un regard épanoui et revint aux amygdales de l'adolescent qui fixait Agastya par-dessus la tête ronde et rose du médecin. Avec ses mâchoires grandes ouvertes, il ressemblait à un python s'apprêtant à dévorer un porcelet.

Le cabinet de Multani avait un côté tellement déprimant que c'en était comique. On aurait dit une de ces caricatures de cabinet médical miteux qu'on voit dans les séries télévisées à prétention réaliste. Un lit d'hôpital à moitié caché par une sorte de paravent vert, une grande armoire contenant des pommades et des tablettes de médicaments qui débordaient comme du dentifrice d'un tube écrasé. Aux murs, des calendriers à l'effigie de laboratoires pharmaceutiques. Sur l'un d'eux, une femme en sari courait à côté d'un *tonga* qui transportait ses amies, évidemment radieuses elles aussi. La compagnie fabriquait des serviettes hygiéniques sans ceinture (dans les dernières années de sa vie, Prashant prétendait que « le liquide poisseux de leur chatte les fait tenir, tu paries ? »). Entre deux patients, Multani envoya son *goonda* chercher du thé et un Thumps Up[1], tout en posant

1. Marque de boisson gazeuse proche du Coca-Cola.

quelques questions à Agastya, ce qui lui laissait tout le temps d'élaborer ses mensonges. Multani avait l'air si pimpant et si sûr de lui qu'Agastya décida de se montrer grossier quand ils se retrouveraient seuls, pour le plaisir de voir comment il réagirait.

Il se demanda ce que ça représentait d'être médecin dans une petite ville, de venir dans ce petit cabinet tous les jours, d'examiner la gorge des gens et de respirer leur haleine. « Et alors, qu'est-ce que tout ça peut faire si on gagne huit mille roupies par mois ? Mais ce qui importe le plus, c'est quand même la qualité de la vie. » Agastya arrêta là son débat : le contentement qui se lisait sur le visage de Multani était un argument de taille contre sa thèse. « Bon, chacun son truc », conclut-il, insatisfait.

Le médecin ne consacrait pas plus de deux minutes à chaque patient. Il disparaissait avec certains derrière le paravent, en lançant de petits sourires embarrassés à Agastya. Il prenait cinq roupies par gogo et les envoyait tous à la pharmacie Friends. Et conversait à bâtons rompus avec Agastya pendant toute la durée des consultations. Le dernier malade, un jeune homme de l'âge d'Agastya, grand et mince, semblait épuisé par la tuberculose. Il s'assit en face de Multani et se mit à tousser. Instinctivement, Agastya retint sa respiration : c'était chez lui une vieille habitude dès que quelqu'un dans son entourage commençait ainsi à expectorer. Or l'homme n'était pas un patient mais un représentant en produits pharmaceutiques. Il sortit de son attaché-case en plastique des pommades et des plaquettes de pilules qu'il exhiba devant Multani, tout en marmonnant leurs vertus. Il avait des dents de lapin. Agastya se souvint de la femme de Shankar qu'il avait rencontrée après la première averse de mousson sur Madna. Elle n'avait montré que ses canines, pourtant, cela avait suffi à lui donner l'air d'un prédateur. Les lèvres du représentant ne recouvraient pas totalement ses incisives et ça lui donnait l'air d'un perdant. Multani jouait au dur, tout en jetant de temps à autre un coup d'œil malin à Agastya. Oui, oui, il connaissait ces pilules et ces gouttes. Le représentant transpirait, mais gardait un sourire figé : « Voulez-vous passer commande ?

— Non, pas maintenant, pas maintenant », répondit Multani. Le représentant continuait de fixer le médecin. Il avait le même âge qu'Agastya, mais il venait de l'intérieur des terres, ou peut-être de cette partie de Madna inconnue, de l'autre côté des bureaux. Agastya se demanda vaguement à quoi pouvait ressembler la journée d'un représentant. Elle consistait peut-être à aller d'un Multani à l'autre en rampant pour obtenir des commandes. Cependant, depuis qu'il avait observé la satisfaction sur le visage du médecin, il était moins enclin à porter des jugements sommaires ou à condamner la vie des autres. Au fur et à mesure que le représentant parlait, pourtant, sa fébrilité semblait traduire son malheur. Agastya pensa qu'il était peut-être ambitieux et, qu'insatisfait de son sort, il voulait gagner suffisamment d'argent pour démarrer une petite affaire ou quelque chose de ce genre. Même lui devait avoir des plans d'avenir précis. Et le bonheur dépendait peut-être pour lui d'une certaine quantité d'argent.

Le sourire figé du vendeur était si intense, du genre Dale Carnegie, que Multani parut fléchir. Agastya se demanda ce que ce représentant pouvait penser de lui. Il se moquerait ou il serait envieux de sa réussite facile : fils de gouverneur, anglicisé et citadin, maintenant incorporé à l'Indian Administrative Service, tout ce qui lui restait à faire pour gagner de l'argent était de se reposer en pétant tranquillement. Et si Agastya lui expliquait : « Je veux donner ma démission parce que je suis trop mal dans ma peau » ? En regardant cet homme qui devait vanter les mérites de ses médicaments douze heures par jour, il eut tout à coup honte de lui-même, son agitation mentale lui parut terriblement futile. Il éprouva un sentiment de culpabilité et de vertige : « Réjouis-toi de ne pas être à sa place. »

Enfin, Multani vint à bout du représentant. Par-dessus son Thumps Up, il ne souriait plus qu'à Agastya. Le jeune fonctionnaire décrivit en long et en large les symptômes de sa fatigue puis ajouta : « J'ai également des rougeurs à un endroit intime. » Multani cessa de sourire et prit alors un air rassurant. Il lui demanda de s'allonger et l'examina à fond : pouls, gorge, estomac. Vu du lit, le visage du médecin avait quelque chose de grotesque : ses joues affaissées ressemblaient à des fesses rasées, comme si la gravité tirait inexorablement sa peau vers le bas.

« Vous me semblez en bonne santé, dit-il, perplexe. Vos rougeurs, peut-être », ajouta-t-il d'un ton réservé. Agastya enleva immédiatement son pantalon et s'allongea à nouveau, les yeux fermés, une jambe pendant dans le vide, comme une pin-up en train de se faire bronzer sur une plage exotique. Il rit intérieurement quand la légère odeur de smegma parvint à ses narines. Multani, qui ne l'examinait pas de très près, murmura : « Je ne vois rien de particulier... » Il lui donna une pommade, un fortifiant et des vitamines qu'il prit dans l'armoire encombrée de médicaments laissés par d'autres représentants restés intrépides malgré leur échec. Agastya vérifia la teneur en alcool du fortifiant : « Quatorze pour cent, pas mal. » Puis le médecin reprit : « Je ne vois rien de grave, il faut que vous mangiez et que vous dormiez bien. Au fait, votre insomnie...

— Oh, bien manger ! Ça, je ne peux pas tant que je suis à la *rest house*... » Il s'étendit sur le sujet. Au bout de deux minutes, Multani l'avait invité à dîner. Il accepta, le remercia avec empressement avant d'ajouter : « Je devrais peut-être me reposer un jour ou deux, non ? Le temps de ce changement de saison…

— Oui, oui, bien sûr », répondit Multani d'un air distrait. Il était sans doute étonné par l'empressement avec lequel Agastya avait accepté son offre, ou par le diagnostic qu'il venait de formuler.

« Je vais juste à la pharmacie Friends pour passer un coup de fil à la maison afin de prévenir que je rentrerai avec un ami. Deux minutes. » En sortant, il demanda à son *goonda* d'apporter un second thé pour Agastya. Ce dernier inspecta la petite pièce de trois mètres sur trois, de l'armoire au lit en passant par la table métallique et le climatiseur, en se demandant s'il allait voler quelque chose. Il ne trouva rien d'intéressant, excepté l'argent dans le tiroir, mais le médecin avait dû le compter avant de sortir.

Le scooter de Multani était neuf, d'une teinte blanchâtre impossible à déterminer dans l'obscurité. Ils observèrent le *goonda* fermer le cabinet à clé. Agastya découvrit avec stupeur que Multani conduisait son scooter avec une témérité qui confinait à la folie. Il semblait en être totalement inconscient et se retournait fréquemment vers lui pour ponctuer un monologue incompréhensible qui dura tout le trajet. Agastya ne pouvait que fermer les yeux et succomber à l'étrange excitation d'une fortuite partie de dés avec la mort. Il avait à nouveau la possibilité d'être déchiqueté, la perception d'un ultime soulagement, le plus irrémédiable renoncement au monde sensible, d'une béatitude presque sensuelle : le sentiment que la mort n'a pas besoin d'être un acte volontaire. Le scooter traversait à toute allure les petites ruelles de la ville. Sur ses paupières, les reflets des lumières ; dans ses narines, le parfum de l'huile capillaire du médecin. Son père avait pourtant dit que les gens de la génération de Multani ne se huilaient plus les cheveux.

Multani habitait au-dessus d'un caniveau nauséabond dans une allée sombre. Le scooter s'arrêta devant un mur de bois bleu. Multani frappa et une partie du panneau s'ouvrit.

« Le logement est un gros problème à Madna, commença-t-il en manière d'excuse tout en poussant Agastya à l'intérieur. Je paie cinq cents roupies de loyer pour cette masure. » La petite boîte en bois était en fait une véranda fermée qui tenait lieu de salon. Plusieurs personnes étaient assises dans la pièce.

« *Saab* Sen, je vous présente mon père… mes enfants, Vinod et Apsara. Dites bonjour à oncle Sen (au lieu de quoi, les gamins allèrent se cacher dans les plis du sari de leur mère d'où ils lui jetèrent des coups d'œil furtifs, en essayant d'avoir l'air mignon)… ma femme et le docteur Ghoshal qui travaille à l'hôpital public. »

Comme toujours, il y eut un moment d'embarras puis le père de Multani dit : « Asseyez-vous, monsieur Sen, comme le dit mon fils, Darshan, le logement est un gros problème ici, mais cela ne doit pas nous empêcher de nous asseoir. » Tout le monde rit. Agastya était surpris : il ne s'attendait pas à un tel trait d'esprit de la part d'un homme âgé, ou du moins ce que lui considérait comme tel. L'humour, à la différence du sentiment de désintégration, était pour lui une question de génération : ainsi son oncle Pultu avait la réputation d'avoir été l'un des plus grands blagueurs de son époque (lorsque le clan Sen se réunissait à Calcutta lors des *pouja*, les tantes se glissaient vers lui et hurlaient de rire à chaque parole qu'il prononçait), mais Agastya se souvenait que deux phrases de lui seulement l'avaient fait sourire – et uniquement sourire – en vingt-quatre ans. La réciproque était vraie : aucune de ses propres plaisanteries n'avait réussi à déclencher le moindre rire chez son oncle, son père ou ses tantes.

Cependant il sourit au père de Multani : « S'il vous plaît, ne m'appelez pas monsieur Sen, Agastya est plus simple. » Si on lui avait demandé de décrire le vieillard, il aurait probablement brossé le tableau suivant : sénile, regarde la télévision tout le temps même lorsqu'elle est éteinte, rote très fort, reste très longtemps aux toilettes, dépense une bonne partie de l'argent de Multani en médicaments, est terrifié par la mort. Quand il était à Delhi, il avait dit à son père au téléphone : « Oncle Manik a de plus en plus l'air d'un squelette, peut-être que sa petite-fille lui ressemble ?

Pourquoi est-ce qu'il ne vend pas son corps à un laboratoire de biologie ? » Dans la lettre suivante, son père avait brutalement, mais sans faire allusion à ces remarques – un peu à la manière de Marc Aurèle –, parlé du grand âge. D'une façon très indienne, il avait insisté sur l'obligation que les jeunes ont de révérer la vieillesse « parce qu'un vieillard plus qu'un jeune homme a besoin de réconfort sous forme de respect ».

Des faits venaient confirmer le cynique portrait d'Agastya : comme la télévision n'était pas encore arrivée à Madna, le père de Multani écoutait la radio, en l'occurrence un programme de questions-réponses sur le diabète, et parfois la tête du vieillard était prise de légers mouvements involontaires.

« Agastya est un beau nom, très original. Je suis sûr que vous n'avez aucune idée de sa signification », dit le vieil homme. Agastya avait déclaré un jour à son père qu'il valait mieux être ou très jeune ou très vieux : dans les deux cas, on pouvait dire des choses d'une merveilleuse insolence sans que cela porte à conséquence, personne ne vous prenait au sérieux, on pouvait donc faire preuve de la plus parfaite irresponsabilité. Mais à choisir entre les deux, il était encore plus profitable d'être vieux car, quand on était petit, on était en plus obligé d'être mignon. Bien entendu, son père n'avait pas ri.

Avant qu'Agastya n'ait pu répondre : « Il y a à peine une demi-heure, j'étais tout nu devant votre fils qui a tout vu », le père reprit : « En sanskrit, *agam* signifie montagne. Agastya est formé des termes *agam* et *asyati*, ce qui signifie celui qui pousse la montagne. Ou alors *agam* et *styayati* : celui qui arrête la montagne. Nous constatons souvent cette ambiguïté, cette incertitude quant au sens et à l'origine de nos noms. Il se peut également que votre prénom ait un rapport avec le terme latin *augeus*, qui signifie avancer. Ce serait tout à fait pertinent puisque Agastya était le sage errant qui aspirait tant à voir Bénarès. Un beau nom, et pour certains d'entre nous cela compte toujours, mais qui sait pour combien de temps encore ?

— Un choix très bengali, intervint le docteur Ghoshal. Les Bengalis aiment particulièrement les beaux prénoms. Prenez mon cas... (ce que personne ne fit) je m'appelle Shyamalendu. » Le docteur Ghoshal était très bengali : grand et mince, mais le ventre proéminent, les doigts jaunis par la nicotine et le poisson au curry, arborant des lunettes, de grandes dents jaunies et des cheveux noirs impeccablement coiffés en arrière. Agastya se demanda ce que Ghoshal et Multani pouvaient avoir en commun, hormis leur profession. Comme tous les Bengalis qui choisissent de s'établir hors du Bengale, Ghoshal blâmait Calcutta de n'avoir pas su le retenir. « Mais Calcutta *vit* », concéda-t-il. Là-dessus, le père de Multani, sans dire un mot, augmenta d'un coup le volume de la radio. C'étaient maintenant les informations (lues en hindi d'une voix très lente) qui empêchaient toute conversation. Puis le docteur Multani et sa femme revinrent des profondeurs de la maison. Vêtu d'une *kurta pyjama*, Multani éteignit la radio d'un geste ferme et regarda autour de lui avec un sourire qui voulait dire : « Alors, tout le monde s'amuse bien ? »

Discussion formelle, questions timides sur le père d'Agastya, eux essayant de le mettre à l'aise, convaincus qu'il avait besoin de se détendre, lui se complaisant avec perversité à se tortiller sur sa chaise, à avoir l'air de plus en plus embarrassé, bref, à les provoquer. Le docteur Ghoshal bourrait ses narines de tabac à priser et respirait bruyamment par la bouche tout en entonnant comme s'il était en transe le nom d'autres fonctionnaires bengalis, ambassadeurs et secrétaires d'État. En écoutant Ghoshal, Agastya éprouva la forte tentation de lancer : « Je veux donner ma démission, enculer un djinn, fumer de la marijuana, lire Marc Aurèle au soleil et contempler ensuite votre visage afin d'y lire l'incompréhension. »

Soudain, M. Multani père les interrompit tous : « Monsieur Sen, vous parlez bengali ? Couramment ? » Multani fils, sa femme et Ghoshal se regardèrent subrepticement les uns les autres. Le vieil homme, le visage presque agressif, fixait Agastya avec détermination.

« Oui, pourquoi ? »

Le vieillard le regarda avec une intensité accrue, puis secoua la tête : « Je suis très surpris », dit-il, mais le ton de sa voix signifiait : « Vous mentez, naturellement. » Il poursuivit : « Darshan ne parle qu'hindi, et il me semble que tous les gens nés après la Partition se moquent de tout, et parfois j'en viens à penser que ces choses n'ont plus vraiment d'importance. » Multani fils eut un petit sourire honteux.

« En 1947, j'ai dû tout quitter, partir de Lahore pour m'installer à Madna. J'ai dû me démener pour envoyer Darshan faire ses études de médecine à Indore. » Le vieillard parlait lentement, mais avec une sorte d'intensité. Comme s'il était déterminé à garder la parole, quand bien même il soupçonnait qu'on la lui laissait par pure considération pour son grand âge, mais peut-être aussi parce que personne ne l'écoutait. Multani fils avait l'air ennuyé. Sans doute avait-il déjà entendu ces propos auparavant, son père n'ayant guère d'autres sujets de discussion, pourtant, il ne comprenait pas ce qui l'incitait à assommer un invité avec ses souvenirs.

« J'ai observé mon fils grandir, et je me suis dit qu'il n'avait rien vu. C'était bien en un sens : il n'avait pas connu les Britanniques ni les émeutes de la Partition dont toute ma génération a souffert. Il y a quelques mois, il y a eu des émeutes à Madna, mais comparées à celles des années 1940, ce n'étaient que des pétards : une bande de truands qui voulaient s'amuser et organiser ces réunions pour l'intégration nationale. Vous, monsieur Sen, vous n'avez jamais vu des hindous et des musulmans se battre ? » (Bien sûr que non. Dans le courant de sa seconde année d'études supérieures, il y avait eu des émeutes dans Old Delhi et l'université avait été fermée. Tous les étudiants avaient immédiatement pris le car pour Manali afin de fumer un bon haschich et de perdre leur temps avec les hippies soi-disant agents de la C I A. En quittant Delhi, Dhrubo avait dénoncé l'attitude des musulmans : « Pourquoi ne se rebellent-ils pas plus contre le sécularisme hypocrite de l'Inde ? Si on a fait du dimanche un jour férié pour faire plaisir aux chrétiens, ils devraient exiger que le vendredi aussi soit férié ! On aurait alors une semaine de quatre jours, tu te rends compte ? »)

« Darshan a eu la chance de ne pas être un réfugié comme moi. Nomades accrochés à notre passé, nous n'avions rien d'autre. Tout ce que nous avons traversé, tout ce que nous avons vécu a été horrible, mais ça a aussi été une expérience capitale. Et parfois je pense qu'il est bien pire d'appartenir à la génération suivante. »

Le vieil homme faisait preuve d'un orgueil irrationnel, une sorte de nationalisme anachronique. Il débita d'une voix monotone les horreurs de la Partition (Ghoshal demanda à Agastya à mi-voix quand la construction du métro de Calcutta serait terminée).

« … Votre génération est passée à côté des années les plus cruciales… les cinq premières décennies de ce siècle… » « Mais le nationalisme et ces cinquante dernières années étaient aussi passées à côté de Madna », pensa Agastya. C'est ce qu'il avait éprouvé plusieurs mois auparavant quand, en compagnie de Sathe, il avait vu d'un pont de chemin de fer une ville éternellement somnolente. Le père de Multani avait connu les souffrances du joug colonial. Agastya et Darshan Multani y avaient échappé et, à la différence de John Avery, ne faisaient preuve d'aucune curiosité particulière pour cette époque. Le patriotisme et ses bains de sang avaient tout simplement oublié Madna. Les lettres que Richard Avery envoyait à sa famille attestaient ce fait. Agastya était né trop tard. Il eut l'impression étrange de se sentir à la fois curieux et dépossédé d'un temps révolu. Quelle sensation ça pouvait faire de marcher dans les rues de Calcutta et de se voir refuser l'entrée du Club de Calcutta, « interdit aux indigènes » ?

« Et je pensais que les Britanniques avaient laissé derrière eux des handicapés culturels, incapables de formuler un jugement, mais maintenant je n'en suis plus si sûr, parce qu'il n'y a pas de faute. Votre génération est ce qu'elle est, on n'y peut rien, comme l'anglais qu'on parle, inévitable. C'est pourquoi votre nom m'a surpris. Et je ne m'attendais pas à ce que vous parliez bengali… » À ce moment-là, Mme Multani proposa avec tact qu'on commence à dîner et tous se dirigèrent vers les profondeurs de la maison.

Ce fut un délicieux repas végétarien. Agastya se goinfra. Le vieil homme demeura presque silencieux, mais Ghoshal et Multani sondèrent sans merci Agastya sur son passé, le concours d'entrée à la Fonction publique, la nature de son travail, ses réactions sur Madna, ses projets de mariage et ses autres centres d'intérêt. À onze heures, il se leva, remercia tout le monde en exprimant le vœu de revoir ses hôtes et s'assit derrière Multani pour un second trajet en scooter aussi périlleux que le premier. Ils s'arrêtèrent pour acheter des cigarettes. La ville ne dormait pas encore. Ils mâchèrent un *paan* et Multani fuma une cigarette. « Je ne le fais pas devant mon père », dit-il doucement. Il n'avalait pas la fumée.

Agastya passa les trois jours suivants au lit. Il fit ses exercices, se masturba, écouta de la musique, se défonça et lut de minces livres de philosophie – il vécut sa vie secrète. Sous le soleil de Delhi, ces trois jours auraient été une véritable félicité terrestre, mais à Madna seule sa petite folie quotidienne le distrayait : observer les lézards qui se poursuivaient, se livrant à une épuisante course autour du tableau de Tamse. Il y avait aussi les consolations équivoques de Marc Aurèle dont la sagesse prenait par moments des tournures incroyablement amusantes : « Est-ce que des aisselles nauséabondes et une mauvaise haleine vous mettent de mauvaise humeur ? Que vous apporte cette irritation ? Si l'on considère la bouche et les aisselles dont l'homme est doté, il est inévitable que ces points du corps produisent ces odeurs… » Pendant trois jours, il n'ouvrit la porte qu'à Vasant et à Digambar. Deux nuits d'affilée, il fit des kilomètres le long de la voie ferrée.

Le quatrième après-midi, alors qu'il venait juste de finir un joint, une jeep bruyante s'arrêta devant sa véranda. On frappa à sa porte. Un étranger souriant. Avant qu'il ait pu dire quoi que ce soit, Agastya cria : « J' suis malade, j' peux pas me déplacer. » Derrière l'homme était garée la jeep de foire.

« Je m'appelle Adho Tiwari, dit l'étranger. (Deux mois après, Agastya comprit qu'Adho n'était pas le prénom de Tiwari, mais le sigle ADHO, qui signifiait : *Additional District Health Officer*, fonctionnaire adjoint chargé de la santé publique.) M. Bajaj m'a envoyé. Vous voulez visiter le Centre de réhabilitation de Baba Ramanna ?

— Certainement pas. »

La véhémence de la réponse laissa Tiwari un peu perplexe.

« Mais... » Une discussion s'ensuivit et Agastya se retrouva assis dans la jeep, pas tout à fait à contrecœur. C'était amusant de se trouver là : il avait l'impression d'être Youri Gagarine. Ensuite, il allait faire le trajet seul, car Bajaj *saab* et Tiwari avaient du travail. « Mais *saab* Bajaj avait dit que vous aviez tellement envie de visiter le Centre que j'ai téléphoné là-bas pour prévenir que M. Sen, IAS, allait arriver. Ils ont répondu que vous étiez le bienvenu », expliqua Tiwari. Ce qu'il y avait de plus agréable, c'était que ce trajet n'avait pas de but précis ; il s'agissait d'aller rencontrer des étrangers dans un endroit inconnu, en étant complètement défoncé. Avec un peu de chance, il pouvait espérer que Baba aidait des nymphomanes et des prostituées à se réinsérer. Accepter était finalement moins fatigant que refuser. La solution de facilité, toujours.

Sur la route de Gorapak. Bien que l'hiver ne soit pas loin, les après-midi à Madna étaient encore chauds et la ville dormait. Ils sortirent par la porte de l'Est que franchissaient autrefois les éléphants d'un roi tribal. Le *paan-wala* niché dans le renfoncement de la porte monumentale était seul avec son transistor. La chanson de film hindi était comme d'habitude totalement déplacée : une voluptueuse voix féminine invitait un milliard d'auditeurs à la sexualité et à la passion. Elle les suivit jusque dans les masures qui s'étendaient à l'horizon :

La nuit est solitaire,
La lueur des lampes est faible,
Viens plus près, mon amour
Viens dans mes bras.

La jeep avançait péniblement, incapable de prendre de la vitesse. « J'ai l'habitude de conduire lentement, monsieur, confirma le chauffeur, loquace, de façon que les gens puissent lire les slogans inscrits sur le véhicule. » Agastya approuva d'un signe de tête. « Je vais encore voir de nouveaux visages, pensa-t-il en regardant un nuage passer lentement derrière un arbre, une nouvelle rencontre qui va se fondre avec les autres. » Il en ressortira sans doute quelques propos, peut-être intéressants, ou un visage aperçu sous un certain angle, autant d'impressions fugitives que son esprit relierait à d'autres choses, à un accent particulier entendu ailleurs, ou à d'autres mots. Confusion du temps, des lieux et des gens, imbroglio qu'il essayait en vain d'ordonner.

Presque une heure de route. Dès les derniers six cents mètres, le paysage commença à changer : des champs plus petits bordés de fils barbelés et d'eucalyptus, de coquettes huttes blanches aux toits d'asbeste grise. « Le Centre, monsieur », annonça le chauffeur. Une longue allée de gravier rouge bordée d'arbres, des *neem* et de vieux banians. Autour d'une cour centrale, de longues masures basses, peintes en blanc et gris. Personne. Une grande paix seulement troublée par le cri des oiseaux et le ronronnement d'une pompe à eau. « Ce Centre a l'air plus propre et plus joli que n'importe quel autre endroit dans ce district. On dirait un *modèle* de communauté », pensa Agastya.

Une femme d'une quarantaine d'années, vêtue d'un sari blanc, sortit de l'une des huttes grises, « sans doute étonnée par les couleurs, le dessin et le slogan inscrits sur la jeep », pensa Agastya, qui se rappela ensuite que tout le monde l'avait déjà vue des centaines de fois. Ils se dirigèrent vers elle. De profondes pensées étaient peintes (en anglais, en hindi et dans la langue locale) sur des panneaux de bois accrochés aux murs de l'une de ces huttes. « La véritable lèpre est liée à l'impureté de l'esprit. M. K. Gandhi », affirmait la plus proche.

Le chauffeur sourit et dit quelques mots à la femme. Elle jeta sur Agastya un regard inexpressif et lui demanda de la suivre. Elle s'arrêta à une dizaine de pas d'une masure et, avec un léger sourire, désigna un homme qui venait des champs et s'avançait vers eux.

Agastya passa quatre heures très intéressantes au Centre de réhabilitation des lépreux de Baba Ramanna. Le chauffeur s'ennuya, mais il était payé pour conduire ou attendre. Agastya ne rencontra pas Baba Ramanna : âgé de soixante-dix-sept ans, la célébrité l'avait rendu quelque peu misanthrope. Mais il fit la connaissance de son fils, Raman Karanth, l'homme qui s'était avancé vers eux. Karanth était petit et mince et portait un vêtement en *khadi* blanc extrêmement rêche.

« Que désirez-vous voir ici, monsieur Sen ?

— Euh... C'est à vous de décider.

— Vous faites partie de l'I A S, n'est-ce pas ?

— Oui.

— Si vous me le permettez, je dirai que vous n'en avez pas l'air.

— Oui. » Karanth, un peu surpris, le regarda à nouveau.

Il y a quarante ans, Baba Ramanna, alors connu sous le nom beaucoup moins saint de Shankaran Karanth, possédait un cabinet médical lucratif à Bangalore. « Il n'était alors pas encore marié », précisa son fils, tout en montrant à Agastya le potager du Centre. « Ça lui a été plus facile de tout abandonner. Ses parents habitaient Tumkur. Ma grand-mère est toujours vivante, elle a quatre-vingt-seize ans et vit encore à Tumkur », poursuivit-il en désignant du doigt les carrés d'épinards, de carottes, de radis et de choux-fleurs.

« D'où vient l'eau qui irrigue vos champs ? » demanda Agastya.

Cela faisait partie de l'histoire de Ramanna. À Bangalore, quarante ans plus tôt, alors que le nationalisme bourdonnait autour de lui, un médecin célibataire qui gagnait très bien sa vie commença à se préoccuper de son avenir. Karanth lui raconta volontiers l'histoire et Agastya devina la suite.

« Prenons d'abord du thé. Ensuite, je vous ferai visiter les autres bâtiments. » Ils se dirigèrent vers une hutte au-delà du potager. Sur la porte, un panneau indiquait : « Salle à manger » et dessous : « Mépriser les êtres humains qui sont nos compagnons, condamner une communauté ou une catégorie de gens, est le fait d'un esprit malade, atteint d'un mal pire que la lèpre. Ceux qui pensent ainsi sont les véritables lépreux de la société. M. K. Gandhi. »

« Quand je vous ai dit que son avenir le préoccupait, cela signifiait qu'il n'y voyait qu'un prolongement prévisible du présent. » Agastya ajouta pour lui-même : « Il s'insurgeait contre les conventions du cycle de la vie : gagner de l'argent, se marier, élever des enfants. »

Murs et sols de terre battue et de bouse de vache, asbeste au-dessus de leurs têtes, peintures aux murs, nattes sur le sol. Les peintures, bien exécutées et discrètes, représentaient des paysages.

« Ces paysages sont bien plus beaux que ceux qu'on trouve dans les *rest houses* du gouvernement.

— Oui, mais l'artiste qui les a peints a perdu tous ses doigts, un cas très avancé. Il s'est servi des quelques orteils qui lui restaient. »

Au-delà se trouvait la cuisine, construite avec le même mélange de terre battue et de bouse de vache. Des hommes et des femmes en *khadi* blanc regardèrent Agastya et saluèrent Karanth. Agastya baissa subrepticement ses yeux sur leurs mains et leurs orteils. Ils prirent leurs tasses de thé et se dirigèrent vers le puits. « Des hommes que rien ne semble destiner à la violence deviennent des rebelles, et, parfois, contre des choses qui au premier abord paraissent surprenantes. Je pense que mon père était également attiré par le plaisir que procure le non-conformisme d'un tel choix. » Shankaran Karanth partit alors à la recherche d'un endroit loin de Bangalore de façon à ne pas être harcelé par les intrusions et les critiques de ses relations et à ne pas sentir la pression de la ville. Quitter Bangalore avait été le seul grand regret de ses premières années ici, car il avait appris à beaucoup aimer cette ville.

« Pourquoi avez-vous tenu à visiter le Centre ? Est-ce parce qu'on vous a dit que c'était l'une des attractions touristiques du district ? demanda brusquement Karanth.

— Oui, plus ou moins. »

Le rire aigu et franc de Karanth fusa. Le thé était fort et avait un goût très doux. Au bout d'un moment, Agastya comprit qu'au lieu de sucre on avait mis du *gur*. Ils allèrent vers un massif de bananiers.

« Ce Centre forme un très grand ensemble », dit poliment Agastya.

Au moment où Shankaran Karanth était arrivé ici pour soigner physiquement et psychologiquement quelques lépreux, rebuts de la société, le site était sans doute beaucoup plus petit. « Dieu seul le sait. À cette époque-là, Madna était très loin de Bangalore, et ce lieu devait paraître le bout du monde. Mais la terre était très bon marché. Gorapak avait quelques lépreux, sans doute à cause des temples, et le niveau hydrostatique était très haut dans cette région de plaines. »

Pour la énième fois de son existence, Agastya était soulagé de se sentir défoncé. La vision légèrement troublée et le doux picotement derrière les yeux et dans la tête lui permettaient de prendre une distance avec tout ce qui l'entourait. Ce décalage plongeait les choses dans une dimension irréelle qui les rendait acceptables : les bananiers, le soleil de cinq heures au-dessus de la colline et le petit homme barbu à ses côtés semblaient tout aussi réels et importants que les mots qu'il prononçait et les images qu'ils évoquaient. Quand il avait entendu parler pour la première fois du Centre, Baba Ramanna lui était apparu comme un doux dingue, très loin de lui, un bienfaiteur sorti d'un livre de contes pour enfants, un Ishwar Chandra Vidyasagar[1] de troisième ordre, ou encore comme le pendant masculin de mère Teresa. Plus tard dans la soirée, l'œuvre de Baba Ramanna lui sembla inhumaine, presque monstrueuse. Alors qu'il regardait fixement les champs, les vergers, et les deux puits, autant de phénix que le Baba avait triomphalement relevés des cendres de la stérilité de l'environnement, il éprouva un malaise devant l'ampleur de cette ambition humaine, devant sa noblesse et son courage, devant le potentiel infini de l'effort humain, mais aussi face à l'art et à la patience illimitée qu'il fallait pour mener à bien une telle entreprise.

---

1. Pédagogue prosélyte du XIXe siècle qui joua un très grand rôle dans le développement de l'éducation et le combat contre l'analphabétisme au Bengale.

« Que savez-vous sur la lèpre ? » demanda Karanth.

À quelques mètres d'eux, des enfants jouaient à la bascule et se balançaient. Agastya aimait bien ce Karanth qui se tenait à ses côtés. Il s'exprimait bien et expliquait clairement les choses. Sans se vanter, il était conscient de l'importance de l'œuvre de son père. Agastya eut un petit rire qui surprit Karanth.

« Pas grand-chose, en fait. Tout ce que je sais c'est que ce n'est pas contagieux, et que si la maladie est traitée dès le début elle peut être guérie.

— Ce qui prouve que vous n'êtes pas un Indien moyen », répondit Karanth en adressant un sourire paternel aux enfants. Il parla avec eux un moment.

Au début, Shankaran Karanth eut des difficultés à faire venir les lépreux dans son Centre, tout comme les naxalites avec les tribaux de Jompanna qui leur avaient d'abord demandé de les laisser tranquilles, ainsi qu'Agastya devait l'apprendre plus tard.

« Leur réhabilitation psychologique a été la tâche la plus importante et la plus difficile. Il fallait les convaincre, une fois la maladie stoppée, qu'ils n'étaient pas des marginaux ni des monstres. » Karanth fit un signe de la main à quelqu'un. « Il a fallu aussi les faire travailler. La mendicité fait des ravages psychologiques, elle encourage une sorte de paresse fataliste. » Les premières années, certains lépreux n'aimaient pas que Shankaran Karanth veuille faire d'eux des hommes indépendants et autonomes.

« Vous êtes adjoint du préfet, n'est-ce pas ? » demanda brusquement Karanth en s'arrêtant devant une hutte. À l'intérieur, un transistor diffusait des *bhajan*.

« Non, pas encore, je suis stagiaire.

— C'est sans doute ce qui explique en partie votre attention, dit Karanth en souriant cyniquement. La plupart des fonctionnaires du district sont sourds. Avant que des organisations allemandes ne commencent à nous apporter une aide financière, aucun n'était jamais venu ici. Maintenant, on dirait qu'ils ne peuvent plus nous laisser tranquilles. Ils nous rebattent les oreilles avec une histoire de prêt. Après quarante ans, ils ont décidé de reconnaître officiellement ce Centre, c'est-à-dire d'interférer dans ses affaires. »

Agastya pensa que ce n'était absolument pas son attention qui incitait Karanth à discuter, encouragé par une oreille qu'un cerveau défoncé avait forcée à la sympathie, mais son propre desir de parler à quelqu'un, n'importe qui. Karanth était médecin comme son père mais il avait fait ses études à Poona. Sa femme et son enfant vivaient à Hyderabad. Agastya comprit que le père de Karanth était devenu de plus en plus mutique. Au Centre, il ne parlait plus qu'aux lépreux que lui et son fils aidaient à guérir, et leur seul sujet de conversation concernait le déroulement de leur vie quotidienne.

Au-dessus de la hutte devant laquelle ils se trouvaient, un panneau disait : « Dans la ferme de Tolstoï, le faible devint fort, et le travail s'avéra être un fortifiant pour tous. »

« Ces panneaux ont mis les fonctionnaires de la Santé publique dans tous leurs états, raconta Karanth d'un ton moqueur. Comme nous bénéficiions de la sainteté des sentences du Mahatma, ils avaient l'impression qu'il était de leur devoir de nous aider. Sur les panneaux récents, on a cessé d'écrire M. K. Gandhi, et les visiteurs ne les regardent plus d'un air béat. Un ingénieur des Travaux publics, dont j'ai oublié le nom, a proposé de nous faire une statue du Mahatma. Il nous a déclaré qu'il en avait sculpté plusieurs. Il a été très blessé quand nous avons refusé. Lorsque mon père lui a dit qu'ériger une statue, c'est oublier l'homme, et que c'est le premier pas vers l'idolâtrie, il n'a pas compris. Il n'arrêtait pas de répéter que nous n'aurions rien à payer. »

Ils s'assirent sur les marches de terre et burent un autre thé. « Shankaran Karanth réussit à convaincre les lépreux de creuser un puits et de faire pousser tout ce dont ils avaient besoin pour se nourrir sur le terrain autour des huttes. Il a épousé la femme que ses parents lui avaient choisie à condition qu'elle ne s'oppose pas à son mode de vie. Au fil des années, les lépreux l'ont considéré comme un être exceptionnel. C'est pourquoi ils l'ont surnommé Baba, le Père. »

Plus tard, en réfléchissant à cette visite, Agastya enviait surtout Baba Ramanna d'avoir su décider de son avenir quand il n'était que Shankaran Karanth.

« Voulez-vous rencontrer mon père ? » demanda Karanth à brûle-pourpoint. Il fut presque soulagé lorsqu'il vit Agastya hésiter et répondre par la négative. Comme à son habitude, le jeune homme accepta cependant une invitation à dîner.

Dîner avec les lépreux : un pouce rétréci, des moignons à la place des doigts, un pied doté de trois orteils, quelques visages légèrement déformés. Agastya avait du mal à se dissimuler qu'il trouvait cette nouvelle expérience légèrement érotique, comme un poing près de s'ouvrir au creux de son ventre. Le chauffeur refusa de manger. « Il a encore des préjugés sur les lépreux », sourit Karanth. Bien que la nourriture ne soit pas à proprement parler divine (riz, *dal*, épinards, yaourt), Agastya se dit que Vasant devrait attraper la lèpre et séjourner un moment au Centre pour apprendre à cuisiner.

« On ne peut pas croire, dit Karanth en s'asseyant avec Agastya et les membres du Centre sur le sol de la salle à manger, que ces gens étaient semblables aux mendiants que l'on voit dans toute l'Inde. » Agastya songea à ceux de la gare d'Howrah à Calcutta : la couleur et la consistance de leurs corps étaient semblables aux loques qu'ils portaient, grises et pourrissantes. Ils survivaient en essayant de transformer l'apathie des millions de passants en dégoût ou en répugnance. Leur vision de l'univers était effroyablement simple : des millions de pieds en train de piétiner. « Ici, la métamorphose relève du miracle », pensa Agastya tout en observant trois doigts et demi lui resservir une louche de yaourt.

Il y avait des générations de lépreux : certains restaient au Centre pour aider les nouveaux venus à s'y intégrer ; d'autres partaient à la recherche d'une vie meilleure.

« Revenez nous voir, proposa Karanth en raccompagnant Agastya jusqu'à la jeep.

— Oui, je vais essayer, répondit Agastya avec sincérité, mais je dois passer les deux prochains mois à Jompanna. »

Dès qu'ils eurent démarré dans l'obscurité, le chauffeur dit à Agastya d'un air très contrarié : « Vous n'auriez pas dû manger là-bas, monsieur, ce sont des lépreux.

— Vous avez raison, approuva Agastya, je ne sens plus le bout de mes doigts. Regardez. » Il éleva ses mains contre la faible lumière du tableau de bord.

« Cruellement superficielle » : c'est en ces termes que Neera condamna son attitude à l'égard du chauffeur. Quand ils se rencontrèrent quelques mois plus tard à Calcutta, elle blâma bien d'autres aspects de son esprit. Par un doux hiver, il était au lit en train de regarder le reflet de son corps lourd mais rassurant dans le miroir. Il l'irritait profondément quand il avouait envier Baba Ramanna et les naxalites non pas tant pour la noblesse de leur cause que pour la certitude inébranlable de leur choix. Elle se retourna, une blouse « ethnique » à la main, et lui expliqua en utilisant une argumentation purement marxiste que si les tribaux et les lépreux se retrouvaient dans une telle situation c'était à cause de l'« exploitation de classe », à laquelle elle et lui, Agastya, participaient. Il se mit à rire, ce qui la rendit encore plus furieuse, et ajouta : « Arrête tes conneries, parce que ce sont vraiment des conneries ! Je ne crois pas que Baba Ramanna et les naxalites, de toute façon les meilleurs d'entre nous, fassent tout ça poussés par un simple sentiment de culpabilité. Ils le font parce qu'ils le veulent. Chacun pour soi, tu vois, Neera. Tu ne peux pas vraiment aider les autres si tu ne te sens pas bien dans ta peau. Je ne pense pas que Karanth, le fils de Baba Ramanna, se sente si bien que ça. Il voit sa femme et son enfant une fois tous les six mois. Il aurait voulu être neurochirurgien, mais il aime beaucoup le Centre, alors il se sent un peu écartelé. Il a besoin de parler à tous ceux qui sont prêts à l'écouter. Quant au chauffeur de cette jeep de foire, on ne peut pas passer son temps à corriger les idées préconçues des autres. Parfois, lancer une plaisanterie et sentir son ventre secoué d'un rire silencieux est la seule façon de remettre les choses en place. » Elle ne comprit pas.

« Mais monsieur, vous ne vous rendez pas compte, on ne plaisante pas avec la lèpre ! » cria le chauffeur de la jeep, sa voix réussissant à couvrir le bruit du moteur. Soudain, surmontant la forme noire des arbres, Agastya aperçut sur sa gauche un disque doré dans le ciel, comme une énorme boule au-dessus d'un parc d'attractions ou d'une publicité grivoise. Pendant un instant, il crut qu'ils avaient effectué le trajet entre le Centre et Madna en un quart d'heure au lieu d'une heure, et que ce disque lumineux appartenait à la station thermique de Madna, étrange création de l'ère spatiale. La beauté de la lune avait quelque chose d'apocalyptique. Un gigantesque orbe ambré. Il la contempla jusqu'à Madna. Un fin nuage noir la traversa qui la fit ressembler un instant à Saturne, « Notre Shani, la vôtre, la mienne », avait dit Shankar. La lointaine silhouette des arbres sur la lueur orangée, comme devant un feu, des rivages de nuages cotonneux essayant d'entamer son contour rouge et luminescent. On aurait dit une planète en flammes.

« Alors, comment c'était, Baba Ramanna ? Est-ce qu'il a changé d'avis au sujet du prêt ? » Agastya était dans le bureau de Bajaj, le fonctionnaire chargé du développement, environné d'un camaïeu de bruns.

« Non, monsieur.

— Il boude, commenta Bajaj en riant. Il prétend que le gouvernement veut bien lui faire un prêt parce qu'il est devenu célèbre. Mais, *bhai*, nous ne pouvons consentir des prêts qu'à des gens dont nous sommes sûrs qu'ils en feront bon usage.

— Oui, monsieur.

— Donc, vous partez pour Jompanna ? » Bajaj se cala contre le dossier de son siège et eut un petit sourire triste : « On se verra assez souvent, et de toute façon il y a les réunions mensuelles des fonctionnaires du développement. Mais votre nomination semble avoir déplu à certains là-bas. Le *sabhapati* que vous avez rencontré est venu me voir pour essayer d'obtenir l'annulation de votre affectation. » Agastya ne cacha pas sa surprise. « Il a été suivi par d'autres politiciens. Mais je les ai éconduits. Je leur ai dit :

Écoutez, c'est seulement pour deux mois et M. Sen est un fonctionnaire de l'I A S, il sera à la hauteur. » « Attendez un peu, vous allez voir », pensa Agastya.

Bajaj se gratta lentement l'aisselle et reprit son exposé : « La moitié de la population de la région de Jompanna est tribale. Essayez de les aider autant que vous le pouvez. C'est précisément cela que craignent les politiciens. » Le soleil de l'après-midi qui entrait par les fenêtres derrière le bureau sembla allumer Bajaj : ses oreilles rougirent et Agastya vit le bord des lobes luire d'une teinte dorée.

« Il n'y a pas de conflits de castes ni de problèmes de ce genre dans cette zone, expliquait-il, comme si Agastya l'écoutait. C'est beaucoup plus simple, tout est d'ordre économique et politique. On a ignoré les aborigènes pendant des décennies, en grande partie parce que la majorité d'entre eux vivait dans ces forêts inaccessibles. L'aide financière que les politiciens ont accordée à Jompanna n'était pas destinée à la population tribale, mais aux gens des plaines, vous voyez ce que je veux dire : écoles primaires, dispensaires, routes, puits, prêts bancaires, etc. En retour, ces gens réélisaient ces mêmes politiciens au Block Panchayat, le siège du pouvoir politique local. Votre cher *sabhapati* est président du Block Panchayat depuis presque trente ans. » Le téléphone sonna. Bajaj décrocha et discuta pendant quelques minutes dans un mélange d'hindi et de langue vernaculaire. Puis il reprit son laïus : « Bon, Sen, qu'est-ce que j'étais en train de dire ? Ah oui, on ne peut pas rejeter toute la responsabilité sur le gouvernement pour… – il mima avec les mains un jeu de bascule – … biaiser avec le développement de Jompanna. Vous savez, jusqu'à ces dernières décennies, les tribaux étaient pratiquement invisibles. Parfois je les plains : ils sont restés à l'écart des principaux projets d'intégration de l'Inde. Qu'est-ce que les aborigènes de l'Inde ont obtenu depuis 1947, à part quelques photos en compagnie de Nehru ? » Bajaj haussa les épaules et Agastya changea de position. « Une fois que les forêts ont été trop massacrées pour pouvoir les nourrir, comme c'était le cas auparavant, les aborigènes ont commencé à les abandonner. Bien sûr, des critiques se sont élevées… – Bajaj fit un signe de tête à Agastya qui sortit à temps de sa rêverie pour lui répondre par un autre signe de tête –, … pour dire que tout ce que le gouvernement avait fait depuis 1947 s'était borné à détruire purement et simplement ces sociétés tribales sans leur assurer aucune compensation. Tout ça parce que, comme d'habitude, ces détracteurs ne savent pas de quoi ils parlent. »

Un planton apporta le thé de quatre heures. Agastya murmura d'une voix assez forte qu'il prendrait une seconde tasse. « En tant que chargé du développement, reprit Bajaj sur un ton moins didactique, inspectez la région autant que vous le pourrez, allez dans les villages, rencontrez les villageois. C'est comme ça que vous vous ferez une idée plus précise du travail. Même à l'heure actuelle, il n'y a pas beaucoup de routes praticables toute l'année qui s'enfoncent vraiment dans ces forêts. » Par-dessus sa tasse de thé, Bajaj jeta un regard attristé à Agastya, sans doute déçu qu'il ne lui ait posé aucune question intelligente. Ou peut-être était-ce simplement son expression naturelle ?

« Vous allez me demander pourquoi il y a si peu de voies d'accès dans ces forêts. Ce que font nos détracteurs, par pure ignorance. Quel est le nombre d'habitants d'un village tribal ? Certains ne comptent qu'une cinquantaine de personnes. Rappelez-vous qu'il y a encore quelques décennies, beaucoup d'entre eux étaient nomades, se déplaçant d'un point de la forêt à un autre. Donc leurs villages sont très épars. Est-ce qu'ils s'attendent à ce que nous construisions une route qui ne bénéficiera qu'à cinquante habitants ? C'est absurde ! » Il termina sa tasse de thé et se pencha pour la poser sur la table. « Une route, comme tout programme de développement, doit être viable, n'est-ce pas ? Donc, ce que nous préconisons ici, c'est de regrouper ces villages en demandant aux populations de vivre en un ou deux endroits. Et, à ce moment-là, nous développerons la région, nous les aiderons à construire leurs maisons. Évidemment les critiques commencent à pousser de hauts cris : Vous détruisez la culture tribale ! Laissez-les tranquilles ! Mais montrez-moi un aborigène qui refuse l'aide, qui soit opposé au développement tel que nous l'entendons. Des dispensaires, des écoles, des routes, des services de cars, des prêts bancaires, bien sûr que les tribaux veulent tout ça. Seulement, pour l'obtenir, il faut qu'ils se regroupent. Nous sommes un pays pauvre qui ne peut pas se permettre de construire une route et un dispensaire pour cinquante tribaux. »

Agastya acheva sa seconde tasse de thé et baissa les yeux sur le tapis beige ; il se raidit, prêt à bondir de sa chaise, à remercier Bajaj d'un ton cassant, à lui assurer qu'il serait à la hauteur et à quitter le bureau avec une grâce un peu lourde, mais d'un air plein de dignité, bien qu'il n'ait pour tâche que le développement d'un microcosme. Pendant ce temps, Bajaj continuait à le considérer avec tristesse, comme s'il doutait sérieusement qu'il puisse être utile au gouvernement indien. Agastya leva les yeux, le premier mouvement vers la sortie telle qu'il l'avait prévue.

« Chipanthi. Vous devez vous rendre à Chipanthi. C'est le plus important village d'une zone où se trouvent d'autres colonies tribales très dispersées. Faites attention au manque d'eau potable. Jompanna est une région qui est très souvent affectée par ce problème. Dès le premier jour, tout le monde va vous parler de ce fléau. »

Agastya avait déjà atteint la porte lorsque Bajaj ajouta : « Oh, Sen, j'ai oublié de vous dire quelque chose de très intéressant. Il y a deux ans, dans un village près de Chipanthi, je crois, le bruit a couru qu'il y avait eu un sacrifice humain. »

Agastya fit ses valises. Vasant vint le regarder et critiquer Digambar. Agastya se souvint de son arrivée : le train avait eu quatre heures de retard et il avait eu l'impression d'être dans la peau d'un autre. Puis, le lendemain matin, il avait été charmé par la peinture de Tamse et s'était demandé s'il allait se faire à ces murs. Encore deux mois à Jompanna et ce serait la fin de la période de formation. Il prendrait un congé à Calcutta avant d'être nommé adjoint préfectoral ailleurs. Ça pouvait être Rameri, puisqu'il avait entendu dire que Menon était sur le point d'être muté. « Sinistre, d'avoir un petit regret de quitter cette chambre, non ? » songea-t-il tout en souriant à son magnétophone.

« Je reviendrai à Madna au moins une fois par mois pour assister à des réunions. Essaie de me garder cette chambre », demanda-t-il à Vasant.

Il aurait dû dire à Sathe qu'il gardait la Gita un peu plus longtemps que prévu. Il aurait dû remettre une lettre à Bhatia pour Mohan. Bien qu'il ait senti l'odeur du haschich dans le bazar de Jompanna, il aurait dû en prendre un peu plus ici. Il aurait dû voler quelque chose dans le bureau de Bajaj.

Le chargé du développement qu'il avait rencontré sur la véranda de la *rest house* de Jompanna et dont il n'avait pas compris le nom arriva vers six heures du soir.

« Vous ne m'avez pas dit votre nom, la dernière fois, dit Agastya d'un air aimable.

— Patel, monsieur », répondit l'homme en souriant. Patel était apparemment venu pour le mettre en garde contre la situation qui l'attendait à Jompanna : « Le *sabhapati* veut toujours se servir de la jeep pour ses déplacements personnels. En tant qu'I A S, vous pouvez mettre fin à cette pratique. Et le directeur du bureau est un homme très dangereux, monsieur. » L'image d'un homme au regard clair et muni d'un étui à revolver se forma aussitôt dans l'esprit d'Agastya.

Ce soir-là, il dîna chez les Srivastav. Le préfet conclut son exposé par ces mots : « Vous allez entamer la meilleure partie de votre formation. Ne la ratez pas ! »

Le matin suivant, sa valise, son fourre-tout et son sac de voyage dans la jeep, il partit pour Jompanna. Les enfants de Vasant coururent derrière le véhicule jusqu'à la porte de la *rest house.* C'était la troisième fois qu'il empruntait cette route : la première avec Kumar, la deuxième avec Avery et Sita, et maintenant seul. Le passage à niveau, le déjeuner à Tilan. Le chauffeur, un homme d'une cinquantaine d'années à l'air légèrement cynique, conduisait lentement et avec prudence. Il semblait dire d'un ton sarcastique : tu vois, il n'y a jamais d'urgence, ni dans la conduite ni dans le travail du gouvernement. Ils atteignirent Jompanna au crépuscule. La faible lumière ne parvenait pas à masquer la laideur de la *rest house*. Le gardien lui donna la chambre qu'avaient occupée Avery et Sita. Il but un thé sur la véranda. Les lampes du marchand de jus de canne à sucre étaient allumées.

« Je m'en vais maintenant, monsieur. Je reviens demain à dix heures ? » demanda le chauffeur.

Il était déjà dans la jeep lorsque Agastya le rappela.

« Eh, Chandram ! » L'homme se retourna. « Quand M. Patel était en poste, la jeep restait ici toute la nuit, non ?

— Oui, monsieur, répondit le chauffeur.

— Alors, où allez-vous avec cette jeep maintenant ? Elle devrait rester à la *rest house*.

— Le *sabhapati* l'a demandée, monsieur », dit le chauffeur d'un ton empreint d'une fausse innocence.

Agastya réfléchit.

« D'accord. Dix heures demain. »

La jeep démarra. Agastya rentra dans sa chambre et se mit à l'agencer à sa convenance. Tout en discutant avec le gardien des meubles à enlever, il éprouva un sentiment de déjà vu.

« Écoute, je n'ai pas besoin de ce divan, de ces deux chaises ni de cette table de salle à manger.

— Mais c'est un bureau, monsieur.

— Enlève-le. Et n'oublie pas : de l'eau bouillie. Il faut la laisser bouillir pendant cinq minutes. C'est-à-dire qu'à partir du moment où elle commence à bouillir tu la laisses encore pendant cinq minutes à ébullition... »

Après le dîner, sur la véranda. Bruits de la nuit et musique des éventaires. Il fut surpris par l'excellent café du cuisinier. Quelques lumières étaient allumées à l'hôpital hollandais. Il se demanda ce qu'Avery et Sita étaient en train de faire à ce moment. Deux mois à Jompanna avec un travail dont il ne savait rien.

À neuf heures et demie du matin, l'intendant de la *rest house,* un homme aux idées très arrêtées, déclara à Agastya : « Vous devriez prendre votre déjeuner maintenant. Quand vous reviendrez du bureau le soir, vous prendrez votre dîner. Les fonctionnaires ne font que deux repas par jour. C'est comme ça qu'on garde la forme.

— Et si j'ai faim l'après-midi ?

— Ça ne devrait pas se produire. Les fonctionnaires n'ont pas faim à ce moment de la journée. Si ça vous arrive, mangez des bananes. C'est bon pour la santé et pour l'estomac. De toute façon, venez prendre votre déjeuner maintenant, je l'ai préparé. »

Le bureau du Block Panchayat se trouvait à cinq minutes de voiture de la *rest house*, au-delà de l'hôpital hollandais. Lorsque la jeep contourna le bâtiment, Agastya fut à nouveau surpris par son incongruité. Ici, sur ce sol de sable rouge qui n'avait porté que des arbres rabougris, de laides *rest houses* et de misérables cabanes vendant du thé et du jus de canne à sucre, avaient surgi ces quelques acres de pelouse verte et de belles pierres grises. Qu'est-ce qui avait incité les Hollandais à construire une institution charitable dans un obscur coin de l'Inde, ou les Allemands à subventionner un Centre pour les lépreux ? Il ne put s'empêcher de rire lorsque, quelques semaines plus tard, il apprit que les missionnaires hollandais de l'hôpital convertissaient les tribaux au christianisme. Son rire n'était pas cynique mais légèrement incrédule : n'était-il pas absurde qu'à l'âge du sida et de l'atome une poignée de missionnaires tentent de conduire des païens vers le Chemin du Seigneur avant de les soigner ? « Mon Dieu, s'esclaffa-t-il, quand est-ce que ces chrétiens deviendront adultes ? » La mémoire fantôme de sa mère ne l'embarrassait pas. À partir de ce moment-là, l'élégance et la beauté formelle de l'hôpital acquirent une connotation un peu ridicule. Des *lakh* de roupies dépensés pour séduire quelques tribaux, pour faire le signe de la croix sur quelques individus malades, illettrés et ahuris qui s'appelaient Anganagla, ou quelque chose de ce genre, et qui devraient dès lors faire précéder ou suivre leur nom de David ou de John. En passant devant l'établissement hospitalier, il lui arriva de penser qu'il disposait peut-être du téléphone rouge ou d'une ligne directe avec le Vatican pour envoyer des rapports quotidiens, du style : « Votre Sainteté, quatre païens de plus capturés aujourd'hui. Deux échecs : des musulmans. Ils étaient très en colère. Ils nous ont arraché les médicaments et ont pris la fuite. »

Les bureaux du Block Panchayat reposaient aussi sur du sable rouge, des bâtiments d'un étage d'un jaune sale. À l'extérieur, sous les arbres, des groupes d'hommes indolents et désœuvrés. Leurs visages lui rappelaient ceux qu'il voyait quotidiennement à l'extérieur et dans les couloirs de la préfecture de Madna, traînards dont le regard était devenu presque vitreux à force d'attente. Lui-même avait fumé le matin, comme d'habitude après sa gymnastique et avant de prendre son bain. En sortant de la jeep, comme tous les jours, il regretta de ne pas avoir fumé davantage.

Tout le monde le regarda. Pour ceux qui devaient attendre à l'extérieur des bureaux administratifs de Jompanna, l'arrivée d'une jeep était un événement incroyablement passionnant. « Oh, Chandram, dit-il au chauffeur, qui se retourna, son expression révélant qu'il se méfiait déjà du ton poli et haut perché qu'adoptait Agastya quand il lui parlait, donnez-moi les clés, voulez-vous. Je les garde sur moi. » Il aimait déjà la mesquinerie de la lutte qui s'engageait pour la voiture entre le *sabhapati* et lui.

Les gens chargés de l'accueillir, masse indistincte et confuse dans le couloir, l'orientèrent vers son bureau, tout en marmonnant leur nom et leur fonction. En tête du groupe, un homme petit et gros parlait beaucoup. Le bureau d'Agastya, murs roses, photographies de Gandhi et de Nehru accrochées au-dessus des fenêtres, se trouvait au bout du couloir. Il considéra avec consternation la vingtaine de chaises disposées sur trois rangs face à son bureau, car cela signifiait qu'il aurait parfois à recevoir vingt personnes à la fois. Il ouvrit immédiatement le réfrigérateur qui se trouvait entre les deux fenêtres. Il y trouva des serviettes de table, une boîte de craies, quelques cartes roulées et trois porte-crayons. Son fauteuil était extrêmement confortable, l'un de ces gadgets de bureau qui se balancent dans tous les sens et tournent dans toutes les directions. Il était précisément en train de se balancer lorsqu'une foule (du moins, c'est ce qui lui sembla au premier abord : quand le groupe s'assit, il s'aperçut qu'ils n'étaient que sept) pénétra dans la pièce. Elle se composait d'un politicien et de ses six acolytes-*goonda*.

D'après sa voix, ce politicien était un homme très important à Jompanna – yeux écarlates, moustache d'une bonne dizaine de centimètres. Agastya ne comprit ni son nom ni la raison de son importance.

« Dans votre intérêt, *saab* Sen, je vais parler en hindi, commença le politicien, car si je m'exprime dans notre langue vous ne pourrez pas me suivre. » Rires rauques des *goonda*.

« Non, je peux parfaitement vous comprendre, dit Agastya d'un ton vif, et ce n'est que si vous me parlez dans votre langue que je l'apprendrai. » Mêmes rires coassants. « Un partout », songea Agastya.

Le politicien était venu pour saluer le nouveau chargé du développement, pour parler de lui pendant vingt minutes, pour exposer à la nouvelle recrue la gravité du problème de l'eau potable dans la région, et enfin pour se plaindre qu'un puits dans un village, dont le nom faisait partie de millions de choses qui avaient échappé à Agastya, ne fonctionnait pas.

« Un puits ? demanda prudemment Agastya. Vous voulez dire un puits artésien ?

— Bien sûr ! répondit l'homme d'un air surpris. Avant que vous n'arriviez, j'ai rencontré le D. D. – il fit un signe de la main en direction de la porte – qui prétend que le puits est réparé depuis deux jours, mais les villageois disent le contraire. »

À la fin de cette première journée, Agastya découvrit qu'un D. D. était un fonctionnaire délégué au développement ; à la fin de la deuxième journée, que le bureau de Jompanna en comptait dix – mais la fonction de chacun d'entre eux demeura un mystère pendant des semaines.

Il appuya sur la sonnette. Le planton apparut immédiatement, souriant de surcroît, ce qui laissa Agastya perplexe.

« Appelez... » Qui ? se demanda-t-il. Peut-être cet homme petit et gros qui n'arrêtait pas de marmonner dans le couloir. Il lui avait paru autoritaire et décidé.

De toute façon, il ne voyait pas qui d'autre appeler puisqu'il se souvenait à peine de l'apparence de ceux qui l'avaient accueilli. Ce type petit et gros devait sûrement avoir un nom et une fonction.

« ... Appelez cet homme... ce petit gros qui marmottait tout à l'heure... » Il désigna le couloir d'un geste du bras. À son immense surprise, le planton approuva d'un signe de tête et quitta précipitamment le bureau. Pendant une seconde, Agastya espéra que tout le monde désignait ce type dans les mêmes termes que lui. Il lui fallut également une semaine pour connaître la tactique des plantons et des huissiers : voir son patron le moins souvent possible et pendant un laps de temps le plus bref possible. Tous approuvaient d'un signe de tête et quittaient la pièce immédiatement. Il les admirait beaucoup. Le planton revint accompagné du petit gros, non pas parce qu'il avait compris le message d'Agastya, mais parce que ce type était tout simplement Malik, le chef du bureau de Jompanna, donc une personne plus apte à comprendre les exigences d'Agastya et par là même susceptible d'alléger son boulot de planton. Malik vit que le politicien était là, marmotta quelque chose et quitta le bureau. Agastya adressa un sourire aux *goonda.* Malik revint avec un autre homme à la peau sombre et à l'allure débraillée qui discuta en gesticulant avec le politicien. À la fin de la discussion, tous deux arboraient un visage mécontent. Puis tout à coup, le politicien déclara qu'il « prenait congé » d'Agastya. Devant le bureau, les *goonda* gloussèrent.

La file de gens qui venaient voir le nouveau fonctionnaire semblait sans fin. Les premiers temps, Agastya redoutait chaque visiteur. Chaque fois que la porte s'ouvrait, il éprouvait un réel malaise. Le deuxième visiteur, le jour de sa prise de fonction, fut une vieille femme à lunettes. Elle s'assit, murmura pendant un moment, puis se leva et quitta le bureau. Agastya ignora toujours le but de sa visite. Peut-être s'agissait-il d'un problème important. Elle lui avait posé une question, en espérant que la réponse serait oui, avait attendu, puis était partie en interprétant son silence comme un refus. Agastya appela le planton et eut la maladresse de lui demander ce que voulait la vieille femme. « Elle ? Elle ne veut rien », répondit-il avec insouciance, et il quitta la pièce. Agastya demanda à Malik, le petit gros, de rester assis à ses côtés. La situation demeurait tout aussi étonnante, mais d'une manière différente. Malik lui expliquait soigneusement le but de la visite de chaque personne. L'un voulait un prêt, l'autre désirait être muté dans une autre ville. Deux médecins vinrent l'informer qu'ils allaient établir quelque part une unité mobile hospitalière chargée d'effectuer des vasectomies et des ligatures des trompes (Bhatia appelait ces équipes de stérilisation des camps de castration). Quatre politiciens vinrent demander la mutation de sept professeurs de deux écoles primaires dans trois autres établissements du même type. Un vieux soldat à la retraite, rouge d'indignation, vint se plaindre qu'une organisation politique de son village avait l'intention d'en changer le nom contre la volonté de certains villageois, dont lui-même. Des visiteurs exposaient des revendications et des requêtes que Malik lui-même ne parvenait pas à comprendre. Dans ces cas-là, il envoyait les requérants dans d'autres bureaux : « Oh, pour ça, vous devez consulter le *tehsildar* », ou : « Non, on ne peut pas le faire, ça doit nous être adressé par l'intermédiaire du fonctionnaire adjoint des forêts. » Et Agastya imaginait ces demandes aller d'un fonctionnaire ignorant à un fonctionnaire indifférent, les pliures noirâtres sur chaque document témoignant de son tortueux périple. Il se souvint alors de son premier jour à la préfecture de Madna, dans le bureau de Srivastav, et de l'aisance avec laquelle il paraissait convaincre (et pas seulement administrer) ceux qui venaient le voir.

Malik avait un visage de petit malfrat sorti d'un film hindi, le genre de personnage qui, dans la dernière bobine, ne meurt pas assassiné, mais, assagi et craintif, va purger plusieurs années de prison. « Avec sa peau de bébé et son regard éteint, il ne descendrait personne, pensa Agastya, mais il est parfaitement capable de faire du chantage. Entre lui et mon incompétence, le développement de Jompanna est mal parti. »

Pour les visiteurs qu'il comprenait à peu près, Malik faisait appel aux éternels bavards qui traînaient dans les couloirs. Ils bavardaient alors un moment, tandis qu'Agastya se calait dans son fauteuil (en résistant à la tentation de virevolter dans tous les sens). Il ne comprenait pas un mot de leur conversation, mais se sentait satisfait d'avoir organisé ce qui ressemblait à un dialogue fructueux. Malheureusement cette satisfaction était de courte durée, car les visages mécontents des plaignants et l'insistance avec laquelle ils revenaient à lui étaient bien la preuve que ces dialogues n'aboutissaient pas. Au bout de quelques jours, il se rendit compte que ces phraseurs de couloir, qui étaient pour la plupart ses subordonnés, n'aimaient pas travailler. Et il ne lui fallut pas plus de quelques heures pour s'apercevoir que la majorité d'entre eux étaient par nature extrêmement peu serviables. Il se mit donc à regarder d'un air menaçant à la fois les solliciteurs obtus et les fonctionnaires évasifs.

En Inde, le développement est un leitmotiv aussi important que la diversité culturelle ou les autres legs d'une histoire longue et complexe. Mais, à Jompanna, le développement ne serait jamais une aventure prestigieuse et à la mode. Jompanna était le symbole de l'oubli indien. La vie y était lente et morne. Aucun de ces politiciens qui font la une des journaux n'y était jamais venu, et ceux qui s'y étaient risqués avaient effectué des visites quinquennales dans l'unique but de faire des promesses électorales pour obtenir des votes. À l'exception des missionnaires hollandais et de leurs nonnes malayalies[1] personne n'avait jamais *vécu* à Jompanna. Partout ailleurs, on voyait nettement les zones de développement : une centrale thermique sur la ligne d'horizon, de jeunes arbres desséchés en bordure de route. Ici, c'était un simple mot dans un dossier du gouvernement. Si Agastya avait découvert à Madna un aspect du pays jusque-là inconnu pour lui, Jompanna promettait d'être une épreuve transcendantale.

Pause déjeuner d'une heure – extensible à quatre. Agastya mourait de faim. Il mastiqua six bananes en regardant par la fenêtre. Il apercevait la moitié d'un arbre, les têtes enturbannées de quelques flâneurs et, au-delà de l'étendue de sable rouge, quelques arbres près de la route, une jeep ou une bicyclette de temps à autre, un char à bœufs (qui mit plusieurs minutes pour dépasser ses deux fenêtres), un coin de l'hôpital hollandais, des huttes et la forêt qui, dans le lointain, semblait mesurer à peine trois centimètres de hauteur. Tel était le paysage immuable qu'il contempla pendant deux mois, seuls changeaient l'angle et l'intensité de la lumière. Ce spectacle devint pour lui le symbole persistant du sous-développement.

1. Malayali désigne les habitants de l'État du Kerala.

Alors qu'il dévorait sa quatrième banane, le chauffeur entra furtivement dans son bureau et lui demanda les clés de la jeep : « Il faut remettre du diesel, monsieur. » Agastya applaudit silencieusement l'habileté et la tactique du *sabhapati.*

« Pourquoi ? demanda-t-il en attaquant sa cinquième banane.

— Mais, monsieur...

— Je ne vais pas sortir maintenant, n'est-ce pas ? On fera le plein plus tard. » Lorsque Malik revint après le déjeuner (le visage adouci par la satiété), Agastya lui demanda : « Dans quelle mesure un *sabhapati* peut-il utiliser la jeep du bureau ? »

Sur le visage de Malik se dessina le sourire d'un gros rat de dessin animé. Puis il expliqua, comme d'habitude, sans regarder Agastya en face. Un *sabhapati* avait le droit de prendre la jeep du bureau pour n'importe quelle circonstance officielle, se rendre sur le site d'un projet de développement ou assister à une réunion officielle (et non pas politique), bref, ce genre d'occasion.

Pétitions, demandes, requêtes... outre celles qui étaient remises à Agastya de la main à la main, il y avait aussi celles qui lui parvenaient par la poste. Le courrier quotidien consistait en un gros dossier : des feuilles et des feuilles de griffonnages incompréhensibles. Il lisait ceux qui étaient en anglais et signait aveuglément les autres en se disant (d'une manière assez astucieuse pour un fonctionnaire aussi con que lui) que, s'il y avait quelque chose d'important, de toute façon, il finirait bien par le savoir. Non pas que les lettres en anglais soient plus claires que les autres. Par exemple, ce gros dossier, un genre de court roman bilingue qui émanait d'une succursale de la Bank of India de Tilan, commençait en ces termes : « Nous vous retournons vos propositions de prêt après les avoir refusées pour les raisons suivantes... », préambule suivi par des pages et des pages de documents tamponnés de multiples cachets, des masses de chiffres et une lettre qu'il ne pouvait considérer que comme une confession manuscrite dont l'auteur semblait s'accuser d'actes aussi horribles qu'obscurs. « Qu'est-ce qu'ils veulent dire ? » Parfois il gémissait (non sans plaisir) : « Pourquoi moi ? »

Et les dossiers. Les montagnes qui s'empilaient sur son bureau rivalisaient sans peine avec celles de Srivastav. Il comprenait maintenant la satisfaction qu'il y avait à les jeter par terre. Ses dossiers atterrissaient aussi, selon leur poids, avec un bruit sourd ou un claquement sec. Ils gisaient également sur le tapis taché, comme des cadavres sur un champ de bataille, lui donnant l'illusion d'une obscure victoire.

Les chemises étaient en papier pelure brun ou en épais papier rigide jaune. Sur toutes était inscrit « urgent ». Son esprit se vidait dès la première page. Il était apparemment censé apposer sa signature quelque part, sinon, l'abruti d'employé ne se tiendrait pas debout devant lui à attendre. Après avoir cherché un moment, il trouvait l'endroit réservé à son paraphe : juste au-dessous d'un tampon indiquant : « Chargé du Développement, Jompanna », à côté duquel se trouvait une petite croix qui semblait dire : « Signe ici, imbécile ! » Il lui fallait pour chaque dossier un temps et un effort considérables avant d'arriver à localiser ce petit carré où inscrire ses initiales. Dans certains cas, cette recherche se transformait en une véritable chasse au trésor : parfois le tampon et la croix étaient cachés sur le troisième ou le quatrième volet d'une immense feuille qui se dépliait comme une carte routière. Il avait conscience que, s'il devait en plus s'éreinter à comprendre ce qu'il signait, il deviendrait en un rien de temps une misérable loque. Il apposait donc son paraphe et jetait les dossiers par terre, et, entre deux séries de chemises, il effectuait une rotation complète sur son fauteuil. Rien de tout cela ne semblait déconcerter Malik. Bien qu'Agastya se demandât très souvent quel était le contenu de ces documents, il n'en soumettait qu'un ou deux à Malik, le chef de bureau (qu'il décida dès le deuxième jour d'appeler C.B. au lieu de Malik – cette nouvelle abréviation lui donnait une impression d'efficacité) en lui ordonnant : « Expliquez-moi ça. »

Malik se penchait en avant, sa peau dégageant une odeur de tabac à priser, de sueur, de *paan*, d'huile capillaire et de talc bon marché en disant d'un ton rassurant : « Oui, monsieur, il s'agit de l'avance sur l'augmentation du salaire des délégués au développement chargés de l'élevage. Et ça, c'est la réponse de l'adjoint au responsable du développement du district concernant la campagne agricole, le *kharif* de l'an dernier. » L'un des dossiers, émanant du ministère de la Santé et traitant d'un problème parfaitement incompréhensible, contenait des brochures en anglais. Agastya en ouvrit distraitement une qui conseillait de « placer doucement la natte de caoutchouc sous les fesses... » Il se redressa. « Porno, c'est carrément porno ! » Est-ce que le ministère de la Santé envoyait secrètement ce type de brochure aux cinq mille fonctionnaires chargés du développement dans tout le pays ? Il revint plus attentivement sur la couverture de la brochure : « Instructions aux sages-femmes exerçant en milieu rural ». Quelle déception ! Mais il lut le texte en entier en se demandant pour quelle raison il était rédigé en anglais.

Tandis qu'il acquiesçait d'un air compréhensif aux propos d'un visiteur ou qu'il jetait des dossiers hermétiques sur le sol, ses subordonnés faisaient irruption dans son bureau en lui tendant un papier ou un autre dossier. Puis ils pointaient leur index tendu sur la croix : « Signe ici, imbécile ! » Agastya réfléchissait un moment, le stylo en l'air, et demandait d'un ton posé : « ... Cela a un rapport avec... ? » Ils murmuraient une réponse inintelligible, Agastaya faisait un signe de tête approbateur et signait, l'air satisfait. Il imaginait ses subordonnés se tordre de rire derrière la porte. Les premiers jours, ils auraient pu lui faire parapher n'importe quoi. Il aurait même pu signer : « Je certifie que mon nez commence à ressembler à un godemiché », et avec panache encore !

Au bout d'un certain temps, bien sûr, il finit par comprendre le fonctionnement interne de ce petit poste administratif : un problème difficile à démêler sur le terrain était au bout de quelques semaines (les choses bougeaient encore moins vite à Jompanna qu'à Madna) consigné dans un dossier totalement abscons. C'est ainsi qu'une pétition ou une demande de redressement passaient d'un bureau à l'autre, se gonflant à chaque fois, telle la chair autour de son noyau, de commentaires favorables ou défavorables et d'observations ineptes, jusqu'à ce que ledit dossier soit suffisamment gros pour nourrir les rats qui hantaient les armoires.

Les bureaux fermaient à six heures, mais certains fonctionnaires s'éclipsaient comme des ombres à quatre heures. Le premier jour, à sept heures du soir, Agastya était sur la véranda de la *rest house*. Il ressentait une sorte d'épuisement agréable, et se demandait vaguement où boire un verre. La jeep était garée sous un arbre. Des éventaires montait une chanson hindie très connue, en tête de tous les hit-parades et qu'il avait entendue dans des centaines d'endroits :

Toi, la vie, tu ne me déçois pas
Tu m'étonnes.

Le quatrième jour, lors de la réunion générale du Block Panchayat de Jompanna, il renonça à comprendre et commença à prendre un certain plaisir à son travail. Quatre heures de réunion à tenir. Il lui était impossible d'écrire des lettres ou de passer le temps en se balançant d'une fesse sur l'autre tout en arrosant furtivement son voisin de quelques gouttes de sueur. Il devait se concentrer et répondre aux questions concernant la mutation d'instituteurs d'écoles primaires ou le manque d'eau potable. Le *sabhapati*, qui avait perdu la bataille de la jeep, se montrait particulièrement loquace et implacable. Mais Agastya réussissait à répondre correctement. En fait, bien secondé par Malik, il abordait tous les problèmes avec le talent de l'imprécision propre aux bureaucrates : « Oui, je regarderai ça », ou bien : « C'est une bonne question, C. B., prenez-en note. »

Il était venu à Jompanna avec le vague espoir que les choses iraient mieux. Il allait s'impliquer dans son travail. Tout le monde n'avait-il pas déclaré que ce boulot se révélerait stimulant et que sans doute son agitation mentale se dissoudrait dans l'action ? Mais lors de cette réunion, alors qu'il parait aux questions et encourageait des débats dilatoires, entouré de politiciens bruyants, de fonctionnaires et d'employés placides, il sentit qu'il se ferait à ce travail sans s'y engager complètement et sans que disparaisse cet incontrôlable tourbillon de pensées. Tout au plus cette agitation mentale serait-elle entravée par les contraintes de sa nouvelle vie : un problème de prêt bancaire ou l'organisation d'une assistance aux familles défavorisées. Ainsi la moitié de son esprit s'impliqua dans le travail, tandis que l'autre le préoccupait, comme une légère migraine. Il adopta même certaines habitudes des fonctionnaires de la région comme faire deux énormes repas par jour, et emporter des dossiers dans sa chambre. Il essayait alors de les déchiffrer au son de la musique qui pénétrait en même temps que les moustiques par les fenêtres ouvertes. Il avait parfois l'impression que, pour une raison inconnue, une longue descente venait de s'amorcer, mais il ignorait de quelle hauteur il allait plonger et vers quel abîme il était en train de descendre. D'ailleurs, cela lui importait peu.

Un jour, lors de sa troisième semaine à Jompanna. Une tribale d'environ trente-cinq ans s'assit en face de lui dans son bureau. C'est à peine s'il l'écouta, en proie à une délicieuse et incontrôlable érection. Cette femme était puissante : des avant-bras aux veines saillantes, un visage tragique, un nez aquilin, des yeux presque palpables. « Elle a des fesses fermes, rondes comme cette foutue lune », pensa Agastya en riant silencieusement. Elle dut se répéter avant qu'il ne la comprenne.

Elle habitait Chipanthi. Les hommes de son village lui avaient conseillé de ne pas venir, que cela ne servirait à rien, mais elle avait entendu dire qu'un nouveau fonctionnaire était arrivé et que peut-être il l'aiderait. Il n'y avait qu'un seul puits dans la région, et il était asséché. Il fallait le nettoyer. Ils s'étaient plaints auprès du précédent fonctionnaire, personne n'avait rien fait. Sans la quitter des yeux, Agastya appela Chaudhri, l'ingénieur adjoint des Travaux publics, qui était nouveau, zélé, et enviait les fonctionnaires de l'IAS. L'homme se défendit sans conviction en prétendant que Chipanthi se trouvait au centre d'une zone contrôlée par les naxalites et donc dans un endroit dangereux. Agastya rétorqua que même les naxalites avaient besoin d'eau (cette astucieuse réponse le surprit lui-même). Il annonça ensuite à la femme qu'il se rendrait lui-même sur place d'ici à quelques jours. Il lui sourit d'un air rassurant. Le visage de la visiteuse s'adoucit, et il faillit jouir.

Chaudhri et Agastya se rendirent effectivement à Chipanthi quelques jours plus tard, chacun dans sa jeep. « Vous n'avez pas besoin de prendre votre véhicule, Chaudhri *saab*, pourquoi gaspiller l'essence du gouvernement ? » lui avait fait remarquer Agastya. L'ingénieur avait marmonné quelque chose d'inintelligible : il devait aller ailleurs, après Chipanthi. Le problème était beaucoup plus simple. Agastya savait qu'en jargon administratif il s'agissait d'une « question de prestige ». Dans une jeep on identifiait la personne la plus importante au siège qu'elle occupait : la place avant gauche près de la portière[1], peut-être parce que c'était la plus confortable. Si Agastya et l'ingénieur avaient voyagé ensemble, Chaudhri aurait dû la lui céder. Agastya s'émerveillait devant tant de mesquinerie.

Ils s'aventurèrent donc dans la forêt en un convoi de deux véhicules. Deux heures jusqu'à Chipanthi,

1. En Inde, la conduite automobile se fait à droite, héritage du legs britannique.

des kilomètres de forêt massacrée. Le village se trouvait au pied d'une chaîne de basses collines autrefois entièrement boisées. Maintenant, la disparition progressive des arbres amenait moins de pluie. Les tribaux avaient dévasté la jungle de même que le monde moderne les avait ruinés. Il y a des générations, ils étaient des rois fondateurs de villes, et aujourd'hui on les émasculait, on les rendait dépendants des largesses du gouvernement.

Les derniers kilomètres de route en direction de Chipanthi n'étaient pas goudronnés et la fin du trajet n'était qu'un sol bosselé d'un sable rouge et dur. La forêt était tout aussi ravagée : souches d'arbres desséchées, clairières brûlées, âcre poussière rouge. Ils étaient entourés de collines basses et laides, marquées de profondes entailles. Chipanthi apparut : quelques huttes de boue sur de la terre brûlée. Les jeeps s'arrêtèrent. Agastya sortit de son véhicule, raidi par le voyage. Le silence était surprenant. Même la forêt semblait se taire. Une clairière inégale de sable rouge, des épineux, des arbres étiques. Et Bajaj avait dit qu'il devait absolument visiter Chipanthi.

Personne autour des masures. Aucun de ces enfants nus, bruyants et curieux, éloquents symboles de la malnutrition. Un silence de midi, la chaleur du soleil de novembre et le craquement des brindilles sous leurs pieds.

« Où est le puits ? demanda Agastya.

— Derrière les huttes », répondit l'un des membres de la clique de Chaudhri. Un jeune homme maigre et maussade apparut à une porte.

« Combien y a-t-il d'habitants à Chipanthi ? »

Personne n'avait l'air de le savoir. D'autres visages apparurent, sombres et inquiétants. Agastya aperçut la femme qui était venue le voir à son bureau. Elle avait un air différent, elle paraissait plus confiante.

« Par ici », indiqua-t-elle.

Agastya fut soulagé d'apercevoir d'autres gens affairés près du puits. Ceux-ci se retournèrent à leur approche. Mais il sentit quelque chose d'étrange. Cela tenait au mutisme du village d'où le rire et les conversations semblaient absents. Il y avait des enfants dans le hameau, mais ils étaient tous occupés. Les femmes les attachaient à une corde et les faisaient descendre au fond du puits. Au bout d'un moment, les cordes remontaient des seaux. Agastya s'approcha. Ils étaient à moitié remplis d'une fine boue. On n'entendait que le bruit métallique qu'ils faisaient en heurtant la paroi et les sanglots fatigués des enfants tout autour. Agastya les dévisagea : coudes et genoux entaillés par les aspérités. L'un d'eux avait une blessure au front qui lui dessinait comme une fleur. La femme qui était venue jusqu'au bureau d'Agastya le contemplait avec une sorte de triomphe dans les yeux. Il se pencha au-dessus du puits. Il ne distingua aucune trace d'eau, mais des enfants qui ressemblaient à des spectres flous, douze mètres en contrebas, creusant la boue du fond pour trouver de l'eau, semblables à des pécheurs accomplissant une punition mythique.

Chaudhri jeta un bref coup d'œil à l'intérieur du puits. Un par un, tous ses acolytes vinrent regarder avant de s'éloigner avec des expressions d'horreur appropriées à la situation. Autour d'eux, le groupe de villageois s'était épaissi. Agastya repéra un homme d'âge moyen, mince et vêtu d'un *khadi* qui tranchait avec ces corps durs à moitié nus.

« Situation déplorable, déclara Chaudhri en regardant sa montre.

— Oui. Qu'est-ce qu'on va faire ? » demanda Agastya. La femme qui était venue à Jompanna et l'homme en *khadi* se glissèrent vers eux, pressentant une discussion. « Cet homme ne cadre vraiment pas avec le reste », se dit à nouveau Agastya distraitement. Avec sa barbe et son grand nez, il ressemblait à un professeur d'université traitant de sujets qui lui laisseraient toute latitude pour débiter n'importe quelle connerie, la sociologie ou la littérature comparée par exemple.

« Nous allons envoyer immédiatement un camion-citerne, répondit Chaudhri.

— Immédiatement, ça veut dire dans combien de temps ? » demanda Agastya. Chaudhri le regarda, un peu surpris par le ton de sa voix. L'homme en *khadi* fit un signe de la main à plusieurs tribaux qui commencèrent à s'intéresser à la tournure que prenaient les événements. Agastya préférait ça. Presque automatiquement, l'homme, la tribale, Chaudhri et Agastya se dirigèrent vers la jeep. La clique de l'ingénieur suivait derrière.

« Euh... quelques jours, je crois. L'un des camions est en panne ; on est en train de le réparer à Tilan. Un autre fuit terriblement : le temps d'arriver ici et il sera vide. Le troisième est à Chhopa. » Agastya le regarda avec méfiance : « Chhopa est le village du *sabhapati*, n'est-ce pas ? C'est probablement aussi humide là-bas que... » Il allait dire « qu'entre ses couilles », mais il se retint à temps.

« Non, laissez-moi faire, dit-il en souriant malicieusement à Chaudhri. C'est une bonne chose que vous soyez venu avec votre voiture. Vous allez retourner à Jompanna avec tous les autres. Vous y serez vers deux heures et demie. Trouvez un camion-citerne disponible et revenez avec vos... – il s'arrêta en se demandant comment les appeler – ... collègues qui nettoieront le puits. Je les attendrai ici afin d'être sûr que... – il s'arrêta à nouveau puis décida de dire crûment la vérité – ... vous vous occupiez sérieusement de cette histoire. »

Chaudhri ne comprit pas tout de suite, mais quand le déclic se produisit, il partit d'un rire aigu qui irrita profondément Agastya. Plus tard, quand le jeune homme se retrouva avec Bajaj, très impressionné par cette décision, il expliqua : « J'ai pensé que c'était la seule manière de les faire travailler, monsieur. Si j'étais rentré à Jompanna cet après-midi-là, la routine du bureau m'aurait empêché de me concentrer sur cette affaire. Ces ingénieurs seraient venus un par un dans mon bureau pour m'expliquer pourquoi les camions-citernes ne marchaient pas et pourquoi le puits ne pouvait pas être débouché avant un mois ou plus. Vous connaissez leurs prétextes habituels : le jargon du métier camoufle la paresse. Et j'aurais acquiescé, parce qu'une fois assis dans le bureau de Jompanna les problèmes de Chipanthi seraient redevenus très lointains. Et tout aurait été remis aux calendes grecques. »

Chaudhri et ses subordonnés n'étaient pas habitués aux comportements inexplicables, mais Agastya demeura inébranlable et distant. En même temps, il se demanda s'il devait leur confier la seconde raison qui l'avait poussé à prendre cette décision, à savoir qu'il avait envie d'échapper pour quelques heures à son bureau et d'observer ce monde nouveau où il pouvait reluquer des femmes sexy. La jeep, bondée d'hommes déconcertés, la mine sombre, quitta le village en tressautant sans grâce sur le dur sable rouge. Entouré des tribaux, Agastya la regarda foncer à toute allure vers la forêt. Il se sentait à la fois héroïque et fou.

Puis il regarda autour de lui. Les aborigènes le fixaient avec des yeux vides. Un après-midi agréable, une brise légère. Ce sentiment d'irréalité si familier se manifesta de nouveau, là, dans cet endroit désolé d'une forêt massacrée, au milieu de masures de boue séchée, de tribaux étranges et d'enfants blessés. Qu'est-ce qu'il faisait là ? Il dévisagea les gens autour de lui. Soudain, une femme se mit à pouffer et cacha son visage derrière l'épaule d'une amie. Un jeune amorça un sourire hésitant. L'homme vêtu du *khadi* lui demanda dans un hindi maladroit : « Vous voulez peut-être du thé ?

— Qui êtes-vous ? demanda Agastya avec l'assurance issue d'une moitié de lui-même.

— Je m'appelle Prakash Rao. »

Ils revinrent vers le puits. Quelques tribaux les précédèrent avec une grâce presque animale qui ranima chez Agastya le souvenir d'un guide, d'un inspecteur des impôts fatigué, et de John Avery. Les hommes sortirent un *charpai* pour Rao et Agastya.

« Au plus tôt, le camion-citerne sera là avant le coucher du soleil, non ? » demanda Rao. Agastya s'assit sur le *charpai*. Rao se tenait debout. Leur présence distrayait les tribaux affairés autour du puits. Quelques enfants, oubliant leurs contusions et pleurnichant distraitement, les observaient attentivement. « Ils vont faire le thé avec l'eau de ce puits », pensa Agastya un instant. Puis il eut tellement honte de lui-même qu'il fit un large sourire à la ronde. Mais Rao l'observait attentivement. Il se reprit : « Oui, euh, oui », bredouilla-t-il. Il se sentait très heureux d'avoir échappé au bureau de cette façon si bizarre et si agréable, heureux à l'idée de passer un après-midi à regarder ces corps féminins tendus dans une lutte pour extraire de l'eau d'un puits ensablé. Il essaya de chasser de son visage toute trace de désir sexuel.

« Ce jour-là, quand Para est revenue de votre bureau en disant que vous aviez promis de venir, on était tous très sceptiques », déclara Rao.

De près, Rao avait l'air plus vieux, la cinquantaine environ. Il ne faisait manifestement pas partie des tribaux. Mais comme pour les Avery lors de la soirée chez Srivastav, Agastya était déterminé à ne pas poser de questions sur sa présence à Chipanthi. Rao pouvait-il être naxalite ? L'idée qu'il avait de ces militants était très vague, comme beaucoup d'autres choses. Para s'avança vers eux avec le thé. Son léger sari mettait en valeur ses cuisses fermes. Quand elle se pencha pour déposer une tasse près de lui, il aperçut ses veines bleues courant sous la peau de ses bras.

On entendit soudain le cri étouffé d'une femme près du puits. Le nœud qui retenait un enfant s'était dénoué, mais le gamin restait suspendu au bout de la corde. Tout le monde entoura la femme qui commençait à remonter lentement la corde. D'autres crièrent des encouragements dans le puits qui renvoya l'écho. L'enfant se débattait contre les parois à la recherche d'un appui où poser ses pieds, comme une énorme araignée blessée. Après des minutes qui parurent des siècles, le visage du gamin, plus pâle que le soleil, apparut au-dessus du trou noir. Des mains le tirèrent hors du puits. Il s'assit sur le sable humide et se mit à pleurer à chaudes larmes. Les femmes essayèrent de le calmer.

Agastya voulait protester, les gens ne pouvaient pas mener ce genre de vie. Pendant une horrible seconde, il pensa qu'il s'agissait d'une mise en scène destinée à lui faire éprouver un sentiment de culpabilité ou d'absurde, une fois de plus. Ces aborigènes l'irritaient au point de le mettre en colère. Plus tard, rien ne put le convaincre, aucun des arguments virulents des naxalites, pas plus que ceux, plus mesurés et plus théoriques, de Rao, selon lesquels ces hommes n'avaient pas d'autre choix que cette existence-là : risquer la vie de leurs enfants pour un demi-seau de boue.

Après le thé, Rao proposa une promenade. Ils dépassèrent les huttes de boue séchée et gravirent une petite colline.

« Cet endroit est presque aussi propre que le Centre de Baba Ramanna, remarqua Agastya.

— Ah, je n'y suis jamais allé, mais j'en ai entendu parler, bien sûr. Oui, la majorité des tribaux sont très propres. C'est une chose qu'ils n'ont pas besoin d'apprendre. » Ils marchaient lentement sur le sentier bordé d'arbres bruns et gris et jonché de feuilles froissées. Après tout, Rao était sans doute un naxalite.

« Je suis du Telengana[1], dit Rao en jetant un regard en coin à Agastya. Que savez-vous du mouvement d'agitation du Telengana, monsieur Sen ?

— Rien, en fait. » Il compléta intérieurement : « Pas plus que des sculptures érotiques des temples hindous, ou le sens d'une perle qui tombe d'un anneau de nez, c'est-à-dire, rien. » Il tenta une vague explication : « C'était un mouvement contre l'exploitation rurale, comme celui des naxalites du Bengale. C'est à peu près tout ce que je sais. Je ne connais aucun détail. S'il vous plaît, appelez-moi Agastya. » « Ou English, Ogu ou August », ajouta-t-il à nouveau pour lui. Tous ses noms lui apparaissaient comme autant de pseudonymes qui s'appliquaient à chacune de ses vies.

« Exploitation rurale », répéta Rao en souriant tristement. Tout comme les tribaux, il irritait légèrement Agastya. « C'est une expression qui n'a plus de sens maintenant, et qui sert à masquer des choses horribles. » Rao désigna d'un geste théâtral des tribales qui venaient à leur rencontre : « Elles sont belles, n'est-ce pas, monsieur Sen ? » Elles l'étaient, incontestablement.

1. Région orientale de l'Andhra Pradesh et berceau du mouvement maoïste qui se développa en 1948-1949 et se poursuit de nos jours.

Les femmes s'approchèrent des deux hommes. Elles sourirent à Rao, bavardèrent un moment avec lui dans le dialecte local et reprirent leur chemin.

« Il y a dix ans à peine, au cœur des forêts les plus éloignées de tout, surtout vers Pirtana, poursuivit-il en désignant du doigt le sommet d'un arbre, les femmes ne se couvraient pas la poitrine. C'était leur coutume. » Il regarda Agastya comme s'il s'attendait à voir une érection au milieu de son front.

« Oui, et beaucoup de gens ont dû profiter de leur innocence, remarqua Agastya – il allait dire : les baiser, mais se retint à temps –, de petits fonctionnaires de district, des gardes-forestiers, de petits inspecteurs des impôts, des sergents de police.

— Pas seulement des subalternes, mais aussi des fonctionnaires de haut rang. » Ils traversèrent une autre clairière dénudée. Rochers, épineux, sable rouge. Près d'un buisson, Agastya aperçut une mue de serpent. Il la ramassa. Elle était d'un gris-blanc, fragile. À la toucher, il éprouvait l'excitation que provoque la répulsion.

« C'est ce qui vient de se passer à Pirtana, avec le nouvel assistant à la conservation des forêts, un dénommé Gandhi. Il a attenté à l'honneur de la femme qui lui faisait la cuisine. Les hommes de son village étaient furieux. Il y a trois nuits, ils sont allés chez lui, ils l'ont surpris avec la tribale et, pour la venger, ils lui ont coupé les deux bras. »

Une légère brise, le murmure des feuilles et de la poussière de la forêt, la gêne des aisselles humides de sueur, un craquement dans sa tête, et la sensation d'un liquide chaud qui s'écoulait depuis la base de la moelle épinière. Mohan.

« … Ce geste va tout à fait à l'encontre de ce qu'on leur a inculqué, mais il a été impossible de les arrêter », dit Rao en haussant les épaules.

Le soleil se couchait. La forêt s'était refroidie. Un ciel nocturne clair et vif commençait à poindre en même temps que les étoiles. Ils attendaient toujours l'eau.

Des amis de Rao étaient là, trois hommes descendus des villages situés dans les collines. Ils expliquèrent dans un hindi très approximatif qu'ils avaient entendu dire qu'un fonctionnaire de l'I A S était venu à Chipanthi parce qu'il s'intéressait vraiment aux aborigènes. Ils se ressemblaient tous : minces, la peau sombre, barbus, vêtus d'innocents *khadi.* Agastya leur demanda des détails sur Mohan, mais aucun d'eux ne put lui en fournir.

Le choc initial était passé, ainsi que le moment d'incrédulité qui avait suivi. Il ne subsistait plus qu'un vague sentiment d'horreur devant le geste de colère incompréhensible de ces hommes. Il ne leur avait pas dit que Mohan était l'un de ses amis. D'une certaine façon, cela lui était impossible. En outre, Rao et ses collègues désiraient avant tout parler, expliquer, se justifier, et clarifier leurs idées. Pour eux, Mohan était un cas qui se résumait en quelques mots. Des citations de Mao fusaient en vrac de leurs bouches, pêle-mêle avec des analyses passionnées. Dilemme tribal. Il fallait les aider à réfléchir, parce qu'ils se trouvaient complètement démunis face au monde moderne : « Regardez la façon dont ils luttent pour avoir de l'eau. C'est là qu'on se rend compte de leur extrême simplicité ! »

Ils en étaient à leur sixième tasse de thé dans la hutte de Rao. Lampe à kérosène, lit dans un coin, quelques vêtements accrochés à des clous plantés dans le mur. Para les servait. L'aisance et la familiarité avec lesquelles elle évoluait dans cet espace firent penser à Agastya qu'elle y vivait. Il se mit à rire bruyamment en se demandant pourquoi ceux qui veillaient sur son honneur n'avaient pas coupé les mains de Rao. La présence de la jeune tribale l'irritait.

« Arrêtez de dire que ce sont des êtres simples, ça prouve que vous avez à leur égard une attitude condescendante. Ils ne sont pas seulement simples, comme vous le dites, ils peuvent être extrêmement violents, c'est un trait de leur comportement que vous avez encouragé. Dites qu'ils sont différents, c'est tout. » Para ne comprenait pas l'hindi, mais le ton d'Agastya la fit sursauter. « Si Gandhi a séduit une tribale, il est également vrai que cette femme a aimé se laisser séduire. » Il se tut, en proie à une sorte de stupéfaction.

« Non, répondirent vivement les hommes, les abus sexuels font partie d'une exploitation plus vaste. Ils ne peuvent donc pas rester impunis. » Il les regardait déverser leurs argumentations : des lèvres pourpres sur des dents blanches, le visage animé par la violence et la passion des zélotes, le clair-obscur de leur peau à la lueur de la lampe, l'odeur âcre du kérosène dans l'air, et la tristesse de la boue qui les entourait. Ce qui lui paraissait le plus monstrueux dans le fait que Mohan ait dû souffrir ainsi pour sa concupiscence, c'est qu'il n'avait pas besoin de douleurs physiques pour apaiser son esprit. Dans ce constant ressac d'un endroit déshérité à un autre, sa seule distraction semblait consister en ces éclairs de folie.

Puis Agastya fuma le tabac des aborigènes. Une feuille de tabac séchée et parfaitement roulée qui lui fit presque le même effet que la marijuana, ce baume familier. Mohan lui-même perdit de son importance et il pouvait écouter Rao et ses amis expliquer de manière incohérente les différents types d'exploitation auxquels les tribaux étaient soumis : celle des entrepreneurs qui les sous-payaient pour ramasser les graines d'oléagineux et les feuilles de tabac dans la forêt, celle des trafiquants de bois qui avaient massacré la forêt bien plus qu'eux mais qui leur en faisaient porter la responsabilité en donnant des pots-de-vin aux fonctionnaires des forêts. « Les tribaux sont piégés. et vos programmes de développement ne leur seront d'aucune aide parce que ce n'est pas en restant assis dans les bureaux d'une grande ville que vous aurez la moindre idée de la façon dont ils vivent.

— Je ne peux pas croire qu'ils sont tenus de vivre dans ces conditions », répliqua Agastya. Il lui était plus facile de parler que d'écouter. Il n'aimait pas la façon dont Para restait assise un peu en retrait de Rao, le visage détendu et distant, mais les yeux sans cesse en mouvement, essayant de suivre la conversation au ton des voix. Il s'insurgeait contre la certitude qu'avait la jeune femme que tout ce que disaient les hommes comme ceux qui étaient assis à ses côtés valait toujours la peine d'être écouté, et contre un mode d'action dicté par la seule conviction.

« Parce que, d'abord, ils peuvent très bien quitter Chipanthi et aller s'installer dans un endroit où il est plus facile d'avoir de l'eau. Ce n'est pas ce qui manque dans cette forêt. Bien sûr, je reconnais que ce n'est pas facile, mais tout ce qui est important est difficile, sauf peut-être de couper les bras de quelqu'un. Avant, ils étaient nomades. En plus, Chipanthi n'est pas un lieu particulièrement attachant. Si vous leur inculquez la méfiance envers le monde qui se trouve à l'extérieur de cette forêt, pourquoi ne leur apprenez-vous pas à être autonomes ? Ils craignent d'être exploités, ils sont illettrés, mais ils peuvent faire des kilomètres et prendre un bus pour aller voir un film hindi en vidéo à Jompanna. Oui, oui, je sais, l'autonomie n'est pas une chose facile à acquérir, pas plus que la réflexion, d'ailleurs. Mais l'autonomie et la réflexion valent mieux que la colère. » Le tabac le libérait et lui permettait de mêler ses incohérences aux leurs. Quoique imprévu, il était néanmoins un invité d'honneur. Dans la soirée, les hommes du village allumèrent un grand feu près de la jeep et dansèrent pour lui. Ils burent un genre de *tari*.

« Avant que nous soyons là, ils buvaient toute la journée. Les enfants avalaient cet alcool de palme dès l'âge de six mois. Ils ne *savaient* pas », souffla Rao d'un ton vibrant dans l'oreille d'Agastya qui buvait également. Le *tari* était extrêmement fort, il ne tarda pas à être complètement pété. À leur tour, les femmes commencèrent à danser. Bras dessus, bras dessous sur une rangée, un lent et monotone mouvement de pieds au son d'un tambour à contretemps : un pas en avant, deux pas en arrière. Toujours et encore, un pas en avant, deux pas en arrière.

Il les observait : un tissu orange sur leur peau sombre, de timides échanges de sourires, le visage baissé vers leurs pieds. Et, tout à coup, leur innocence lui fit peur : elle était dangereuse, il était si tentant de la pervertir.

Les phares de deux camions-citernes brillèrent au loin. Des cris de joie avinés interrompirent la danse.

« Je pense qu'il a dû se sentir très seul. C'est quelqu'un qui a toujours été très physique. N'oublie pas que Rohini n'est pas restée avec lui à Pirtana. » Bhatia se pencha en avant pour atteindre le cendrier. « Je l'ai rencontré deux ou trois fois quand il venait à Madna pour une raison ou une autre. Il disait qu'il s'ennuyait beaucoup à Pirtana et éclatait de rire. »

Une soirée à la *circuit house* de Madna. Agastya avait passé toute la journée en voiture pour assister à la réunion de Bajaj le jour suivant. Vasant avait eu l'air content de le revoir et lui avait annoncé en souriant que sa chambre était occupée par quelqu'un d'autre. Il passerait la nuit dans la chambre aux rideaux décorés de petits avions rouges sur fond vert. Dès son arrivée, il avait téléphoné à Bhatia qui était venu comme à son habitude avec une demi-bouteille de whisky. Une quinzaine de jours plus tôt, le lendemain de sa visite à Chipanthi, Agastya avait essayé de joindre Bhatia par téléphone, mais il n'avait pu obtenir la communication. Quand enfin il avait eu la ligne, son ami avait quitté le bureau.

« Les gardes-forestiers de Pirtana ont dû savoir que Mohan abusait de cette femme. Ils le font tous. Mais je crois que personne ne le savait à Madna. Maintenant, bien sûr, on ne parle plus que de ça. » Bhatia alluma une autre cigarette. Il fumait davantage depuis la dernière fois qu'Agastya l'avait vu.

Parler de Mohan était presque un devoir. Si Agastya ne lui avait pas téléphoné, Bhatia lui aurait dit : « Tu es vraiment un drôle d'ami ! Tu viens à Madna et tu ne passes pas me voir. Tu ne m'appelles même pas, ne serait-ce que pour avoir des nouvelles de Mohan ! » En outre, une quinzaine de jours s'étaient écoulés, et Agastya était un peu étonné de constater qu'avec le temps les événements les plus dramatiques qui ne vous concernent pas personnellement perdent vite de leur importance. Mais, lorsque Bhatia relança le sujet, il fut repris par une curiosité morbide, mêlée d'un sentiment de culpabilité. Bhatia avait l'air excité et gonflé d'importance, comme s'il était le témoin privilégié d'une catastrophe qui les touchait de près.

« Dès qu'on a appris la nouvelle, Gopalan et moi sommes allés à Pirtana au beau milieu de la nuit. » « Une tragédie ne dure jamais longtemps, à moins qu'elle ne vous concerne, mais quand il s'agit du drame d'un ami, ça a un effet stimulant qui est presque obscène », pensa Agastya.

« Pirtana a un petit dispensaire vraiment minable. Mohan était en état de choc. Le médecin, qui avait l'air bien, ne nous a pas permis de le voir. Le *chowkidar* était au dispensaire, c'est lui qui a appelé la police. Il nous a raconté l'histoire. Ni Gopalan ni moi n'avons cru que Mohan baisait sa cuisinière en cachette. »

Était-ce l'alcool, l'emploi du mot « baiser », une réaction grotesque à l'horreur sordide de cette histoire, ou encore le soulagement tacite que quelqu'un d'autre eût encouru le châtiment de ses péchés ? Soudain, tous deux éclatèrent de rire. Leur réaction les choqua, ce qui ne fit que redoubler leur hilarité, comme s'ils étaient pris de panique. Agastya alluma la lumière de l'affreuse lampe de chevet et éteignit le néon : « C'est mieux de rire avec une lumière douce. » Bhatia but une gorgée et recommença à suffoquer de rire.

« J'ai dû envoyer un télégramme à Alwar. Qu'est-ce que je pouvais écrire ? Je l'ai quand même envoyé : Mohan gravement blessé dans un accident. Venez vite. Ensuite, on a essayé d'étouffer l'affaire, mais ça n'a pas marché. Le *Dainik* est vraiment un canard dégueulasse. Un subalterne des forêts de Pirtana a déclaré qu'un journaliste venait voir Mohan assez souvent à la *rest house*. Il croit que le journaliste a fait chanter Mohan, mais je pense que ce sont des foutaises. Le médecin a dit que Mohan ne pouvait pas être transporté. Rohini est venue avec son frère aîné, ils ont pris l'avion pour Delhi, et de là ils ont dû aller en voiture jusqu'à Alwar. Depuis, je n'ai plus de nouvelles. »

Agastya était un peu moins soûl que Bhatia. Ce dernier avait une histoire à raconter et, en tant que conteur, il était normal qu'il boive plus que son auditeur, marque un temps d'arrêt quand il estimait que c'était le bon moment, soupire souvent, et prenne un air pensif en regardant autour de lui.

« Revoir Rohini a été très pénible. Nous étions tous trois devenus très amis à force d'être ensemble. Tu imagines, j'ai dîné avec eux si souvent. Elle avait l'air tellement effrayée quand je l'ai rencontrée à la gare ! Je me suis senti coupable d'avoir dit qu'elle était une péquenaude bandante et des conneries de ce genre-là. Je me sentais coupable de tout, comme si ce qui était arrivé à Mohan était ma faute. J'étais dans le même district que lui et donc j'avais l'impression que c'était ma faute. Ça vous rend malade, ce sentiment de culpabilité irrationnel. Sa grossesse commençait à se voir, et ça lui donnait un petit côté sexy et tendre. Ça aussi, ça me culpabilisait. Tu sais comment parfois on est excité dans les circonstances les plus étranges ? Et Rohini qui n'arrêtait pas de me demander : Mandy *Bhaiya*, quel accident ? Comment est-il ? Ça va ou pas ? À un moment, j'ai eu envie de dire : Mon télégramme, c'était un poisson d'avril. » Bhatia se leva péniblement et dit d'une voix moins grave : « Je suis très soûl. Et toi ? »

Agastya chercha parmi ses cassettes une chanson qui pourrait faire plaisir à Bhatia. Il n'en trouva aucune. En douce, pas trop sûr que son ami ne le remarquerait pas, il mit très doucement les chants de Nazrul Islam.

« Je t'en prie, ne mets pas tes conneries de chansons bengalies ! dit immédiatement Bhatia. – Si, laisse, insista Agastya, on a besoin d'un arrière-plan sonore sans rapport avec ta déprimante histoire.

— Ce salaud de Gopalan n'a même pas eu le cran de leur raconter la vérité. Il a commencé en me disant : Tu *vas* leur dire, puis il m'a menacé : Tu *ferais mieux* de leur dire. Donc, juste avant de partir pour Pirtana, j'ai dû tout raconter au frère de Rohini. Il avait l'air un peu bizarre. Il paraissait tout le temps préoccupé, comme quelqu'un qui a oublié de fermer le gaz dans la cuisine ou qui a laissé les robinets ouverts. Je lui ai dit que les tribaux avaient suspecté à tort Mohan d'avoir fait l'imbécile avec une de leurs femmes. Je suis rentré avec eux dans la chambre où était Mohan. Il était blanc comme un mort. Il n'a rien dit. Il nous a regardés puis il a détourné les yeux. Plusieurs fois de suite. Ç'a été un moment horrible. Il avait l'air si mal que Rohini a instinctivement voulu lui prendre la main sous la couverture. Puis elle a éclaté en sanglots et il a eu une sorte de grimace.

— Mohan baisait vraiment cette tribale en douce, non ? » demanda Agastya. Cette fois, l'expression n'était plus drôle mais incroyablement irréelle. Sans doute parce que Mohan avait été un ami et que, lorsqu'un ami fait quelque chose de totalement inattendu, on est d'autant plus frappé, comme si on n'avait jamais rien su de lui. Agastya se souvint de la rage de Dhrubo sur la route de l'aéroport de Delhi quand il lui avait fait part de ses plans insensés, au milieu du bruit des voitures qui les dépassaient et de la voix de Scott Joplin. Il se demandait maintenant si la colère de Dhrubo ne s'expliquait pas en partie par le fait que, tout à coup, Agastya ne coïncidait plus avec l'idée qu'il s'était faite de lui, un fonctionnaire de l'I A S qui avait l'air sorti tout droit d'un film porno, qui allait se faire baiser dans une petite ville, mais qui ne ferait rien d'autre que d'écrire des lettres aussi drôles que virulentes.

« Oui, il a dû le faire. Le *chowkidar* a dit que cette tribale était une sorte de prostituée, une femme facile, quoi. Je pense que Rohini lui manquait.

— Ne fais pas l'imbécile, Mandy. Toi comme moi, on s'est parfois sentis seuls et on a eu envie de tirer un coup aussi, à Madna. Mais tu ne baiserais pas ta cuisinière, même si elle ressemblait à une sculpture de Khajuraho et venait s'asseoir à côté de ton assiette quand tu déjeunes ou si elle s'épilait la chatte devant toi ?

— Oh, j'en sais rien. Je crois qu'on ne connaissait pas suffisamment bien Mohan. Les quatre tribaux et cette femme se sont enfuis dans les forêts autour de Pirtana. Pour une fois, on est contents que les forêts aient été décimées par les trafiquants et les aborigènes. Je crois que la police va les pincer. Ils vont aussi nettoyer la région de tous ces naxalites. C'est vrai que tout ça ne serait pas arrivé si ces militants n'étaient pas restés pendant des mois avec les aborigènes dans ces forêts : une bande de salopards qui essaient d'apprendre à penser à un autre groupe de connards. » Ils vidèrent la demi-bouteille, leur dernier verre. Agastya retourna la cassette.

« Depuis l'histoire de Srivastav et de sa fonctionnaire du développement, le *Dainik* et Madna n'ont pas eu grand-chose à se mettre sous la dent. Sathe est complètement fou. Il a dit : Je pourrai faire une drôlement bonne caricature avec Mohan.

— On fait comme l'autre fois ? On va au Dakshin acheter une autre demi-bouteille et on essaie de se faire inviter à dîner par Sathe ? »

Décembre, et les petites ruelles étaient toujours chaudes. Les chèvres étaient toujours à la même place, sentinelles de pierre devant une porte bleue.

« Tu as des nouvelles de ta prochaine affectation d'adjoint préfectoral ? demanda Bhatia.

— Non, pas encore. » Le Dakshin n'avait pas changé, bruyant et très éclairé. À une table, l'homme qui avait le visage atteint de vitiligo était toujours assis en train d'engloutir ses *idli* qui nageaient dans une mer de *sambar*. Bhatia, la demi-bouteille de whisky sous le bras, marchanda à nouveau avec le *rickshaw-wala* devant la porte de l'hôtel de Sathe.

« Pour la première fois de ma vie, je sens que j'ai besoin de stabilité » – Agastya se souvint brusquement de cette phrase. Il l'avait lue ou entendue quelque part, à Delhi, peut-être ? Il ne parvenait pas à se rappeler où.

Sathe n'était pas chez lui. Après avoir poussé plusieurs portes, ils pénétrèrent dans l'hôtel, rencontrèrent le frère de Sathe, mangèrent comme des goinfres et, avec élégance, consentirent à ce que la note soit portée sur le compte de l'établissement.

La réunion dura toute la journée du lendemain. Bajaj hurlait presque autant que Srivastav. Le soir, Agastya se rendit chez les Srivastav. Le préfet lui déclara : « Bajaj m'a dit que vous aviez fait un bon travail à Jompanna. Bien. » Et Mme Srivastav s'arrangea pour lui glisser : « Faites attention à ne pas vous laisser tenter par une tribale. » Puis la discussion roula sur Mohan.

Sept heures, le lendemain matin. Après avoir fait sa gymnastique, pris sa douche et fumé son joint, Agastya était prêt à partir pour Jompanna lorsqu'il vit un gros homme qui lui faisait des signes de la main tout en se dirigeant vers lui d'un pas mal assuré.

« Ho ! Sen *saab*, cria Shankar à une trentaine de mètres d'Agastya, Vasant m'a dit que vous étiez ici. J'ai pensé que nous devions nous revoir au moins une fois avant que je parte. » Il soufflait, épiçant l'air du matin de ses effluves de whisky et de sueur. « J'ai encore chanté toute la nuit. Tonalité douce et mesurée. » Il se pencha en avant, secoua la tête, roula des yeux, remua ses oreilles et souffla mélodieusement au visage d'Agastya :

Permets-moi de rester
À l'ombre de tes cils.

Puis il se raidit : « *Thumri* incomparable, Sen *saab*. Je l'ai interprété non pas avec un sentiment de peine, mais avec un sentiment de joie. » Son sourire disparut et son visage se plissa sous l'effet d'une fougue soudaine : « Je ne l'ai pas bien interprété la nuit dernière. Je chante beaucoup mieux quand je suis triste. Où allez-vous ?

— Je retourne à Jompanna.

— Vous avez le temps de prendre un thé avec moi ?

— Oh oui.

— Ah, je savais que vous accepteriez. » Ils se dirigèrent vers la *rest house*. « Combien de fois vous ai-je dit, Sen *saab*, que nous étions semblables ? Nous sommes des hommes sans ambition. Tout ce que nous voulons, c'est qu'on nous laisse tranquilles, en paix, pour essayer d'être heureux. Si peu de gens peuvent comprendre cette chose simple. N'importe qui d'autre aurait répondu : non, je n'ai pas le temps de prendre une tasse de thé, je suis déjà en retard, j'ai tellement de travail qui m'attend à Jompanna. Du travail ? Ce genre de petites affaires qui ne se terminent jamais. Mais vous avez l'air différent, Sen *saab*, plus réservé.

— Je pense que je suis en train de mûrir. » Shankar hennit de rire, ce qui le fit péter bruyamment. Vasant apparut. Il avait toujours l'air d'un fou mal rasé. Ils s'assirent sur la véranda d'où Agastya avait regardé tant de trains passer.

« J'ai été transféré à Koltanga, Sen *saab*. Je pars cet après-midi. » « Bien, se dit Agastya, un homme de plus sur la route. »

« Vous avez dû verser un pot-de-vin à votre ministre ?

— Non, non. Combien de fois vous ai-je dit de croire à Jagadamba. Pourquoi vous ne m'écoutez pas ? » Derrière Shankar, l'Ernakulam Express filait vers Calcutta.

« J'y crois. Enfin, ça m'est arrivé une fois, à Delhi. J'ai prié Jagadamba, sous la forme de Dourga. J'ai presque prié. » Il se tut, embarrassé. Il n'aurait jamais pu avouer cela à quelqu'un d'autre qu'à Shankar.

Vasant apporta le thé : « Vous revenez à Madna d'ici quelques semaines, n'est-ce pas ? La prochaine fois, je vous garderai votre ancienne chambre. » Shankar but son thé dans la soucoupe et se mit à chanter :

Permets-moi de rester
À l'ombre de tes cils.

Il avait un entrain irrésistible, débordant de joie intérieure.

Les mois passèrent à Jompanna en suivant la même routine, le bureau et la *rest house*, deux repas végétariens par jour, gymnastique sur les tapis de jute entre le lit et le bureau, les dossiers, le soir, au son de la musique des éventaires. Les échoppes ne vendaient plus de canne à sucre. Elles proposaient des jus de carotte et d'orange, de pomme et de raisin. Contrairement aux avertissements de son prédécesseur, Malik n'était pas un homme dangereux, mais exceptionnellement paresseux, d'une paresse incroyable, même par rapport aux critères du bureau. Après Chipanthi, Agastya prit l'habitude de faire davantage de tournées, pour s'échapper du bureau et jouir de la tranquillité des longs trajets en voiture. Il inspecta des écoles primaires et des dispensaires, rencontra ses premières sages-femmes, organisa trois camps de stérilisation (ce qui lui offrit l'occasion d'observer des hommes et des femmes payés pour devenir stériles et de s'interroger sur ce que pouvait éprouver un médecin hétérosexuel dans un dispensaire où il voyait défiler des centaines de sexes masculins chaque jour). À regret, le *sabhapati* dut admettre qu'il était impressionné par Agastya. Le bureau de Jompanna estimait qu'il était très efficace, et ses membres se disaient : « C'est un IAS, après tout. » Il faut reconnaître qu'il travaillait dur : il n'y avait pas grand-chose d'autre à faire. Mais quand il était en tournée, il restait plusieurs heures à contempler les différents plafonds des *rest houses* du district.

La dernière semaine de son séjour à Jompanna, Srivastav lui téléphona : « Le préfet au bout du fil », lui souffla Malik nerveusement.

« Ah, Sen, vous deviez revenir à Madna vendredi, n'est-ce pas ? » Il s'efforçait de prendre un ton renfrogné. « Revenez donc un jour plus tôt pour assister à la cérémonie d'adieu de Joshi. Il prend sa retraite à la fin du mois. Et votre nouvelle affectation est arrivée : vous serez adjoint préfectoral à Koltanga. »

Agastya raccrocha et regarda par la fenêtre, audelà des deux solliciteurs assis en face de lui. Un soleil de fin d'après-midi tombait sur la tête de quelques badauds, le sable rouge et les arbres en bordure de la route, la douceur de la lumière tamisait le tableau du sous-développement. Puis il dit au revoir à Jompanna. Le bureau organisa une petite réunion d'adieu. *Chilli pakora*, *burfi*, *gulabjaman* en forme de testicules et thé. Agastya fit un discours, suivi du *sabhapati* et de deux politiciens. Tous l'évoquèrent comme l'Albert Schweitzer indien. Il reçut un cadeau d'adieu particulièrement laid : une pendule en bronze représentant Krishna et Arjuna dans le char[1]. Leurs torses et leurs

1. Allusion au très célèbre passage de la Bhagavad-gita dans lequel le dieu Krishna dicte à Arjuna le code moral de l'action selon l'hindouisme.

jambes s'étalaient sur le cadran, tandis que des piles leur tenaient lieu de pieds. Agastya essaya d'avoir l'air reconnaissant. Il fit lentement ses bagages. Au moment du départ, tout le monde vint le saluer à la *rest house*.

Il arriva à Madna tard dans la soirée. Vasant lui avait gardé son ancienne chambre, mais il y avait remis tous les meubles qu'Agastya avait fait retirer.

« Je ne resterai ici que quelques jours, mais ce serait très gentil si tu pouvais les enlever à nouveau.

— D'accord », dit Vasant, et il appela de l'aide. On retrouva la grenouille sous un sofa. Elle fit sursauter tout le monde sauf Agastya. Le jeune homme se rendit chez Srivastav, pour le saluer et pour manger. Le préfet l'informa que la cérémonie d'adieu de Joshi était fixée à cinq heures et demie le lendemain et serait suivie d'un dîner. Agastya lui répondit qu'il désirait passer à Calcutta avant de partir pour Koltanga.

Il revint de chez les Srivastav à dix heures passées. Le préfet se couchait de bonne heure car il se levait tôt pour jouer au badminton au Club. Agastya dépassa l'Institut d'études commerciales et techniques, puis le Club de Madna tout en pensant à Koltanga. Il installa une chaise sur la véranda et éteignit le néon. La chambre de Shankar était silencieuse, fermée à clé. Il n'avait pas envie d'être seul. Il alla jusqu'à la *circuit house* pour téléphoner mais la pièce où se trouvait le téléphone était aussi fermée à clé. Il décida d'aller au Madna International Hotel, traversa le pont de chemin de fer sous lequel des mendiants se préparaient à passer la nuit et passa devant les bureaux sombres. Sathe était parti pour Hyderabad. De l'hôtel, il appela le quartier des fonctionnaires des forêts. Au bout d'un long moment, un *chowkidar* décrocha. Bhatia était à Mariagarh. Il prit un verre avec le frère de Sathe et revint sur ses pas, passa devant la *circuit house* et se dirigea vers la ligne de chemin de fer.

Cette fois il ne choisit pas les rails qui touchaient l'horizon, mais ceux qui s'incurvaient vers la centrale thermique. Le contact du bois et de la pierre à travers ses semelles rembourrées, le klaxon d'un camion quelque part faisant vibrer l'obscurité, un rire lointain provenant d'une échoppe de *paan-wala* – il devait réfléchir. Il ne pouvait pas aller à Koltanga, tout recommencer, vider les meubles de sa chambre, assister aux réunions d'intégration nationale, sans réfléchir.

Il marcha un long moment, il aurait été incapable de dire combien de temps. Cela ne comptait pas lors de ces randonnées nocturnes. La lune était presque pleine. Dans sa lumière bleutée, tout, les maisons et les cabanes, les arbres et les buissons, devenait noir, informe, sans même un contour, sans ombre, semblable à de grosses taches noires ramassées. Donc lui aussi, de loin, devait avoir l'air d'un gros pâté, d'une tache mouvante à la destination inconnue.

Campagne immense sous le ciel, kilomètres de champs récemment plantés. La centrale thermique dressée dans le ciel arrêtait le fleuve. Infinis points de lumière renvoyés par l'acier, comme la reconstitution d'une galaxie dans un planétarium. Il resta un long moment immobile, sentant la froide brise de la nuit sur sa peau. « J'aurais dû prendre l'autre voie », pensa-t-il. Puis il rentra.

Il était presque deux heures du matin quand il arriva dans sa chambre. Il alluma le néon et la lampe de chevet et mit une cassette d'Ella Fitzgerald. Il s'assit sur le tabouret en face de la coiffeuse, enleva ses chaussures. La grenouille était accroupie, au repos, dans l'ombre du petit meuble. Il allongea le bras pour la toucher. L'espace d'une seconde, il sentit au bout de ses doigts la peau moite et froide. L'animal sauta par-dessus son épaule et alla se cacher derrière sa valise.

Il devait défaire sa valise, n'en sortir que les quelques vêtements nécessaires pour ces deux ou trois jours. *I love Paris every moment*, chanta Ella Fitzgerald. Il arrêta la cassette. De nouveau, à Calcutta, il déballerait ses affaires plus soigneusement. Mais il ne resterait qu'une quinzaine de jours et ensuite il les remballerait encore. Puis Koltanga, pour au moins deux ans. Il éteignit le néon mais laissa la lampe de chevet. Il s'allongea sans enlever son jean et regarda le plafond.

Il se réveilla très tôt, à six heures. Il se sentait mal. Il ne faisait pas encore jour derrière les fenêtres. Sur la table, la lumière de la lampe de chevet faisait une tache jaune. Il était incapable de bouger. Il y avait une tache brune sur l'oreiller à quelques centimètres de son œil. Il l'observa jusqu'à ce que la poignée de la porte tourne sur elle-même. C'était Vasant qui apportait le thé. « Non, pas d'autre tasse de thé aujourd'hui. » Il l'avala en vitesse, debout. Le thé était tellement chaud qu'il en but la moitié dans la soucoupe. Vasant traînait sur la véranda, regardant paresseusement le monde.

« Je ne me sens pas très bien aujourd'hui. Ne m'apporte pas mon petit-déjeuner avant que je te le demande. » Vasant le considéra d'un air sceptique. Agastya attendit près de la porte jusqu'à ce que le cuisinier quitte la pièce en emportant la tasse. Puis il alla dans la salle de bains, sortit par la petite porte de côté, tourna au coin de la véranda, passa sous ses fenêtres et se retrouva devant la *rest house.* Personne en vue. Il se dirigea vers la porte de sa chambre, la ferma à clé et revint à l'intérieur en passant à nouveau par la porte de la salle de bains. Il ferma le verrou de ses fenêtres opaques. Seule filtrait la faible lumière des lucarnes ; la lampe de chevet avait l'air encore plus lumineuse. Il se rallongea.

Sensation de soirée tardive. Autour de lui une lueur d'embaumement. Mais le repos physique total était impossible. Tôt ou tard il lui faudrait se lever, pour une raison ou une autre. Il mit les paumes de ses mains côte à côte et les regarda : monts et lignes, longs doigts fins. Il aurait aimé croire en la chiromancie, ou en quelque chose qui le dépasse. À plusieurs reprises, il raidit ses doigts et les laissa retomber. À travers ses mains, il apercevait le tableau de Tamse, fragments de deux couchers de soleil et bateliers portant des chapeaux japonais.

Il avait connu beaucoup de gens à Madna, sauf Tamse. Mais il ne tenait pas tellement à le rencontrer, tout comme il avait refusé de voir Baba Ramanna : ces rencontres auraient risqué d'être décevantes. Il avait aimé le Tamse de 1962, mais le Tamse des années suivantes était devenu trop ridicule, cet artiste du gouvernement qui avait créé des statues et des *rest houses* pour des gens dont l'idée de l'art ne s'élevait pas au-dessus du caniveau. Il songea que Tamse avait encore à apprendre que la solitude n'était pas une souffrance suffisante.

Bruits du petit matin : il se sentait à l'abri derrière sa porte. Sonnettes de bicyclettes, bavardages des enfants de Vasant, puis, sur la véranda, conversations dont la proximité l'effraya. On ouvrit bruyamment la porte de la chambre où avait séjourné Shankar ; quelqu'un s'y installait. Il attendit, tendu, d'autres bruits. À travers le mur, il entendit un rire, des voix, des valises qu'on pose lourdement sur le sol, des chaises que l'on tire. Une voix demanda du thé à Vasant. Le tonnerre de l'eau dans un seau vide.

Un lézard tomba sur le tapis en faisant un petit bruit mat et se précipita vers la poubelle. Menon serait avec lui à Koltanga, en qualité de chargé du développement, toujours à lui rappeler ce qu'il devrait faire. Il se sentit légèrement fiévreux mais il savait que Multani n'y pouvait rien. Il remonta la couverture sur sa tête et huma ses odeurs corporelles. Ça sentait la maladie et c'était agréable. Il sourit. S'il allait au cabinet de Multani, il rencontrerait un autre représentant dont le visage fatigué le culpabiliserait. Il en avait assez de tous ces gens qui se moquaient de son agitation mentale, assez des caricatures de Sathe, du dévouement de Shankaran Karanth et du fanatisme des naxalites.

À l'extérieur, la voix de Digambar demandant à Vasant où se trouvait Agastya. Il se raidit à nouveau. Vasant murmura quelque chose. Bruits : les deux domestiques s'installèrent sur les marches de la véranda pour fumer les *bidi* de Digambar. La couverture lui chatouillait le nez et les oreilles. Il se recroquevilla sur le côté gauche. À côté de son oreiller il aperçut la serviette qu'un *naib tehsildar* lui avait achetée l'été dernier pour se protéger du soleil. Elle était amidonnée par son sperme séché. Il froissa le tissu dans sa main et rit, la tête dans l'oreiller.

Le soleil se leva, illuminant les lucarnes. Il devrait peut-être se lever et faire lentement ses exercices, pour que le temps passe plus vite. Bruits sur la véranda : Digambar partit. La journée s'annonçait comme un long passage à vide, jusqu'à la cérémonie d'adieu en l'honneur de Joshi dans la soirée. Il y rencontrerait sûrement Ahmed et Agarwal, et l'inspecteur du cadastre, qui l'interrogeraient peut-être sur ses fausses identités. En riant à moitié, il essaya de se masturber, mais il ne parvenait pas à se concentrer sur Neera. Il se leva et posa son magnétophone tout contre son oreiller, sur la serviette. Il enleva la cassette d'Ella Fitzgerald, sans savoir quoi mettre à la place. L'extrême distinction de Tagore ne s'accordait pas avec son état d'esprit, Vivaldi était trop inaccessible. Shankar avait ses *thumri* et ses *ghazal* : pour se consoler, il pouvait faire appel à des cils et à de délicats anneaux de nez. Dhrubo avait lui aussi ses ragtimes et son jazz à la mode. Les goûts d'Agastya étaient très hétéroclites : hybridité d'un triste métis. Il alluma la radio et essaya de capter de la musique de film hindi. En vain, c'était trop tôt ou trop tard.

Il se leva pour rouler un joint. Il cachait sa marijuana derrière ses livres. S'il se défonçait, il ne ferait pas sa gymnastique, du moins pas avant plusieurs heures. La Gita le fit penser à Sathe, le blagueur de Madna. « Si tu ne livres pas cette bataille parce que l'égoïste que tu es est en proie à la peur, ta résolution est vaine : la nature t'y obligera. Parce que tu es soumis à la loi du karma, aux forces de tes vies passées. » Soudain Sathe le dégoûta, cet homme qui avait trouvé comique qu'un de leurs amis ait eu les bras coupés.

Il avait envie d'une autre tasse de thé. Il sortit furtivement par la porte de la salle de bains, se glissa jusqu'à sa porte d'entrée qu'il débloqua, et alla demander son petit-déjeuner à Vasant. Le cuisinier était assis au soleil, en train d'enlever avec son pouce des saletés incrustées dans sa plante de pieds. Il leva les yeux vers Agastya.

« Je croyais que vous ne vouliez pas de petit déjeuner. On a juste préparé des tomates pour nous, répondit-il en mettant une main en visière devant ses yeux.

— Ça ne fait rien, apporte-moi des pommes de terre, des œufs et du lait. »

Agastya éprouva un étrange sentiment de décalage en regardant autour de lui, la *circuit house*, la femme de Vasant, les chiens errants, tout ce monde qui avait continué à tourner à son rythme tandis qu'il vivait sa vie secrète. Il était en train de boire du lait dans la boîte de conserve qu'il avait simplement percée d'un trou, quand il entendit la voix de Sathe à l'extérieur qui lui demandait ce qu'il était en train de faire, et s'il se masturbait.

« Salut, je ne t'avais pas entendu venir. Tu en veux une gorgée ?

— Tu ne m'avais pas entendu parce que tu étais occupé à lécher ce trou et parce que la Maruti est une silencieuse voiture du vingt et unième siècle. Non, merci de ton offre magnanime de lait en boîte. Pourquoi ta chambre est-elle si sombre ? La lumière du soleil t'effraie ?

— Assieds-toi où tu veux », dit Agastya. Voir une personne étrangère dans sa chambre lui fit une drôle d'impression. Il parlait sous l'impulsion d'une nervosité incontrôlable : « Le lait condensé est mon seul ami. J'en prends deux fois par jour, après chaque repas. C'est ma façon de le remercier d'exister. Le cuisinier a ce qu'on appelle en jargon administratif l'ordre précis de m'apporter une boîte de lait du frigo sur chaque plateau. Tu veux un thé ?

— Pourquoi ce lait est-il brunâtre ? demanda Sathe en examinant le plateau du petit-déjeuner avec une attention soutenue.

— Oh, le cuisinier le sucre avec sa merde. Ou c'est la saleté du plateau. Tu sais, il a les mains qui tremblent, il n'a pas vraiment une poigne d'acier, comme on dit. Le plateau valse entre ses mains et il en renverse fatalement, comme Uri Geller. Mais lui, il le remet dans le verre. Je suis allé à l'International Hotel hier soir. Ton frère m'a appris que tu étais à Hyderabad.

— Oui, il m'a dit que tu étais passé. Je suis revenu ce matin. » Sathe partait le soir même pour Bombay et Poona afin de défendre ses caricatures auprès des directeurs de journaux.

« On devrait aller passer la journée à se détendre et boire de la bière à Gorapak. Bhatia, cet imbécile zélé, est à Mariagarh ! J'ai appelé la préfecture et Chidambaram m'a dit que tu étais de retour de Jompanna. Alors maintenant, ne me dis pas que tu ne peux pas venir à Gorapak.

— Bien sûr que je peux venir, sauf si tu portes cette chemise. »

La chemise de Sathe était réellement immettable : un tissu à petites fleurs vertes et jaunes sur fond blanc, un vrai rideau de douche.

« C'est une jolie chemise de pique-nique. Et puis on est à Madna, August, tout le monde s'en fiche », répondit Sathe en riant. L'espace d'une seconde, un souvenir traversa l'esprit d'Agastya. Il avait eu une discussion de ce genre sur les critères de goût à Madna.

« Attends-moi un instant, je vais me décrasser. » Agastya referma la porte de la salle de bains sur le rire de Sathe. Quand il en ressortit, le caricaturiste se tenait près de ses livres, riant toujours. Il tenait à la main le petit sac en plastique contenant la marijuana d'Agastya : « On va emporter ça. Ça chauffera la bière.

— *Et tu*[1], Govind, dit Agastya.

— Pourquoi ? C'est une grande tradition indienne. C'est l'une des raisons pour lesquelles j'aime Madna : ici c'est plus facile à attraper que le choléra. » Il continua à rire. « Tu es aussi peu bureaucrate que tu en as l'air. Je suppose que Bhatia fume aussi.

— La moitié du collège fumait. C'était très à la mode. Les poumons de Bhatia doivent être vert-de-gris. Je suis sûr que si on lui coupait les veines pour les fumer on serait défoncé. Je te dois une Gita.

— Garde-la, s'il te plaît. J'en ai plusieurs traductions et je peux allègrement y puiser des légendes. Qu'est-ce que c'est que ces livres bengalis ? » Il désigna *Pather Panchali* et *Gora*.

« Oh, ce sont des textes un peu décalés par rapport au présent. L'un traite d'un révolutionnaire et l'autre décrit la pauvreté au Bengale. Mais ce sont de grands romans.

— Bien sûr, puisqu'ils sont bengalis, n'est-ce pas ? Tu me surprends, je ne savais pas que tu lisais le bengali. Je présume que c'est grâce à ton père. Il ne voulait

1. En latin dans le texte.

pas que son fils ne finisse par parler que l'anglais des Goanaises de Bombay. » Sathe regarda Agastya se changer : « Pour quelqu'un qui mène une vie si dissolue, tu as l'air en bonne forme. »

« Je courais le marathon quand j'étais au collège, plaisanta Agastya en mettant ses chaussures. Je fais des exercices très régulièrement, même ici. Ça donne un certain sens à la journée.

— Un de ces jours, quand tu seras plus raisonnable, tu arrêteras de faire cette gymnastique. » Sathe rit et s'assit sur le lit près du magnétophone : « Tu comprendras l'inutilité de toute fatigue physique. Je sais pourquoi tu le fais : pour avoir l'air séduisant. » Il partit en arrière, les jambes en l'air, plié en deux par un énorme rire. « Mais la véritable séduction est dans l'esprit, crois-moi. Et, en tant qu'Indien, tu devrais vivre dans la contemplation. Est-ce que le Kamasutra préconise les pompes ? »

Arrivé à la voiture, Agastya se souvint soudain : « Oh, il y a une sorte de petite réunion pour Joshi ce soir. Je dois y assister. » Il sourit à Sathe. « Décidément, c'est une situation qui se répète. Tu te rappelles le premier déjeuner chez toi ? Tu m'attends une seconde ? Le temps de prévenir que je ne serai pas là. » De la *circuit house*, il téléphona à Chidambaram pour lui annoncer qu'il était malade. De retour dans la voiture, il dit à Sathe : « Si Srivastav vient s'enquérir de ma santé, il trouvera la porte fermée à clé et le cuisinier lui expliquera que le malade est parti à onze heures dans une Maruti rouge. »

C'était sa première promenade en ville et dans ses environs et l'une des plus agréables : voiture silencieuse, vitres fermées, protégé de la chaleur et de la poussière. Les bicyclettes, les *rickshaw* et les marchands de jus de fruits avaient l'air de faire partie d'un film, lointains et rassurants. Sathe était bien assis, son ventre rebondi dissimulant la ceinture de sécurité, ses lèvres charnues sifflotant un air insondable. La Maruti fit sensation parmi les enfants accroupis en train de chier sur le bord de la route. Elle avait tout d'un jouet neuf : rouge, pas beaucoup plus haute qu'eux, et un petit coup suffisait à l'érafler.

« Est-ce que tu peux sortir ta tête et leur faire les gros yeux ? » demanda Sathe. Ils laissèrent la ville derrière eux et Sathe se détendit un peu.

« La dernière fois que j'ai vu ces gamins chier sur le bord de la route, ça m'a rappelé la remarque de Gandhi à propos de notre manque d'hygiène, dit Agastya. Ce serait si simple de creuser un petit trou avant.

— Mais c'est un effort physique supplémentaire. On choisit toujours la solution de facilité », répondit Sathe.

Au loin, dans un champ, un fermier et ses bœufs en train de labourer formaient trois petits points sombres et lents sur le fond brun et vert du paysage.

Agastya les observa. Il y avait trop de mondes concentriques, il n'était lui-même qu'un centre en perpétuelle agitation. Le district de Madna comprenait Jompanna, Chipanthi, Gorapak, Mariagarh, autant de noms magiques exprimant une particularité puissante, encore fortement empreinte des aborigènes qui avaient été les seuls habitants de ce territoire ; puis il y avait l'univers des mégalopoles, Delhi et Calcutta, mondes enchanteurs parce que insaisissables et parallèles. Au-delà, les terres, avec des bourgs comme Ratlam ou Azamganj, étendues déchirées chaque jour par d'innombrables trains. Plus loin encore se trouvait le monde de *Time Life* d'où était venu Avery et où Renu était allée pour ne trouver qu'un sentiment de dislocation. Mouvements sans but, incessant ressac d'un monde à l'autre, voyages et transitions que des cocons solitaires entreprenaient non pas en quête de repos ou de consolation mais de l'éphémère. Le flux de la mer lui apparaissait maintenant comme le seul ordre, régissant à la fois l'esprit et ce qui lui échappait. Ses rencontres aux multiples visages qu'il avait tenté d'ordonner en les considérant comme les reflets d'un miroir, les facettes de son propre moi, n'étaient que des expressions de ce ressac. Pourtant, aspirer au calme en voulant dominer le chaos lui paraissait maintenant une tentative vaine. Peut-être lui fallait-il d'abord bannir toute aspiration et apprendre à accepter la dérive. Tout n'était-il pas obscurci par le désir, comme le feu par la fumée, le miroir par la poussière, et le fœtus par le ventre de sa mère ?

La voiture ralentit et klaxonna timidement devant quelques personnes assises sur la route. Agastya se tourna vers Sathe : « Je ne crois pas que tu le saches, mais j'ai été nommé à Koltanga où l'agréable compagnie de Shankar sera malheureusement contrebalancée par la présence de Menon. » Comme il fallait s'y attendre, Sathe éclata de rire. Finalement, il était totalement indifférent à tout.

« Koltanga : un dixième de Madna. Aucune industrie, pas d'hôtels, rien que des *rickshaw* et une salle vidéo. Je ne pense pas avoir connu Menon, mais je l'ai vu. C'est un type pimpant et péremptoire, n'est-ce pas ? Le genre à vous faire sentir que vous n'êtes pas impeccable, dit Sathe en jouant un petit air avec le klaxon. Shankar voulait être nommé à Koltanga. Il a dû payer plus de quinze mille roupies pour cette mutation. » Sathe sourit sans ironie : « L'histoire de Shankar est très triste. Il voulait Koltanga parce qu'il désirait vraiment revenir dans sa ville natale, pas comme les autres ingénieurs qui versent des pots-de-vin au premier venu pour être nommés dans des endroits où ils peuvent se faire du fric. Shankar a versé dix mille roupies au ministre de l'Irrigation, et le type n'a rien fait. Shankar est complètement impuissant parce qu'il a une telle réputation d'incompétence et d'inefficacité qu'il peut être renvoyé d'un jour à l'autre. Quand quelqu'un n'est vraiment pas fait pour un boulot, il vaut mieux qu'il donne sa démission. Shankar fait rire tout le monde. Regarde, il donne dix mille roupies au ministre qui lui pète à la gueule. C'est un personnage comique, avec son alcool, sa musique et son astrologie. Il a payé encore un peu plus, et il a eu sa mutation. C'est vraiment une histoire triste, il aurait dû s'accrocher à la musique et laisser tomber tout le reste. Je l'ai entendu, il y a quelques années, quand il était plus frais que maintenant et plein d'espoir. Aujourd'hui, il ne chante plus qu'à la mémoire de son autre moi, des requiem à ce qu'il aurait pu être. »

Ils atteignirent Gorapak en l'espace de deux heures. Ils sortirent la nourriture et la bière. « Les enfants de mon frère voulaient venir, dit Sathe, mais je les ai convaincus des bienfaits de l'école. Ç'aurait été épouvantable. Ils auraient tourné autour de nous en hurlant, ils auraient pleuré si on avait refusé de jouer au cricket, et on aurait dû passer la journée à perdre balle sur balle pour arrêter la partie ! »

Des gamins les suivirent à travers les arbres jusqu'aux excréments près de la porte du temple. Ils s'agrippaient sans conviction à leurs vêtements, les pinçaient légèrement pour qu'ils leur donnent de l'argent. Agastya et Sathe les maudirent et sourirent ; les gamins les maudirent et sourirent à leur tour. Un mendiant couché en travers de la porte d'enceinte leva ses mains pour exhiber sa lèpre.

« Je pense qu'on le blesserait si on ne frissonnait pas d'horreur. Il n'est pas trop ravagé. Pourquoi ne va-t-il pas chez Baba Ramanna ? » demanda Agastya.

Il se baissa et répéta la question au lépreux qui le regarda avec une légère antipathie. Il avait un large nez épaté et de petits yeux vifs.

« Il ne sait probablement pas parler autre chose que son obscur dialecte tribal, dit Sathe en entrant dans l'enceinte du temple, et il n'aime pas Baba Ramanna parce qu'il les fait travailler et les rend indépendants. Chacun de nous a sa propre conception des choses, non ? »

La cour intérieure était déserte. Aucune psalmodie ne traversait les murs du temple. Souvenirs de sa première visite : une seconde de désir pour Rohini, Kumar lascif, la défonce avec Mohan et Bhatia en face des incarnations de Vishnou.

« On peut descendre jusqu'au fleuve. Il y a un bel endroit là-bas », proposa Sathe. Le fleuve avait repris sa taille hivernale. Il y avait moins de bateaux parmi les larges îles de sable gris.

Sathe descendit le premier les marches de pierre inégales. Des buissons de part et d'autre, des chèvres placides, mâchonnant sur des pentes incroyablement raides, le claquement des talons de Sathe, le doux murmure des villageoises sur la berge. Sathe soufflait bruyamment. Les femmes les regardèrent passer. Ils traversèrent le sable et se retrouvèrent dans une clairière où les villageois se soulageaient depuis des décennies.

« L'endroit que je connais se trouve un peu plus loin », dit Sathe, haletant et riant à la fois. Ils marchèrent encore cinq minutes sur le sable avant d'atteindre un petit étang ombragé.

« Ce serait un endroit idéal pour chier. Pourquoi les villageois ne viennent-ils pas là ? demanda Agastya.

— À cause d'une obscure légende, Dieu merci ! Ils considèrent cet endroit comme sacré, il ne peut donc pas être souillé », répondit Sathe en s'esclaffant. Il posa le panier par terre et essuya son visage et son cou cramoisis par l'effort. Puis il s'affala sur une pierre plate. L'étang aux eaux immobiles et claires avait une largeur d'environ neuf mètres. Une pâle lumière verte traversait les banians noueux et sans âge. Des blocs de pierre brune étaient éparpillés autour de l'étang, telles des incrustations tombées d'un diadème géant.

« Elles viennent du temple, dit Agastya, c'est le même type de pierre. Surtout cette hutte. » La hutte en pierre se trouvait de l'autre côté de l'étang. Ses parois étaient finement sculptées. « Elle a dû servir de retraite à des rois, le lieu idéal pour baiser ou faire des choses comme ça. » Agastya regarda autour de lui. Les arbres cachaient la berge et le fleuve. L'endroit était propre et calme, excepté le murmure des feuilles et le croassement menaçant des oiseaux au loin. La végétation était luxuriante, surgissant des endroits les plus inattendus.

« Vu du temple, ce lieu ressemble à une pissotière comme les autres, dit Sathe qui s'était remis de la fatigue de la descente et commençait à sortir les bouteilles de bière. J'ai découvert cet endroit il y a vingt-cinq ans, avec mon père. Le seul lieu du district que les années aient épargné. » Il mit deux bouteilles dans l'eau fraîche. « Ça rafraîchit bien mieux qu'un frigo. » Tandis que Sathe parlait, Agastya sautait d'un rocher à l'autre. « Un vieux *sadhu* fabuleusement raseur vit dans cette hutte. J'espère qu'il n'est pas dans les parages. Il désapprouverait totalement notre profanation : bière, bœuf et marijuana. Tu manges du bœuf, n'est-ce pas ?

— Oui, tant que mes tantes ne le savent pas. » Agastya s'arrêta sur une pierre. Il se sentait merveilleusement bien. « Ma plus vieille tante, la sœur aînée de mon père, dit que manger du bœuf c'est comme manger la chair de ses parents. » Il recommença à sauter de rocher en rocher, mince silhouette dansant la gavotte. Sa voix parvenait à Sathe par bribes. « Mon père mange du bœuf aussi, poursuivit-il, il est incroyable, il mange des sandwiches de corned-beef, porte des *dhoti* et lit les Upanishad en sanskrit. Il n'arrête pas d'agacer mes tantes. Chaque fois que je revenais à Calcutta au moment des fêtes de *Dourga Pouja* pour me goinfrer chez mes tantes, elles me faisaient jurer que je n'avais pas mangé de bœuf. Mon père était à Delhi à ce moment-là. Je jurais et elles me donnaient des cadeaux[1]. » Il avait contourné la moitié du plan d'eau. « À l'école, j'avais un camarade anglo-indien qui s'appelait Peter Martin et dont les parents vivaient à Darjeeling ; ils étaient dans le thé, je crois. On le surnommait Darge. Tous les repas qu'il prenait au pensionnat venaient de chez lui. Il y avait toujours plein de bœuf. Quand on était en sixième, j'avais onze ans et il en avait treize, ce connard avait pris l'habitude d'être recalé aux examens comme d'autres réussissent, continua Agastya en revenant sur ses pas. Un jour, donc, il m'a dit : Hé, l'Anglais, si tu veux devenir anglo-indien, tu dois manger du bœuf, mais tu iras en enfer. L'imbécile pensait que ça nous empêcherait de piquer sa bouffe. »

Le dernier saut l'amena sur la pierre où Sathe était assis, en train de mâcher un sandwich : « On pourrait peut-être fumer un peu de ta *ganja*, d'abord ? » Agastya s'assit sur le sol et s'appuya contre la pierre.

« Si on restait ici pendant des mois, on pourrait améliorer sa vue ou un autre sens, avec cette lumière. Tout est silencieux et vert, comme si on était sous l'eau », fit remarquer Agastya. Il regarda en direction de la hutte : « Si le *sadhu* est là, on devrait l'appeler.

---

1. Les fêtes de *Dourga Pouja* à Calcutta sont l'occasion d'offrir des cadeaux aux enfants mais aussi entre parents.

Je suis sûr qu'il adorerait fumer. La seule personne à éviter est Dubey, le conservateur adjoint du département des forêts. C'est sans doute un brahmane orthodoxe du Mithila et il serait ulcéré par cette profanation.

— Mais je suis brahmane, moi aussi, un Chitpavan de la tête aux pieds, rétorqua Sathe en riant. C'est comme ça que j'ai rencontré le *sadhu* pour la première fois il y a cinq ans. J'étais venu tout seul. J'étais en train de fumer une cigarette quand il est sorti de je ne sais où et m'a drôlement engueulé. En robe safran et longs cheveux gris, grand et fort. J'ai eu envie de lui demander s'il était aussi haltérophile. Je lui ai dit que j'étais innocent parce que j'étais ignorant et que je n'avais pas d'intentions impies puisque j'étais brahmane. Et je lui ai montré mon *janau*. » Son rire bouleversa la quiétude du lieu. « Depuis ce jour-là, je l'ai rencontré pas mal de fois. Il est extrêmement bavard. Je suppose qu'avec les villageois il doit se montrer solennel et silencieux. Il s'est fait le gardien de cet endroit. » Sathe passa un sandwich à Agastya. « Ce lieu est associé à une légende célèbre qui traite de l'irresponsabilité du désir sexuel et de l'illégitimité. Un obscur chef tribal avait un bâtard. Il renia l'enfant et la mère. Celle-ci se suicida dans cet étang et les eaux devinrent rouges. C'est beau, non ? Mais c'est aussi un beau comportement irresponsable parce qu'elle a abandonné l'enfant sur une de ces pierres. J'ai demandé au *sadhu* sur laquelle. Ça l'a irrité, et je crois qu'il n'avait pas tort. Il m'a répondu que toutes ces pierres étaient sacrées. Quoi qu'il en soit, l'enfant réussit à survivre dans cette oasis d'à peu près neuf cents mètres carrés. Ce qu'il y a de mieux dans les mythes, c'est que survivre est toujours très simple. J'ai été tenté de demander au *sadhu* où l'enfant allait chier. Une autre chose incroyable, c'est que le gosse n'a jamais vu le fleuve ni le sable des berges. C'est fantastique : il a vécu dans cette luxuriance sans jamais voir la saleté ni la sécheresse. Il n'avait aucun point de comparaison. Mais les eaux demeuraient rouges, et elles ne redeviendraient pas limpides avant que le chef ne se soit repenti. Puis il y eut une grande sécheresse – ça donne au récit une petite note tiers-mondiste. Il n'y avait plus d'eau nulle part, sauf ici. Tout le monde vint voir le roi pour lui demander de l'aide. Il se rendit alors en ce lieu et fut pris d'une immense culpabilité. Il renonça à son trône au profit de son fils légitime et resta vivre ici, avec son fils illégitime. Il devint un saint et lui enseigna toute l'iniquité du monde, il lui révéla aussi sa conduite passée. Les eaux redevinrent claires et des milliers de poissons remontèrent brusquement à la surface. Des milliers. » Sathe désigna du doigt l'eau calme. « Jette un peu de pain et regarde. Personne ne pêche ici, les poissons sont sacrés. C'est vrai que cet étang ne s'assèche jamais, même au plus fort de la saison chaude. Il y a forcément une source souterraine inconnue. Personne non plus ne vient y puiser d'eau. »

Agastya retira les bouteilles de bière de l'étang. « Fraîches ! C'est superbe ! » Il émietta quelques morceaux de pain de son sandwich et les jeta dans l'eau. Elle frissonna, comme prise de spasmes, rupture avec le calme du moment précédent. La ruée de poissons argentés empêcha Agastya de voir le fond. Puis le silence retomba. Il paraissait faux, maintenant, comme un simple voile.

Rots de viande et de bière. « Je ne pense pas que j'irai à Koltanga. Je vais revenir chez moi et réfléchir. J'en ai besoin », dit Agastya.

C'était la fin de l'après-midi, Sathe était à plat. Il regardait le soleil dorer les feuilles des banians au-dessus d'eux. Au bout d'un moment, il répondit avec une indolence sarcastique : « Oui, tu pourrais rester à Calcutta et traduire les légendes de mes caricatures pour des journaux bengalis. »

Agastya le trouva détestable. Il se leva et alla s'asseoir au bord de l'eau. Tout en observant le fond de l'étang, il reprit : « Je ne sais plus où j'en suis, et ça me rend malade. Tant de déplacements, en train, en voiture : simplement bouger. Réunions pour l'intégration nationale, le revenu foncier, le développement. Au début, ce boulot n'avait aucun sens pour moi. Ensuite, je me suis dit : quand ça commencera à prendre tournure, je m'y ferai. Mais ce n'est pas le cas. Je n'ai pas arrêté de me poser des questions, de penser confusément à d'autres solutions. Les images heureuses de mon passé reviennent comme pour me narguer. Je me sens toujours coupable. J'ai pensé à Chipanthi. Si j'étais un peu plus calme, un peu plus cohérent, je me mettrais vraiment à travailler, à amener l'eau dans les villages, bref, à faire des choses concrètes. Même dans le Centre de Baba Ramanna, je me sentais coupable, plongé en moi-même alors qu'un médecin avait fait un véritable miracle. »

Le soleil de l'après-midi semblait bâiller au-dessus de l'eau. À la surface, dans cette lumière délavée, il aperçut un visage. Il perçut un mouvement et sentit tout à coup Sathe qui lui touchait l'épaule. Il était venu s'asseoir à ses côtés. Au bout de quelques instants, il se mit à rire : « Il y a des années de ça, mon père ne pouvait pas croire que je veuille devenir caricaturiste. Pour lui, ce n'était pas une façon de vivre. Je lui ai dit : je ne crois pas que la tienne le soit non plus. Il avait gagné beaucoup d'argent, pour nous. Mais il avait dû travailler très dur, d'une façon inhumaine à mon avis. Des journées, parfois des nuits passées dans la forêt à acheter les fonctionnaires des forêts, à sous-payer les tribaux, à se battre contre les autres pour décrocher un contrat. Il était riche, mais il n'avait pas de dignité ; il pensait sans doute l'acquérir grâce à ses enfants. Mon choix l'a ulcéré. Je peux comprendre pourquoi. Personne ne prend un caricaturiste au sérieux : le clown de Madna ! Il a dû penser que je me moquais de la façon dont il avait vécu. Ce n'était pas le cas, bien sûr. Grâce à lui, l'argent ne sera jamais un problème pour moi. Je lui en suis reconnaissant, évidemment que je lui en suis reconnaissant ! Mais si j'ai choisi de vivre différemment, je ne considère pas que ce soit une *faute*, simplement un choix différent. » Sathe regarda Agastya. Un oiseau croassa, lugubre. Sathe se leva et revint à sa place avec les restes de sandwiches. Il en jeta lentement quelques morceaux dans l'eau, et ils observèrent la surface frissonner. « Le premier jour, dans le bureau de Kumar, tu m'as demandé ce que je faisais à Madna. L'endroit où toi tu as grandi est différent d'ici. On prononce des mots compliqués, correctement, épitomé par exemple, et on dit attribuer à et non pas attribuer dans. On se conduit comme si ces choses avaient de l'importance. Mais, August, Madna, c'est chez moi ; à Bombay, je me sens perdu. Mes meilleures années et mon passé sont ici ; c'est une sorte de douce amertume parce que tout ça est derrière moi. Quel que soit le choix qu'on fait, ou on ne regrette rien, ou on regrette tout. N'oublie pas ça. » Il eut un rire doux : « Tu n'es pas James Bond, on ne vit qu'une fois. »

Un peu plus tard, ils sautèrent de rocher en rocher (Sathe riait comme un fou à chaque pierre) jusqu'à la hutte. Elle était absolument nue : un impeccable sol de terre battue et de minces fentes dans le mur pour laisser passer l'air.

« Tu es sûr que le *sadhu* vit ici ? demanda Agastya.

— À quoi tu t'attends ? Une vidéo ? » Ils admirèrent les sculptures érotiques sur les murs. « Magnifique ! Ça a dû être une scène fantastique de voir ces sculpteurs modeler la pierre pour en faire jaillir ces seins et ces cuisses énormes ! s'exclama Sathe.

— John Avery m'a demandé pourquoi il y avait tant de scènes érotiques dans les temples hindous. Je lui ai répondu qu'il n'existait pas d'explications définitives sur ce sujet.

— John Avery ! J'avais oublié ton pèlerin. » Ils revinrent sur leurs pas. Sathe s'arrêta sur un rocher : « Comment ça s'est passé à Marihandi avec lui et son petit bout de femme sexy ? J'avais un peu pitié d'eux, elle avait l'air tellement décalée par rapport à la préfecture et au Club. C'est ton type de femme, non ? Je suis sûr qu'elle ne se met pas d'huile dans les cheveux. La curiosité d'Avery a dû la surprendre. » Ils commencèrent à remballer les bouteilles et les serviettes. « Et je parie que ce qu'elle préfère en Inde, c'est Bombay, un appartement sur Warden Road[1] et les après-midi à la Jehangir Art Gallery. Je ne sais pas si elle a senti qu'elle n'avait rien à offrir quand elle est arrivée à Madna, aucun côté un peu secret ou étrange qui attire l'attention des autres : des rites tantriques, le Raj ou Gandhi – comme si elle n'avait pas vraiment de

1. Rue située dans l'un des quartiers les plus élégants de Bombay.

passé. Et Avery avait l'air stupéfait, non ? Sita se moque de son pays d'origine. Les Indiens qui sont conscients de leur passé deviennent masochistes. Je me demande si Avery l'a perçu. » Ils quittèrent l'oasis. « Mais peut-on blâmer Avery de ne pas s'intéresser au monde de Sita ou au tien ? » Sathe se mit à rire : « Tu sais, August, ta génération n'intéresse personne, mais vraiment personne. »

Agastya se retourna : « Ce serait agréable de revenir ici.

— Et tu rencontrerais sans doute le *sadhu* qui te dirait tout sur les origines de ton nom. »

Un vent frais balayait le sable au-delà des arbres et le fleuve paraissait sombre et mourant. Les villageoises les regardèrent passer : deux hommes aux chemises tombant sur leurs jeans serrés dans la lumière du crépuscule. Ils s'arrêtèrent au moins une douzaine de fois en montant les marches. Le fleuve était un miroir sombre, le ciel se déployait, gris et maussade.

« Certaines scènes sont gravées dans notre esprit, reprit Sathe entre deux halètements, elles sont belles et on tombe dessus dans les endroits les plus inattendus. Ou bien on leur prête un sens particulier. Par exemple, du pont de Madna, j'ai vu au fil des années la centrale thermique s'élever dans le ciel. D'une certaine manière, ces images sont pour moi très importantes. » Le temple était désert. Une ampoule nue au-dessus de la porte. Le lépreux n'était plus là.

Arrivés près de la voiture, Sathe demanda brusquement : « Tu as entendu parler de ce qui est arrivé à Mohan ? Moi, j'ai eu envie de rire. Il paraissait si sensible. Pourquoi a-t-il transformé un désir purement sexuel en une histoire de cœur ? Cette femme était une coureuse. Et ça me fait drôle de penser que si ça lui est arrivé, ça pourrait nous arriver à nous aussi. »

Ils atteignirent Madna à huit heures. Agastya ouvrit sa porte et mit le pied sur une lettre. Neera.

Cher Ogu,

C'est à mon ami le plus cher que j'aimerais dire que j'ai perdu ma virginité la semaine dernière. Comment trouves-tu la solennité avec laquelle je t'annonce cette nouvelle ? Je ne l'ai encore dit à personne d'autre, mais pendant tous ces jours derniers, j'avais envie de le crier sur les toits. Et bizarrement, j'éprouve un sentiment de grand soulagement. C'est comme si j'étais déchargée d'un fardeau ! C'est complètement différent de ce sentiment de perte dont parlent beaucoup de filles. Si mes autres sentiments sont un peu confus, je suis, sans équivoque, soulagée. Je me suis jetée à l'eau, comme on dit. Et bien sûr, ça ne fait aucune différence. Ma vie est aussi monotone qu'avant. J'aurais aimé être amoureuse de l'homme avec qui ça s'est passé, mais on ne peut pas tout avoir. Tu ne l'as jamais rencontré, mais tu ne l'aimerais pas du tout. C'est un journaliste (du Telegraph*). Il porte la barbe, des lunettes, des* kurta-pyjama *et en plus, Marx lui donne des pollutions nocturnes. Je te vois en train de te moquer de moi. S'il te plaît, ne ris pas. En fait, je me sens si bizarre. Je vais à Madras pour assister au mariage de Munu. Mais je serai de retour pour te voir à Calcutta.*

Je t'embrasse très fort.

Neera

« Oh, Neera, toi, ma petite salope chérie », pensa Agastya en riant. Il fit le tour de la chambre, la lettre à la main. « Toute ma sexualité ici a consisté à me masturber dans des serviettes, à me mettre tout nu devant des médecins et à observer des plantons acheter des aphrodisiaques près de la gare routière, et toi, à Calcutta, tu t'es fait baiser par une grande gueule chaussée de lunettes et qui n'arrête pas de déblatérer des conneries sur l'inéluctabilité de l'Histoire. »

Manger le dîner préparé par Vasant était une façon trop écœurante de terminer la journée. Il sortit donc faire une dernière promenade en ville. Il passa devant la maison du juge du district. Un néon était allumé sur la véranda. Les deux jours suivants se passeraient à faire des visites d'adieu : Bhatia, les Srivastav, Kumar, Bajaj, Shankar. Sathe avait déjà disparu de sa vie. Le martèlement insensé des garages couvrait les mauvais *ghazal* des boutiques vendant des cassettes. Le corps d'un mécanicien était ramassé au-dessus d'une sombre masse noire. Marteau en main, son bras se levait et retombait, étincelant comme un éclair contre la lumière de la boutique derrière lui. On aurait dit une mauvaise mise en scène d'un meurtre aveugle. Agastya allait quitter un travail parce qu'il devait réfléchir. Aux yeux de tous, c'était un acte fou, irrationnel, comme courir à travers champs à deux heures du matin ou s'entailler délibérément le doigt. Derrière un marchand de jus de fruits, sous un lampadaire, il vit une publicité pour un film qui s'intitulait *Kanchenjunga*. Il avait un jour rêvé de régresser dans la douce chaleur d'un soleil automnal. Mais tout retour en arrière semblait maintenant impossible. Le seul mouvement permis consistait à être ballotté vers l'avant comme sur un dromadaire. Le Dakshin était, comme d'habitude, violemment éclairé et bruyant. Il mangea des *idli* dans une mer de *sambar*, écouta les chansons de disco hindi hurlées par les haut-parleurs tout en souhaitant ne rencontrer personne. À neuf heures et demie, il était de retour à la *rest house*. Comme un voyeur, il regarda l'intérieur de sa chambre par la fenêtre. À la lumière bleuâtre du néon, il vit un lit défait, un magnétophone posé sur une serviette près de l'oreiller, des cassettes et une lettre ouverte sur la table, quelques livres sur les étagères.

Le dernier jour de son séjour à Madna, il écrivit à Dhrubo : « Tu dois te crever pour préparer tes examens de l'Indian Civil Administration. Pendant ce temps-là, je fais comme ton Américaine, je prends une année sabbatique pour essayer de découvrir qui je suis. » Ses tantes furent ulcérées. L'une d'elles tenta d'établir un parallèle entre son comportement et le péché originel qu'avait été en l'occurrence le mariage d'un hindou bengali avec une catholique goanaise. Comme il fallait s'y attendre, la réaction de son oncle Pultu fut très originale : « Tant que cet idiot ne se mettra pas à travailler avec Tonic... », déclara-t-il au père d'Agastya au téléphone.

Agastya fit aux Srivastav et à Kumar la promesse mensongère de venir les voir de Koltanga. Le dernier voyage en train. En face de lui était assis un gros homme chauve qui avait apparemment très envie de parler de son estomac. Afin de l'éviter, Agastya ouvrit Marc Aurèle : « Aujourd'hui, je me suis débarrassé de toutes mes interrogations, ou plus exactement je les ai évacuées de moi-même, car elles n'étaient pas à l'extérieur mais à l'intérieur de moi. Elles faisaient partie de mes propres conceptions. » Agastya sourit. « Il ment, mais comme il ment bien, ce triste Romain qui a recherché le bonheur en tentant de vivre plusieurs vies à la fois. Il a échoué, certes, mais avec quelle élégance »

Il observa le paysage qui défilait et attendit avec impatience le moment de retrouver son père.

Glossaire

Almirah : armoire

Ayah : domestique s'occupant des enfants en bas âge.

Bhabi : belle-sœur aînée.

Bhai : signifie frère, mais ce terme s'applique également à des amis.

Bhajan : chant dévotionnel hindou.

Bidi : cigarettes populaires faites de tabac enroulé dans des feuilles.

Burfi sucrerie faite de crème et de lait.

Chang : bière tibétaine.

Chapati · galette de blé cuite sans levain.

Charpai : lit de cordes tressées et tendues, reposant sur quatre pieds.

Chhang : bière d'orge fermentée populaire chez les ethnies de culture tibétaine.

Chole : type de pois chiches servis épicés.

Chilum . sorte de pipe en terre dans laquelle on fume du haschich.

Chowkidar : gardien de nuit.

Circuit house : hôtel d'État réservé aux fonctionnaires de haut rang en tournée.
Crore : unité de mesure qui correspond à 10 000 000.

Dacoit : voleur, criminel appartenant à un gang arme.
Dal : lentilles.
Dhaba : restaurant populaire.
Dhoti : vêtement traditionnel hindou de coton, d'une seule pièce, noué autour de la taille.
Dosa : crêpe de riz frite servie avec des légumes.

Feni : alcool goanais fait à partir de noix de coco ou de cajou.

Ghazal : chanson poétique urdue.
Goonda : petit voyou, malfrat.
Gulabjaman : friandise à base de fromage blanc, de farine et d'essence de rose.
Gulmohar : (*Delonix regia)*, grand arbre originaire de Madagascar.
Gur : mélasse.

Hahn : oui, ou ouais, en hindi.
Halwa : sucrerie à base de lait et de farine.
Harijan : enfant de dieu. Nom donné par Gandhi aux intouchables en 1929 dans le but d'abolir la notion d'intouchabilité.

Idli : galette de riz cuite à l'étuvée.

Inspection bungalow : hôtel d'État réservé aux fonctionnaires en tournée.

Janau : cordon sacré porté par les hautes castes.

Kaka : oncle en hindi.

Kaku : oncle en bengali.

Karachi halwa : pâtisserie à base de farine, de miel et de pistaches.

Karma : ensemble des actes bons et mauvais commis dans une vie antérieure et qui déterminent les conditions de la vie présente.

Khadi : coton écru tissé à la main.

Kharif : l'une des principales saisons agricoles en Inde, où l'on plante les céréales avant la mousson, en juin, et que l'on récolte en septembre-octobre.

Kheer : sucrerie faite de jus de palmier dattier.

Kundalini : désigne selon les différentes écoles de yoga l'énergie dite subtile ou spirituelle, latente, qui serait située à la base de la colonne vertébrale. Elle est représentée de façon allégorique sous la forme d'un serpent.

Kurta : ample chemise traditionnelle.

Kya yaar : exclamation hindi qui signifie : alors, mon ami !

Laddu : sucrerie indienne de forme sphérique.
Lakh : unité de mesure correspondant à 100 000.
Lungi : vêtement de coton d'une seule pièce, cousu ou non, noué autour de la taille.

Maya : concept hindou selon lequel la réalité phénoménale n'est qu'une apparence.
Mithai : terme générique désignant les sucreries.

Nala : égout à ciel ouvert, mais également canalisation d'eau.
Namasté : salutation indienne traditionnelle.
Neem : type d'acacia dont les brindilles sont utilisées comme brosse à dents.
Nimboo pani : jus de citron vert servi avec de l'eau.

Paan : feuille de bétel mélangée à de la chaux, à du tabac, à de la noix d'arec et à d'autres ingrédients.
Paan-wala : marchand de feuilles de bétel et de cigarettes.
Pakibasher : jeunes racistes anglais qui s'en prennent aux immigrants asiatiques et plus particulièrement aux Pakistanais.
Pakora : beignets fourrés de légumes.
Paratha : galette de blé feuilletée et frite.
Patil : auxiliaire de police rural.
Pipal : (*Ficus religiosa*), grand arbre exotique appartenant à la famille des figuiers.

Pouja : offrande aux dieux effectuée dans un temple ou sur un autel domestique.

Pukka burra saheb : expression datant de l'époque coloniale britannique et signifiant : un vrai monsieur.

Pyjama : pantalon ample, porté avec une large tunique, ou **kurta**.

Rajnigandha : une des nombreuses variétés de jasmin.

Rest house : type d'hôtel d'État réservé aux fonctionnaires en tournée. Elles sont maintenues par une préfecture ou une sous-préfecture, une municipalité ou des départements tels que ceux des travaux publics, de l'irrigation ou de l'électricité.

Rickshaw : cyclo-pousse. L'**auto-rickshaw** est un véhicule à trois roues pouvant transporter jusqu'à cinq personnes.

Rickshaw-wala : tireur de cyclo-pousse.

Roshogolla : sucrerie bengalie.

Sabhapati : président d'un comité de village ou de gros bourg.

Sadhu : renonçant hindou.

Salaam : salutations.

Salwaar-kameez : costume féminin très populaire en Inde du Nord composé d'une ample chemise et d'un pantalon bouffant.

Sambar : plat de lentilles très épicé de l'Inde du Sud servi avec du riz.

Samosa : beignets fourrés de pommes de terre et d'oignons.

Sati : désignait autrefois l'immolation des veuves sur le bûcher de leurs époux.

Shakti : pouvoir, puissance associée généralement aux divinités féminines.

Shamiana : grande tente ou dais utilisé lors des réceptions de mariage ou d'autres cérémonies importantes.

Shashlik : brochettes cuites dans une sauce épicée.

Sherbet : sirop à base de lait et de fruit.

Shikar : la chasse.

Shivaling : emblème phallique de Shiva, symbole de la force cosmique.

Sola topi : casque colonial.

Soma : breuvage mythique conférant l'immortalité.

Taluka : équivalent d'un canton.

Tandoori : de **tandur**, qui désigne un four creusé dans la terre. Par dérivation, **tandoori** désigne les aliments cuits dans ce four avec un mélange d'épices particulier.

Tandoori roti : galettes de blé cuites dans un four en terre.

Tari : boisson alcoolisée faite avec du jus de palme fermenté.

Tehsil : même division administrative que le *taluka*.

Tehsildar : fonctionnaire chargé de l'administration d'un **tehsil.** Le **naib tehsildar** est le député du tehsildar.

Thumri : chanson du répertoire classique de la musique du nord de l'Inde.

Tikka : brochettes d'agneau, de poulet ou de poisson.

Tonga : voiture à cheval.

Yaar : terme hindi qui signifie ami.

pavillons poche

Titres parus

Peter Ackroyd
Un puritain au paradis

Woody Allen
Destins tordus

Margaret Atwood
La Servante écarlate

Nicholson Baker
À servir chambré

Mikhaïl Boulgakov
Le Roman théâtral

Vitaliano Brancati
Le Bel Antonio

Upamanyu Chatterjee
Les Après-midi d'un fonctionnaire très déjanté

E. L. Doctorow
Ragtime

F. Scott Fitzgerald
Un diamant gros comme le Ritz

Graham Greene
Les Comédiens

Kent Haruf
Colorado Blues

Jerry Hopkins et *Daniel Sugerman*
Personne ne sortira d'ici vivant

Pa Kin
Le Jardin du repos

Dacia Maraini
La Vie silencieuse de Marianna Ucrìa

Vítězslav Nezval
Valérie ou la Semaine des merveilles

Joseph O'Connor
À l'irlandaise

Saki
Le Cheval impossible
L'Insupportable Bassington

Alexandre Soljenitsyne
Le Premier Cercle

Evelyn Waugh
Retour à Brideshead
Grandeur et décadence

Tennessee Williams
Le Boxeur manchot
Sucre d'orge

Richard Yates
La Fenêtre panoramique

Titres à paraître

Geoff Nicholson
Comment j'ai raté mes vacances

Sam Shepard
Balades au paradis

Cet ouvrage a été imprimé par

FIRMIN DIDOT

GROUPE CPI

Mesnil-sur-l'Estrée

pour le compte des Éditions Robert Laffont
24, avenue Marceau, 75008 Paris
en mars 2007

Composé par Nord Compo
à Villeneuve-d'Ascq

Imprimé en France
N° d'édition : 47844/01 – N° d'impression : 84242
Dépôt légal : mars 2007